Cuentos inolvidables

según

Julio Cortázar

Cuentos inolvidables

SEGÚN

Julio Cortázar

Jorge Luis Borges
Edgar Allan Poe
Truman Capote
Ambrose Bierce
Henry James
León Tolstoi
Juan Carlos Onetti
Felisberto Hernández
Leonora Carrington
Katherine Mansfield

© De esta edición: Aguilar, Altea, Taurus, Alfaguara S.A. de Ediciones, 2006
Av. Leandro N. Alem 720, (1001) Ciudad de Buenos Aires.
www.alfaguara.com.ar

De los cuentos:
Tlön, Uqbar, Orbis Tertius
© Emecé Editores S.A., 1956 y 1996
© María Kodama, 1996
William Wilson
© Alianza Editorial, 1990
© de la traducción: Julio Cortázar, 1963
Un recuerdo navideño
©Editorial Anagrama SA, 1998
© de la traducción: Enrique Murillo
El puente sobre el río del Búho
© Centro Editor de América Latina, 1971
© de la traducción: Ana María Torres
La lección del maestro
© Compañía General Fabril Editora SA, 1962
© de la traducción: Ana María Torres
La muerte de Iván Ilich
© Santillana Ediciones Generales
Un sueño realizado
© Herederos de Juan Carlos Onetti, 1960
La casa inundada
© Herederos de Felisberto Hernández, 1960
Conejos blancos
© Siglo XXI, 1992
Éxtasis
© Cátedra, 1991

ISBN-10: 987-04-0567-3
ISBN-13: 978-987-04-0567-2

Hecho el depósito que indica la Ley 11.723
Impreso en la Argentina. *Printed in Argentina*
Primera edición: noviembre de 2006
Primera reimpresión: enero de 2007

Diseño de cubierta: Claudio A. Carrizo
Ilustración de cubierta: M.C. Escher's "Reptiles" © 2006 The M.C. Escher Company-Holland.
All rights reserved. www.mcescher.com

Cuentos inolvidables según Julio Cortázar - 1ª ed. - Buenos Aires :
    Aguilar, Altea, Taurus, Alfaguara, 2006.
    344 p. ; 24x15 cm.

    ISBN 987-04-0567-3

    1. Narrativa en Español-Cuentos.

    CDD 863

Se terminó de imprimir en Impresiones Sud América SA,
Andrés Ferreyra 3767/69, 1437, Buenos Aires, Argentina.

ÍNDICE

5894

PRÓLOGO

El gusto y el juicio —las dos armas
de la crítica— cambian con los años y
aun con las horas: aborrecemos en la
noche lo que amamos por la mañana.

OCTAVIO PAZ, *La casa de la presencia*

Es plausible suponer que si Julio Cortázar decidió no cerrar la
lista de cuentos inolvidables que enunció en su conferencia
"Algunos aspectos del cuento" ("y así podría seguir y seguir..."), fue porque sabía que las listas entrañan provisionali-
dad, y un lector abierto a las novedades en casi todos los géneros no iba a atarse al compromiso de una nómina excluyente.

En torno a finales de la década de 1960, Cortázar
dejó de ser el autor secreto que se había ido de Buenos Aires tras publicar un volumen de relatos que apenas leyeron
cuatro afines al Surrealismo, ese desconocido del gran público que pudo encerrarse a escribir su más célebre novela
en el primer piso de una casa de París que había sido una
caballeriza, al fondo de un patio arbolado que aún visita un
pájaro migratorio, un día al año y todos los años. Desde
que la fama lo alcanzó —está por ver si, como ha indicado
Piglia, ése no fue su gran drama—, su parecer era requeri-
do en todos los debates y uno de sus ensayos podía impul-
sar un libro tan difícil como *Paradiso*. También, y he ahí el
aspecto negativo, lo interrogaban día y noche sobre una u
otra quisicosa ideológica, a tal punto que él mismo llegó a
bromear diciendo que, de ir al cielo cuando muriera, estaba seguro de encontrar a San Pedro esperándolo en la puerta con esas mismas preguntas.

Tanta popularidad tuvo como consecuencia inmediata que títulos de sus obras fueran usados en rótulos comerciales (galerías de arte llamadas *Rayuela*; clubes de jazz, *El perseguidor*), mientras nombres de sus personajes servían para bautizar mascotas o incluso personas. El éxito propició asimismo la cantidad de entrevistas concedidas, sea por responsabilidad política sea por voluntad docente, gracias a las cuales sabemos su opinión sobre casi cualquier asunto; material que, sumado a la correspondencia editada (y a la todavía inédita que pronto ha de publicarse), ofrece un perfil intelectual bastante preciso.

Así las cosas, si no se pretende un volumen que llene por sí solo todo el estante, hay que tratar de conciliar en una única lista los muy diversos cuentos que calificó de "inolvidables" en épocas sucesivas. La base para la elección la forman, desde luego, los famosos ensayos-conferencia "Algunos aspectos del cuento", "Del cuento breve y sus alrededores", "Notas sobre lo gótico en el Río de la Plata" y "El estado actual de la narrativa en Hispanoamérica".

Para empezar, de entre los cuentos citados en los textos anteriores es razonable excluir "Los caballos de Abdera", de Lugones, y "La pata de mono", de W. W. Jacobs, porque ya estaban en la antología de la literatura fantástica de Borges, Bioy y Silvina Ocampo. También puede excluirse "La casa de azúcar", de esta última, puesto que en una carta a Jean Andreu (uno de sus críticos más sagaces) Cortázar confesaba haberlo olvidado.

En cuanto a Borges, cualquier lector —como cualquier hijo de vecino…, como cualquier hijo de vecino que haya leído a Borges, se entiende— da por hecho que Cortázar tenía varios memorables borgeanos. En "Algunos aspectos del cuento" menciona "Tlön, Uqbar, Orbis Tertius"; en "Del cuento breve y sus alrededores", "Las ruinas circulares"; en "El estado actual de la narrativa en Hispanoamérica", "La biblioteca de Babel" y "El milagro secreto"; hablando con González Bermejo se acuerda de "El jardín de senderos que se bifurcan"; en otra entrevista habla de "La muerte y la brújula"; en otra más, de "La casa de Asterión". Por la fecha en que lo leyó y por su significación indudable, elegimos "Tlön, Uqbar, Orbis Tertius", representativo de esa temprana lección de rigor y concisión estilística que Cortázar decía deberle.

De Edgar Allan Poe, cuyo descubrimiento en la infancia fue "la gran sacudida", ¿qué relato elegir? En "Algunos aspectos del cuento" menciona "William Wilson" y "El corazón delator"; en "Del cuento breve y sus alrededores", "El barril de amontillado"; en "Notas sobre lo gótico en el Río de la Plata", "La caída de la casa Usher", "Ligeia" y "El gato negro"; en otras partes se refiere a "El pozo y el péndulo" o a "Berenice". Por su tema, puesto que como ha escrito Jaime Alazraki (otro de sus mejores críticos) casi toda la narrativa de Cortázar toca directa o indirectamente el tema del doble, elegimos "William Wilson".

Surge entonces un primer problema: ¿cómo mostrar que era un lector de gustos tan diversos que, aun inmune a las historias de ciencia-ficción, admitía como "relato admirable" "El color que cayó del cielo", de H. P. Lovecraft?, ¿cómo mostrar la variedad cronológica y geográfica de sus preferencias? Es cierto que sentía predilección por los cuentistas de habla inglesa. ("Voy a tener que resignarme a convenir en que los cuentos breves son patrimonio de los sajones. Después de Faulkner, Hemingway, Bates, Chesterton y la joven escuela yanki, no queda nada que hacer", escribía en una carta de 1939.) Dado que tenemos ya a Poe, para atenuar el predominio estadounidense habrá que renunciar a Hemingway, de quien prefería "Cincuenta de los grandes" y "Los asesinos", puesto que hemos sido incapaces de suprimir "Un recuerdo navideño", de Truman Capote —un cuento de infancia como muchos de los mejores de Cortázar—, y dado que tampoco hemos podido descartar la fantástica sorpresa final de "El puente sobre el río del Búho", de Ambrose Bierce.

Para equilibrar, conviene incluir también un relato clásico, uno de esos largos textos del siglo XIX que los puristas no llaman cuento sino *nouvelle* y a los que Cortázar dedicaba relecturas y estudio. Se acordaba siempre de Guy de Maupassant. Hablaba de "Bola de sebo" y en una de sus primerísimas narraciones ("Distante espejo") ya había jugado con el argumento de "El Horla". Ambos textos son muy conocidos así que recogeremos otros de una estética similar citados en "Algunos aspectos del cuento": "La lección del maestro", de Henry James, y "La muerte de Iván Ilich", de León Tolstoi, cuya trama recuerda —entre líneas, y he aquí un bonito tema de análisis— a la de otro de los elegidos: "Un sueño realizado", de Juan Carlos Onetti.

Felisberto Hernández fue asimismo una de sus mayores reivindicaciones: "'La casa inundada' o 'Las hortensias' o 'Nadie encendía las lámparas' son textos que ya quisiera haber escrito yo", dijo en una entrevista. Escogemos "La casa inundada" porque en el prólogo a un libro de cuentos de Cristina Peri Rossi anotó que el día en que se logre la recopilación definitiva del cuento fantástico "se verá que muchos de los que pueblan para siempre la memoria medrosa de la especie se cumplen en torno a una casa".

Para terminar, y para no olvidar que fue un lector muy atento de escritoras, elegimos "Conejos blancos", de Leonora Carrington ("Me acuerdo de un cuento estupendo, 'Lapins Blancs', et vous savez que je suis quelque peu l'amateur de lapins", escribía de joven a un amigo), y "Éxtasis", de Katherine Mansfield, de quien dijo en una de sus últimas entrevistas: "Escribió relatos admirables. No responden a mi noción de cuento pero me gustan mucho; simplemente yo no los hubiera escrito así".

Imaginar cómo los hubiera escrito es un ejercicio de nostalgia; nostalgia por el gran escritor y nostalgia por el gran lector. También lo es pensar en un hecho que ha contado Aurora Bernárdez, su viuda y heredera: tocado ya de muerte, decidió que el último sitio que quería volver a visitar era un edificio donde había sido muy feliz más de treinta años atrás. Un amigo los llevó en coche. Cortázar no pudo subir las escaleras. Ella sí. "Julio —le dijo después—, todo está igual." El lugar, que aún conserva aquellas sillas en las que el joven escritor pasó algunos de los momentos más dichosos de su vida leyendo acaso los inolvidables cuentos que siguen, es la vieja Biblioteca del Arsenal, de París.

CARLES ÁLVAREZ GARRIGA

Muchas veces me he preguntado cuál es la virtud de ciertos cuentos inolvidables. En el momento los leímos junto con muchos otros, que incluso podían ser de los mismos autores. Y he aquí que los años han pasado, y hemos vivido y olvidado tanto; pero esos pequeños, insignificantes cuentos, esos granos de arena en el inmenso mar de la literatura, siguen ahí, latiendo en nosotros. ¿No es verdad que cada uno tiene su colección de cuentos? Yo tengo la mía, y podría dar algunos nombres. Tengo "William Wilson", de Edgar Poe; tengo "Bola de sebo", de Guy de Maupassant. Los pequeños planetas giran y giran: ahí está "Un recuerdo de Navidad", de Truman Capote; "Tlön, Uqbar, Orbis Tertius", de Jorge Luis Borges; "Un sueño realizado", de Juan Carlos Onetti; "La muerte de Iván Ilich", de Tolstoi; "Fifty Grand", de Hemingway; "Los soñadores", de Isak Dinesen; y así podría seguir y seguir...

JULIO CORTÁZAR
"Algunos aspectos del cuento" (fragmento), 1962-1963.
En *Obra Crítica/2*, Buenos Aires, Alfaguara, 1994.

TLÖN, UQBAR, ORBIS TERTIUS

Jorge Luis Borges

I

Debo a la conjunción de un espejo y de una enciclopedia el descubrimiento de Uqbar. El espejo inquietaba el fondo de un corredor en una quinta de la calle Gaona, en Ramos Mejía; la enciclopedia falazmente se llama *The Anglo-American Cyclopaedia* (New York, 1917) y es una reimpresión literal, pero también morosa, de la *Encyclopaedia Britannica* de 1902. El hecho se produjo hará unos cinco años. Bioy Casares había cenado conmigo esa noche y nos demoró una vasta polémica sobre la ejecución de una novela en primera persona, cuyo narrador omitiera o desfigurara los hechos e incurriera en diversas contradicciones, que permitieran a unos pocos lectores —a muy pocos lectores— la adivinación de una realidad atroz o banal. Desde el fondo remoto del corredor, el espejo nos acechaba. Descubrimos (en la alta noche ese descubrimiento es inevitable) que los espejos tienen algo monstruoso. Entonces Bioy Casares recordó que uno de los heresiarcas de Uqbar había declarado que los espejos y la cópula son abominables, porque multiplican el número de los hombres. Le pregunté el origen de esa memorable sentencia y me contestó que *The Anglo-American Cyclopaedia* la registraba, en su artículo sobre Uqbar. La quinta (que habíamos alquilado amueblada) poseía un ejemplar de esa obra. En las últimas páginas del volumen XLVI dimos con un artículo sobre Upsala; en las primeras del XLVII, con uno sobre *Ural-Altaic Languages*, pero ni una palabra sobre Uqbar. Bioy, un poco azorado, interrogó los tomos del índice. Agotó en vano todas las lecciones imaginables: Ukbar, Ucbar, Ookbar, Oukbahr... Antes de irse, me dijo que era una región del Irak o del Asia Menor. Confieso que asentí con alguna incomodidad. Conjeturé que ese país indocumentado y ese heresiarca anónimo eran una ficción improvisada por la modestia de Bioy para justificar una frase. El examen estéril de uno de los atlas de Justus Perthes fortaleció mi duda.

Al día siguiente, Bioy me llamó desde Buenos Aires. Me dijo que tenía a la vista el artículo sobre Uqbar, en el volumen XXVI de la Enciclopedia. No constaba el nombre del heresiarca, pero sí la noticia de su doctrina, formulada en palabras casi idénticas a las repetidas por él, aunque —tal vez— literariamente inferiores. Él había recordado: *Copulation and mirrors are abominable*. El texto de la Enciclopedia decía: *Para uno de esos gnósticos, el visible universo era una ilusión o (más precisamente) un sofisma. Los espejos y la paternidad son abominables* (mirrors and fatherhood are hateful) *porque lo multiplican y lo divulgan*. Le dije, sin faltar a la verdad, que me gustaría ver ese artículo. A los pocos días lo trajo. Lo cual me sorprendió, porque los escrupulosos índices cartográficos de la *Erdkunde* de Ritter ignoraban con plenitud el nombre de Uqbar.

El volumen que trajo Bioy era efectivamente el XXVI de la *Anglo-American Cyclopaedia*. En la falsa carátula y en el lomo, la indicación alfabética (Tor-Ups) era la de nuestro ejemplar, pero en vez de 917 páginas constaba de 921. Esas cuatro páginas adicionales comprendían al artículo sobre Uqbar; no previsto (como habrá advertido el lector) por la indicación alfabética. Comprobamos después que no hay otra diferencia entre los volúmenes. Los dos (según creo haber indicado) son reimpresiones de la décima *Encyclopaedia Britannica*. Bioy había adquirido su ejemplar en uno de tantos remates.

Leímos con algún cuidado el artículo. El pasaje recordado por Bioy era tal vez el único sorprendente. El resto parecía muy verosímil, muy ajustado al tono general de la obra y (como es natural) un poco aburrido. Releyéndolo, descubrimos bajo su rigurosa escritura una fundamental vaguedad. De los catorce nombres que figuraban en la parte geográfica, sólo reconocimos tres —Jorasán, Armenia, Erzerum—, interpolados en el texto de un modo ambiguo. De los nombres históricos, uno solo: el impostor Esmerdis el mago, invocado más bien como una metáfora. La nota parecía precisar las fronteras de Uqbar, pero sus nebulosos puntos de referencias eran ríos y cráteres y cadenas de esa misma región. Leímos, verbigracia, que las tierras bajas de Tsai Jaldún y el delta del Axa definen la frontera del sur y que en las islas de ese delta procrean los caballos salvajes. Eso, al principio de la página 918. En la sección histórica (página 920) supimos que a raíz de las persecuciones religiosas del siglo trece, los ortodoxos buscaron amparo en las islas, donde perduran todavía sus obeliscos y donde no es raro exhumar sus espejos de piedra. La sección *idioma y literatura* era breve. Un solo rasgo memorable: anotaba que la literatura de Uqbar era de carácter fantástico y que sus epopeyas y sus leyendas no se referían jamás a la realidad, sino a las dos regiones imaginarias de Mlejnas y de Tlön... La bibliografía enumeraba cuatro volúmenes que no hemos encontrado hasta ahora, aunque el tercero —Silas Haslam: *History of the Land Called Uqbar*, 1874— figura en los catálogos de librería de Bernard Quaritch.[1] El primero, *Lesbare und lesenswerthe Bemerkungen über das Land Ukkbar in Klein-Asien*, data de 1641 y es obra de Johannes Valentinus Andreä. El hecho es significativo; un par de años después, di con ese nombre en las inesperadas páginas de De Quincey (*Writings*, decimotercero volumen) y supe que era el de un teólogo alemán que a principios del siglo XVII describió la imaginaria comunidad de la

---

[1] Haslam ha publicado también *A General History of Labyrinths*.

Rosa-Cruz —que otros luego fundaron, a imitación de lo prefigurado por él.

Esa noche visitamos la Biblioteca Nacional. En vano fatigamos atlas, catálogos, anuarios de sociedades geográficas, memorias de viajeros e historiadores: nadie había estado nunca en Uqbar. El índice general de la enciclopedia de Bioy tampoco registraba ese nombre. Al día siguiente, Carlos Mastronardi (a quien yo había referido el asunto) advirtió en una librería de Corrientes y Talcahuano los negros y dorados lomos de la *Anglo-American Cyclopaedia...* Entró e interrogó el volumen XXVI. Naturalmente, no dio con el menor indicio de Uqbar.

II

Algún recuerdo limitado y menguante de Herbert Ashe, ingeniero de los ferrocarriles del Sur, persiste en el hotel de Adrogué, entre las efusivas madreselvas y en el fondo ilusorio de los espejos. En vida padeció de irrealidad, como tantos ingleses; muerto, no es siquiera el fantasma que ya era entonces. Era alto y desganado y su cansada barba rectangular había sido roja. Entiendo que era viudo, sin hijos. Cada tantos años iba a Inglaterra: a visitar (juzgo por unas fotografías que nos mostró) un reloj de sol y unos robles. Mi padre había estrechado con él (el verbo es excesivo) una de esas amistades inglesas que empiezan por excluir la confidencia y que muy pronto omiten el diálogo. Solían ejercer un intercambio de libros y de periódicos; solían batirse al ajedrez, taciturnamente... Lo recuerdo en el corredor del hotel, con un libro de matemáticas en la mano, mirando a veces los colores irrecuperables del cielo. Una tarde, hablamos del sistema duodecimal de numeración (en el que doce se escribe 10). Ashe dijo que precisamente estaba trasladando no sé qué tablas duodecimales a sexagesimales (en las que sesenta se escribe 10). Agregó que ese trabajo le había sido encargado por un noruego: en Rio Grande do Sul. Ocho años que lo conocíamos y no había mencionado nunca su estadía en esa región... Hablamos de vida pastoril, de *capangas*, de la etimología brasilera de la palabra *gaucho* (que algunos viejos orientales todavía pronuncian *gaúcho*) y nada más se dijo —Dios me perdone— de funciones duodecimales. En septiembre de 1937 (no estábamos nosotros en el hotel) Herbert Ashe murió de la rotura de un aneurisma. Días antes, había recibido del Brasil un paquete sellado y certificado. Era un libro en octavo mayor. Ashe lo dejó en el bar, donde —meses después— lo encontré. Me puse a hojearlo y sentí un vértigo asombrado y ligero que no describiré, porque ésta no es la historia de mis emociones sino de Uqbar y Tlön y Orbis Tertius. En una noche del Islam que se llama la Noche de las Noches se abren de par en par las secretas puertas del cielo y es más dulce el agua en los cántaros; si esas puertas se abrieran, no sentiría lo que en esa tarde sentí. El libro estaba redactado en inglés y lo integraban 1001 páginas. En el amarillo lomo de cuero leí estas curiosas palabras que la falsa carátula repetía: *A First Encyclopaedia of Tlön. Vol. XI. Hlaer to Jangr.* No había indicación de fecha ni de lugar. En la primera página y en una hoja de papel de seda que cubría una de las láminas en colores había estampado un óvalo azul con esta inscripción: *Orbis Tertius.* Hacía dos años que yo había descubierto en un tomo de cierta enciclopedia pirática una somera descripción de un falso país; ahora me deparaba el azar algo más precioso y más arduo. Ahora tenía en las manos un vasto fragmento metódico de la historia total de un planeta desconocido, con sus arquitecturas y sus barajas, con el pavor de sus mitologías y el rumor de sus lenguas, con sus emperadores y sus mares, con sus minerales y sus pájaros y sus peces, con su álgebra y su fuego, con su controversia teológica y metafísica. Todo ello articulado, coherente, sin visible propósito doctrinal o tono paródico.

En el "onceno tomo" de que hablo hay alusiones a tomos ulteriores y precedentes. Néstor Ibarra, en un artículo ya clásico de la *N. R. F.*, ha negado que existen esos aláteres; Ezequiel Martínez Estrada y Drieu La Rochelle han refutado, quizá victoriosamente, esa duda. El hecho es que hasta ahora las pesquisas más diligentes han sido estériles. En vano hemos desordenado las bibliotecas de las dos Américas y de Europa. Alfonso Reyes, harto de esas fatigas subalternas de índole policial, propone que entre todos acometamos la obra de reconstruir los muchos y macizos tomos que faltan: *ex ungue leonem*. Calcula, entre veras y burlas, que una generación de *tlönistas* puede bastar. Ese arriesgado cómputo nos retrae al problema fundamental: ¿Quiénes inventaron a Tlön? El plural es inevitable, porque la hipótesis de un solo inventor —de un infinito Leibniz obrando en la tiniebla y en la modestia— ha sido descartada unánimemente. Se conjetura que este *brave new world* es obra de una sociedad secreta de astrónomos, de biólogos, de ingenieros, de metafísicos, de poetas, de químicos, de algebristas, de moralistas, de pintores, de geómetras... dirigidos por un oscuro hombre de genio. Abundan individuos que dominan esas disciplinas diversas, pero no los capaces de invención y menos los capaces de subordinar la invención a un riguroso plan sistemático. Ese plan es tan vasto que la contribución de cada escritor es infinitesimal. Al principio se creyó que Tlön era un mero caos, una irresponsable licencia de la imaginación; ahora se sabe que es un cosmos y las íntimas leyes que lo rigen han sido formuladas, siquiera en modo provisional. Básteme recordar que las contradicciones aparentes del Onceno Tomo son la piedra fundamental de la prueba de que existen los otros: tan lúcido y tan justo es el orden que se ha observado en él. Las revistas populares han divulgado, con perdonable exceso, la zoología y la topografía de Tlön; yo pienso que sus tigres transparentes y sus torres de sangre no merecen, tal vez, la continua atención de *todos* los hombres. Yo me atrevo a pedir unos minutos para su concepto del universo.

Hume notó para siempre que los argumentos de Berkeley no admiten la menor réplica y no causan la menor convicción. Ese dictamen es del todo verídico en su aplicación a la tierra; del todo falso en Tlön. Las naciones de ese planeta son —congénitamente— idealistas. Su lenguaje y las derivaciones de su lenguaje —la religión, las letras, la metafísica— presuponen el idealismo. El mundo para ellos no es un concurso de objetos en el espacio; es una serie heterogénea de actos independientes. Es sucesivo, temporal, no espacial. No hay sustantivos en la conjetural *Ursprache* de Tlön, de la que proceden los idiomas "actuales" y los dialectos: hay verbos impersonales, calificados por sufijos (o prefijos) monosilábicos de valor adverbial. Por ejemplo: no hay palabra que corresponda a la palabra *luna*, pero hay un verbo que sería en español *lunecer* o *lunar*. *Surgió la luna sobre el río* se dice *hlör u fang axaxaxas mlö* o sea en su orden: hacia arriba (*upward*) detrás duradero-fluir luneció. (Xul Solar traduce con brevedad: upa tras perfluyue lunó. *Upward, behind the onstreaming it mooned.*)

Lo anterior se refiere a los idiomas del hemisferio austral. En los del hemisferio boreal (de cuya Ursprache hay muy pocos datos en el Onceno Tomo) la célula primordial no es el verbo, sino el adjetivo monosilábico. El sustantivo se forma por acumulación de adjetivos. No se dice *luna*: se dice *aéreo-claro sobre oscuro-redondo* o *anaranjado-tenue-del cielo* o cualquier otra agregación. En el caso elegido la masa de adjetivos corresponde a un objeto real; el hecho es puramente fortuito. En la literatura de este hemisferio (como en el mundo subsistente de Meinong) abundan los objetos ideales, convocados y disueltos en un momento, según las necesidades poéticas. Los determina, a veces, la mera simultaneidad. Hay objetos compuestos de dos términos, uno de carácter visual y otro auditivo: el color del naciente y el remoto grito de un pájaro. Los hay de muchos: el sol y el agua contra el pecho del nadador, el vago rosa trémulo que se ve con los ojos cerrados, la sensación de quien se deja llevar por un río y también por el sueño. Esos objetos de segundo grado pueden combinarse con otros; el proceso, mediante ciertas abreviaturas, es prácticamente infinito. Hay poemas famosos compuestos de una sola enorme palabra. Esta palabra integra un *objeto poético* creado por el autor. El hecho de que nadie crea en la realidad de los sustantivos hace, paradójicamente, que sea interminable su número. Los idiomas del hemisferio boreal de Tlön poseen todos los nombres de las lenguas indoeuropeas —y otros muchos más.

No es exagerado afirmar que la cultura clásica de Tlön comprende una sola disciplina: la psicología. Las otras están subordinadas a ella. He dicho que los hombres de ese planeta conciben el universo como una serie de procesos mentales, que no se desenvuelven en el espacio sino de modo sucesivo en el tiempo. Spinoza atribuye a su inagotable divinidad los atributos de la extensión y del pensamiento; nadie comprendería en Tlön la yuxtaposición del primero (que sólo es típico de ciertos estados) y del segundo —que es un sinónimo perfecto del cosmos—. Dicho sea con otras palabras: no conciben que lo espacial perdure en el tiempo. La percepción de una humareda en el horizonte y después del campo incendiado y después del cigarro a medio apagar que produjo la quemazón es considerada un ejemplo de asociación de ideas.

Este monismo o idealismo total invalida la ciencia. Explicar (o juzgar) un hecho es unirlo a otro; esa vinculación, en Tlön, es un estado posterior del sujeto, que no puede afectar o iluminar el estado anterior. Todo estado mental es irreductible: el mero hecho de nombrarlo —*id est*, de clasificarlo— importa un falseo. De ello cabría deducir que no hay ciencias en Tlön —ni siquiera razonamientos. La paradójica verdad es que existen, en casi innumerable número. Con las filosofías acontece lo que acontece con los sustantivos en el hemisferio boreal. El hecho de que toda filosofía sea de antemano un juego dialéctico, una *Philosophie des Als*

Ob, ha contribuido a multiplicarlas. Abundan los sistemas increíbles, pero de arquitectura agradable o de tipo sensacional. Los metafísicos de Tlön no buscan la verdad ni siquiera la verosimilitud: buscan el asombro. Juzgan que la metafísica es una rama de la literatura fantástica. Saben que un sistema no es otra cosa que la subordinación de todos los aspectos del universo a uno cualquiera de ellos. Hasta la frase "todos los aspectos" es rechazable, porque supone la imposible adición del instante presente y de los pretéritos. Tampoco es lícito el plural "los pretéritos", porque supone otra operación imposible... Una de las escuelas de Tlön llega a negar el tiempo: razona que el presente es indefinido, que el futuro no tiene realidad sino como esperanza presente, que el pasado no tiene realidad sino como recuerdo presente.[2] Otra escuela declara que ha transcurrido ya *todo el tiempo* y que nuestra vida es apenas el recuerdo o reflejo crepuscular, y sin duda falseado y mutilado, de un proceso irrecuperable. Otra, que la historia del universo —y en ellas nuestras vidas y el más tenue detalle de nuestras vidas— es la escritura que produce un dios subalterno para entenderse con un demonio. Otra, que el universo es comparable a esas criptografías en las que no valen todos los símbolos y que sólo es verdad lo que sucede cada trescientas noches. Otra, que mientras dormimos aquí, estamos despiertos en otro lado y que así cada hombre es dos hombres.

Entre las doctrinas de Tlön, ninguna ha merecido tanto escándalo como el materialismo. Algunos pensadores lo han formulado, con menos claridad que fervor, como quien adelanta una paradoja. Para facilitar el entendimiento de esa tesis inconcebible, un heresiarca del undécimo siglo[3] ideó el sofisma de las nueve monedas de cobre, cuyo

---

[2] RUSSELL (*The Analysis of Mind*, 1921, página 159) supone que el planeta ha sido creado hace pocos minutos, provisto de una humanidad que "recuerda" un pasado ilusorio.
[3] Siglo, de acuerdo con el sistema duodecimal, significa un período de ciento cuarenta y cuatro años.

renombre escandaloso equivale en Tlön al de las aporías eleáticas. De ese "razonamiento especioso" hay muchas versiones, que varían el número de monedas y el número de hallazgos; he aquí la más común:

El martes, X atraviesa un camino desierto y pierde nueve monedas de cobre. El jueves, Y encuentra en el camino cuatro monedas, algo herrumbradas por la lluvia del miércoles. El viernes, Z descubre tres monedas en el camino. El viernes de mañana, X encuentra dos monedas en el corredor de su casa. El heresiarca quería deducir de esa historia la realidad —*id est* la continuidad— de las nueve monedas recuperadas. *Es absurdo* (afirmaba) *imaginar que cuatro de las monedas no han existido entre el martes y el jueves, tres entre el martes y la tarde del viernes, dos entre el martes y la madrugada del viernes. Es lógico pensar que han existido —siquiera de algún modo secreto, de comprensión vedada a los hombres— en todos los momentos de esos tres plazos.*

El lenguaje de Tlön se resistía a formular esa paradoja; los más no la entendieron. Los defensores del sentido común se limitaron, al principio, a negar la veracidad de la anécdota. Repitieron que era una falacia verbal, basada en el empleo temerario de dos voces neológicas, no autorizadas por el uso y ajenas a todo pensamiento severo: los verbos *encontrar* y *perder*, que comportan una petición de principio, porque presuponen la identidad de las nueve primeras monedas y de las últimas. Recordaron que todo sustantivo (hombre, moneda, jueves, miércoles, lluvia) sólo tiene un valor metafórico. Denunciaron la pérfida circunstancia *algo herrumbradas por la lluvia del miércoles*, que presupone lo que se trata de demostrar: la persistencia de las cuatro monedas, entre el jueves y el martes. Explicaron que una cosa es *igualdad* y otra *identidad* y formularon una especie de *reductio ad absurdum*, o sea el caso hipotético de nueve hombres que en nueve sucesivas noches padecen un vivo dolor. ¿No sería ridículo —interrogaron— pretender que ese dolor, es el mismo?[4] Dijeron que al heresiarca no lo movía sino el blasfematorio propósito de atribuir la divina categoría de *ser* a unas simples monedas y que a veces negaba la pluralidad y otras no. Argumentaron: si la igualdad comporta la identidad, habría que admitir asimismo que las nueve monedas son una sola.

Increíblemente, esas refutaciones no resultaron definitivas. A los cien años de enunciado el problema, un pensador no menos brillante que el heresiarca pero de tradición ortodoxa, formuló una hipótesis muy audaz. Esa conjetura feliz afirma que hay un solo sujeto, que ese sujeto indivisible es cada uno de los seres del universo y que éstos son los órganos y máscaras de la divinidad. X es Y y es Z. Z descubre tres monedas porque recuerda que se le perdieron a X; X encuentra dos en el corredor porque recuerda que han sido recuperadas las otras... El onceno tomo deja entender que tres razones capitales determinaron la victoria total de ese panteísmo idealista. La primera, el repudio del solipsismo; la segunda, la posibilidad de conservar la base psicológica de las ciencias; la tercera, la posibilidad de conservar el culto de los dioses. Schopenhauer (el apasionado y lúcido Schopenhauer) formula una doctrina muy parecida en el primer volumen de *Parerga und Paralipomena*.

La geometría de Tlön comprende dos disciplinas algo distintas: la visual y la táctil. La última corresponde a la nuestra y la subordinan a la primera. La base de la geometría visual es la superficie, no el punto. Esta geometría desconoce las paralelas y declara que el hombre que se desplaza modifica las formas que lo circundan. La base de su

---

[4] En el día de hoy, una de las iglesias de Tlön sostiene platónicamente que tal dolor, que tal matiz verdoso del amarillo, que tal temperatura, que tal sonido, son la única realidad. Todos los hombres, en el vertiginoso instante del coito, son el mismo hombre. Todos los hombres que repiten una línea de Shakespeare, *son* William Shakespeare.

aritmética es la noción de números indefinidos. Acentúan la importancia de los conceptos de mayor y menor, que nuestros matemáticos simbolizan por > y por <. Afirman que la operación de contar modifica las cantidades y las convierte de indefinidas en definidas. El hecho de que varios individuos que cuentan una misma cantidad logran un resultado igual, es para los psicólogos un ejemplo de asociación de ideas o de buen ejercicio de la memoria. Ya sabemos que en Tlön el sujeto del conocimiento es uno y eterno.

En los hábitos literarios también es todopoderosa la idea de un sujeto único. Es raro que los libros estén firmados. No existe el concepto del plagio: se ha establecido que todas las obras son obra de un solo autor, que es intemporal y es anónimo. La crítica suele inventar autores: elige dos obras disímiles —el Tao Te King y las 1001 Noches, digamos—, las atribuye a un mismo escritor y luego determina con probidad la psicología de ese interesante *homme de lettres...*

También son distintos los libros. Los de ficción abarcan un solo argumento, con todas las permutaciones imaginables. Los de naturaleza filosófica invariablemente contienen la tesis y la antítesis, el riguroso pro y el contra de una doctrina. Un libro que no encierra su contralibro es considerado incompleto.

Siglos y siglos de idealismo no han dejado de influir en la realidad. No es infrecuente, en las regiones más antiguas de Tlön, la duplicación de objetos perdidos. Dos personas buscan un lápiz; la primera lo encuentra y no dice nada; la segunda encuentra un segundo lápiz no menos real, pero más ajustado a su expectativa. Esos objetos secundarios se llaman *hrönir* y son, aunque de forma desairada, un poco más largos. Hasta hace poco los *hrönir* fueron hijos casuales de la distracción y el olvido. Parece mentira que su metódica producción cuente apenas cien años, pero así lo declara el Onceno Tomo. Los primeros intentos fueron estériles. El *modus operandi*, sin embargo, merece recordación. El director de una de las cárceles del estado comunicó a los presos que en el antiguo lecho de un río había ciertos sepulcros y prometió la libertad a quienes trajeran un hallazgo importante. Durante los meses que precedieron a la excavación les mostraron láminas fotográficas de lo que iban a hallar. Ese primer intento probó que la esperanza y la avidez pueden inhibir; una semana de trabajo con la pala y el pico no logró exhumar otro *hrön* que una rueda herrumbrada, de fecha posterior al experimento. Éste se mantuvo secreto y se repitió después en cuatro colegios. En tres fue casi total el fracaso; en el cuarto (cuyo director murió casualmente durante las primeras excavaciones) los discípulos exhumaron —o produjeron—una máscara de oro, una espada arcaica, dos o tres ánforas de barro y el verdinoso y mutilado torso de un rey con una inscripción en el pecho que no se ha logrado aún descifrar. Así se descubrió la improcedencia de testigos que conocieran la naturaleza experimental de la busca... Las investigaciones en masa producen objetos contradictorios; ahora se prefiere los trabajos individuales y casi improvisados. La metódica elaboración de *hrönir* (dice el Onceno Tomo) ha prestado servicios prodigiosos a los arqueólogos. Ha permitido interrogar y hasta modificar el pasado, que ahora no es menos plástico y menos dócil que el porvenir. Hecho curioso: los *hrönir* de segundo y de tercer grado —los *hrönir* derivados de otro *hrön*, los *hrönir* derivados del *hrön* de un *hrön*— exageran las aberraciones del inicial; los de quinto son casi uniformes; los de noveno se confunden con los de segundo; en los de undécimo hay una pureza de líneas que los originales no tienen. El proceso es periódico: el *hrön* de duodécimo grado ya empieza a decaer. Más extraño y más puro que todo *hrön* es a veces el *ur:* la cosa producida por sugestión, el objeto educido por la esperanza. La gran máscara de oro que he mencionado es un ilustre ejemplo.

Las cosas se duplican en Tlön; propenden asimismo a borrarse y a perder los detalles cuando los olvida la gente. Es clásico el ejemplo de un umbral que perduró mientras lo visitaba un mendigo y que se perdió de vista a su muerte. A veces unos pájaros, un caballo, han salvado las ruinas de un anfiteatro.

Salto Oriental, 1940.

Posdata de 1947. Reproduzco el artículo anterior tal como apareció en la *Antología de la literatura fantástica*, 1940, sin otra escisión que algunas metáforas y que una especie de resumen burlón que ahora resulta frívolo. Han ocurrido tantas cosas desde esa fecha... Me limitaré a recordarlas.

En marzo de 1941 se descubrió una carta manuscrita de Gunnar Erfjord en un libro de Hinton que había sido de Herbert Ashe. El sobre tenía el sello postal de Ouro Preto; la carta elucidaba enteramente el misterio de Tlön. Su texto corrobora las hipótesis de Martínez Estrada. A principios del siglo XVII, en una noche de Lucerna o de Londres, empezó la espléndida historia. Una sociedad secreta y benévola (que entre sus afiliados tuvo a Dalgarno y después a George Berkeley) surgió para inventar un país. En el vago programa inicial figuraban los "estudios herméticos", la filantropía y la cábala. De esa primera época data el curioso libro de Andreä. Al cabo de unos años de conciliábulos y de síntesis prematuras comprendieron que una generación no bastaba para articular un país. Resolvieron que cada uno de los maestros que la integraban eligiera un discípulo para la continuación de la obra. Esa disposición hereditaria prevaleció; después de un hiato de dos siglos la perseguida fraternidad resurge en América. Hacia 1824, en Memphis (Tennessee) uno de los afiliados conversa con el ascético millonario Ezra Buckley. Éste lo deja hablar con algún desdén —y se ríe de la modestia del proyecto. Le dice que en América es absurdo inventar un país y le propone la invención de un planeta. A esa gigantesca idea añade otra, hija de su nihilismo:[5] la de guardar en el silencio la empresa enorme. Circulaban entonces los veinte tomos de la *Encyclopaedia Britannica;* Buckley sugiere una enciclopedia metódica del planeta ilusorio. Les dejará sus cordilleras auríferas, sus ríos navegables, sus praderas holladas por el toro y por el bisonte, sus negros, sus prostíbulos y sus dólares, bajo una condición: "La obra no pactará con el impostor Jesucristo". Buckley descree de Dios, pero quiere demostrar al Dios no existente que los hombres mortales son capaces de concebir un mundo. Buckley es envenenado en Baton Rouge en 1828; en 1914 la sociedad remite a sus colaboradores, que son trescientos, el volumen final de la Primera Enciclopedia de Tlön. La edición es secreta: los cuarenta volúmenes que comprende (la obra más vasta que han acometido los hombres) serían la base de otra más minuciosa, redactada no ya en inglés, sino en alguna de las lenguas de Tlön. Esa revisión de un mundo ilusorio se llama provisoriamente *Orbis Tertius* y uno de sus modestos demiurgos fue Herbert Ashe, no sé si como agente de Gunnar Erfjord o como afiliado. Su recepción de un ejemplar del Onceno Tomo parece favorecer lo segundo. Pero ¿y los otros? Hacia 1942 arreciaron los hechos. Recuerdo con singular nitidez uno de los primeros y me parece que algo sentí de su carácter premonitorio. Ocurrió en un departamento de la calle Laprida, frente a un claro y alto balcón que miraba el ocaso. La princesa de Faucigny Lucinge había recibido de Poitiers su vajilla de plata. Del vasto fondo de un cajón rubricado de sellos internacionales iban saliendo finas cosas inmóviles: platería de Utrecht y de París con dura fauna heráldica, un samovar. Entre ellas —con un perceptible y tenue temblor de pájaro dormido— latía misteriosamente una brújula. La princesa no la reconoció. La aguja azul anhelaba el

---

[5] Buckley era librepensador, fatalista y defensor de la esclavitud.

norte magnético; la caja de metal era cóncava; las letras de la esfera correspondían a uno de los alfabetos de Tlön. Tal fue la primera intrusión del mundo fantástico en el mundo real. Un azar que me inquieta hizo que yo también fuera testigo de la segunda. Ocurrió unos meses después, en la pulpería de un brasilero, en la Cuchilla Negra. Amorim y yo regresábamos de Sant'Anna. Una creciente del río Tacuarembó nos obligó a probar (y a sobrellevar) esa rudimentaria hospitalidad. El pulpero nos acomodó unos catres crujientes en una pieza grande, entorpecida de barriles y cueros. Nos acostamos, pero no nos dejó dormir hasta el alba la borrachera de un vecino invisible, que alternaba denuestos inextricables con rachas de milongas —más bien con rachas de una sola milonga. Como es de suponer, atribuimos a la fogosa caña del patrón ese griterío insistente... A la madrugada, el hombre estaba muerto en el corredor. La aspereza de la voz nos había engañado: era un muchacho joven. En el delirio se le habían caído del tirador unas cuantas monedas y un cono de metal reluciente, del diámetro de un dado. En vano un chico trató de recoger ese cono. Un hombre apenas acertó a levantarlo. Yo lo tuve en la palma de la mano algunos minutos: recuerdo que su peso era intolerable y que después de retirado el cono, la opresión perduró. También recuerdo el círculo preciso que me grabó en la carne. Esa evidencia de un objeto muy chico y a la vez pesadísimo dejaba una impresión desagradable de asco y de miedo. Un paisano propuso que lo tiraran al río correntoso. Amorim lo adquirió mediante unos pesos. Nadie sabía nada del muerto, salvo "que venía de la frontera". Esos conos pequeños y muy pesados (hechos de un metal que no es de este mundo) son imagen de la divinidad, en ciertas religiones de Tlön.

Aquí doy término a la parte personal de mi narración. Lo demás está en la memoria (cuando no en la esperanza o en el temor) de todos mis lectores. Básteme recordar o mencionar los hechos subsiguientes, con una mera brevedad de palabras que el cóncavo recuerdo general enriquecerá o ampliará. Hacia 1944 un investigador del diario *The American* (de Nashville, Tennessee) exhumó en una biblioteca de Memphis los cuarenta volúmenes de la Primera Enciclopedia de Tlön. Hasta el día de hoy se discute si ese descubrimiento fue casual o si lo consintieron los directores del todavía nebuloso *Orbis Tertius*. Es verosímil lo segundo. Algunos rasgos increíbles del Onceno Tomo (verbigracia, la multiplicación de los *hrönir*) han sido eliminados o atenuados en el ejemplar de Memphis; es razonable imaginar que esas tachaduras obedecen al plan de exhibir un mundo que no sea demasiado incompatible con el mundo real. La diseminación de objetos de Tlön en diversos países complementaría ese plan...[6] El hecho es que la prensa internacional voceó infinitamente el "hallazgo". Manuales, antologías, resúmenes, versiones literales, reimpresiones autorizadas y reimpresiones piráticas de la Obra Mayor de los Hombres abarrotaron y siguen abarrotando la tierra. Casi inmediatamente, la realidad cedió en más de un punto. Lo cierto es que anhelaba ceder. Hace diez años bastaba cualquier simetría con apariencia de orden —el materialismo dialéctico, el antisemitismo, el nazismo— para embelesar a los hombres. ¿Cómo no someterse a Tlön, a la minuciosa y vasta evidencia de un planeta ordenado? Inútil responder que la realidad también está ordenada. Quizá lo esté, pero de acuerdo a leyes divinas —traduzco: a leyes inhumanas— que no acabamos nunca de percibir. Tlön será un laberinto, pero es un laberinto urdido por hombres, un laberinto destinado a que lo descifren los hombres.

El contacto y el hábito de Tlön han desintegrado este mundo. Encantada por su rigor, la humanidad olvida y torna a olvidar que es un rigor de ajedrecistas, no de ángeles. Ya ha penetrado en las escuelas el (conjetural) "idioma

---

[6] Queda, naturalmente, el problema de la *materia* de algunos objetos.

primitivo" de Tlön; ya la enseñanza de su historia armoniosa (y llena de episodios conmovedores) ha obliterado a la que presidió mi niñez; ya en las memorias un pasado ficticio ocupa el sitio de otro, del que nada sabemos con certidumbre —ni siquiera que es falso. Han sido reformadas la numismática, la farmacología y la arqueología. Entiendo que la biología y las matemáticas aguardan también su avatar... Una dispersa dinastía de solitarios ha cambiado la faz del mundo. Su tarea prosigue. Si nuestras previsiones no yerran, de aquí cien años alguien descubrirá los cien tomos de la Segunda Enciclopedia de Tlön.

Entonces desaparecerán del planeta el inglés y el francés y el mero español. El mundo será Tlön. Yo no hago caso, yo sigo revisando en los quietos días del hotel de Adrogué una indecisa traducción quevediana (que no pienso dar a la imprenta) del *Urn Burial* de Browne.

WILLIAM WILSON

Edgar Allan Poe

> "¿Qué decir de ella? ¿Qué decir de la torva
> CONCIENCIA, de ese espectro en mi camino?"
> (CHAMBERLAYNE, *Pharronida*)

Permitidme que, por el momento, me llame a mí mismo William Wilson. Esta blanca página no debe ser manchada con mi verdadero nombre. Demasiado ha sido ya objeto del escarnio, del horror, del odio de mi estirpe. Los vientos, indignados, ¿no han esparcido en las regiones más lejanas del globo su incomparable infamia? ¡Oh proscrito, oh tú, el más abandonado de los proscritos! ¿No estás muerto para la tierra? ¿No estás muerto para sus honras, sus flores, sus doradas ambiciones? Entre tus esperanzas y el cielo, ¿no aparece suspendida para siempre una densa, lúgubre, ilimitada nube?

No quisiera, aunque me fuese posible, registrar hoy la crónica de estos últimos años de inexpresable desdicha e imperdonable crimen. Esa época —estos años recientes— ha llegado bruscamente al colmo de la depravación, pero ahora sólo me interesa señalar el origen de esta última. Por lo regular, los hombres van cayendo gradualmente en la bajeza. En mi caso, la virtud se desprendió bruscamente de mí como si fuera un manto. De una perversidad relativamente trivial, pasé con pasos de gigante a enormidades más grandes que las de un Heliogábalo. Permitidme que os relate la ocasión, el acontecimiento que hizo posible esto.

La muerte se acerca, y la sombra que la precede proyecta un influjo calmante sobre mi espíritu. Mientras atravieso el oscuro valle, anhelo la simpatía —casi iba a escribir la piedad— de mis semejantes. Me gustaría que creyeran que, en cierta medida, fui esclavo de circunstancias que excedían el dominio humano. Me gustaría que buscaran a favor mío, en los detalles que voy a dar, un pequeño oasis de *fatalidad* en ese desierto del error. Me gustaría que reconocieran —como no han de dejar de hacerlo— que si alguna vez existieron tentaciones parecidas, jamás un hombre fue tentado *así*, y jamás cayó *así*. ¿Será por eso que nunca ha sufrido en esta forma? Verdaderamente, ¿no habré vivido en un sueño? ¿No muero víctima del horror y el misterio de la más extraña de las visiones sublunares?

Desciendo de una raza cuyo temperamento imaginativo y fácilmente excitable la destacó en todo tiempo; desde la más tierna infancia di pruebas de haber heredado plenamente el carácter de la familia. A medida que avanzaba en años, esa modalidad se desarrolló aún más, llegando a ser por muchas razones causa de grave ansiedad para mis amigos y de perjuicios para mí. Crecí gobernándome por mi cuenta, entregado a los caprichos más extravagantes y víctima de las pasiones más incontrolables. Débiles, asaltados por defectos constitucionales análogos a los míos, poco pudieron hacer mis padres para contener las malas tendencias que me distinguían. Algunos menguados esfuerzos de su parte, mal dirigidos, terminaron en rotundos fracasos y, naturalmente, fueron triunfos para mí. Desde entonces mi voz fue ley en nuestra casa; a una edad en la que pocos niños han abandonado los andadores, quedé dueño de mi voluntad y me convertí de hecho en el amo de todas mis acciones.

Mis primeros recuerdos de la vida escolar se remontan a una vasta casa isabelina llena de recovecos, en un neblinoso pueblo de Inglaterra, donde se alzaban innumerables árboles gigantescos y nudosos, y donde todas las casas eran antiquísimas. Aquel venerable pueblo era como un lugar de ensueño, propio para la paz del espíritu. Ahora mismo, en mi fantasía, siento la refrescante atmósfera de sus avenidas en sombra, aspiro la fragancia de sus mil arbustos, y me estremezco nuevamente, con indefinible delicia, al oír la profunda y hueca voz de la campana de la iglesia quebrando hora tras hora con su hosco y repentino tañido el silencio de la fusca atmósfera, en la que el calado campanario gótico se sumía y reposaba.

Demorarme en los menudos recuerdos de la escuela y sus episodios me proporciona quizás el mayor placer que me es dado alcanzar en estos días. Anegado como estoy por la desgracia —¡ay, demasiado real!—, se me perdonará que busque alivio, aunque sea tan leve como efímero, en la complacencia de unos pocos detalles divagantes. Triviales y hasta ridículos, esos detalles asumen en mi imaginación una relativa importancia, pues se vinculan a un período y a un lugar en los cuales reconozco la presencia de los primeros ambiguos avisos del destino que más tarde habría de envolverme en sus sombras. Dejadme, entonces, recordar.

Como he dicho, la casa era antigua y de trazado irregular. Alzábase en un vasto terreno, y un elevado y sólido muro de ladrillos, coronado por una capa de mortero y vidrios rotos, circundaba la propiedad. Esta muralla, semejante a la de una prisión, constituía el límite de nuestro dominio; más allá de él nuestras miradas sólo pasaban tres veces por semana: la primera, los sábados por la tarde, cuando se nos permitía realizar breves paseos en grupo, acompañados por dos preceptores, a través de los campos vecinos; y las otras dos los domingos, cuando concurríamos en la misma forma a los oficios matinales y vespertinos de la única iglesia del pueblo. El director de la escuela era también el pastor. ¡Con qué asombro y perplejidad lo contemplaba yo desde nuestros alejados bancos, cuando ascendía al púlpito con lento y solemne paso! Este hombre reverente, de rostro sereno y benigno, de vestiduras satinadas que ondulaban clericalmente, de peluca cuidadosamente empolvada, tan rígida y enorme... ¿podía ser el mismo que, poco antes, agrio el rostro, manchadas de rapé las ropas, administraba férula en mano las draconianas leyes de la escuela? ¡Oh inmensa paradoja, demasiado monstruosa para tener solución!

En un ángulo de la espesa pared rechinaba una puerta aún más espesa. Estaba remachada y asegurada con pasadores de hierro, y coronada de picas de hierro. ¡Qué sensaciones de profundo temor inspiraba! Jamás se abría, salvo para las tres salidas y retornos mencionados; por eso, en cada crujido de sus fortísimos goznes, encontrábamos la plenitud del misterio... un mundo de cosas para hacer solemnes observaciones, o para meditar profundamente.

El dilatado muro tenía una forma irregular, con muchos espaciosos recesos. Tres o cuatro de los más grandes constituían el campo de juegos. Su piso estaba nivelado y cubierto de fina grava. Me acuerdo de que no tenía árboles, ni bancos, ni nada parecido. Quedaba, claro está, en la parte posterior de la casa. En el frente había un pequeño cantero, donde crecían el boj y otros arbustos; pero a través de esta sagrada división sólo pasábamos en raras ocasiones, tales como el día del ingreso a la escuela o el de la partida, o quizá cuando nuestros padres o un amigo venían a buscarnos y partíamos alegremente a casa para pasar las vacaciones de Navidad o de verano.

¡Aquella casa! ¡Qué extraño era aquel viejo edificio! ¡Y para mí, qué palacio de encantamiento! Sus vueltas y revueltas no tenían fin, ni tampoco sus incomprensibles subdivisiones. En un momento dado era difícil saber con certeza en cuál de los dos pisos se estaba. Entre un cuarto y otro había siempre tres o cuatro escalones que subían o bajaban. Las alas laterales, además, eran innumerables —inconcebibles—, y volvían sobre sí mismas de tal manera que nuestras ideas más precisas con respecto a aquella casa no diferían mucho de las que abrigábamos sobre el infinito. Durante mis cinco años de residencia, jamás pude establecer con precisión en qué remoto lugar hallábanse situados los pequeños dormitorios que correspondían a los dieciocho o veinte colegiales que seguíamos los cursos.

El aula era la habitación más grande de la casa y —no puedo dejar de pensarlo— del mundo entero. Era muy larga, angosta y lúgubremente baja, con ventanas de arco gótico y techo de roble. En un ángulo remoto, que nos inspiraba espanto, había una división cuadrada de unos ocho o diez pies, donde se hallaba el *sanctum* destinado a las oraciones de nuestro director, el reverendo doctor Bransby. Era una sólida estructura, de maciza puerta; antes de abrirla en ausencia del "dómine" hubiéramos preferido perecer voluntariamente por *la peine forte et dure*. En otros ángulos había dos recintos similares, mucho menos reverenciados por cierto, pero que no dejaban de inspirarnos temor. Uno de ellos contenía la cátedra del preceptor "clásico", y el otro la correspondiente a "inglés y matemáticas". Dispersos en el salón, cruzándose y recruzándose en interminable irregularidad, veíanse innumerables bancos y pupitres, negros y viejos, carcomidos por el tiempo, cubiertos de libros harto hojeados, y tan llenos de cicatrices de iniciales, nombres completos, figuras grotescas y otros múltiples esfuerzos del cortaplumas, que habían llegado a perder lo poco que podía quedarles de su forma original en lejanos días. Un gran balde de agua aparecía en un extremo del salón, y en el otro había un reloj de formidables dimensiones.

Encerrado por las macizas paredes de tan venerable academia, pasé sin tedio ni disgusto los años del tercer lustro de mi vida. El fecundo cerebro de un niño no necesita de los sucesos del mundo exterior para ocuparlo o divertirlo; y la monotonía aparentemente lúgubre de la escuela estaba llena de excitaciones más intensas que las que mi juventud extrajo de la lujuria, o mi virilidad del crimen. Sin embargo debo creer que el comienzo de mi desarrollo mental salió ya de lo común y tuvo incluso mucho de exagerado. En general, los hombres de edad madura no guardan un recuerdo definido de los acontecimientos de la infancia. Todo es como una sombra gris, una remembranza débil e irregular, una evocación indistinta de pequeños placeres y fantasmagóricos dolores. Pero en mi caso no ocurre así. En la infancia debo de haber sentido con todas las energías de un hombre lo que ahora hallo estampado en mi memoria con imágenes tan vívidas, tan profundas y tan duraderas como los exergos de las medallas cartaginesas.

Y sin embargo, desde un punto de vista mundano, ¡qué poco había allí para recordar! Despertarse por la mañana, volver a la cama por la noche; los estudios, las recitaciones, las vacaciones periódicas, los paseos; el campo de juegos, con sus querellas, sus pasatiempos, sus intrigas... Todo eso, por obra de un hechizo mental totalmente olvidado más tarde, llegaba a contener un mundo de sensaciones, de apasionantes incidentes, un universo de variada emoción, lleno de las más apasionadas e incitantes excitaciones. *Oh, le bon temps, que ce siècle de fer!*

El ardor, el entusiasmo y lo imperioso de mi naturaleza no tardaron en destacarme entre mis condiscípulos, y por una suave pero natural gradación fui ganando ascendencia sobre todos los que no me superaban demasiado en edad; sobre todos..., con una sola excepción. Se trataba de un alumno que, sin ser pariente mío, tenía mi mismo nombre y apellido; circunstancia poco notable; ya que, a pesar de mi ascendencia noble, mi apellido era uno de esos que, desde tiempos inmemoriales, parecen ser propiedad común de la multitud. En este relato me he designado a mí mismo como William Wilson —nombre ficticio, pero no muy distinto del verdadero—. Sólo mi tocayo, entre los que formaban, según la fraseología escolar, "nuestro grupo", osaba competir conmigo en los estudios, en los deportes y querellas del recreo, rehusando creer ciegamente mis afirmaciones y someterse a mi voluntad; en una palabra, pretendía oponerse a mi arbitrario dominio en todos los sentidos. Y si existe en la tierra un supremo e ilimitado despotismo, ése es el que ejerce un muchacho extraordinario sobre los espíritus de sus compañeros menos dotados.

La rebelión de Wilson constituía para mí una fuente de continuo embarazo; máxime cuando, a pesar de las bravatas que lanzaba en público acerca de él y de sus pretensiones, sentía que en el fondo le tenía miedo, y no podía dejar de pensar en la igualdad que tan fácilmente mantenía con respecto a mí, y que era prueba de su verdadera superioridad, ya que no ser superado me costaba una lucha perpetua. Empero, esta superioridad —incluso esta igualdad— sólo yo la reconocía; nuestros camaradas, por una inexplicable ceguera, no parecían sospecharla siquiera. La verdad es que su competencia, su oposición y, sobre todo, su impe tinente y obstinada interferencia en mis propósitos eran tan hirientes como poco visibles. Wilson parecía tan exento de la ambición que espolea como de la apasionada energía que me permitía brillar. Se hubiera dicho que en su rivalidad había sólo el caprichoso deseo de contradecirme, asombrarme y mortificarme; aunque a veces yo no dejaba de observar —con una mezcla de asombro, humillación y resentimiento— que mi rival mezclaba en sus ofensas, sus insultos o sus oposiciones cierta inapropiada e intempestiva *afectuosidad*. Sólo alcanzaba a explicarme semejante conducta como el producto de una consumada suficiencia, que adoptaba el tono vulgar del patronazgo y la protección.

Quizá fuera este último rasgo en la conducta de Wilson, juntamente con la identidad de nuestros nombres y la mera coincidencia de haber ingresado en la escuela el mismo día, lo que dio origen a la convicción de que éramos hermanos, cosa que creían todos los alumnos de las clases superiores. Estos últimos no suelen informarse en detalle de las cuestiones concernientes a los alumnos menores. Ya he dicho, o debí decir, que Wilson no estaba emparentado ni en el grado más remoto con mi familia. Pero la verdad es que, *de haber sido* hermanos, hubiésemos sido gemelos, ya que después de salir de la academia del doctor

Bransby supe por casualidad que mi tocayo había nacido el 19 de enero de 1813, y la coincidencia es bien notable, pues se trata precisamente del día de mi nacimiento.

Podrá parecer extraño que, a pesar de la continua inquietud que me ocasionaba la rivalidad de Wilson, y su intolerable espíritu de contradicción, me resultara imposible odiarlo. Es cierto que casi diariamente teníamos una querella, al fin de la cual, mientras me cedía públicamente la palma de la victoria, Wilson se las arreglaba de alguna manera para darme a entender que era él quien la había merecido; pero, no obstante eso, mi orgullo y una gran dignidad de su parte nos mantenía en lo que se da en llamar "buenas relaciones", a la vez que diversas coincidencias en nuestros caracteres actuaban para despertar en mí un sentimiento que quizá sólo nuestra posición impedía convertir en amistad. Me es muy difícil definir, e incluso describir, mis verdaderos sentimientos hacia Wilson. Constituían una mezcla heterogénea y abigarrada: algo de petulante animosidad que no llegaba al odio, algo de estima, aún más de respeto, mucho miedo y un mundo de inquieta curiosidad. Casi resulta superfluo agregar, para el moralista, que Wilson y yo éramos compañeros inseparables.

No hay duda de que lo anómalo de esta relación encaminaba todos mis ataques (que eran muchos, francos o encubiertos) por las vías de la burla o de la broma pesada —que lastiman bajo la apariencia de una diversión— en vez de convertirlos en franca y abierta hostilidad. Pero mis esfuerzos en ese sentido no siempre resultaban fructuosos, por más hábilmente que maquinara mis planes, ya que mi tocayo tenía en su carácter mucho de esa modesta y tranquila austeridad que, mientras goza de lo afilado de sus propias bromas, no ofrece ningún talón de Aquiles y rechaza toda tentativa de que alguien ría a costa suya. Sólo pude encontrarle un punto vulnerable que, proveniente de una peculiaridad de su persona y originado acaso en una enfermedad constitucional, hubiera sido relegado por cualquier

otro antagonista menos exasperado que yo. Mi rival tenía
un defecto en los órganos vocales que le impedía alzar la
voz más allá *de un susurro apenas perceptible.* Y yo no dejaba
de aprovechar las míseras ventajas que aquel defecto me
acordaba.

Las represalias de Wilson eran muy variadas, pero
una de las formas de su malicia me perturbaba más allá de lo
natural. Jamás podré saber cómo su sagacidad llegó a descubrir que una cosa tan insignificante me ofendía; el hecho es
que, una vez descubierta, no dejó de insistir en ella. Siempre
había yo experimentado aversión hacia mi poco elegante
apellido y mi nombre tan común, que era casi plebeyo.
Aquellos nombres eran veneno en mi oído, y cuando, el día
de mi llegada, un segundo William Wilson ingresó en la
academia, lo detesté por llevar ese nombre, y me sentí do-
blemente disgustado por el hecho de ostentarlo un desconocido que sería causa de una constante repetición, que estaría
todo el tiempo en mi presencia y cuyas actividades en la vida ordinaria de la escuela serían con frecuencia confundidas
con las mías, por culpa de aquella odiosa coincidencia.

Este sentimiento de ultraje así engendrado se fue
acentuando con cada circunstancia que revelaba una semejanza, moral o física, entre mi rival y yo. En aquel tiempo no
había descubierto el curioso hecho de que éramos de la misma edad, pero comprobé que teníamos la misma estatura, y
que incluso nos parecíamos mucho en las facciones y el aspecto físico. También me amargaba que los alumnos de los
cursos superiores estuvieran convencidos de que existía un
parentesco entre ambos. En una palabra, nada podía pertur-
barme más (aunque lo disimulaba cuidadosamente) que
cualquier alusión a una semejanza intelectual, personal o familiar entre Wilson y yo. Por cierto, nada me permitía suponer (salvo en lo referente a un parentesco) que estas similari-
dades fueran comentadas o tan sólo observadas por nuestros
condiscípulos. Que *él* las observaba en todos sus aspectos, y
con tanta claridad como yo, me resultaba evidente; pero sólo

a su extraordinaria penetración cabía atribuir el descubrimiento de que esas circunstancias le brindaran un campo tan vasto de ataque.

Su réplica, que consistía en perfeccionar una imitación de mi persona, se cumplía tanto en palabras como en acciones, y Wilson desempeñaba admirablemente su papel. Copiar mi modo de vestir no le era difícil; mis actitudes y mi modo de moverme pasaron a ser suyos sin esfuerzo, y a pesar de su defecto constitucional, ni siquiera mi voz escapó a su imitación. Nunca trataba, claro está, de imitar mis acentos más fuertes, pero la tonalidad general de mi voz se repetía exactamente en la suya, *y su extraño susurro llegó a convertirse en el eco mismo de la mía.*

No me aventuraré a describir hasta qué punto este minucioso retrato (pues no cabía considerarlo una caricatura) llegó a exasperarme. Me quedaba el consuelo de ser el único que reparaba en esa imitación y no tener que soportar más que las sonrisas de complicidad y de misterioso sarcasmo de mi tocayo. Satisfecho de haber provocado en mí el penoso efecto que buscaba, parecía divertirse en secreto del aguijón que me había clavado, desdeñando sistemáticamente el aplauso general que sus astutas maniobras hubieran obtenido fácilmente. Durante muchos meses constituyó un enigma indescifrable para mí el que mis compañeros no advirtieran sus intenciones, comprobaran su cumplimiento y participaran de su mofa. Quizá la *gradación* de su copia no la hizo tan perceptible; o quizá debía mi seguridad a la maestría de aquel copista que, desdeñando lo literal (que es todo lo que los pobres de entendimiento ven en una pintura), sólo ofrecía el espíritu del original para que yo pudiera contemplarlo y atormentarme.

He aludido más de una vez al desagradable aire protector que asumía Wilson conmigo, y de sus frecuentes interferencias en los caminos de mi voluntad. Esta interferencia solía adoptar la desagradable forma de un consejo, antes insinuado que ofrecido abiertamente. Yo lo recibía con una repugnancia que los años fueron acentuando. Y, sin embargo, en este día ya tan lejano de aquéllos, séame dado declarar con toda justicia que no recuerdo ocasión alguna en que las sugestiones de mi rival me incitaran a los errores tan frecuentes en esa edad inexperta e inmadura; por lo menos su sentido moral, si no su talento y su sensatez, era mucho más agudo que el mío; y yo habría llegado a ser un hombre mejor y más feliz si hubiera rechazado con menos frecuencia aquellos consejos encerrados en susurros, y que en aquel entonces odiaba y despreciaba amargamente.

Así las cosas, acabé por impacientarme al máximo frente a esa desagradable vigilancia, y lo que consideraba intolerable arrogancia de su parte me fue ofendiendo más y más. He dicho ya que en los primeros años de nuestra vinculación de condiscípulos mis sentimientos hacia Wilson podrían haber derivado fácilmente a la amistad, pero en los últimos meses de mi residencia en la academia, si bien la impertinencia de su comportamiento había disminuido mucho, mis sentimientos se inclinaron, en proporción análoga, al más profundo odio. En cierta ocasión creo que Wilson lo advirtió, y desde entonces me evitó o fingió evitarme.

En esa misma época, si recuerdo bien, tuvimos un violento altercado, durante el cual Wilson perdió la calma en mayor medida que otras veces, actuando y hablando con una franqueza bastante insólita en su carácter. Descubrí en ese momento (o me pareció descubrir) en su acento, en su aire y en su apariencia general algo que empezó por sorprenderme, para llegar a interesarme luego profundamente, ya que traía a mi recuerdo borrosas visiones de la primera infancia; vehementes, confusos y tumultuosos recuerdos de un tiempo en el que la memoria aún no había nacido. Sólo puedo describir la sensación que me oprimía diciendo que me costó rechazar la certidumbre de que había estado vinculado con aquel ser en una época muy lejana, en un momento de un pasado infinitamente remoto. La ilusión, sin embargo, desvaneciose con la misma rapidez con que había surgido, y si la menciono es para precisar el día en que hablé por última vez en el colegio con mi extraño tocayo.

La enorme y vieja casa, con sus incontables subdivisiones, tenía varias grandes habitaciones contiguas, donde dormía la mayor parte de los estudiantes. Como era natural en un edificio tan torpemente concebido, había además cantidad de recintos menores que constituían las sobras de la estructura y que el ingenio económico del doctor Bransby había habilitado como dormitorios, aunque dado su tamaño sólo podían contener a un ocupante. Wilson poseía uno de esos pequeños cuartos.

Una noche, hacia el final de mi quinto año de estudios en la escuela, e inmediatamente después del altercado a que he aludido, me levanté cuando todos se hubieron dormido y, tomando una lámpara, me aventuré por infinitos pasadizos angostos en dirección al dormitorio de mi rival. Durante largo tiempo había estado planeando una de esas perversas bromas pesadas con las cuales había fracasado hasta entonces. Me sentía dispuesto a llevarla de inmediato a la práctica, para que mi rival pudiera darse buena cuenta de toda mi malicia. Cuando llegué ante su dormitorio, dejé la lámpara en el suelo, cubriéndola con una pantalla, y entré silenciosamente. Luego de avanzar unos pasos, oí su sereno respirar. Seguro de que estaba durmiendo, volví a tomar la lámpara y me aproximé al lecho. Estaba éste rodeado de espesas cortinas, que en cumplimiento de mi plan aparté lenta y silenciosamente, hasta que los brillantes rayos cayeron sobre el durmiente, mientras mis ojos se fijaban en el mismo instante en su rostro. Lo miré, y sentí que mi cuerpo se helaba, que un embotamiento me envolvía. Palpitaba mi corazón, temblábanme las rodillas, mientras mi espíritu se sentía presa de un horror sin sentido pero intolerable. Jadeando, bajé la lámpara hasta aproximarla aún más a aquella cara. ¿Eran ésos... *ésos*, los rasgos de William Wilson? Bien veía que eran los suyos, pero me estremecía como víctima de la calentura al imaginar que no lo eran. Pero, entonces, ¿qué había en ellos para confundirme de esa manera? Lo miré, mientras mi cerebro giraba en multitud de incoherentes pensamientos. No era ése su aspecto... no, *así* no era él en las activas horas de vigilia. ¡El mismo nombre! ¡La misma figura! ¡El mismo día de ingreso a la academia! ¡Y su obstinada e incomprensible imitación de mi actitud, de mi voz, de mis costumbres, de mi aspecto! ¿Entraba verdaderamente dentro de los límites de la posibilidad humana *que esto que ahora veía* fuese meramente el resultado de su continua imitación sarcástica? Espantado y temblando cada vez más, apagué la lámpara, salí en silencio del dormitorio y escapé sin perder un momento de la vieja academia, a la que no habría de volver jamás.

Luego de un lapso de algunos meses que pasé en casa sumido en una total holgazanería, entré en el colegio de Eton. El breve intervalo había bastado para apagar mi recuerdo de los acontecimientos en la escuela del doctor Bransby, o por lo menos para cambiar la naturaleza de los sentimientos que aquellos sucesos me inspiraban. La verdad y la tragedia de aquel drama no existían ya. Ahora me era posible dudar del testimonio de mis sentidos; cada vez que recordaba el episodio me asombraba de los extremos a que puede llegar la credulidad humana, y sonreía al pensar en la extraordinaria imaginación que hereditariamente poseía. Este escepticismo estaba lejos de disminuir con el género de vida que empecé a llevar en Eton. El vórtice de irreflexiva locura en que inmediata y temerariamente me sumergí barrió con todo y no dejó más que la espuma de mis pasadas horas, devorando las impresiones sólidas o serias y dejando en el recuerdo tan sólo las trivialidades de mi existencia anterior.

No quiero, sin embargo, trazar aquí el derrotero de mi miserable libertinaje, que desafiaba las leyes y eludía la vigilancia del colegio. Tres años de locura se sucedieron sin ningún beneficio, arraigando en mí los vicios y aumentando, de un modo insólito, mi desarrollo corporal. Un día, después de una semana de estúpida disipación, invité a algunos de los estudiantes más disolutos a una orgía secreta en mis habitaciones. Nos reunimos estando ya la noche avanzada, pues nuestro libertinaje habría de prolongarse hasta la mañana. Corría libremente el vino y no faltaban otras seducciones todavía más peligrosas, al punto que la gris alborada apuntaba ya en el oriente cuando nuestras deliberantes extravagancias llegaban a su ápice. Excitado hasta la locura por las cartas y la embriaguez me disponía a proponer un brindis especialmente blasfematorio, cuando la puerta de mi aposento se entreabrió con violencia, a tiempo que resonaba ansiosamente la voz de uno de los criados. Insistía en que una persona me reclamaba con toda urgencia en el vestíbulo.

Profundamente excitado por el vino, la inesperada interrupción me alegró en vez de sorprenderme. Salí tambaleándome y en pocos pasos llegué al vestíbulo. No había luz en aquel estrecho lugar, y sólo la pálida claridad del alba alcanzaba a abrirse paso por la ventana semicircular. Al poner el pie en el umbral distinguí la figura de un joven de mi edad, vestido con una bata de casimir blanco, cortada conforme a la nueva moda e igual a la que llevaba yo puesta. La débil luz me permitió distinguir todo eso, pero no las facciones del visitante. Al verme, vino precipitadamente a mi encuentro y, tomándome del brazo con un gesto de petulante impaciencia, murmuró en mi oído estas palabras:

—¡William Wilson!

Mi embriaguez se disipó instantáneamente.

Había algo en los modales del desconocido y en el temblor nervioso de su dedo levantado, suspenso entre la luz y mis ojos, que me colmó de indescriptible asombro; pero no fue esto lo que me conmovió con más violencia, sino la solemne admonición que contenían aquellas sibilantes palabras dichas en voz baja, y, por sobre todo, el carácter, el sonido, el *tono* de esas pocas, sencillas y familiares sílabas que había *susurrado*, y que me llegaban con mil turbulentos recuerdos de días pasados, golpeando mi alma con el choque de una batería galvánica. Antes de que pudiera recobrar el uso de mis sentidos, el visitante había desaparecido.

Aunque este episodio no dejó de afectar vivamente mi desordenada imaginación, bien pronto se disipó su efecto. Durante algunas semanas me ocupé en hacer toda clase de averiguaciones, o me envolví en una nube de morbosas conjeturas. No intenté negarme a mí mismo la identidad del singular personaje que se inmiscuía de tal manera en mis asuntos o me exacerbaba con sus insinuados consejos. ¿Quién era, qué era ese Wilson? ¿De dónde venía? ¿Qué propósitos abrigaba? Me fue imposible hallar respuesta a estas preguntas; sólo alcancé a averiguar que un súbito accidente acontecido en su familia lo había llevado a marcharse de la academia del doctor Bransby la misma tarde del día en que emprendí la fuga. Pero bastó poco tiempo para que dejara de pensar en todo esto, ya que mi atención estaba completamente absorbida por los proyectos de mi ingreso en Oxford. No tardé en trasladarme allá, y la irreflexiva vanidad de mis padres me proporcionó una pensión anual que me permitiría abandonarme al lujo que tanto ansiaba mi corazón y rivalizar en despilfarro con los más altivos herederos de los más ricos condados de Gran Bretaña.

Estimulado por estas posibilidades de fomentar mis vicios, mi temperamento se manifestó con redoblado ardor, y mancillé las más elementales reglas de decencia con la loca embriaguez de mis licencias. Sería absurdo detenerme en el detalle de mis extravagancias. Baste decir que excedí todos los límites y que, dando nombre a multitud de nuevas locuras, agregué un copioso apéndice al largo catálogo de vicios usuales en aquella Universidad, la más disoluta de Europa.

Apenas podrá creerse, sin embargo, que por más que hubiera mancillado mi condición de gentilhombre, habría de llegar a familiarizarme con las innobles artes del jugador profesional, y que, convertido en adepto de tan despreciable ciencia, la practicaría como un medio para aumentar todavía más mis enormes rentas a expensas de mis camaradas de carácter más débil. No obstante, ésa es la verdad. Lo monstruoso de esta transgresión de todos los sentimientos caballerescos y honorables resultaba la principal, ya que no la única razón de la impunidad con que podía practicarla. ¿Quién, entre mis más depravados camaradas, no hubiera dudado del testimonio de sus sentidos antes de sospechar culpable de semejantes actos al alegre, al franco, al generoso William Wilson, el más noble y liberal compañero de Oxford, cuyas locuras, al decir de sus parásitos, no eran más que locuras de la juventud y la fantasía, cuyos errores sólo eran caprichos inimitables, cuyos vicios más negros no pasaban de ligeras y atrevidas extravagancias?

Llevaba ya dos años entregado con todo éxito a estas actividades cuando llegó a la Universidad un joven noble, un *parvenu* llamado Glendinning, a quien los rumores daban por más rico que Herodes Ático, sin que sus riquezas le hubieran costado más que a éste. Pronto me di cuenta de que era un simple, y, naturalmente, lo consideré sujeto adecuado para ejercer sobre él mis habilidades. Logré hacerlo jugar conmigo varias veces y, procediendo como todos los tahúres, le permití ganar considerables sumas a fin de envolverlo más efectivamente en mis redes. Por fin, maduros mis planes, me encontré con él (decidido a que esta partida fuera decisiva) en las habitaciones de un camarada llamado Preston, que nos conocía íntimamente a ambos, aunque no abrigaba la más remota sospecha de mis intenciones. Para dar a todo esto un mejor color, me había arreglado para que fuéramos ocho o diez invitados, y me ingenié cuidadosamente a fin de que la invitación a jugar surgiera como por casualidad y que la misma víctima la propusiera. Para abreviar tema tan vil, no omití ninguna de las bajas finezas propias de estos lances, que se repiten de tal manera en todas las ocasiones similares que cabe maravillarse de que todavía existan personas tan tontas como para caer en la trampa.

Era ya muy entrada la noche cuando efectué por fin la maniobra que me dejó frente a Glendinning como único antagonista. El juego era mi favorito, el *écarté*. Interesados por el desarrollo de la partida, los invitados habían abandonado las cartas y se congregaban a nuestro alrededor. El *parvenu*, a quien había inducido con anterioridad a beber abundantemente, cortaba las cartas, barajaba o jugaba con una nerviosidad que su embriaguez sólo podía explicar en parte. Muy pronto se convirtió en deudor de una importante suma, y entonces, luego de beber un gran trago de oporto, hizo lo que yo esperaba fríamente: me propuso doblar las apuestas, que eran ya extravagantemente elevadas. Fingí resistirme, y sólo después que mis reiteradas negativas hubieron provocado en él algunas réplicas coléricas, que dieron a mi aquiescencia un carácter destemplado, acepté la propuesta. Como es natural, el resultado demostró hasta qué punto la presa había caído en mis redes; en menos de una hora su deuda se había cuadruplicado.

Desde hacía un momento, el rostro de Glendinning perdía la rubicundez que el vino le había prestado y me asombró advertir que se cubría de una palidez casi mortal. Si digo que me asombró se debe a que mis averiguaciones anteriores presentaban a mi adversario como inmensamente rico, y, aunque las sumas perdidas eran muy grandes, no podían preocuparlo seriamente y mucho menos perturbarlo en la forma en que lo estaba viendo. La primera idea que se me ocurrió fue que se trataba de los efectos de la bebida; buscando mantener mi reputación a ojos de los testigos presentes —y no por razones altruistas—, me disponía a exigir perentoriamente la suspensión de la partida, cuando algunas frases que escuché a mi alrededor, así como una exclamación desesperada que profirió Glendinning, me dieron a entender que acababa de arruinarlo por completo, en circunstancias que lo llevaban a merecer la piedad de todos, y que deberían haberlo protegido hasta de las tentativas de un demonio.

Difícil es decir ahora cuál hubiera sido mi conducta en ese momento. La lamentable condición de mi adversario creaba una atmósfera de penoso embarazo. Hubo un profundo silencio, durante el cual sentí que me ardían las mejillas bajo las miradas de desprecio o de reproche que me lanzaban los menos pervertidos. Confieso incluso que, al producirse una súbita y extraordinaria interrupción, mi pecho se alivió por un breve instante de la intolerable ansiedad que lo oprimía. Las grandes y pesadas puertas de la estancia se abrieron de golpe y de par en par, con un ímpetu tan vigoroso y arrollador que bastó para apagar todas las bujías. La muriente luz nos permitió, sin embargo, ver entrar a un desconocido, un hombre de mi talla, completamente embozado en una capa. La oscuridad era ahora total, y solamente podíamos *sentir* que aquel hombre estaba entre nosotros. Antes de que nadie pudiera recobrarse del profundo asombro que semejante conducta le había producido, oímos la voz del intruso.

—Señores —dijo, con una voz tan baja como clara, con un inolvidable *susurro* que me estremeció hasta la médula de los huesos—. Señores, no me excusaré por mi conducta, ya que al obrar así no hago más que cumplir con un deber. Sin duda ignoran ustedes quién es la persona que acaba de ganar una gran suma de dinero a Lord Glendinning. He de proponerles, por tanto, una manera tan expeditiva como concluyente de cerciorarse al respecto: bastará con que examinen el forro de su puño izquierdo y los pequeños paquetes que encontrarán en los bolsillos de su bata bordada.

Mientras hablaba, el silencio era tan profundo que se hubiera oído caer una aguja en el suelo. Dichas esas palabras, partió tan bruscamente como había entrado. ¿Puedo describir... describiré mis sensaciones? ¿Debo decir que sentí todos los horrores del condenado? Poco tiempo me quedó para reflexionar. Varias manos me sujetaron rudamente, mientras se traían nuevas luces. Inmediatamente me registraron. En el forro de mi manga encontraron todas las figuras esenciales en el *écarté* y, en los bolsillos de mi bata, varios mazos de barajas idénticos a los que empleábamos en nuestras partidas, salvo que las mías eran lo que técnicamente se denomina *arrondées*; vale decir que las cartas ganadoras tienen las extremidades ligeramente convexas, mientras las cartas de menor valor son levemente convexas a los lados. En esa forma, el incauto que corta, como es normal, a lo largo del mazo, proporcionará invariablemente una carta ganadora a su antagonista, mientras el tahúr, que cortará también tomando el mazo por sus lados mayores, descubrirá una carta inferior.

Todo estallido de indignación ante semejante descubrimiento me hubiera afectado menos que el silencioso desprecio y la sarcástica compostura con que fue recibido.

—Señor Wilson —dijo nuestro anfitrión, inclinándose para levantar del suelo una lujosa capa de preciosas pieles—, esto es de su pertenencia. (Hacía frío y, al salir de mis habitaciones, me había echado la capa sobre mi bata, retirándola luego al llegar a la sala de juego.) Supongo que no vale la pena buscar aquí —agregó, mientras observaba los pliegues del abrigo con amarga sonrisa— otras pruebas de su habilidad. Ya hemos tenido bastantes. Descuento que reconocerá la necesidad de abandonar Oxford, y, de todas las maneras, de salir inmediatamente de mi habitación.

Humillado, envilecido hasta el máximo como lo estaba en ese momento, es probable que hubiera respondido a tan amargo lenguaje con un arrebato de violencia, de no hallarse mi atención completamente concentrada en un hecho por completo extraordinario. La capa que me había puesto para acudir a la reunión era de pieles sumamente raras, a un punto tal que no hablaré de su precio. Su corte, además, nacía de mi invención personal, pues en cuestiones tan frívolas era de un refinamiento absurdo. Por eso, cuando Preston me alcanzó la que acababa de levantar del suelo cerca de la puerta del aposento, vi con asombro lindante en el terror que yo tenía mi propia capa colgada del brazo —donde la había dejado inconscientemente—, y que la que me ofrecía era absolutamente igual en todos y cada uno de sus detalles. El extraño personaje que me había desenmascarado estaba envuelto en una capa al entrar, y aparte de mí ningún otro invitado llevaba capa esa noche. Con lo que me quedaba de presencia de ánimo, tomé la que me ofrecía Preston y la puse sobre la mía sin que nadie se diera cuenta. Salí así de las habitaciones, desafiante el rostro, y a la mañana siguiente, antes del alba, empecé un presuroso viaje al continente, perdido en un abismo de espanto y de vergüenza.

Huía en vano. Mi aciago destino me persiguió, exultante, mostrándome que su misterioso dominio no había hecho más que empezar. Apenas hube llegado a París, tuve nuevas pruebas del odioso interés que Wilson mostraba en mis asuntos. Corrieron los años, sin que pudiera hallar alivio. ¡El miserable...! ¡Con qué inoportuna, con qué espectral solicitud se interpuso en Roma entre mí y mis ambiciones! También en Viena... en Berlín... en Moscú. A decir verdad, ¿dónde no tenía yo amargas razones para maldecirlo de todo corazón? Huí, al fin, de aquella inescrutable tiranía, aterrado como si se tratara de la peste; huí hasta los confines mismos de la tierra. *Y en vano.*

Una y otra vez, en la más secreta intimidad de mi espíritu, me formulé las preguntas: "¿Quién es? ¿De dónde viene? ¿Qué quiere?". Pero las respuestas no llegaban. Minuciosamente estudié las formas, los métodos, los rasgos dominantes de aquella impertinente vigilancia, pero incluso ahí encontré muy poco para fundar una conjetura cualquiera. Cabía advertir, sin embargo, que en las múltiples instancias en que se había cruzado en mi camino en los últimos tiempos, sólo lo había hecho para frustrar planes o malograr actos que, de cumplirse, hubieran culminado en una gran maldad. ¡Pobre justificación, sin embargo, para una autoridad asumida tan imperiosamente! ¡Pobre compensación para los derechos de un libre albedrío tan insultantemente estorbado!

Me había visto obligado a notar asimismo que, en ese largo período (durante el cual continuó con su capricho de mostrarse vestido exactamente como yo, lográndolo con milagrosa habilidad), mi atormentador consiguió que no pudiera ver jamás su rostro las muchas veces que se interpuso en el camino de mi voluntad. Cualquiera que fuese Wilson, *esto*, por lo menos, era el colmo de la afectación y la insensatez. ¿Cómo podía haber supuesto por un instante que en mi amonestador de Eton, en el desenmascarador de Oxford, en aquel que malogró mi ambición en Roma, mi venganza en París, mi apasionado amor en Nápoles, o lo que falsamente llamaba mi avaricia en Egipto, que en él, mi archienemigo y genio maligno, dejaría yo de reconocer al William Wilson de mis días escolares, al tocayo, al compañero, al rival, al odiado y temido rival de la escuela del doctor Bransby? ¡Imposible! Pero apresurémonos a llegar a la última escena del drama.

Hasta aquel momento yo me había sometido por completo a su imperiosa dominación. El sentimiento de reverencia con que habitualmente contemplaba el elevado carácter, el majestuoso saber y la ubicuidad y omnipotencia aparentes de Wilson, sumado al terror que ciertos rasgos de su naturaleza y su arrogancia me inspiraban, habían llegado a convencerme de mi total debilidad y desamparo, sugiriéndome una implícita, aunque amargamente resistida sumisión a su arbitraria voluntad. Pero en los últimos tiempos acabé entregándome por completo a la bebida, y su terrible influencia sobre mi temperamento hereditario me hizo impacientarme más y más frente a aquella vigilancia. Empecé a murmurar, a vacilar, a resistir. ¿Y era sólo la imaginación la que me inducía a creer que a medida que mi firmeza aumentaba, la de mi atormentador sufría una disminución proporcional? Sea como fuere, una ardiente esperanza empezó a aguijonearme y fomentó en mis más secretos pensamientos la firme y desesperada resolución de no tolerar por más tiempo aquella esclavitud.

Era en Roma, durante el carnaval del 18..., en un baile de máscaras que ofrecía en su *palazzo* el duque napolitano Di Broglio. Me había dejado arrastrar más que de costumbre por los excesos de la bebida, y la sofocante atmósfera de los atestados salones me irritaba sobremanera. Luchaba además por abrirme paso entre los invitados, cada vez más malhumorado, pues deseaba ansiosamente encontrar (no diré por qué indigna razón) a la alegre y bellísima esposa del anciano y caduco Di Broglio. Con una confianza por completo desprovista de escrúpulos, me había hecho saber ella cuál sería su disfraz de aquella noche y, al percibirla a la distancia, me esforzaba por llegar a su lado. Pero en ese momento sentí que una mano se posaba ligeramente en mi hombro, y otra vez escuché al oído aquel profundo, inolvidable, maldito *susurro*.

Arrebatado por un incontenible frenesí de rabia, me volví violentamente hacia el que acababa de interrumpirme y lo aferré por el cuello. Tal como lo había imaginado, su disfraz era exactamente igual al mío: capa española de terciopelo azul y cinturón rojo, del cual pendía una espada. Una máscara de seda negra ocultaba por completo su rostro.

—¡Miserable! —grité con voz enronquecida por la rabia, mientras cada sílaba que pronunciaba parecía atizar mi furia—. ¡Miserable impostor! ¡Maldito villano! ¡No me perseguirás... no, no me perseguirás hasta la muerte! ¡Sígueme, o te atravieso de lado a lado aquí mismo!

Y me lancé fuera de la sala de baile, en dirección a una pequeña antecámara contigua, arrastrándolo conmigo.

Cuando estuvimos allí, lo rechacé con violencia. Trastabilló, mientras yo cerraba la puerta con un juramento y le ordenaba ponerse en guardia. Vaciló apenas un instante; luego, con un ligero suspiro, desenvainó la espada sin decir palabra y se aprestó a defenderse.

El duelo fue breve. Yo me hallaba en un frenesí de excitación y sentía en mi brazo la energía y la fuerza de toda una multitud. En pocos segundos lo fui llevando arrolladoramente hasta acorralarlo contra una pared, y allí, teniéndolo a mi merced, le hundí varias veces la espada en el pecho con brutal ferocidad.

En aquel momento alguien movió el pestillo de la puerta. Me apresuré a evitar una intrusión, volviendo inmediatamente hacia mi moribundo antagonista. ¿Pero qué lenguaje humano puede pintar *esa* estupefacción, *ese* horror que se posesionaron de mí frente al espectáculo que me esperaba? El breve instante en que había apartado mis ojos parecía haber bastado para producir un cambio material en la disposición de aquel ángulo del aposento. Donde antes no había nada, alzábase ahora un gran espejo (o por lo menos me pareció así en mi confusión). Y cuando avanzaba hacia él, en el colmo del espanto, mi propia imagen, pero cubierta de sangre y pálido el rostro, vino a mi encuentro tambaleándose.

Tal me había parecido, lo repito, pero me equivocaba. Era mi antagonista, era Wilson, quien se erguía ante mí agonizante. Su máscara y su capa yacían en el suelo, donde las había arrojado. No había una sola hebra en sus ropas, ni una línea en las definidas y singulares facciones de su rostro, que no fueran *las mías*, que no coincidieran en la más absoluta identidad.

Era Wilson. Pero ya no hablaba con un susurro, y hubiera podido creer que era yo mismo el que hablaba cuando dijo:

—*Has vencido, y me entrego. Pero también tú estás muerto desde ahora... muerto para el mundo, para el cielo y para la esperanza. ¡En mí existías... y al matarme, ve en esta imagen, que es la tuya, cómo te has asesinado a ti mismo!*

UN RECUERDO NAVIDEÑO

Truman Capote

Imaginad una mañana de finales de noviembre. Una mañana de comienzos de invierno, hace más de veinte años. Pen-
sad en la cocina de un viejo caserón de pueblo. Su principal
característica es una enorme estufa negra; pero también
contiene una gran mesa redonda y una chimenea con un
par de mecedoras delante. Precisamente hoy comienza la
estufa su temporada de rugidos.

Una mujer de trasquilado pelo blanco se encuen-
tra de pie junto a la ventana de la cocina. Lleva zapatillas de
tenis y un amorfo jersey gris sobre un vestido veraniego de
calicó. Es pequeña y vivaz, como una gallina bantam; pero,
debido a una prolongada enfermedad juvenil, tiene los
hombros horriblemente encorvados. Su rostro es notable,
algo parecido al de Lincoln, igual de escarpado, y teñido
por el sol y el viento; pero también es delicado, de huesos
finos, y con unos ojos de color jerez y expresión tímida.

—¡Vaya por Dios! —exclama, y su aliento empa-
ña el cristal—. ¡Ha llegado la temporada de las tartas de
frutas!

La persona con la que habla soy yo. Tengo siete
años; ella, sesenta y tantos. Somos primos, muy lejanos, y
hemos vivido juntos, bueno, desde que tengo memoria.
También viven otras personas en la casa, parientes; y aunque tienen poder sobre nosotros, y nos hacen llorar fre-
cuentemente, en general, apenas tenemos en cuenta su
existencia. Cada uno de nosotros es el mejor amigo del
otro. Ella me llama Buddy, en recuerdo de un chico que

antiguamente había sido su mejor amigo. El otro Buddy murió en los años ochenta del siglo pasado, de pequeño. Ella sigue siendo pequeña.

—Lo he sabido antes de levantarme de la cama —dice, volviéndole la espalda a la ventana y con una mirada de determinada excitación—. La campana del patio sonaba fría y clarísima. Y no cantaba ningún pájaro; se han ido a tierras más cálidas, ya lo creo que sí. Mira, Buddy, deja de comer galletas y vete por nuestro carricoche. Ayúdame a buscar el sombrero. Tenemos que preparar treinta tartas.

Siempre ocurre lo mismo: llega cierta mañana de noviembre, y mi amiga, como si inaugurase oficialmente esa temporada navideña anual que le dispara la imaginación y aviva el fuego de su corazón, anuncia:

—¡Ha llegado la temporada de las tartas! Vete por nuestro carricoche. Ayúdame a buscar el sombrero.

Y aparece el sombrero, que es de paja, bajo de copa y muy ancho de ala, y con un corsé de rosas de terciopelo marchitadas por la intemperie: antiguamente era de una parienta que vestía muy a la moda. Guiamos juntos el carricoche, un desvencijado cochecillo de niño, por el jardín, camino de la arboleda de pacanas. El cochecito es mío; es decir que lo compraron para mí cuando nací. Es de mimbre, y está bastante destrenzado, y sus ruedas se bambolean como las piernas de un borracho. Pero es un objeto fiel; en primavera lo llevamos al bosque para llenarlo de flores, hierbas y helechos para las macetas de la entrada; en verano, amontonamos en él toda la parafernalia de las meriendas campestres, junto con las cañas de pescar, y bajamos hasta la orilla de algún riachuelo; en invierno también tiene algunas funciones: es la camioneta en la que trasladamos la leña desde el patio hasta la chimenea, y le sirve de cálida cama a Queenie, nuestra pequeña terrier anaranjada y blanca, un correoso animal que ha sobrevivido a mucho malhumor y a dos mordeduras de serpiente de cascabel. En este momento Queenie anda trotando en pos del carricoche.

Al cabo de tres horas nos encontramos de nuevo en la cocina, descascarillando una carretada de pacanas que el viento ha hecho caer de los árboles. Nos duele la espalda de tanto agacharnos a recogerlas: ¡qué difíciles han sido de encontrar (pues la parte principal de la cosecha se la han llevado, después de sacudir los árboles, los dueños de la arboleda, que no somos nosotros) bajo las hojas que las ocultaban, entre las hierbas engañosas y heladas! ¡Caaracrac! Un alegre crujido, fragmentos de truenos en miniatura que resuenan al partir las cáscaras mientras en la jarra de leche sigue creciendo el dorado montón de dulce y aceitosa fruta marfileña. Queenie comienza a relamerse, y de vez en cuando mi amiga le da furtivamente un pedacito, pese a que insiste en que nosotros ni siquiera las probemos.

—No debemos hacerlo, Buddy. Como empecemos, no habrá quien nos pare. Y ni siquiera con las que hay tenemos suficiente. Son treinta tartas.

La cocina va oscureciéndose. El crepúsculo transforma la ventana en un espejo: nuestros reflejos se entremezclan con la luna ascendente mientras seguimos trabajando junto a la chimenea a la luz del hogar. Por fin, cuando la luna ya está muy alta, echamos las últimas cáscaras al fuego y, suspirando al unísono, observamos cómo van prendiendo. El carricoche está vacío; la jarra, llena hasta el borde.

Tomamos la cena (galletas frías, tocino, mermelada de zarzamora) y hablamos de lo del día siguiente. Al día siguiente empieza el trabajo que más me gusta: ir de compras. Cerezas y cidras, jengibre y vainilla y piña hawaiana en lata, pacanas y pasas y nueces y whisky y, oh, montones de harina, mantequilla, muchísimos huevos, especias, esencias: pero ¡si nos hará falta un pony para tirar del carricoche hasta casa!

Pero, antes de comprar, queda la cuestión del dinero. Ninguno de los dos tiene ni cinco. Solamente las cicateras cantidades que los otros habitantes de la casa nos proporcionan muy de vez en cuando (ellos creen que una moneda de diez centavos es una fortuna) y lo que nos ganamos por medio de actividades diversas: organizar tómbolas de cosas viejas, vender baldes de zarzamoras que nosotros mismos recogemos, tarros de mermelada casera y de jalea de manzana y de melocotón en conserva, o recoger flores para funerales y bodas. Una vez ganamos el septuagésimo noveno premio, cinco dólares, en un concurso nacional de rugby. Y no porque sepamos ni jota de rugby. Sólo porque participamos en todos los concursos de los que tenemos noticia: en este momento nuestras esperanzas se centran en el Gran Premio de cincuenta mil dólares que ofrecen por inventar el nombre de una nueva marca de cafés (nosotros hemos propuesto "A. M."; y después de dudarlo un poco, porque a mi amiga le parecía sacrílego, como eslogan "¡A. M.! ¡Amén!")[1]. A fuer de sincero, nuestra única actividad provechosa *de verdad* fue lo del Museo de Monstruos y Feria de Atracciones que organizamos hace un par de veranos en una leñera. Las atracciones consistían en proyecciones de linterna mágica con vistas de Washington y Nueva York prestadas por un familiar que había estado en esos lugares (y que se puso furioso cuando se enteró del motivo por el que se las habíamos pedido); el Monstruo era un polluelo de tres patas, recién incubado por una de nuestras gallinas. Toda la gente de por aquí quería ver al polluelo: les cobrábamos cinco centavos a los adultos y dos a los niños. Y llegamos a ganar nuestros buenos veinte dólares antes de que el museo cerrara sus puertas debido a la defunción de su principal estrella.

Pero entre unas cosas y otras vamos acumulando cada año nuestros ahorros navideños, el Fondo para Tartas

[1] "A. M.", abreviatura de *ante meridiem*, significa "por la mañana" y se pronuncia "ei-em", y de ahí, por homofonía, el eslogan propuesto, ya que *amen* se pronuncia "ei-men". (N. del T.)

de Frutas. Guardamos escondido este dinero en un viejo monedero de cuentas, debajo de una tabla suelta que está debajo del piso que está debajo del orinal que está debajo de la cama de mi amiga. Sólo sacamos el monedero de su seguro escondrijo para hacer un nuevo depósito, o, como suele ocurrir los sábados, para algún reintegro; porque los sábados me corresponden diez centavos para el cine. Mi amiga no ha ido jamás al cine, ni tiene intención de hacerlo:

—Prefiero que tú me cuentes la historia, Buddy. Así puedo imaginármela mejor. Además, las personas de mi edad no deben malgastar la vista. Cuando se presente el Señor, quiero verlo bien.

Aparte de no haber visto ninguna película, tampoco ha comido en ningún restaurante, viajado a más de cinco kilómetros de casa, recibido o enviado telegramas, leído nada que no sean tebeos y la Biblia, usado cosméticos, pronunciado palabrotas, deseado mal alguno a nadie, mentido a conciencia, ni dejado que ningún perro pasara hambre. Y éstas son algunas de las cosas que ha hecho, y que suele hacer: matar con una azada la mayor serpiente de cascabel jamás vista en este condado (dieciséis cascabeles), tomar rapé (en secreto), domesticar colibríes (desafío a cualquiera a que lo intente) hasta conseguir que se mantengan en equilibrio sobre uno de sus dedos, contar historias de fantasmas (tanto ella como yo creemos en los fantasmas) tan estremecedoras que te dejan helado hasta en julio, hablar consigo misma, pasear bajo la lluvia, cultivar las camelias más bonitas de todo el pueblo, aprenderse la receta de todas las antiguas pócimas curativas de los indios, entre otras, una fórmula mágica para quitar las verrugas.

Ahora, terminada la cena, nos retiramos a la habitación que hay en una parte remota de la casa, y que es el lugar donde mi amiga duerme, en una cama de hierro pintada de rosa chillón, su color preferido, cubierta con una colcha de retazos. En silencio, saboreando los placeres de los conspiradores, sacamos de su secreto escondrijo el monedero de cuentas y derramamos su contenido sobre la colcha. Billetes de un dólar, enrollados como un canuto y verdes como brotes de mayo. Sombrías monedas de cincuenta centavos, tan pesadas que sirven para cerrarle los ojos a un difunto. Preciosas monedas de diez centavos, las más alegres, las que tintinean de verdad. Monedas de cinco y veinticinco centavos, tan pulidas por el uso como guijas de río. Pero, sobre todo, un detestable montón de hediondas monedas de un centavo. El pasado verano, otros habitantes de la casa nos contrataron para matar moscas, a un centavo por cada veinticinco moscas muertas. Ah, aquella carnicería de agosto: ¡cuántas moscas volaron al cielo! Pero no fue un trabajo que nos enorgulleciera. Y, mientras vamos contando los centavos, es como si volviésemos a tabular moscas muertas. Ninguno de los dos tiene facilidad para los números; contamos despacio, nos descontamos, volvemos a empezar. Según sus cálculos, tenemos 12,73 dólares. Según los míos, trece dólares exactamente.

—Espero que te hayas equivocado tú, Buddy. Más nos vale andar con cuidado si son trece. Se nos deshincharán las tartas. O enterrarán a alguien. Por Dios, en la vida se me ocurriría levantarme de la cama un día trece.

Lo cual es cierto: se pasa todos los días trece en la cama. De modo que, para asegurarnos, sustraemos un centavo y lo tiramos por la ventana.

De todos los ingredientes que utilizamos para hacer nuestras tartas de frutas no hay ninguno tan caro como el whisky, que, además, es el más difícil de adquirir: su venta está prohibida por el Estado. Pero todo el mundo sabe que se le puede comprar una botella a Mr. Jajá Jones. Y al día siguiente, después de haber terminado nuestras compras más prosaicas, nos encaminamos a las señas del negocio de Mr. Jajá, un "pecaminoso" (por citar la opinión pública) bar de pescado frito y baile que está a la orilla del río. No es la primera vez que vamos allí, y con el mismo propósito; pero los años anteriores hemos hecho tratos con la mujer de Jajá, una india de piel negra como la tintura de yodo, reluciente cabello oxigenado y aspecto de muerta de cansancio. De hecho, jamás hemos puesto la vista encima de su marido, aunque hemos oído decir que también es indio. Un gigante con cicatrices de navajazos en las mejillas. Lo llaman Jajá por lo tristón, nunca ríe. Cuando nos acercamos al bar (una amplia cabaña de troncos, festoneada por dentro y por fuera con guirnaldas de bombillas desnudas pintadas de colores vivos, y situada en la embarrada orilla del río, a la sombra de unos árboles por entre cuyas ramas crece el musgo como niebla gris), frenamos nuestro paso. Incluso Queenie deja de brincar y permanece cerca de nosotros. Ha habido asesinatos en el bar de Jajá. Gente descuartizada. Descalabrada. El mes próximo irá al juzgado uno de los casos. Naturalmente, esta clase de cosas ocurren por la noche, cuando gimotea el fonógrafo y las bombillas pintadas proyectan demenciales sombras. De día, el local de Jajá es destartalado y está desierto. Llamo a la puerta, ladra Queenie, grita mi amiga:

—¡Mrs. Jajá! ¡Eh, señora! ¿Hay alguien en casa?

Pasos. Se abre la puerta. Nuestros corazones dan un vuelco. ¡Es Mr. Jajá Jones en persona! Y *es* un gigante; y *tiene* cicatrices; y *no* sonríe. Qué va, nos lanza miradas llameantes con sus satánicos ojos rasgados, y quiere saber:

—¿Qué queréis de Jajá?

Durante un instante nos quedamos tan paralizados que no podemos decírselo. Al rato, mi amiga medio encuentra su voz, apenas una vocecilla susurrante:

—Si no le importa, Mr. Jajá, querríamos un litro del mejor whisky que tenga.

Los ojos se le rasgan todavía más. ¿No es increíble? ¡Mr. Jajá está sonriendo! Hasta riendo.

—¿Cuál de los dos es el bebedor?

—Es para hacer tartas de frutas, Mr. Jajá. Para cocinar.

Esto le templa el ánimo. Frunce el ceño.

—Qué manera de tirar un buen whisky.

No obstante, se retira hacia las sombras del bar y reaparece unos cuantos segundos después con una botella de contenido amarillo margarita, sin etiqueta. Exhibe su centelleo a la luz del sol y dice:

—Dos dólares.

Le pagamos con monedas de diez, cinco y un centavo. De repente, al tiempo que hace sonar las monedas en la mano cerrada, como si fueran dados, se le suaviza la expresión.

—¿Sabéis lo que os digo? —nos propone, devolviendo el dinero a nuestro monedero de cuentas—. Pagádmelo con unas cuantas tartas de frutas.

De vuelta a casa, mi amiga comenta:

—Pues a mí me ha parecido un hombre encantador. Pondremos una tacita más de pasas en *su* tarta.

La estufa negra, cargada de carbón y leña, brilla como una calabaza iluminada. Giran velozmente los batidores de huevos, dan vueltas como locas las cucharas en cuencos cargados de mantequilla y azúcar, endulza el ambiente la vainilla, lo hace picante el jengibre; unos olores combinados que hacen que te hormiguee la nariz saturan la cocina, empapan la casa, salen volando al mundo arrastrados por el humo de la chimenea. Al cabo de cuatro días hemos terminado nuestra tarea. Treinta y una tartas, ebrias de whisky, se tuestan al sol en los estantes y los alféizares de las ventanas.

¿Para quién son?

Para nuestros amigos. No necesariamente amigos de la vecindad: de hecho, la mayor parte las hemos hecho para personas con las que quizá sólo hemos hablado una vez, o ninguna. Gente de la que nos hemos encaprichado. Como el presidente Roosevelt. Como el reverendo J. C. Lucey y señora, misioneros baptistas en Borneo, que el pasado invierno dieron unas conferencias en el pueblo. O el pequeño afilador que pasa por aquí dos veces al año. O Abner Packer, el conductor del autobús de las seis que, cuando llega de Mobile, nos saluda con la mano cada día al pasar delante de casa envuelto en un torbellino de polvo. O los Wiston, una joven pareja californiana cuyo automóvil se averió una tarde ante nuestro portal, y que pasó una agradable hora charlando con nosotros (el joven Wiston nos sacó una foto, la única que nos han sacado en nuestra vida). ¿Es debido a que mi amiga siente timidez ante todo el mundo, *excepto* los desconocidos, que esos desconocidos, y otras personas a quienes apenas hemos tratado, son para nosotros nuestros más auténticos amigos? Creo que sí. Además, los cuadernos donde conservamos las notas de agradecimiento con membrete de la Casa Blanca, las ocasionales comunicaciones que nos llegan de California y Borneo, las postales de un centavo firmadas por el afilador, hacen que nos sintamos relacionados con unos mundos rebosantes de acontecimientos, situados muy lejos de la cocina y de su precaria vista de un cielo recortado.

Una desnuda rama de higuera decembrina araña la ventana. La cocina está vacía, han desaparecido las tartas; ayer llevamos las últimas a correos, cargadas en el carricoche, y una vez allí tuvimos que vaciar el monedero para pagar los sellos. Estamos en la ruina. Es una situación que me deprime notablemente, pero mi amiga está empeñada en que lo celebremos: con los dos centímetros de whisky que nos quedan en la botella de Jajá. A Queenie le echamos una cucharada en su café (le gusta el café aromatizado con achicoria, y bien cargado). Dividimos el resto en un par de vasos de gelatina. Los dos estamos bastante atemorizados ante la perspectiva de tomar whisky solo; su sabor provoca en los dos expresiones beodas y amargos estremecimientos. Pero al poco rato comenzamos a cantar simultáneamente una canción distinta cada uno. Yo no me sé la letra de la mía, sólo: *Ven, ven, ven a bailar cimbreando esta noche.* Pero puedo bailar: eso es lo que quiero ser, bailarín de claqué en películas musicales. La sombra de mis pasos de baile anda de jarana por las paredes; nuestras voces hacen tintinear la porcelana; reímos como tontos: se diría que unas manos invisibles están haciéndonos cosquillas. Queenie se pone a rodar, patalea en el aire, y algo parecido a una sonrisa tensa sus labios negros. Me siento ardiente y chisporroteante por dentro, como los troncos que se desmenuzan en el hogar, despreocupado como el viento en la chimenea. Mi amiga baila un vals alrededor de la estufa, sujeto el dobladillo de su pobre falda de calicó con la punta de los dedos, igual que si fuera un vestido de noche: *Muéstrame el camino de vuelta a casa*, está cantando, mientras rechinan en el piso sus zapatillas de tenis. *Muéstrame el camino de vuelta a casa.*

Entran dos parientes. Muy enfadados. Potentes, con miradas censoras, lenguas severas. Escuchad lo que dicen, sus palabras amontonándose unas sobre otras hasta formar una canción iracunda:

—¡Un niño de siete años oliendo a whisky! ¡Te has vuelto loca! ¡Dárselo a un niño de siete años! ¡Estás chiflada! ¡Vas por mal camino! ¿Te acuerdas de la prima Kate? ¿Del tío Charlie? ¿Del cuñado del tío Charlie? ¡Qué escándalo! ¡Qué vergüenza! ¡Qué humillación! ¡Arrodíllate, reza, pídele perdón al Señor!

Queenie se esconde debajo de la estufa. Mi amiga se queda mirando vagamente sus zapatillas, le tiembla el mentón, se levanta la falda, se suena y se va corriendo a su cuarto. Mucho después de que el pueblo haya ido a acostarse y la casa esté en silencio, con la sola excepción de los carillones de los relojes y el chisporroteo de los fuegos casi apagados, mi amiga llora contra una almohada que ya está tan húmeda como el pañuelo de una viuda.

—No llores —le digo, sentado a los pies de la cama y temblando a pesar del camisón de franela, que aún huele al jarabe de la tos que tomé el invierno pasado—, no llores —le suplico, jugando con los dedos de sus pies, haciéndole cosquillas—, eres demasiado vieja para llorar.

—Por eso lloro —dice ella, hipando—. Porque *soy* demasiado vieja. Vieja y ridícula.

—Ridícula no. Divertida. Más divertida que nadie. Oye, como sigas llorando, mañana estarás tan cansada que no podremos ir a cortar el árbol.

Se endereza. Queenie salta encima de la cama (lo cual le está prohibido) para lamerle las mejillas.

—Conozco un sitio donde encontraremos árboles de verdad, preciosos, Buddy. Y también hay acebo. Con bayas tan grandes como tus ojos. Está en el bosque, muy adentro. Más lejos de lo que nunca hemos ido. Papá nos traía de allí los árboles de Navidad: se los cargaba al hombro. Eso era hace cincuenta años. Bueno, no sabes lo impaciente que estoy por que amanezca.

De mañana. La escarcha helada da brillo a la hierba; el sol, redondo como una naranja y anaranjado como una luna de verano, cuelga en el horizonte y bruñe los plateados bosques invernales. Chilla un pavo silvestre. Un cerdo renegado gruñe entre la maleza. Pronto, junto a la orilla del poco profundo riachuelo de aguas veloces, tenemos que abandonar el carricoche. Queenie es la primera en vadear la corriente, chapotea hasta el otro lado, ladrando en son de queja porque la corriente es muy fuerte, tan fría que seguro que pilla una pulmonía. Nosotros la seguimos, con el calzado y los utensilios (un hacha pequeña, un saco de arpillera) sostenidos encima de la cabeza. Dos kilómetros más: de espinas, erizos y zarzas que se nos enganchan en la ropa; de herrumbrosas agujas de pino, y con el brillo de los coloridos hongos y las plumas caídas. Aquí, allá, un destello, un temblor, un éxtasis de trinos nos recuerdan que no todos los pájaros han volado hacia el sur. El camino serpentea siempre por entre charcos alimonados de sol y sombríos túneles de enredaderas. Hay que cruzar otro arroyo: una fastidiada flota de moteadas truchas hace espumear el agua a nuestro alrededor, mientras unas ranas del tamaño de platos se entrenan a darse panzadas; unos obreros castores construyen un dique. En la otra orilla, Queenie se sacude y tiembla. También tiembla mi amiga: no de frío, sino de entusiasmo. Una de las maltrechas rosas de su sombrero deja caer un pétalo cuando levanta la cabeza para inhalar el aire cargado del aroma de los pinos.

—Casi hemos llegado. ¿No lo hueles, Buddy? —dice, como si estuviéramos aproximándonos al océano.

Y, en efecto, es como cierta suerte de océano. Aromáticas extensiones ilimitadas de árboles navideños, de acebos de hojas punzantes. Bayas rojas tan brillantes como campanillas sobre las que se ciernen, gritando, negros cuervos. Tras haber llenado nuestros sacos de arpillera con la cantidad suficiente de verde y rojo como para adornar una docena de ventanas, nos disponemos a elegir el árbol.

—Tendría que ser —dice mi amiga— el doble de alto que un chico. Para que ningún chico pueda robarle la estrella.

El que elegimos es el doble de alto que yo. Un valiente y bello bruto que aguanta treinta hachazos antes de caer con un grito crujiente y estremecedor. Cargándolo como si fuese una pieza de caza, comenzamos la larga expedición de regreso. Cada pocos metros abandonamos la lucha, nos sentamos, jadeamos. Pero poseemos la fuerza del cazador victorioso que, sumada al perfume viril y helado del árbol, nos hace revivir, nos incita a continuar. Muchas felicitaciones acompañan nuestro crepuscular regreso por el camino de roja arcilla que conduce al pueblo; pero mi amiga se muestra esquiva y vaga cuando la gente elogia el tesoro que llevamos en el carricoche: qué árbol tan precioso, ¿de dónde lo habéis sacado?

—De allá lejos —murmura ella con imprecisión.

Una vez se detiene un coche, y la perezosa mujer del rico dueño de la fábrica se asoma y gimotea:

—Os doy veinticinco centavos por ese árbol.

En general, a mi amiga le da miedo decir que no; pero en esta ocasión rechaza prontamente el ofrecimiento con la cabeza:

—Ni por un dólar.

La mujer del empresario insiste.

—¿Un dólar? Y un cuerno. Cincuenta centavos. Es mi última oferta. Pero mujer, puedes ir por otro.

En respuesta, mi amiga reflexiona amablemente:

—Lo dudo. Nunca hay dos de nada.

En casa: Queenie se desploma junto al fuego y duerme hasta el día siguiente, roncando como un ser humano.

Un baúl que hay en la buhardilla contiene: una caja de zapatos llena de colas de armiño (procedentes de la capa que usaba para ir a la ópera cierta extraña dama que en tiempos alquiló una habitación de la casa), varios rollos de gastadas cenefas de oropel que el tiempo ha acabado dorando, una estrella de plata, una breve tira de bombillas en forma de vela, fundidas y seguramente peligrosas. Adornos magníficos, hasta cierto punto, pero no son suficientes: mi amiga quiere que el árbol arda "como la vidriera de una iglesia baptista", que se le doblen las ramas bajo el peso de una copiosa nevada de adornos. Pero no podemos permitirnos el lujo de comprar los esplendores *made in Japan* que venden en la tienda de baratijas. De modo que hacemos lo mismo que hemos hecho siempre: pasarnos días y días sentados a la mesa de la cocina, armados de tijeras, lápices y montones de papeles de colores. Yo trazo los perfiles y mi amiga los recorta: gatos y más gatos, y también peces (porque es fácil dibujarlos), unas cuantas manzanas, otras tantas sandías, algunos ángeles alados hechos de las hojas de papel de estaño que guardamos cuando comemos chocolate. Utilizamos imperdibles para sujetar todas estas creaciones al árbol; a modo de toque final, espolvoreamos por las ramas bolitas de algodón (recogido para este fin el pasado agosto). Mi amiga, estudiando el efecto, entrelaza las manos.

—Dime la verdad, Buddy. ¿No está para comérselo? Queenie intenta comerse un ángel.

Después de trenzar y adornar con cintas las coronas de acebo que ponemos en cada una de las ventanas de la fachada, nuestro siguiente proyecto consiste en inventar regalos para la familia. Pañuelos teñidos a mano para las señoras y, para los hombres, jarabe casero de limón y regaliz y aspirina, que debe ser tomado "en cuanto aparezcan Síntomas de Resfriado y Después de Salir de Caza". Pero cuando llega la hora de preparar el regalo que nos haremos el uno al otro, mi amiga y yo nos separamos para trabajar en secreto. A mí me gustaría comprarle una navaja con incrustaciones de perlas en el mango, una radio, medio kilo entero de cerezas recubiertas de chocolate (las probamos una vez, y desde entonces está siempre jurando que podría alimentarse sólo de ellas: "Te lo juro, Buddy, bien sabe Dios que podría..., y no tomo su nombre en vano"). En lugar de eso, le estoy haciendo una cometa. A ella le gustaría comprarme una bicicleta (lo ha dicho millones de veces: "Si pudiera, Buddy. La vida ya es bastante mala cuando tienes que prescindir de las cosas que te gustan *a ti*; pero, diablos, lo que más me enfurece es no poder regalar aquello que les gusta a los *otros*. Pero cualquier día te la consigo, Buddy. Te localizo una bici. Y no me preguntes cómo. Quizá la robe"). En lugar de eso, estoy casi seguro de que me está haciendo una cometa: igual que el año pasado, y que el anterior. El anterior a ése nos regalamos sendas hondas. Todo lo cual me está bien: porque somos los reyes a la hora de hacer volar las cometas, y sabemos estudiar el viento como los marineros; mi amiga, que sabe más que yo, hasta es capaz de hacer que flote una cometa cuando no hay ni la brisa suficiente para traer nubes.

La tarde anterior a la Nochebuena nos agenciamos una moneda de veinte centavos y vamos a la carnicería para comprarle a Queenie su regalo tradicional, un buen hueso masticable de buey. El hueso, envuelto en papel de fantasía, queda situado en la parte más alta del árbol, junto a la estrella. Queenie sabe que está allí. Se sienta al pie del árbol y mira hacia arriba, en un éxtasis de codicia: llega la hora de acostarse y no se quiere mover ni un centímetro. Yo me siento tan excitado como ella. Me destapo a patadas y me paso la noche dándole vueltas a la almohada, como si fuese una de esas noches tan sofocantes de verano. Canta desde algún lugar un gallo: equivocadamente, porque el sol sigue estando al otro lado del mundo.

—¿Estás despierto, Buddy?

Es mi amiga, que me llama desde su cuarto, justo al lado del mío; y al cabo de un instante ya está sentada en mi cama, con una vela encendida.

—Mira, no puedo pegar ojo —declara—. La cabeza me da más brincos que una liebre. Oye, Buddy, ¿crees que Mrs. Roosevelt servirá nuestra tarta para la cena?

Nos arrebujamos en la cama, y ella me aprieta la mano diciendo te quiero.

—Me da la sensación de que antes tenías la mano mucho más pequeña. Supongo que detesto la idea de verte crecer. ¿Seguiremos siendo amigos cuando te hagas mayor?

Yo le digo que siempre.

—Pero me siento horriblemente mal, Buddy. No sabes la de ganas que tenía de regalarte una bici. He intentado venderme el camafeo que me regaló papá. Buddy —vacila un poco, como si estuviese muy avergonzada—, te he hecho otra cometa.

Luego le confieso que también yo le he hecho una cometa, y nos reímos. La vela ha ardido tanto rato que ya no hay quien la sostenga. Se apaga, delata la luz de las estrellas que dan vueltas en la ventana como unos villancicos visuales que lenta, muy lentamente, van acallando el amanecer. Seguramente dormitamos; pero la aurora nos salpica como si fuese agua fría; nos levantamos, con los ojos como platos y errando de un lado para otro mientras aguardamos a que los demás se despierten. Con toda la mala intención, mi amiga deja caer un cacharro metálico en el suelo de la cocina. Yo bailo claqué ante las puertas cerradas. Uno a uno, los parientes emergen, con cara de sentir deseos de asesinarnos a ella y a mí; pero es Navidad, y no pueden hacerlo. Primero, un desayuno lujoso: todo lo que se pueda imaginar, desde hojuelas y ardilla frita hasta maíz tostado y miel en panal. Lo cual pone a todo el mundo de buen humor, con la sola excepción de mi amiga y yo. La verdad, estamos tan impacientes por llegar a lo de los regalos que no conseguimos tragar ni un bocado.

Pues bien, me llevo una decepción. ¿Y quién no? Unos calcetines, una camisa para ir a la escuela dominical, unos cuantos pañuelos, un jersey usado, una suscripción por un año a una revista religiosa para niños: *El pastorcillo*. Me sacan de quicio. De verdad.

El botín de mi amiga es mejor. Su principal regalo es una bolsa de mandarinas. Pero está mucho más orgullosa de un chal de lana blanca que le ha tejido su hermana, la que está casada. Pero *dice* que su regalo favorito es la cometa que le he hecho yo. Y, en efecto, es muy bonita; aunque no tanto como la que me ha hecho ella a mí, azul y salpicada de estrellitas verdes y doradas de Buena Conducta; es más, lleva mi nombre, "Buddy", pintado.

—Hay viento, Buddy.

Hay viento, y nada importará hasta el momento en que bajemos corriendo al prado que queda cerca de casa, el mismo adonde Queenie ha ido a esconder su hueso (y el mismo en donde, dentro de un año, será enterrada Queenie). Una vez allí, nadando por la sana hierba que nos llega hasta la cintura, soltamos nuestras cometas, sentimos sus tirones de peces celestiales que flotan en el viento. Satisfechos, reconfortados por el sol, nos despatarramos en la hierba y pelamos mandarinas y observamos las cabriolas de nuestras cometas. Me olvido enseguida de los calcetines y del jersey usado. Soy tan feliz como si ya hubiésemos ganado el Gran Premio de cincuenta mil dólares de ese concurso de marcas de café.

—¡Ahí va, pero qué tonta soy! —exclama mi amiga, repentinamente alerta, como la mujer que se ha acordado demasiado tarde de los pasteles que había dejado en el horno—. ¿Sabes qué había creído siempre? —me pregunta en tono de haber hecho un gran descubrimiento, sin mirarme a mí, pues los ojos se le pierden en algún lugar situado a mi espalda—. Siempre había creído que para ver al Señor hacía falta que el cuerpo estuviese muy enfermo, agonizante. Y me imaginaba que cuando Él llegase sería como contemplar una vidriera baptista: tan bonito como cuando el sol se cuela a chorros por los cristales de colores, tan luminoso que ni te enteras de que está oscureciendo. Y ha sido una vidriera de colores en la que el sol se colaba a chorros, así de espectral. Pero apuesto a que no es eso lo que suele ocurrir. Apuesto a que, cuando llega a su final, la carne comprende que el Señor ya se ha mostrado. Que las cosas, tal como son —su mano traza un círculo, en un ademán que abarca nubes y cometas y hierba, y hasta a Queenie, que está escarbando la tierra en la que ha enterrado su hueso—, tal como siempre las ha visto, eran verlo a Él. En cuanto a mí, podría dejar este mundo con un día como hoy en la mirada.

Ésta es la última Navidad que pasamos juntos.

La vida nos separa. Los Enterados deciden que mi lugar está en un colegio militar. Y a partir de ahí se sucede una desdichada serie de cárceles a toque de corneta, de sombríos campamentos de verano a toque de diana. Tengo además otra casa. Pero no cuenta. Mi casa está allí donde se encuentra mi amiga, y jamás la visito.

Y ella sigue allí, rondando por la cocina. Con Queenie como única compañía. Luego sola. ("Querido Buddy", me escribe con su letra salvaje, difícil de leer, "el caballo de Jim Macy le dio ayer una horrible coz a Queenie.

Demos gracias de que ella no llegó a enterarse del dolor. La envolví en una sábana de hilo, y la llevé en el carricoche al prado de Simpson, para que esté rodeada de sus Huesos...") Durante algunos noviembres sigue preparando sus tartas de frutas sin nadie que la ayude; no tantas como antes, pero unas cuantas: y, por supuesto, siempre me envía "la mejor de todas". Además, me pone en cada carta una moneda de diez centavos acolchada con papel higiénico: "Vete a ver una película y cuéntame la historia". Poco a poco, sin embargo, en sus cartas tiende a confundirme con su otro amigo, el Buddy que murió en los años ochenta del siglo pasado; poco a poco, los días trece van dejando de ser los únicos días en que no se levanta de la cama: llega una mañana de noviembre, una mañana sin hojas ni pájaros que anuncia el invierno, y esa mañana ya no tiene fuerzas para darse ánimos exclamando: "¡Vaya por Dios, ha llegado la temporada de las tartas de frutas!".

Y cuando eso ocurre, yo lo sé. El mensaje que lo cuenta no hace más que confirmar una noticia que cierta vena secreta ya había recibido, amputándome una insustituible parte de mí mismo, dejándola suelta como una cometa cuyo cordel se ha roto. Por eso, cuando cruzo el césped del colegio en esta mañana de diciembre, no dejo de escrutar el cielo. Como si esperase ver, a manera de un par de corazones, dos cometas perdidas que suben corriendo hacia el cielo.

EL PUENTE SOBRE
EL RÍO DEL BÚHO

Ambrose Bierce

I

Desde un puente de ferrocarril, en el norte de Alabama, un hombre miraba correr rápidamente el agua veinte pies más abajo. El hombre tenía las manos detrás de la espalda, las muñecas atadas con una cuerda; otra cuerda, anudada al cuello y amarrada a un grueso tirante por encima de su cabeza, pendía hasta la altura de sus rodillas. Algunas tablas flojas colocadas sobre los durmientes que soportaban los rieles le prestaban un punto de apoyo a él y a sus ejecutores —dos soldados rasos del ejército federal bajo las órdenes de un sargento que, en la vida civil, debió de haber sido subcomisario. No lejos de ellos, en la misma plataforma improvisada, estaba un oficial del ejército llevando las insignias de su grado. Era un capitán. En cada extremo había un centinela presentando armas, o sea con el caño del fusil por delante del hombro izquierdo y la culata apoyada en el antebrazo cruzado transversalmente sobre el pecho, posición poco natural que obliga al cuerpo a mantenerse erguido. A estos dos hombres no parecía concernirles lo que ocurría en medio del puente. Se limitaban a bloquear los extremos de la plataforma de madera.

Delante de uno de los centinelas no había nada a la vista; la vía férrea se internaba en un bosque a un centenar de yardas; después, trazando una curva, desaparecía. Un poco más lejos, sin duda, estaba un puesto de avanzada. En la orilla, un campo abierto subía en suave pendiente hasta una empalizada de troncos verticales con troneras para los fusiles y una sola abertura por la cual salía la boca de un cañón de bronce que dominaba el puente. A media distancia de la colina entre el puente y el fortín estaban los espectadores: una compañía de soldados de infantería, en posición de descanso, es decir con la culata de los fusiles en el suelo, el caño ligeramente inclinado hacia atrás contra el hombro derecho, las manos cruzadas sobre la caja. A la derecha de la línea de soldados estaba un teniente, con la punta del sable tocando tierra, la mano derecha encima de la izquierda. Excepto los tres ejecutores y el condenado en el medio del puente, nadie se movía. La compañía de soldados, frente al puente, miraba fijamente, hierática. Los centinelas, frente a las márgenes del río, podían haber sido estatuas que adornaban el puente. El capitán, con los brazos cruzados, silencioso, observaba el trabajo de sus subordinados sin hacer el menor gesto. Cuando la muerte anuncia su llegada, debe ser recibida con ceremoniosas muestras de respeto, hasta por los más familiarizados con ella. Para este dignatario, según el código de la etiqueta militar, el silencio y la inmovilidad son formas de la cortesía.

El hombre que se preparaban a ahorcar podría tener treinta y cinco años. Era un civil, a juzgar por su ropa de plantador. Tenía hermosos rasgos: nariz recta, boca firme, frente amplia, melena negra y ondulada peinada hacia atrás, cayéndole desde las orejas hasta el cuello de su bien cortada levita. Usaba bigote y barba en punta, pero no patillas; sus grandes ojos de color gris oscuro tenían una expresión bondadosa que no hubiéramos esperado encontrar en un hombre con la soga al cuello. Evidentemente, no era un vulgar asesino. El liberal código del ejército prevé la pena de la horca para toda clase de personas, sin excluir a las personas decentes.

Terminados sus preparativos, los dos soldados dieron un paso hacia los lados, y cada uno retiró la tabla de madera sobre la cual había estado de pie. El sargento se volvió hacia el oficial, saludó, y se colocó inmediatamente detrás del oficial. El oficial, a su vez, se corrió un paso. Estos movimientos dejaron al condenado y al sargento en los dos extremos de la misma tabla que cubría tres durmientes del puente. El extremo donde se hallaba el civil alcanzaba casi, pero no del todo, un cuarto durmiente. La tabla había sido mantenida en su sitio por el peso del capitán; ahora lo estaba por el peso del sargento. A una señal de su jefe, el sargento daría un paso al costado, se balancearía la tabla, y el condenado habría de caer entre dos durmientes. Consideró que la combinación se recomendaba por su simplicidad y eficacia. No le habían cubierto el rostro ni vendado los ojos. Examinó por un momento su vacilante punto de apoyo y dejó vagar la mirada por el agua que iba y venía bajo sus pies en furiosos remolinos. Un pedazo de madera que bailaba en la superficie retuvo su atención y lo siguió con los ojos. Apenas parecía avanzar. ¡Qué corriente perezosa!

Cerró los ojos para concentrar sus últimos pensamientos en su mujer y en sus hijos. El agua dorada por el sol naciente, la niebla que pesaba sobre el río contra las orillas escarpadas no lejos del puente, el fortín, los soldados, el pedazo de madera que flotaba, todo eso lo había distraído. Y ahora tenía conciencia de una nueva causa de distracción. Borrando el pensamiento de los seres queridos, escuchaba un ruido que no podía ignorar ni comprender, un golpe seco, metálico, que sonaba claramente como los martillazos de un herrero sobre el yunque. El hombre se preguntó qué podía ser aquel ruido, si venía de muy cerca o de una distancia incalculable —ambas hipótesis eran posibles—. Se reproducía a intervalos regulares pero tan lentamente como las campanas que doblan a muerte. Aguardaba cada llamado con impaciencia y, sin saber por qué, con aprensión. Los silencios se hacían progresivamente más largos; los retardos, enloquecedores. Menos frecuentes eran los sonidos, más aumentaba su fuerza y nitidez, hiriendo sus oídos como si le asestaran cuchilladas. Tuvo miedo de gritar... Lo que oía era el tic-tac de su reloj.

Abrió los ojos y de nuevo oyó correr el agua bajo sus pies. "Si lograra libertar mis manos —pensó—, llegaría a desprenderme del nudo corredizo y saltar al río; zambulléndome, podría eludir las balas; nadando vigorosamente, alcanzar la orilla; después internarme en el bosque, huir hasta mi casa. A Dios gracias, todavía está fuera de sus líneas; mi mujer y mis hijos todavía están fuera del alcance del puesto más avanzado de los invasores."

Mientras se sucedían estos pensamientos, aquí anotados en frases, que más que provenir del condenado parecían proyectarse como relámpagos en su cerebro, el capitán inclinó la cabeza y miró al sargento. El sargento dio un paso al costado.

II

Peyton Farquhar, plantador de fortuna, pertenecía a una vieja y respetable familia de Alabama. Propietario de esclavos, se ocupaba de política, como todos los de su casta; fue, desde luego, uno de los primeros secesionistas y se consagró con ardor a la causa de los Estados del Sud. Imperiosas circunstancias, que no es el caso relatar aquí, impidieron que se uniera al valiente ejército cuyas desastrosas campañas terminaron por la caída de Corinth, y se irritaba de esta sujeción sin gloria, anhelando dar rienda libre a sus energías, conocer la vida más intensa del soldado, encontrar la ocasión de distinguirse. Estaba seguro de que esa ocasión llegaría para él, como llega para todo el mundo en tiempos de guerra. Entre tanto, hacía lo que podía. Ningún servicio le parecía demasiado humilde para la causa del Sud, ninguna aventura demasiado peligrosa si era compatible con el carácter de un civil que tiene alma de soldado y que con toda buena fe y sin demasiados escrúpulos admite en buena parte este refrán francamente innoble: en el amor y en la guerra, todos los medios son buenos.

Una tarde, cuando Farquhar y su mujer estaban sentados en un banco rústico, cerca de la entrada de su parque, un soldado de uniforme gris detuvo su caballo en la verja y pidió de beber. La señora Farquhar no deseaba otra cosa que servirlo con sus blancas manos. Mientras fue a buscar un vaso de agua, su marido se acercó al jinete cubierto de polvo y le pidió con avidez noticias del frente.

—Los yanquis están reparando las vías férreas —dijo el hombre— porque se preparan para una nueva avanzada. Han alcanzado el puente del Búho, lo han arreglado y han construido una empalizada en la orilla norte. Por una orden que se ha fijado en carteles en todas partes, el comandante ha dispuesto que cualquier civil a quien se sorprenda dañando las vías férreas, los túneles o los trenes, deberá ser ahorcado sin juicio previo. Yo he visto la orden.

—¿A qué distancia queda de aquí el puente del Búho? —preguntó Farquhar.

—A unas treinta millas.

—¿No hay ninguna tropa de este lado del río?

—Un solo piquete de avanzada a media milla, sobre la vía férrea, y un solo centinela de este lado del puente.

—Suponiendo que un hombre —un civil, aficionado a la horca— esquive el piquete de avanzada y logre engañar al centinela —dijo el plantador sonriendo—, ¿qué podría hacer?

El soldado reflexionó.

—Estuve allí hace un mes. La creciente del último invierno ha acumulado gran cantidad de troncos contra el muelle, de este lado del puente. Ahora esos troncos están secos y arderían como estopa.

En ese momento la dueña de casa trajo el vaso de agua. Bebió el soldado, le dio las gracias ceremoniosamente, saludó al marido, y se alejó con su caballo. Una hora después, caída la noche, volvió a pasar frente a la plantación en dirección al Norte, de donde había venido. Aquella tarde había salido a reconocer el terreno. Era un soldado explorador del ejército federal.

III

Cuando cayó al agua desde el puente, Peyton Farquhar perdió conciencia como si estuviera muerto. De aquel estado le pareció salir siglos después por el sufrimiento de una presión violenta en la garganta, seguido de una sensación de ahogo. Dolores atroces, fulgurantes, atravesaban todas las fibras de su cuerpo de la cabeza a los pies. Se hubiera dicho que recorrían las líneas bien determinadas de su sistema nervioso y latían a un ritmo increíblemente rápido. Tenía la impresión de que un torrente de fuego atravesaba su cuerpo. Su cabeza congestionada estaba a punto de estallar. Estas sensaciones excluían todo pensamiento, borraban lo que había de intelectual en él: sólo le quedaba la facultad de sentir, y sentir era una tortura. Pero se daba cuenta de que se movía; rodeado de un halo luminoso del cual no era más que el corazón ardiente, se balanceaba como un vasto péndulo según arcos de oscilaciones inimaginables. Después, de un solo golpe, terriblemente brusco, la luz que lo rodeaba subió hasta el cielo. Hubo un chapoteo en el agua, un rugido atroz en sus oídos, y todo fue tinieblas y frío. Habiendo recuperado la facultad de pensar, supo que la cuerda se había roto y que acababa de caer al río. Ya no aumentaba la sensación de estrangulamiento: el nudo corredizo alrededor de su cuello, a la par que lo sofocaba, impedía que el agua entrara en sus pulmones. ¡Morir ahorcado en el fondo de un río! Esta idea le pareció absurda. Abrió los ojos en las tinieblas y vio una luz encima de él, ¡pero de tal modo lejana, de tal modo inaccesible! Se hundía siempre, porque la luz disminuía cada vez más hasta convertirse en un pálido resplandor. Después aumentó de intensidad y comprendió de mala gana que remontaba a la superficie, porque ahora estaba muy cómodo. "Ser ahorcado y ahogado —pensó—, ya no está tan mal. Pero no quiero que me fusilen. No, no habrán de fusilarme. Eso no sería justo."

Aunque inconsciente del esfuerzo, un agudo dolor en las muñecas le indicó que trataba de zafarse de la cuerda. Concentró su atención en esta lucha como un espectador ocioso podría mirar la hazaña de un malabarista sin interesarse en el resultado. Qué magnifico esfuerzo. Qué espléndida, sobrehumana energía. Ah, era una tentativa admirable. ¡Bravo! Cayó la cuerda: sus brazos se apartaron y flotaron hasta la superficie. Pudo distinguir vagamente sus manos de cada lado, en la luz creciente. Con nuevo interés las vio aferrarse al nudo corredizo. Quitaron salvajemente la cuerda, la arrojaron lejos, con furor, y sus ondulaciones parecieron las de una culebra de agua. "¡Ponedla de nuevo, ponedla de nuevo!" Le pareció gritar estas palabras a sus manos porque después de haber deshecho el nudo tuvo el dolor más atroz que había sentido hasta entonces. El cuello lo hacía sufrir terriblemente; su cerebro ardía; su corazón, que palpitaba apenas, estalló de pronto como si fuera a salírsele por la boca. Una angustia intolerable torturó y retorció su cuerpo entero. Pero sus manos desobedientes no hicieron caso de la orden. Golpeaban el agua con vigor, en rápidas brazadas, de arriba abajo, y lo sacaron a flote. Sintió emerger su cabeza. La claridad del sol lo enegueció; su pecho se dilató convulsivamente. Después, dolor supremo y culminante, sus pulmones tragaron una gran bocanada de aire que inmediatamente exhalaron en un grito.

Ahora estaba en plena posesión de sus sentidos; eran, en verdad, sobrenaturalmente vivos y sutiles. La perturbación atroz de su organismo los había de tal modo exaltado y refinado que registraban cosas nunca percibidas hasta entonces. Sentía los cabrilleos del agua sobre su rostro, escuchaba el ruido que hacía cada olita al golpearlo. Miraba el bosque en una de las orillas y distinguía cada árbol, cada hoja con todas sus nervaduras, y hasta los insectos que alojaba: langostas, moscas de cuerpo luminoso, arañas grises que tendían su tela de ramita en ramita. Observó los colores del prisma en todas las gotas de rocío sobre un millón de briznas de hierba. El bordoneo de los moscardones que bailaban sobre los remolinos, el batir de alas de las libélulas, las zancadas de las arañas acuáticas como remos que levantan un bote, todo eso era para él una música perfectamente audible. Un pez resbaló bajo sus ojos y escuchó el deslizamiento de su propio cuerpo que hendía la corriente.

Había emergido boca abajo en el agua. En un instante, el mundo pareció girar con lentitud a su alrededor. Vio el puente, el fortín, vio a los centinelas, al capitán, a los dos soldados rasos, sus ejecutores, cuyas siluetas se destacaban contra el cielo azul. Gritaban y gesticulaban, señalándolo con el dedo; el oficial blandía su revólver pero no disparaba; los otros estaban sin armas. Sus movimientos parecían grotescos; sus formas, gigantescas.

De pronto oyó una detonación breve y un objeto golpeó vivamente el agua a pocas pulgadas de su cabeza, salpicándole el rostro. Oyó una segunda detonación y vio que uno de los centinelas aún tenía el fusil al hombro: de la boca del caño subía una ligera nube de humo azul. El hombre en el río vio los ojos del hombre en el puente que se detenían en los suyos a través de la mira del fusil. Al observar que los ojos del centinela eran grises, recordó haber leído que los ojos grises eran muy penetrantes, que todos los tiradores famosos tenían ojos de ese color. Sin embargo, aquel no había dado en el blanco.

Un remolino lo hizo girar en sentido contrario; de nuevo tenía a la vista el bosque que cubría la orilla opuesta al fortín. Una voz clara resonó tras él, en una cadencia monótona, y llegó a través del agua con tanta nitidez que dominó y apagó todo otro ruido, hasta el chapoteo de las olitas en sus orejas. Sin ser soldado, había frecuentado bastante los campamentos para conocer la terrible significación de aquella lenta, arrastrada, aspirada salmodia: en la orilla, el oficial cumplía su labor matinal. Con qué frialdad implacable, con qué tranquila entonación, que presagiaba la calma de los soldados y les imponía la suya, con qué precisión en la medida de los intervalos, cayeron estas palabras crueles:

—¡Atención, compañía!... ¡Armas al hombro!... ¡Listos!... ¡Apuntar!... ¡Fuego!

Farquhar se hundió, se hundió tan profundamente como pudo. El agua gruñó en sus oídos como la voz del Niágara. Escuchó sin embargo el trueno ensordecido de la salva y, mientras subía a la superficie, encontró pedacitos de metal brillante, extrañamente chatos, oscilando hacia abajo con lentitud. Algunos le tocaron el rostro y las manos, después continuaron descendiendo. Uno de ellos se alojó entre su pescuezo y el cuello de la camisa: era de un calor desagradable, y Farquhar lo arrancó vivamente.

Cuando llegó a la superficie, sin aliento, comprobó que había permanecido mucho tiempo bajo el agua. La corriente lo había arrastrado muy lejos —cerca de la salvación. Los soldados casi habían terminado de cargar nuevamente sus armas; las baquetas de metal centellearon al sol, mientras los hombres las sacaban del caño de sus fusiles y las hacían girar en el aire antes de ponerlas en su lugar. Otra vez tiraron los centinelas, y otra vez erraron el blanco.

El perseguido vio todo esto por arriba del hombro. Ahora nadaba con energía a favor de la corriente. Su cerebro no era menos activo que sus brazos y sus piernas; pensaba con la rapidez del relámpago.

"El teniente —razonaba— no cometerá este error por segunda vez. Es el error propio de un oficial demasiado apegado a la disciplina. ¿Acaso no es tan fácil esquivar una salva como un solo tiro? Ahora, sin duda, ha dado orden de tirar como quieran. ¡Dios me proteja, no puedo escaparles a todos!"

A dos yardas hubo el atroz estruendo de una caída de agua seguido de un ruido sonoro, impetuoso, que se alejó diminuendo y pareció propagarse en el aire en dirección al fortín donde murió en una explosión que sacudió las profundidades mismas del río. Se alzó una muralla líquida, se curvó por encima de él, se abatió sobre él, lo encegueció, lo estranguló. ¡El cañón se había unido a las demás armas! Como sacudió la cabeza para desprenderla del tumulto del agua herida por el obús, oyó que el proyectil desviado de su trayectoria roncaba en el aire delante de él y segundos después hacía pedazos las ramas de los árboles, allí cerca, en el bosque.

"No empezarán de nuevo —pensó—. La próxima vez cargarán con metralla. Debo mantener los ojos fijos en la pieza: el humo me indicará. La detonación llega demasiado tarde; se arrastra detrás del proyectil. Es un buen cañón."

De pronto se sintió dar vueltas y vueltas en el mismo punto: giraba como un trompo. El agua, las orillas, el bosque, el puente, el fortín y los hombres ahora lejanos, todo se mezclaba y se esfumaba. Los objetos ya no estaban representados sino por sus colores; bandas horizontales de color era todo lo que veía. Atrapado por un remolino, avanzaba con un movimiento circulatorio tan rápido que se sentía enfermo de vértigo y náuseas. Momentos después se encontró arrojado contra la orilla izquierda del río —la orilla austral—, detrás de un montículo que lo ocultaba de sus enemigos. Su inmovilidad súbita, el roce de una de sus manos contra el pedregullo, le devolvieron el uso de sus sentidos y lloró de alegría. Hundió los dedos en la arena y se la echó a puñados sobre el cuerpo bendiciéndola en alta voz. Para él era diamantes, rubíes, esmeraldas; no podía pensar en nada hermoso que no se le pareciera. Los árboles de la orilla eran gigantescas plantas de jardín; advirtió un orden determinado en su disposición, respiró el perfume de sus flores. Una luz extraña, rosada, brillaba entre los troncos, y el viento producía en su follaje la música armoniosa de un arpa eolia. No deseaba terminar de evadirse; le bastaba quedarse en ese lugar encantador hasta que lo capturaran.

El silbido y el estruendo de la metralla en las ramas por encima de su cabeza lo arrancó de su ensueño. El artillero decepcionado le había enviado al azar una descarga de adiós. Se levantó de un salto, remontó precipitadamente la pendiente de la orilla, se internó en el bosque.

Caminó todo aquel día, guiándose por la marcha del sol. El bosque parecía interminable; por ninguna parte un claro, ni siquiera el sendero de un leñador. Había ignorado que viviera en una región tan salvaje, y había en esta revelación algo sobrenatural.

Continuaba avanzando al caer la noche, con los pies heridos, fatigado, hambriento. Lo sostenía el pensamiento de su mujer y de sus hijos. Terminó por encontrar un camino que lo conducía en la buena dirección. Era tan ancho y recto como una calle urbana, y sin embargo daba la impresión de que nadie hubiese pasado por él. Ningún campo lo bordeaba; por ninguna parte una vivienda. Nada, ni siquiera el aullido de un perro, sugería una habitación humana. Los cuerpos negros de los grandes árboles formaban dos murallas rectilíneas que se unían en un solo punto del horizonte, como un diagrama en una lección de perspectiva. Por encima de él, como alzara los ojos a través de aquella brecha en el bosque, vio brillar grandes estrellas de oro que no conocía, agrupadas en extrañas constelaciones. Tuvo la certeza de que estaban dispuestas de acuerdo con un orden que ocultaba un maligno significado. De cada lado del bosque le llegaban ruidos singulares entre los cuales, una vez, dos veces, otra vez aún, percibió nítidamente susurros en una lengua desconocida.

Le dolía el cuello; al tocárselo, lo encontró terriblemente hinchado. Sabía que la cuerda lo había marcado con un círculo negro. Tenía los ojos congestionados; no lograba cerrarlos. Tenía la lengua hinchada por la sed; sacándola entre los dientes y exponiéndola al aire fresco, apaciguó su fiebre. Qué suave tapiz había extendido el césped a lo largo de aquella avenida virgen. Ya no sentía el suelo bajo los pies.

A despecho de sus sufrimientos, sin duda, se ha dormido mientras camina, porque ahora contempla otra escena —tal vez acaba de salir de una crisis delirante—. Se encuentra ante la verja de su casa. Todo está como lo ha dejado, todo resplandece de belleza bajo el sol matinal. Ha debido de caminar la noche entera. Mientras abre las puertas de la verja y asciende por la gran avenida blanca, ve flotar ligeras vestiduras: su mujer, con el rostro fresco y dulce, baja a la galería y le sale al encuentro, deteniéndose al pie de la escalinata con una sonrisa de inefable júbilo, en una actitud de gracia y dignidad inigualables. ¡Ah, cómo es de hermosa! Él se lanza en su dirección, los brazos abiertos. En el instante mismo que va a estrecharla contra su pecho, siente en la nuca un golpe que lo aturde. Una luz blanca y enceguecedora flamea a su alrededor con un ruido semejante al estampido del cañón —y después todo es tinieblas y silencio.

Peyton Farquhar estaba muerto. Su cuerpo, con el cuello roto, se balanceaba suavemente de uno a otro extremo de las maderas del puente del Búho.

LA LECCIÓN DEL MAESTRO

Henry James

I

Le habían dicho que las señoras estaban en la iglesia, pero comprobó que esta información era inexacta cuando atravesó la extensa y resplandeciente galería y se detuvo ante la puerta que dominaba el inmenso parque. Hasta el parque, desde gran altura, bajaban los peldaños de la escalera abriéndose en dos filas, con un movimiento circular del más encantador efecto, y en el césped, a cierta distancia, tres caballeros estaban sentados a la sombra de los grandes árboles, mientras una cuarta figura, con un vestido rojo, ponía lo que se llama una "nota de color" en el fresco e intenso verde. Un criado había acompañado a Paul Overt hasta la puerta que dominaba el parque, después de preguntarle si no quería que lo condujera primero a su habitación. El joven declinó el ofrecimiento porque no necesitaba arreglarse después de un viaje tan corto y tan cómodo y porque estaba deseoso, como siempre, de hacer suya con la mirada, de una vez por todas, la impresión general de una escena nueva. Permaneció allí un momento con los ojos fijos en el grupo y en el admirable cuadro: los vastos jardines de una vieja casa de campo cerca de Londres —otra de sus ventajas— en un espléndido domingo de junio. Antes de que el criado se alejara, le preguntó:

—¿Quién es la señora?

—Creo que es la señora St. George, señor.

—¿La señora St. George, la mujer del distinguido...?
—y se interrumpió. Era posible que el criado lo ignorase.

—Sí, señor. Probablemente, señor —contestó su guía, para quien un huésped de Summersoft tenía que ser necesariamente distinguido, aunque sólo fuera por alianza. Su tono hizo que el pobre Overt dudara por un momento de su propia distinción.

—¿Y los señores? —continuó Overt.

—Pues bien, señor, uno de ellos es el general Fancourt.

—Ah, ya sé. Gracias.

El general Fancourt se había distinguido, sobre eso no cabía duda, por algo que había hecho, o que tal vez había dejado de hacer —el joven no podía recordarlo—, algunos años antes en la India. El criado se alejó, dejando abiertas las puertas de cristales de la galería, y Paul Overt permaneció en lo alto de la vasta y doble escalera, diciéndose a sí mismo que el lugar era encantador y promisorio de una agradable estadía, mientras continuaba reclinado en la hermosa balaustrada de hierro forjado que, como los demás detalles de la casa, pertenecía a la misma época en que fue construida. Porque todos los detalles de la casa armonizaban entre sí y hablaban con la misma voz: una grave voz inglesa de principios del siglo XVIII. Habría podido ser la hora de ir a la iglesia durante una mañana estival en tiempos de la reina Ana: como el sosiego era tan perfecto que no parecía moderno, lo cercano daba la impresión de estar distante, y había algo muy fresco y puro en la antigüedad de esa casa grande y apacible, en el despliegue de sus magníficos ladrillos, más rosados que rojos, y que se habían mantenido libres de enmarañadas enredaderas obedeciendo a la misma ley por la cual una mujer de tez excepcional desdeña un velo. Cuando Paul Overt advirtió que las personas reunidas bajo los árboles se habían percatado de su presencia, les dio la espalda y pasando de nuevo por las puertas abiertas volvió a la gran galería que era el orgullo de la mansión. Ocupaba todo el ancho de la casa, y con sus brillantes colores, sus altas ventanas, sus marchitos cortinajes de *chintz* floreado, sus retratos y cuadros fácilmente identificables, la porcelana azul y blanca de sus vitrinas y las delicadas guirnaldas y rosetas de su cielo raso parecía una alegre y tapizada avenida que daba al siglo anterior.

Nuestro amigo estaba levemente nervioso. No en vano era un escritor joven, un amante de la bella prosa, un artista sensible predispuesto a vibrar ante el menor estímulo, y había algo particularmente excitante en que Henry St. George fuera uno de los huéspedes de Summersoft. Para el joven aspirante, St. George continuaba siendo una gran figura literaria, a despecho de que su actual producción hubiera descendido de nivel y demostrara una relativa ausencia de calidad en comparación con sus tres primeros grandes éxitos. Hubo momentos en que Paul Overt estuvo a punto de llorar por ello, pero ahora que estaba cerca del maestro —nunca había tenido oportunidad de encontrarlo— sólo recordaba la hermosa fuente originaria y su propia e inmensa deuda. Después de dar una o dos vueltas por la galería, volvió a salir y descendió los peldaños. Le faltaba aplomo social —era su punto débil— de modo que, consciente de su falta de relación con las cuatro personas sentadas a la distancia, en ningún momento dirigió sus pasos hacia ellas. Había en su actitud una delicada timidez inglesa, y no dejó de reconocerlo mientras caminaba lenta y oblicuamente por el césped, siguiendo un camino aparte. Por fortuna, había un atrevimiento inglés, igualmente delicado, en la actitud de uno de los caballeros que se puso de pie y le salió al encuentro, pero de manera tranquilizadora y sociable. Paul Overt correspondió inmediatamente a su amabilidad, aunque el caballero no fuera su anfitrión. Era un hombre alto, erguido, entrado en años; tenía un rostro jovial y sonrosado, a semejanza de la casa, con la añadidura de un bigote canoso. Nuestro joven se encontró con él a mitad de camino, y el caballero lo recibió con una sonrisa:

—Lady Watermouth nos anunció su llegada. Me pidió que me ocupara de usted.

Paul Overt se lo agradeció, simpatizó con él de inmediato, y en su compañía se dirigió hacia los otros huéspedes.

—Todos han ido a la iglesia, excepto nosotros —continuó el desconocido mientras caminaban—. Preferimos sentarnos aquí... Es tan agradable.

Overt asintió de buena gana: era un lugar delicioso. Por primera vez, agregó, disfrutaba de su encanto.

—¡Ah! ¿Nunca ha venido usted antes? —dijo su compañero—. Es un bonito rincón, pero ¿sabe usted? no hay mucho que hacer en él.

Overt se preguntó que querría "hacer" (él, por su parte, sentía que estaba haciendo muchísimo). Cuando se reunieron con los otros, había reconocido en su introductor a un militar y esta circunstancia —dado el giro peculiar de la imaginación de Overt— contribuyó a que le fuera todavía más simpático. Explicaba también su temperamento activo, su afición a las proezas, poco de acuerdo con el tranquilo escenario pastoril en que se hallaban. Sin embargo, era un hombre de tan buena índole que aceptaba, en lo que pudiera valer, aquella hora sin gloria. Paul Overt la compartió con él y sus compañeros en los próximos veinte minutos. Los otros huéspedes de Summersoft lo miraban y él les devolvía la mirada sin saber bien quiénes eran, mientras la conversación seguía adelante sin decirle tampoco gran cosa. No parecía tener mayor sentido. Se deslizaba, interrumpida por silencios fortuitos y apacibles, y animada por breves vuelos a ras de tierra, entre nombres de personas y lugares que no tenían para nuestro amigo ningún poder de evocación. Su ritmo era lento y cordial, como era natural y lógico que lo fuera en la tibia mañana de un domingo.

¿Sería Henry St. George alguno de los dos caballeros más jóvenes? A Paul Overt le preocupaba saberlo. Conocía por fotografía a muchos de sus distinguidos contemporáneos pero nunca, aunque pareciera imposible, había visto un retrato del gran novelista descarriado. Uno de los caballeros estaba descartado: era demasiado joven. El otro no daba la impresión de ser demasiado inteligente, con sus ojos tranquilos y opacos. Si eran aquéllos los ojos de St. George, el problema planteado por los aspectos contradictorios de su talento hubiera sido todavía más difícil de resolver. Por otro lado, la actitud del dueño de aquellos ojos hacia la señora del vestido rojo no era la que se habría esperado de St. George hacia su esposa bienamada, ni siquiera tratándose de un novelista acusado por varios críticos de hacer demasiados sacrificios a los buenos modales. Por último, Paul Overt tenía la vaga sensación de que si el caballero de los ojos inexpresivos hubiera sido aquel cuyo nombre hacía palpitar más de prisa su corazón (tenía también unas patillas contradictorias y convencionales, y el joven admirador de la celebridad nunca había imaginado mentalmente su rostro encuadrado por un marco tan vulgar), habría esbozado ante su llegada algún gesto de reconocimiento o de amistad; algo habría sabido acerca de él y de "Ginistrella"; alguna noción habría tenido de los elogios que los críticos más reputados acababan de hacer a esa novela reciente. Paul Overt temía incurrir en vanidad excesiva; pero hasta una modestia morbosa hubiera admitido la paternidad de "Ginistrella" como un título de identidad. La de su amigo de marcial aspecto se había aclarado del todo por entonces: era "Fancourt", pero también "el general", y al cabo de pocos momentos informó al nuevo visitante de que había llegado recientemente después de prestar veinte años de servicio en el extranjero.

—¿Y ahora se queda usted en Inglaterra? —preguntó el joven.

—Sí, he comprado una casita en Londres.

—Espero que esté contento —dijo Overt, mirando a la señora St. George.

—¡Vamos! Una casita en Manchester Square... Inspira un entusiasmo limitado.

—Quiero decir, estar de nuevo en la patria... De vuelta en Piccadilly.

—A mi hija le gusta Piccadilly: eso es lo principal. Es muy aficionada al arte y a la música y a la literatura y a toda esa clase de cosas. Las echaba de menos en la India y las encuentra en Londres, o espera encontrarlas. El señor St. George le ha prometido ayudarla... Fue muy bondadoso con ella. Ahora ha ido a la iglesia —también eso le gusta— pero estarán de vuelta dentro de un cuarto de hora. Quisiera presentársela. Tendrá tanto gusto de conocerlo... Me atrevo a decir que leyó hasta la última línea que usted ha escrito.

—Yo estaré encantado... pero no he escrito demasiadas —replicó Overt. Comprendía, sin resentirse por ello, que el general no tenía la más remota idea de su obra literaria. Pero se preguntaba por qué, dada la amistosa disposición que le demostraba, no se le ocurría a este guerrero sin duda eminente presentarlo a la señora St. George. Si de presentaciones se trataba, la señorita Fancourt (al parecer soltera) se hallaba ausente, mientras que la mujer de su ilustre colega se encontraba casi entre los dos. Esta dama lo impresionó por su belleza, su sorprendente juventud y su elegancia. Había algo en ella que lo desconcertaba, y se hubiera visto en aprietos para decir qué era. St. George, desde luego, tenía todo el derecho del mundo a una mujer encantadora, pero Paul Overt nunca hubiera imaginado en la importante mujercita, que llevaba un vestido agresivamente parisiense, a la compañera de la vida, al *alter ego*, de un hombre de letras. Sabía, claro está, que las compañeras de la vida, que las medias naranjas de los literatos, están lejos de pertenecer a un tipo único: la observación le había enseñado que no son inveteradamente, necesariamente feas. Pero hasta entonces no había encontrado a ninguna como la señora St. George, o sea que demostrara una prosperidad infinitamente más sólida que la que puede basarse en un escritorio manchado de tinta y cubierto de pruebas de imprenta. Hubiérase dicho que no era la mujer de un autor sino de un "coleccionista" de libros, con grandes negocios en la *City* y contratos más ventajosos que los que suelen hacer casi todos los poetas con sus editores. En el último caso habría logrado un éxito más personal, uno de esos éxitos característicos de nuestra época, en la cual la sociedad y el mundo de la conversación son una gran sala cuya antecámara es la *City*. Overt empezó por calcularle unos treinta años y después conjeturó que andaba por los cincuenta. Pero ella lograba escamotear el exceso y la diferencia y sólo muy de vez en cuando, rápidamente, era posible vislumbrarlos, como al conejo en la manga del prestidigitador. Overt admiró también su extraordinaria blancura y todos los elementos de su belleza: sus ojos, sus orejas, su pelo, su voz, sus manos, sus pies —a los que su indolente actitud en una silla de paja daba gran publicidad— y los muchos dijes y cintas que la adornaban. Parecía una mujer que después de ponerse sus mejores galas para ir a la iglesia, hubiera pensado que eran demasiado suntuosas y resuelto, por último, quedarse en casa. La señora St. George contaba una historia de cierta longitud sobre el mezquino recibimiento que Lady Jane le había hecho a la duquesa, así como una anécdota vinculada con una compra hecha por ella en París —a su regreso de Cannes— para Lady Egbert, quien nunca le reembolsó el dinero. Overt sospechó que tenía tanta afición al gran mundo como a la gran vida, hasta que su crítica acerba de Lady Egbert lo tranquilizó. Si se hubieran encontrado sus ojos —pensaba— la habría comprendido mejor, pero la señora St. George apenas se dignaba mirarlo de soslayo. De pronto exclamó:

—¡Ah, por fin vuelven! ¡Todos los virtuosos!

Y Paul Overt admiró a la distancia el retorno de los feligreses —varias personas, en grupos de a dos y de a tres— que avanzaban, entre manchas de sol y de sombra, desde el fondo de una vasta perspectiva verde formada por el césped y las copas abovedadas de los árboles.

—Si usted quiere insinuar que somos malos, protesto —dijo uno de los caballeros—. Bonita injusticia, después de haber tratado de ser agradable toda la mañana.

—¿Y lo encontraron agradable? —replicó alegremente la señora St. George—. En fin, si nosotros somos buenos, ellos son todavía mejores.

—Entonces serán ángeles —dijo el general, muy divertido.

—Su marido fue un ángel por el modo en que se fue no bien usted se lo indicó —le dijo a la señora St. George el caballero que había hablado primero.

—¿No bien yo se lo indiqué?

—¿No hizo usted que fuera a la iglesia?

—Nunca le he hecho hacer nada en mi vida, excepto una vez... Cuando le hice quemar un libro malo. ¡Eso es todo!

Ante su "¡Eso es todo!" nuestro joven amigo no pudo contener la risa. Fue sólo un segundo, pero los ojos de la señora St. George se detuvieron en él. Sus miradas se encontraron, pero no el tiempo suficiente para ayudar a Paul Overt a comprenderla mejor, a menos que el primer paso hacia esa comprensión fuera su absoluta certeza de que el libro quemado —¡y con qué ligereza aludía a ello!—habría sido una de las obras más hermosas de su marido.

—¿Un libro malo? —preguntó el otro caballero.

—A mí no me gustaba. Fue a la iglesia porque iba su hija —continuó, dirigiéndose al general Fancourt.

—Creo mi deber prevenirlo de las extraordinarias atenciones que tiene con su hija.

—Bueno, si a usted no le importan, a mí tampoco —contestó riendo el general.

—*Il s'attache à ses pas.* Pero no me extraña... ¡Es tan encantadora!

—¡Espero que ella no le haga quemar ningún libro! —se aventuró a exclamar Paul Overt.

—Desearía quo le hiciera escribir unos cuantos —dijo la señora St. George—. ¡Ha demostrado una pereza en los últimos tiempos!

Nuestro amigo le clavó los ojos, a tal punto lo dejaba atónito la fraseología de la dama. "Escribir unos cuantos" le pareció tan grande como "Eso es todo". Ella, la mujer de tan delicado artista, ¿ignoraba lo que significa producir una sola obra de arte perfecta? ¿Cómo diablos imaginaba que podían llevarse a cabo? Por su parte, tenía la íntima convicción de que, por admirablemente bien que St. George escribiera, había escrito demasiado en los últimos diez y, sobre todo, en los últimos cinco años, y estuvo a punto de decirlo. Pero antes de hablar fue interrumpido por la vuelta de los ausentes. Llegaron dispersos —eran ocho o diez— y, sentándose bajo los árboles, fueron ampliando el círculo, de modo que Paul Overt sintió —siempre estaba sintiendo esa clase de cosas, se dijo a sí mismo— que si el grupo había sido hasta entonces interesante de observar, su interés se había hecho ahora más intenso. Saludó a su anfitriona, quien le dio la bienvenida en pocas palabras, como una mujer que confía en la comprensión de su huésped y está segura de que una ocasión tan grata lo dirá todo por sí misma. No le brindó ninguna facilidad para sentarse a su lado, de modo que cuando todos volvieron a sus puestos Paul Overt se halló de nuevo junto al general Fancourt, pero flanqueado, ahora sí, por una mujer desconocida. El general le dijo sin pérdida de tiempo:

—Aquélla es mi hija... La que está sentada frente a usted.

Overt vio a una muchacha alta, de magnífica cabellera roja, y un vestido de seda gris verdoso que eludía cuidadosamente todo efecto moderno. Estaba, sin embargo, a la "última moda", de manera que él clasificó a su dueña como a una contemporánea.

—Es muy, muy elegante —repitió mientras la observaba. Había algo noble en su cabeza, y parecía joven y vigorosa.

Su bondadoso padre la miraba complacido:

—Está acalorada —agregó enseguida—. Debe ser la caminata. Pero muy pronto se repondrá. Entonces le diré que se acerque y converse con usted.

—Lamentaría causarle esa molestia. Si me condujera usted hasta ella... —murmuró el joven.

—Estimado señor, si tengo interés en que se conozcan, es por Marian, no por usted —agregó el general.

—Pues ya deseo vivamente conocerla —replicó Overt. Y después continuó—: ¿Sería usted tan amable de decirme cuál de aquellos caballeros es Henry St. George?

—El que habla con mi hija. Pues sí, me parece que le hace la corte. Se disponen a dar un nuevo paseo.

—¿Es él, de veras?

Nuestro amigo quedó un poco sorprendido, porque el personaje que tenía delante parecía turbar una visión que sólo había sido vaga mientras no la confrontó con la realidad. No bien la realidad asomaba, la imagen mental, retirándose con un suspiro, cedía su puesto a otra lo bastante concreta como para sufrir un ligero agravio. Overt, que había pasado buena parte de su corta vida en tierras extrañas, reflexionaba ahora —aunque no por primera vez— que mientras en todos aquellos países había reconocido casi siempre al artista y al hombre de letras por su "tipo", por el "carácter" de su cabeza, por la expresión de su rostro, y hasta por su indumentaria, en Inglaterra esta identificación era lo menos fácil posible a causa de una mayor uniformidad, del hábito de disimular la profesión en vez de pregonarla y de la general difusión del aspecto de caballero: del caballero no comprometido en un orden particular de ideas. Más de una vez, de vuelta en su país, se había dicho a propósito de las personas que encontraba en sociedad: "Uno las ve aquí y allí, y hasta conversa con ellas; pero para descubrir qué hacen habría que ser verdaderamente un detective". Con respecto a varias personas cuyo trabajo estaba muy lejos de atraerlo —quizás equivocadamente—, se encontraba agregando: "No es extraño que lo disimulen, siendo tan malo". Más a menudo que en Francia y Alemania, aquí el artista parecía un caballero —un caballero inglés, por supuesto—, mientras que en el extranjero, salvo pocas excepciones, el caballero no parecía un artista. St. George no era una de las excepciones, y sobre ello no le quedó la menor duda: llegó a esta conclusión antes de que el gran hombre le volviera la espalda para dar un nuevo paseo con la señorita Fancourt; con su elegante sombrero de copa y su levita de primera calidad, St. George parecía infinitamente más correcto que cualquier hombre de letras extranjero. A pesar de todo, esas mismas prendas de vestir —es posible que en un día de trabajo no las hubiera escogido tan cuidadosamente— desconcertaban a Paul Overt, quien había olvidado en aquel instante que el escritor que marchaba a la vanguardia de los novelistas británicos no estaba en nada mejor vestido que él mismo. Había podido vislumbrar una cara de facciones regulares, de cutis fresco, con un bigote castaño y unos ojos con seguridad nunca visitados por un refinado delirio, y se prometió estudiar esa fisonomía en la primera ocasión que se le presentara. Su impresión superficial era que el dueño de aquella cabeza podía haber pasado por un afortunado agente de bolsa, un caballero que todas las mañanas se dirigiera al Este de Londres, desde un tranquilo suburbio, en un lujoso *dogcart*. Y esto fortaleció la impresión que ya le había dado su mujer. Hacia ella se volvió la mirada de Paul, después de un momento, y advirtió que también ella había seguido con la mirada a su marido mientras se alejaba con la señorita Fancourt. Overt se preguntó si no estaría un poco celosa de que otra mujer se lo llevara. Después descubrió que la señora St. George no reparaba en la muchacha: tenía los ojos fijos en su marido, con inequívoca serenidad; así le gustaba que fuera: le gustaba su convencional uniforme. Y Overt permaneció junto a ella un momento, deseoso de escuchar algo más acerca del libro que le había inducido a destruir.

II

Cuando todos volvieron a salir después del almuerzo, el general Fancourt lo retuvo con estas palabras:

—¡Vamos! Quiero que conozca a mi hija.

Hubiérase dicho que la idea acababa de ocurrírsele y que nunca se había referido a ello. Con la otra mano, se apoderó paternalmente de la joven:

—Sabes todo acerca de él. Te he visto con sus libros. —Y dirigiéndose a Paul—: Ella lee todo, ¡todo!

La muchacha le sonrió y después se echó a reír de su padre. Cuando el general se hubo alejado, la hija comentó:

—¿No es una delicia papá?

—Es muy simpático.

—¡Como si yo lo hubiera leído a usted sólo porque leo "todo"!

—Oh, no me refería a eso —dijo Paul Overt—. Me gustó desde el momento en que se mostró bondadoso conmigo. Después me prometió este privilegio.

—No lo ha hecho por usted, sino por mí. Si usted se halaga creyendo que fuera de mí tiene alguna otra preocupación en la vida, estará equivocado. Me presenta a todo el mundo. Me cree insaciable.

—Usted habla igual a él —sonrió nuestro joven.

—Pero a veces quiero que así sea —dijo ella, ruborizándose—. No leo todo. Leo muy poco. Pero lo he leído a usted.

—¿Quiere que vayamos a la galería? —dijo Paul Overt.

La joven le gustaba mucho, no tanto por aquella última observación que no era demasiado desconcertante sino porque, sentada frente a él durante el almuerzo, le había ofrecido durante media hora el espectáculo de su belleza. Y algo más estaba unido a esa belleza: una impresión de generosidad, un entusiasmo que, a diferencia de muchos entusiasmos, no era puramente exterior. No malogró esa impresión al ver que la comida la había puesto de nuevo en amistoso contacto con Henry St. George. Sentado a su lado, o sea frente a nuestro joven, el hombre célebre multiplicaba aquellas atenciones acerca de las cuales su mujer había prevenido al general. Overt pudo observarlas y observó también que la señora St. George, en modo alguno alarmada por este afectuoso extremo, daba muestras de un espíritu imperturbable. Estaba sentada entre Lord Masham y el distinguido señor Mulliner, director de un nuevo y ágil diario vespertino para las clases elevadas y que se proponía llenar la necesidad, sentida crecientemente en algunos círculos sociales, de tornar más divertido el Partido Conservador, y que en modo alguno admitían, como afirmaban otros grupos de diferente color político, ya era de por sí bastante divertido. Al cabo de hora pasada en su compañía, Paul Overt la juzgó todavía más bonita que en su primera radiación, y si sus profanas alusiones a la obra del maestro no hubieran continuado resonando en sus oídos habría simpatizado con ella —en la medida en que podía simpatizar con una mujer con quien no había conversado hasta entonces y con quien probablemente nunca llegaría a conversar si de ella dependiera. Las mujeres bonitas eran un artículo de primera necesidad para aquel maestro y por el momento la señorita Fancourt llenaba esta necesidad. Si Overt se había prometido para sí una inspección más detenida, ahora se le presentaba la ocasión, y tuvo consecuencias que al joven le parecieron importantes. Vio muchas cosas en el rostro de St. George, y prefirió que ese rostro no le hubiera contado toda su historia en los primeros tres minutos. La historia iba desarrollando por cortas entregas —siempre es excusable emplear analogías que de algún modo se relacionen con nuestra propia profesión— y estaba escrita en un estilo considerablemente complicado, en un lenguaje nada fácil de traducir a primera vista. Tenía sutiles connotaciones y una vaga perspectiva histórica que iba retrocediendo a medida que avanzábamos en la lectura. Paul Overt llegó a dos conclusiones: la primera fue que aquella máscara armoniosa le gustaba más en su inescrutable sosiego que en la agitación social; le molestaba sobre todo su sonrisa convulsiva (si es que podía molestar una impresión que manara de esa fuente), mientras que el rostro, al serenarse, adquiría un encanto que aumentaba en proporción a su serenidad misma. Su paso a una expresión de alegría era como la muda protesta de una persona sentada gratamente en la penumbra cuando la luz de una lámpara interrumpe de golpe sus meditaciones. La segunda conclusión a que Overt llegó fue la siguiente, aunque no veía con buenos ojos que un hombre de edad cortejara a una muchacha bonita, el uso flagrante de las artes del galanteo que hacía St. George no le dejaba una impresión demasiado penosa, o bien porque St. George procedía con delicadeza y aparentaba menos años de los que tenía en realidad, o bien porque el modo de ser de la señorita Fancourt daba a todas las cosas un carácter de inequívoca honradez.

Overt se dirigió con ella a la galería y la recorrieron de largo a largo, mirando los cuadros, las vitrinas, todo ese conjunto encantador que armonizaba con la tarde de verano, pareciéndose a ella porque era larga y brillante, con amplios divanes y sillas antiguas que simbolizaban las horas de reposo. Y tenía el mérito, por añadidura, de ofrecer a sus visitantes muchos temas de conversación. La señorita Fancourt se sentó con su nuevo amigo en un sofá floreado cuyos almohadones, muy numerosos, eran rígidos y antiguos cubos de diferentes tamaños. Luego dijo:

—Estoy muy contenta de tener la oportunidad de darle las gracias.

Paul Overt no comprendía.

—¿De darme las gracias…?

—Me gustó tanto su libro… Me parece espléndido.

Lo miraba sonriendo, y él no atinó a preguntarle a qué libro se refería ya que, después de todo, había escrito tres o cuatro. Aquello parecía un detalle vulgar, y ni siquiera lo halagaba la idea del placer que, según ella le dijo —también se lo decía su rostro encantador y luminoso—, le había procurado. El sentimiento que ella despertaba, o en todo caso el que despertaba en él, era algo de mayor grandeza, algo que nada tenía que ver con la acelerada pulsación de su propia vanidad. Era la admiración correspondiente a la vida que ella encarnaba, cuya juvenil pureza y opulencia llevaba implícita la idea de que el verdadero triunfo era semejante a eso, era vivir, florecer y alcanzar la perfección de ese delicado arquetipo, y no devanarse los sesos redactando laboriosas fantasías con la espalda inclinada sobre una mesa manchada de tinta. Mientras sus ojos grises descansaban en él —ojos muy separados sobre los cuales el pelo, partido al medio, y tan espeso que parecía una pulida superficie de oro, formaba un arco irregular—, Paul Overt sentía cierta vergüenza por aquel arte de la pluma que ella alababa en él. Sí, hubiera preferido gustarle por otras razones. Observaba a su reciente amiga. Sus rasgos eran los de una mujer, pero la niña se revelaba en ella por la frescura de la piel y la dulzura de la boca. Su mayor encanto era la naturalidad —sobre eso no cabían dudas ahora—, una naturalidad que antes no había supuesto, tal vez debido a su atuendo estético, que era convencionalmente no convencional y sugería lo que él habría llamado una espontaneidad tortuosa. Otras mujeres análogas le habían inspirado temor, y sus temores resultaron justificados porque, si bien era esencialmente un artista, el tipo de la moderna ninfa reaccionaria, con los abrojos del bosque todavía enredados en los pliegues de su túnica y la mirada brillante como si los sátiros hubiesen jugado con sus cabellos, lo estremecía de espanto, no en su calidad de hombre moderno portador de camisa almidonada y zapatos de charol, sino en su calidad de hombre que es poeta y hasta fauno en potencia. La muchacha era en verdad más ingenua que su indumentaria; por eso mismo había querido simbolizar en un uniforme su carácter liberal.

Lo cual era una falacia: a pesar de su atavío pesimista, Overt estaba seguro de que le gustaba gozar de la vida. Le agradeció su elogio, con la sensación de no agradecérselo bastante y de que pudiera creerlo descortés. Temía que ella le pidiera explicaciones sobre algo que él hubiera escrito, circunstancia ante la cual siempre retrocedía porque —acaso por timidez— la explicación de una obra de arte le parecía siempre algo fatuo. Pero le gustaba tanto que confiaba en poder mostrarse, con el correr del tiempo, menos groseramente evasivo. Además, ella no parecía ser susceptible, ni irritable; Overt confiaba en que sabría esperar. Por eso cuando le dijo:

—Ah, no hable de ninguna de mis obras, no hable de ellas aquí. ¡Hay otro hombre en la casa que lo merece más! —cuando murmuró esa breve y sincera protesta estaba seguro de que ella no vería en sus palabra ni burlona humildad ni la impaciencia de un hombre de éxito harto de alabanzas.

—¿Se refiere usted a St. George? —preguntó la señorita Fancourt. Y después—: ¿No le parece encantador?

Si Paul Overt no hubiera sido tan joven, la fresca luz matinal que irradiaban sus ojos le hubiera por poco destrozado el corazón.

—¡Ay! —respondió—. No lo conozco. Sólo lo admiro a distancia.

—Pero usted debe conocerlo. ¡El tiene tantos deseos de hablar con usted! —replicó la señorita Fancourt, acostumbrada visiblemente a decir aquellas cosas que, según su rápida intuición, causaban placer a los demás. Paul advirtió que siempre trataba de allanar las relaciones entre los demás.

—Nunca hubiera pensado que supiera algo de mí —confesó.

—Lo sabe... todo. Y si no lo supiera, yo podría decírselo.

—¿Decírselo todo? —dijo nuestro amigo sonriendo.

—Habla usted como los personajes de su libro.

—Entonces todos deben hablar de la misma manera.

La muchacha, sin desconcertarse, reflexionó un momento:

—¡Bueno, es que ha de ser tan difícil! El señor St. George me dijo que lo es... terriblemente. Yo también lo intenté... y así me pareció. Intenté escribir una novela.

—El señor St. George no debería desalentarla —se aventuró a decir Paul.

—Más me desalienta usted cuando habla de ese modo.

—Bueno, después de todo, ¿por qué tratar de ser artista? —continuó el joven—. ¡Es algo tan pobre, tan pobre!

—No comprendo lo que quiere usted decir —murmuró gravemente la señorita Fancourt.

—Quiero decir, comparado con un hombre de acción... Con vivir uno sus propias obras.

—Pero ¿qué es el arte, el verdadero arte, sino una vida más intensa? —preguntó ella—. Y para mí es la única vida. ¡Todo lo demás me parece tan vulgar!

Su compañero se echó a reír y ella siguió hablando con encantadora serenidad de lo primero que se le ocurría:

—¡Es tan interesante poder frecuentar a personas célebres!

—Me inclino a suponerlo. Pero no ha de ser nuevo para usted, sin duda.

—¡Vaya! Nunca había visto a ninguna... a ninguna. He vivido siempre en Asia.

Lo sedujo la manera en que se refería a Asia.

—Pero ¿es que no abundan en ese continente grandes figuras? ¿No ha administrado usted provincias de la India y no ha atado a su carro rajás cautivos y príncipes vasallos?

—Acompañaba a mi padre —respondió ella como si ni siquiera le importara que él pudiera divertirse a su costa— desde que salí de la escuela. Era encantador acompañarlo: los dos estamos solos en el mundo, pero allí no podía frecuentar a las personas que prefiero. Allí nunca se oye hablar de un cuadro... Nunca se oye hablar de un libro... excepto de los malos.

—¿Nunca se oye hablar de un cuadro? Pero ¿acaso la vida allí no es como un cuadro?

Paseó los ojos por el lugar encantador donde estaban sentados.

—Nada comparable a esto —exclamó—. ¡Adoro a Inglaterra!

Esa exclamación hizo vibrar en él una cuerda patriótica.

—¡Ah, por supuesto! ¡No niego que todavía podemos hacer algo por este viejo, pobre y querido país!

—En realidad, todavía no hemos logrado expresarlo.

—¿Así piensa el señor St. George?

No bien terminó de hablar, comprendió que había en su pregunta una leve e inofensiva chispa de ironía, pero ella, sin advertir la insinuación, le contestó con sencillez:

—Sí, dice que Inglaterra no ha sido expresada literariamente, teniendo en cuenta todo lo que es. —Y prosiguió con vehemencia—: ¡Dice cosas tan interesantes acerca de nuestro país! Cuando se lo escucha, uno tiene ganas de hacer algo.

—No me cabe duda. Yo también tendría ganas de emprender algo —dijo Paul Overt, sintiendo con intensidad, en ese momento, la sugestión de lo que ella decía y la emoción que había puesto en decirlo, y muy consciente del incentivo que debía de tener un discurso semejante en labios de St. George.

—¡Oh, como si usted no hubiera hecho nada! ¡Me gustaría tanto oírlos conversar! —agregó apasionadamente.

—Es un deseo muy generoso de su parte, pero él tendría que hablar todo el tiempo. Me intimida mucho.

La joven preguntó con seriedad:

—¿Lo juzga, entonces, tan perfecto?

—Lejos de ello. ¡Algunos de sus últimos libros me han sorprendido mucho!...

—Sí, sí. Él lo sabe.

Paul Overt la miró atónito.

—¿Sabe que me han sorprendido...?

—Pues bien, sí, o por lo menos que no son lo que debieran ser. Me dijo que no los estima. ¡Me ha contado cosas tan maravillosas! ¡Es tan interesante!

A Paul Overt no dejó de impresionarlo el que un hombre de semejante talento se viera reducido a confesarse tan explícitamente y, para colmo, al primer llegado. Pues, por encantadora que fuese, ¿quién era después de todo la señorita Fancourt sino una muchacha inmatura conocida por casualidad en una casa de campo? Y esta circunstancia reforzaba el sentimiento que él mismo acababa de expresar: escucharía sin decir una palabra al desgraciado gran hombre culpable, no porque le fuera incomprensible, sino porque lo comprendía demasiado bien. Y su respeto no excluía cierta indulgencia enternecida por buena parte de las superficialidades que había escrito en los últimos tiempos, superficialidades que el gran hombre, en su fuero interno, juzgaba con más severidad que nadie, y que representaban algún trágico secreto intelectual. Sus razones tendría para hacer esa psicología *à fleur de peau*, y estas razones, que sólo podían ser crueles, por su crueldad misma aumentaban el afecto de aquellos que lo veneraban. Paul murmuró, al cabo de un momento:

—Me da usted envidia. Discierno entre las obras de él, le hago reservas, pero lo admiro. Y verlo por primera vez de esta manera es un gran acontecimiento para mí.

—¡Qué extraordinario, qué magnífico! —exclamó la muchacha—. Será una delicia vincularlos.

—Y que sea usted la llamada a vincularnos. Eso hace las cosas perfectas —replicó nuestro amigo.

—Él lo anhela tanto como usted —continuó ella—. ¡Pero es tan extraño que no se hayan encontrado antes!

—No tan extraño como le parece. Yo estuve fuera de Inglaterra durante mucho tiempo, y me ausenté repetidas veces en los últimos años.

Lo miraba con interés.

—Y sin embargo —dijo— escribe tan bien sobre el país como si no se hubiera alejado nunca.

—Quizá, precisamente, por haber estado lejos. De todos modos, sospecho que mis mejores páginas son las que escribí en los lugares más lúgubres del extranjero.

—¿Y por qué lúgubres?

—Íbamos a esos lugares en busca de un clima benigno. Mi pobre madre se estaba muriendo.

—¿Su pobre madre…?

La señorita Fancourt era toda dulzura y asombro.

—Íbamos de lugar en lugar para ayudarla a restablecerse. Pero nunca lo conseguimos. A la mortal Riviera (¡la aborrezco!), a los altos Alpes, a Argel, e hicimos un viaje todavía más lejano, un viaje odioso, a Colorado.

—¿Y no está mejor? —preguntó la señorita Fancourt.

—Murió hace un año.

—¿De veras? ¡Como la mía! Sólo que ella murió hace muchos años. Algún día quiero que me hable usted de su madre.

Por primera, vez la miró fijamente.

—¡Qué cosas tan afables dice usted! Si se las dice a St. George, no me extraña que lo haya cautivado.

Por un momento se puso a la defensiva.

—No sé a qué se refiere. Él no pronuncia discursos ni hace declaraciones. No es en modo alguno ridículo.

—Me temo que yo se lo parezca.

—No, en absoluto —le respondió con cierta sequedad, y agregó—: Él comprende siempre. Lo comprende todo.

El joven estuvo a punto de preguntar en broma:

—¿Y yo no, verdad? —pero estas palabras se convirtieron oportunamente en otras, apenas menos triviales:

—¿Cree usted que comprende a su mujer?

La señorita Fancourt no contestó directamente, pero al cabo de un momento de vacilación dijo:

—¿No es acaso encantadora?

—¡De ningún modo!

—Aquí llega él. Ahora lo conocerá.

Un pequeño grupo de visitantes se había reunido en el otro extremo de la galería y a ellos se había acercado Henry St. George, que venía de una sala contigua. Permaneció un momento, sin mezclarse a la conversación, observando distraídamente una miniatura que había tomado de una mesa. Después de un minuto advirtió, a la distancia, la presencia de la señorita Fancourt y de su acompañante; entonces, dejando la miniatura en su sitio, se aproximó a ellos con el mismo aire moroso, las manos en los bolsillos y la mirada vagando, tan pronto a izquierda, tan pronto a derecha, sobre los cuadros. La galería era tan larga que recorrerla le tomó un poco de tiempo, sobre todo porque hubo un momento en que se detuvo para observar un hermoso Gainsborough.

—Dice que la señora St. George ha hecho de él lo que es —continuó la muchacha bajando levemente la voz.

Paul dijo riendo:

—¡Ah, por eso suele ser tan oscuro!

—¿Oscuro? —repitió ella como si oyera ese juicio por primera vez. Fijaba los ojos en su otro amigo y a Paul no se le escapó que parecían irradiar una gran dulzura—. ¡Viene a conversar con nosotros! —susurró ella alegremente. Había una especie de éxtasis en su voz, y nuestro amigo se sabresaltó. "¡Dios mío!", se dijo, "¿le importa tanto como eso? ¿Estará enamorada de él?".

—¿No se lo dije? ¡Estaba anhelante! —continuó la señorita Fancourt.

—Es un anhelo disimulado —replicó el joven cuando el objeto de su observación se detuvo frente al Gainsborough—. Viene hacia nosotros tímidamente. ¿Querría significar que ella lo salvó quemando ese libro?

La muchacha se volvió rápidamente y lo miró en la cara:

—¿Ese libro? ¿Qué libro quemó ella?

—¿Él no se lo contó, entonces?

—Ni una palabra.

—¡Entonces no le cuenta todo!

Paul había adivinado que ella se hacía demasiadas ilusiones al respecto. El gran hombre había reanudado su marcha y ahora, estaba más cerca, pese a lo cual su más calificado admirador arriesgó un comentario profano:

—¡San Jorge y el dragón es lo que sugiere la anécdota!

Su compañera, sin embargo, no lo escuchaba y sonreía al adversario del dragón.

—Está anhelante, lo está —insistía.

—Por usted, sí.

Mientras tanto, ella había exclamado:

—Estoy segura de que usted quiere conocer al señor Overt. Serán ustedes grandes amigos y será siempre delicioso para mí recordar que yo estuve presente cuando por primera vez se conocieron y que de algún modo contribuí a ello.

Eran palabras muy bien intencionadas: eso las justificaba. Nuestro joven, sin embargo, se puso en el lugar de Henry St. George y no pudo menos que lamentarlas, porque siempre lamentaba que cualquier persona fuese invitada públicamente a mostrarse complacida y cordial. Lo hubiera conmovido tanto creer que un hombre a quien admiraba profundamente sentía el más leve interés por él que no se permitía jugar con semejante presunción por miedo de que resultara vana. Una sola mirada a los ojos del maestro (cuyas culpas había perdonado ya) le permitió descubrir, con esa videncia propia de su talento, que el personaje poseía una gran reserva de amistosa paciencia, la cual formaba parte de su equipaje mundano, pero que ignoraba toda página impresa de un escritorzuelo novicio. Había en ello cierto alivio: así las cosas se simplificaban. Admirándolo tanto ya por

su propia obra, ¿cómo hubiera podido admirarlo más por
un conocimiento que, en el mejor de los casos, sólo podía
ser vago? Paul Overt se puso de pie, tratando de manifestar
su simpatía, pero en el mismo instante se sintió dominado
por el arte tan logrado y personal de St. George, que tenía
por esencia conjurar cualquier posición falsa. Todo sucedió
en un momento. Paul tuvo conciencia de que ahora lo conocía, conciencia de su apretón de manos y hasta de la calidad de su piel; de su cara, que ahora veía de cerca y por
consiguiente mejor, de la confianza general y fraterna que
le otorgaba y sobre todo de la circunstancia (eso, al menos)
de que no le era antipático a St. Gaorge por el hecho de haberle sido impuesto por una muchacha encantadora pero
demasiado extremosa, ya de por sí bastante atractiva sin
esos petimetres. Su voz, en todo caso, no reflejaba ninguna
irritación al interrogar a la señorita Fancourt sobre un pro-
yectado paseo de todos los huéspedes por el parque. Enseguida se refirió a una conversación que habría de sostener
con Paul:

—Tenemos muchísimo que hablar usted y yo...
No nos faltan temas en común, ¿verdad?

Pero nuestro amigo advirtió que ese propósito no
se llevaría a cabo inmediatamente. De todos modos estaba
muy contento, y aún lo estaba después de haberse solucio-
nado la cuestión del paseo, cuando los tres volvieron al otro
extremo de la galería, donde el proyecto fue discutido con
varios de los invitados, y lo seguía estando después de que
todos salieron juntos y se encontró durante media hora al
lado de la señora St. George. Su marido había tomado la delantera con la señorita Fancourt, y la pareja se había perdido
de vista. Era la más deliciosa excursión que podía hacerse en
una tarde de verano. Andaban por un inmenso circuito de
césped, que seguía los límites del parque. El parque estaba
rodeado de una admirable tapia rojiza, manchada por los
años, siempre a la izquierda de los paseantes, que constituía
por sí sola un objeto de interés. La señora St. George le hizo

notar el sorprendente número de hectáreas que cercaba, así como muchas circunstancias relativas a la propiedad y a la familia, y a otras propiedades de la familia: era imposible señalar con mayor énfasis la importancia que tendría para el joven llegar a conocerlas lo más pronto posible. Abundó en los nombres de estas posesiones y en los cambios sobrevenidos en ellas con la facilidad de una larga práctica, haciéndolas surgir unas tras otras en una lista casi interminable. Había recibido a Paul Overt muy amablemente cuando éste rompió el hielo mencionando la alegría que acababa de sentir al conocer a su marido, y ahora le pareció una mujercita tan vivaz y bien dispuesta que tuvo un poco de vergüenza del *mot* que había hecho sobre ella a la señorita Fancourt, aunque se excusó pensando que cien personas, en un caso semejante, habrían dicho seguramente lo mismo. En suma, estaba arreglándoselas con la señora St. George mejor de lo que esperaba, lo cual no le impidió advertir que ella, de pronto, desfallecía de cansancio y que debía acompañarla de vuelta a la casa por el camino más corto. Ella confesó que ya no tenía la vitalidad de un gatito y que era un miserable despojo, y cuando Paul Overt descubrió en ella esta nueva característica se preguntó en qué sentido podían afirmar que había tenido tanta influencia sobre su marido. Empezó a vislumbrar una respuesta, provisional, desde luego, cuando ella le anunció que debía abandonarlo. Mientras él se ponía a sus órdenes para el regreso, hubo un cambio en la situación: Lord Masham, saliendo de entre unos arbustos, se había vuelto hacia ellos, alcanzándolos —Overt apenas hubiera podido decir cómo apareció— y la señora St. George había protestado que deseaba quedarse sola y no interrumpir el paseo. Un momento después caminaba de vuelta en compañía de Lord Masham. Nuestro amigo, pues, siguió adelante y se reunió con Lady Watermouth, a quien anunció que la señora St. George se había visto obligada a regresar.

—Ni siquiera debió salir —observó la dueña de casa con cierta aspereza.

—¿Se halla tan mal, realmente?

—Muy mal, por cierto. —Y agregó con mayor severidad—: No debió haber venido.

Paul Overt se preguntó qué quería significar con esas palabras, hasta que dedujo que no se referían a la conducta de la señora St. George o a su naturaleza moral: sólo quería decir que sus fuerzas no respondían a sus aspiraciones.

III

El salón de fumar de Summersoft estaba a la altura del resto de la casa: era de techo muy alto, grande, iluminado, cómodo y decorado con tallas y molduras antiguas tan refinadas que parecía más bien un *boudoir* para que las damas se sentaran a tejer con pálidas madejas de seda que para que un grupo de caballeros charlara fumando fuertes cigarros. Aquella noche del domingo, los caballeros se reunieron en número considerable en un extremo del salón, en torno de una de las frescas chimeneas de mármol blanco, adornada en su parte superior por un gracioso "tema" italiano. En la pared de enfrente había otra chimenea, apagada también, gracias a la tibia noche de verano. Y junto a la primera, sirviendo de núcleo a la reunión, había una mesa provista de botellas, botellones y altos vasos. Paul Overt no era fumador: solía encender de vez en cuando un cigarrillo por razones en las que nada intervenía la afición al tabaco. Tal era el caso en la ocasión a que me refiero: lo había llevado la perspectiva de sostener una breve conversación con Henry St. George. El gran hombre le había dicho por la tarde que tenían "muchísimo" de que hablar, pero hasta entonces no habían hablado ni poco ni mucho y esa comunión no realizada llenaba al joven de tristeza porque la reunión debería dispersarse al día siguiente, en cuanto terminara el almuerzo. Tenía, pues, que resignarse a la decepción de que el autor de "Shadowmere" no prolongara su vigilia. No estaba entre los caballeros allí reunidos cuando Paul entró, ni era uno de los que fueron entrando, vestidos de etiqueta, en los diez minutos siguientes. El joven esperó un momento, preguntándose si habría ido a vestirse especialmente después de la comida, lo cual hubiera explicado su tardanza y fortalecido la impresión de Overt acerca de su tendencia a someterse a las más frívolas convenciones. Pero no llegaba. De haberse ido a vestir, tendría que estar engalanándose de una manera más extraordinaria de lo que parecía probable. Nuestro héroe, pues, renunció a él un poco ofendido, un poco herido por la pérdida de esa veintena de codiciadas palabras. No estaba enojado, pero aspiraba su cigarrillo suspirando, con la sensación de haber sido defraudado en algo precioso. Dio una vuelta por el salón, paseando lentamente su melancolía, mientras contemplaba los grabados antiguos de las paredes. En esta actitud lo sorprendió una mano que se posó en su hombro y una voz amistosa que le dijo al oído:

—¡Qué suerte! Esperaba encontrarlo. Bajé con ese fin.

St. George estaba allí, sin haberse cambiado de ropa, con su delicada fisonomía —su fisonomía grave—, y el joven lo acogió nerviosamente. Le explicó que la esperanza de verlo lo había llevado al salón de fumar, la esperanza de conversar con él unos minutos, que estuvo sentado un momento y que después, al no encontrarlo, había estado a punto de irse a dormir.

—Bueno, ¿sabe usted?, yo no fumo. Mi mujer no me lo permite —dijo St. George buscando un lugar donde sentarse—. Me hace mucho bien, mucho bien. Instalémonos en ese sofá.

—¿Qué le hace mucho bien? ¿Fumar?

—No, no. Que ella no me lo permita. Es una gran cosa tener una mujer que esté tan segura de todas las cosas de que uno debe abstenerse. Uno por sí solo podría no descubrirlas. No me permite tocar un cigarrillo.

Tomaron posesión de un sofá, a cierta distancia del grupo de fumadores, y St. George prosiguió:

—¿Usted ya tiene?

—¿Qué? ¿Un cigarrillo?

—¡Dios mío, no! ¡Una mujer!

—No, y sin embargo renunciaría a mi cigarrillo por tenerla.

—Renunciaría a mucho más que a eso —replicó St. George—. Pero también obtendría mucho en compensación. Hay algo que decir en favor de las esposas —agregó, cruzando los brazos y las piernas extendidas. Rechazó un cigarro que le ofrecieron y permaneció en esa actitud un momento, silencioso. Su compañero dejó de fumar, emocionado por su cortesía, y quedaron así fuera del humo, sentados uno al lado del otro, en el apartado rincón. Hubiera sido un error, continuó diciendo St. George, un gran error, haberse separado sin esa breve charla.

—Lo conozco, y conozco sus méritos. Ha escrito usted un libro excelente.

—¿Cómo lo sabe? —preguntó Paul.

—Vamos, mi querido amigo, es algo que está en el aire, en los diarios, está en todas partes.

St. George hablaba con la inmediata familiaridad de un colega, en un tono que se le figuraba a su vecino como el rumor mismo del laurel.

—Está usted en los labios de todos los hombres y, lo que es mejor, de todas las mujeres. Y acabo de estar leyendo su libro.

—¿Acaba? No lo había leído esta tarde —dijo Overt.

—¿Cómo lo sabe?

—Usted debería saber cómo lo sé —contestó riendo el joven.

—Supongo que la señorita Fancourt se lo dijo.

—No. Más bien me dejó suponer lo contrario.

—Sí… Eso está mucho más de acuerdo con ella.

¿Acaso no arroja sobre la vida un fulgor rosado? ¿Pero usted no le creyó? —preguntó St. George.

—No, no cuando usted se acercó a nosotros.

—¿Lo simulé? ¿Lo simulé mal? —Y sin esperar a que le contestaran continuó—: Usted debería creer siempre a una muchacha como ella, siempre, siempre. Algunas mujeres deben ser tomadas con reservas, pero a ella debe usted tomarla tal como es.

—A mí me gusta mucho —dijo Paul.

Algo en su entonación pareció excitar en su compañero un momentáneo sentido del absurdo: quizá la expresión resuelta con que acompañó sus palabras. St. George se echó a reír:

—¡No es para menos! ¡Es una muchacha extraordinaria! —dijo—. Sin embargo, para ser sincero, debo confesarle que no lo había leído esta tarde.

—Ya ve usted que razón tuve, en este caso particular, en no creer a la señorita Fancourt.

—¿Qué razón? ¿Cómo puedo darle la razón si me ha hecho perder crédito ante ella?

—¿Querría pasar exactamente por la imagen que tiene de usted? ¡Oh, no necesita afligirse! Es inmejorable.

—¡Ah, mi joven amigo, no me hable de pasar por esto o aquello! Estoy pasando, eso es todo. ¡Ella tiene mejores cosas en qué emplear su imaginación (¡y qué hermosa imaginación!) que en representarse, de cualquier modo que fuere, a este cansado, gastado, exhausto personaje!

El maestro hablaba con una súbita tristeza que indujo a Paul a contradecirlo, pero antes de que hubiera dicho una palabra, aquél había cambiado de tema y se refería a la reciente y notable novela de su nuevo amigo.

—No tenía idea de que fuera tan buena... ¡Uno oye hablar de tantas cosas!... Pero es sorprendentemente buena.

Overt tuvo la audacia de replicar:

—Escribiré otras sorprendentemente mejores.

—Desde luego, y eso es lo que me interesa en usted. Cuando miro a mi alrededor, no veo muchos escritores capaces de superarse y llegar a escribir cosas sorprendentemente mejores. La mayoría de sus obras futuras serán consistentemente peores. Es tanto más fácil empeorar. ¡Dios sabe que hablo con conocimiento de causa! No soy demasiado optimista —¿por qué ocultarlo?— acerca de los valores nuevos. Pero usted debe llegar a ser mejor, debe perfeccionarse más y más. A mí no me sucedió lo mismo. Es muy difícil, diabólicamente difícil. Pero veo que usted lo conseguirá. Sería una gran desgracia si no lo consiguiera.

—Es muy interesante oírlo hablar a usted de sí mismo, pero no comprendo a qué se refiere cuando alude a su decadencia —observó Paul con perdonable hipocresía. Ahora le gustaba tanto su compañero que ya no entraba a considerar cualquier disminución de su talento o de sus escrúpulos literarios.

—No diga eso, no diga eso —replicó St. George gravemente, con la cabeza echada hacia atrás, reclinada en lo alto del sofá, y los ojos clavados en el cielo raso—. Sabe usted perfectamente a qué me refiero. Me ha bastado leer veinte páginas de su libro para darme cuenta de que usted no puede menos de advertirlo.

—Sus palabras me dan tristeza —suspiró Paul extáticamente.

—Tanto mejor, porque tal vez puedan servirle como una especie de advertencia. Harto impresionante debe ser, sobre todo para un espíritu joven y fresco, lleno de fe, el espectáculo de un hombre llamado a mejor destino que ha caído a mi edad en semejante abyección.

Conservando su actitud contemplativa, St. George hablaba con suavidad pero en tono resuelto, y sin emoción perceptible. Era un tono que sugería una lucidez impersonal a tal punto cruel, cruel consigo mismo, que nuestro joven amigo posó sobre su brazo una mano suplicante. Pero el maestro continuó, mientras sus ojos parecían

seguir los graciosos ornamentos del cielo raso estilo siglo
XVIII.

Míreme bien y aprenda mi lección de memoria,
porque es una lección. Déjese penetrar por ella, hasta que
tan lamentable impresión lo estremezca, y que esto pueda
servirle en el futuro para mantenerse en el camino recto.
No se convierta, cuando llegue a la vejez, en lo que yo soy
ahora: un deprimente, deplorable ejemplo de adoración a
los falsos dioses.

—¿Por qué habla usted de vejez? —preguntó el
joven.

—Todo eso me ha envejecido. Pero me gusta su
juventud.

Paul no contestó y por un minuto quedaron en silencio, oyendo hablar a los otros de la mayoría guberna-
mental. Después preguntó:

—¿Qué entiende usted por falsos dioses?

Su compañero no tuvo dificultad en responder:

—Los ídolos de la mayoría: el dinero, el lujo y "el
mundo"; la situación de los hijos y los vestidos de la mujer;
todo aquello que lo arrastra a uno por el sendero corto y fácil. ¡Ah, las vilezas que le hacen cometer a uno!

—Pero a uno le asiste todo el derecho de preocuparse por la situación de sus hijos.

St. George declaró plácidamente:

—No hay por qué tener hijos. Quiero decir, desde
luego, si uno se propone hacer algo bueno.

—¿Pero no son acaso una inspiración, un incentivo?

—Un incentivo para condenarse, artísticamente
hablando.

—Toca usted temas muy profundos... Temas que
me gustaría discutir con usted —dijo Paul—. Me gustaría
que me hablara largamente de sí mismo. ¡Es ésta una gran
fiesta para mí!

—Por supuesto, cruel juventud... Pero para mos-
trarle que todavía no soy incapaz, degradado como estoy,

de un acto de fe, ataré en salvaguardia suya mi vanidad a un poste y la quemaré hasta reducirla a cenizas. Debe usted venir a verme... Debe usted venir a vernos —agregó, corrigiéndose rápidamente—. Mi mujer es muy simpática. No sé si tuvo oportunidad de conversar con ella. Estará encantada de conocerlo. Le gustan las celebridades, ya sean novicias o consagradas. Tiene usted que venir a comer con nosotros... Mi mujer le escribirá. ¿Dónde se lo encuentra?

—Éstas son mis señas —dijo Paul, sacando de su cartera una tarjeta de visita. Pero al cabo de un momento volvió a guardarla. No quería, dijo, poner a su amigo en la molestia de escribirle. Cuando volviera a Londres iría directamente a verlo, y le dejaría su tarjeta si no tenía la suerte de que lo recibiera.

—Y no lo recibirán, probablemente. Mi mujer está siempre fuera de casa... y cuando se queda en casa, pues bien, está extenuada por haber estado afuera. Debe usted venir a comer... aunque tampoco eso servirá para mucho, porque ella insiste en dar grandes comidas. —Reflexionó un instante—: Mejor será que nos visite en el campo —agregó—. Nos sobran cuartos y no se pasa mal.

—¿Tiene usted una casa de campo? —preguntó Paul con envidia.

—¡Ah, no como ésta! Pero tenemos un lugar adonde vamos... a una hora de Euston. Ésa es una de las razones.

—¿Una de las razones?

—De que mis libros sean tan malos.

—¡Dígame todas las demás! —exclamó Paul Overt, riendo con impaciencia. En vez de contestar a su pregunta, St. George le dijo bruscamente:

—¿Por qué nunca lo he visto antes?

El tono de la pregunta era singularmente halagüeño para nuestro héroe; daba a entender que el gran hombre, después de conocerlo, lo echaba de menos retrospectivamente.

—En parte, supongo, porque no había ninguna razón especial para que usted me viera. No he vivido en el mundo... en su mundo. Pasé varios años fuera de Inglaterra, en diferentes lugares del extranjero.

—Bueno, no lo vuelva a hacer, por favor. Tiene usted que trabajar en Inglaterra. ¡Queda tanto por hacer aquí!

—¿Quiere usted decir que debo escribir sobre ella? —preguntó Paul con la candorosa atención de un niño.

—Por supuesto. Y es necesario que lo haga terriblemente bien, ¿me comprende? Lo que disminuye un poco la estima que siento por su libro... es que transcurre en el extranjero. ¡Al diablo con el extranjero! Quédese en su país y trabaje aquí... Ocúpese de temas que podamos confrontar.

—Haré todo lo que me diga —dijo Paul, profundamente atento—. Pero le confieso que no comprendo cómo pudo usted leer mi libro. Lo he tenido a usted cerca durante toda la tarde, primero en esa larga caminata, después cuando tomamos té en el jardín, hasta que fuimos a vestirnos para comer, y después en la comida, y aquí.

St. George lo miró sonriendo.

—Le he dedicado sólo un cuarto de hora.

—Es muchísimo tiempo, pero no comprendo cómo pudo disponer de un cuarto de hora. En la sala, después de comer, no estaba usted leyendo, sino conversando con la señorita Fancourt.

—Viene a ser lo mismo, porque hablábamos de "Ginistrella". Ella me contaba la trama... Me prestó un ejemplar.

—¿Se lo prestó?

—Viaja con él.

—Es increíble —dijo Paul ruborizándose.

—Es un título de gloria para usted, pero también fue muy útil para mí. Cuando las señoras se fueron a acostar, se ofreció muy amablemente a enviarme el libro. Su doncella me lo entregó en el vestíbulo, y me fui a mi cuarto con él. No pensaba venir aquí (no lo hago casi nunca) pero, como no me duermo temprano, siempre necesito leer una hora o dos. Enseguida me enfrasqué en su novela. Ni siquiera me desvestí: lo único que hice fue sacarme la chaqueta... Es señal, me parece, de que había despertado intensamente mi curiosidad. Leí un cuarto de hora, como le digo, y a pesar de que sólo leyera un cuarto de hora, quedé muy impresionado.

—Oh, el principio no es muy bueno... Lo que vale es el conjunto —dijo Paul Overt que había escuchado el relato con extremado interés—. ¿Entonces dejó el libro y vino a buscarme?

—A eso me indujo su libro. Me dije: "Estoy leyendo 'Ginistrella', y da la casualidad de que su autor está aquí, y el día termina, y no he cambiado con él veinte palabras". Se me ocurrió que usted estaría probablemente en el salón de fumar y que no sería demasiado tarde para reparar mi omisión. Quería tener una gentileza con usted. Por eso me puse la chaqueta y bajé. Continuaré leyendo su libro cuando suba.

Nuestro amigo volvió la cara: se sentía emocionado como rara vez lo estuvo por semejante demostración en su favor.

—Es usted, en verdad, el más amable de los hombres. *Cela c'est passé comme ça?* ¡Y estuve sentado con usted todo este tiempo sin sospecharlo siquiera, y sin agradecérselo!

—Agradézcaselo a la señorita Fancourt: ella fue quien me incitó a leerlo. Me habló de su novela de tal modo que me dio la impresión de haberla leído ya.

—¡Es un ángel del cielo! —declaró Paul Overt.

—Claro que lo es. No he visto a nadie que se le parezca. Conmueve su interés por la literatura... Es algo muy peculiar. ¡La toma tan en serio! Siente el arte y quiere sentirlo más aún. Para quienes lo practicamos, resulta, casi humillante su curiosidad, su simpatía, su buena fe. ¿Cómo puede una obra ser tan espléndida como ella supone?

—Es una naturaleza extraordinaria —dijo el joven suspirando.

—La más rica que haya visto hasta ahora… Una inteligencia artística, en verdad, de primer orden. ¡Y alojada en semejante forma! —exclamó St. George.

—Uno quisiera crear un personaje como ella —continuó Paul.

—¡Ahí está el nudo del asunto!... ¡No hay nada que pueda compararse a la vida! Cuando usted se siente agotado, exprimido, exhausto, y piensa que se acabaron para siempre los temas de inspiración, de pronto algo lo atrae; lo conmueve y estremece, y entonces la idea brota —del regazo de lo actual— y le demuestra que siempre queda algo por hacer. Pero no seré yo quien lo haga... ¡Ella no es para mí!

—¿No es para usted? ¿Qué quiere usted decir?

—Oh, para mí todo ha terminado. Ella es para usted, si lo desea.

—¿Para mí? Ah, mucho menos —dijo Paul—. No es para un oscuro escritorzuelo, sino para el mundo, el brillante y rico mundo de los sobornos y las recompensas. Y el mundo habrá de apoderarse de ella y terminará por arrebatarla.

—Lo intentará, pero es justamente el caso en que vale la pena luchar con el mundo. Y el combate sería digno de un hombre que tenga la juventud y el talento de su parte.

Estas palabras encontraron un eco profundo en la conciencia de Paul Overt y por un momento lo dejaron silencioso.

—Es una maravilla que haya podido conservarse así, dándose de tal manera... Y teniendo tanto que dar.

—¿Conservarse, dice usted, tan ingenua, tan natural? Se entrega de tal manera porque desborda, y el resto le importa un bledo. Tiene sus propios sentimientos, sus propias normas, y no se le pasa por la cabeza que debiera ser orgullosa. Y además no ha estado aquí el tiempo suficiente para echarse a perder. Se ha plegado a una o dos modas, pero sólo a las agradables. Es una provinciana… Una provinciana de genio —continuó St. George—: sus equivocaciones mismas son encantadoras, sus errores son interesantes. Ha vuelto de Asia con toda suerte de curiosidades despiertas y de apetitos insaciados. Es una persona de primer orden, y se gasta en las de segundo orden. Es la vida, y se interesa extrañamente en las imitaciones de la vida. Confunde todas las cosas, pero no hay ninguna que no intuya. Tiene de las cosas una visión panorámica —como si las contemplara desde lo alto de los Himalayas— y amplía todo lo que toca. Y sobre todo, exagera; para sí misma, quiero decir. ¡Nos exagera a usted y a mí!

No era un retrato para aliviar la agitación que había causado en nuestro joven amigo el esbozo de un tema tan seductor. Demostraba el arte consumado de St. George, y Paul se abstrajo contemplando la figura femenina que se alzaba ante sus ojos y que podía inspirar una novela gloriosa. Pero al cabo de un momento la imagen se había convertido en humo y del humo —la última bocanada extraída de un grueso cigarro— surgió la voz del general Fancourt, que se había separado de los demás para venir a plantarse frente a los caballeros del sofá:

—Supongo que cuando ustedes se sientan a conversar se pasan en ello toda la noche.

—¿Toda la noche? *Jamais de la vie!* Sigo normas saludables —contestó St. George poniéndose de pie.

—Ya veo. Son ustedes plantas de invernáculo —observó riendo el general—. De esa manera florecen.

—Yo florezco todas las mañanas entre las diez y la una. ¡Con la más absoluta regularidad! —dijo St. George.

—¡Y esplendorosamente! —agregó el general, mientras Paul advertía qué poca impresión le causaba al autor de "Shadowmere" que lo trataran como a un novelista célebre. En su caso, pensaba el joven, nunca llegaría a acostumbrarse, e incómodo por la sospecha de que la gente se creyera en la obligación de dispensarle semejantes halagos, hubiera hecho lo posible por eludirlos. Evidentemente, a su ilustre colega no lo hacían ruborizar: llevaba una dura máscara. Entre tanto, los fumadores habían terminado sus cigarros y, palmatorias en mano, se dirigían a sus cuartos;

pero antes de que todos salieran, Lord Watermouth invitó a "tomar algo" a los dos huéspedes que habían estado conversando absortos. Ambos declinaron el ofrecimiento. El general Fancourt dijo:

—¿Es también por higiene? ¿No riegan ustedes sus flores?

—Temería ahogarlas —replicó St. George, pero al salir de la sala, como seguía al lado de su joven amigo, agregó en su beneficio, bajando la voz:

—Mi mujer no me deja.

El general concluyó intencionadamente:

—Pues bien, ¡me regocijo de no pertenecer al gremio!

El que Summersoft estuviera muy cerca de Londres tuvo la consecuencia, decepcionante para quien aguardara la sociabilidad de un vagón de ferrocarril, de que la mayoría de los huéspedes, después del desayuno, volvieran a la ciudad en sus propios coches, que habían ido a buscarlos, mientras que sus criados regresaban por tren con los equipajes. Tres o cuatro jóvenes, entre los cuales estaba Paul Overt, que se proponían viajar en el mismo vehículo, se detuvieron en el pórtico de la casa para despedir a los demás huéspedes. La señorita Fancourt subió a una victoria con su padre, luego de haber estrechado la mano de nuestro héroe y de haberle dicho con la sonrisa más franca del mundo:

—Tengo que volver a verlo. La señora St. George es muy buena: me ha prometido que nos invitará juntos a comer.

Esta señora y su marido se instalaron en un *brougham* perfectamente equipado —ella necesitaba un carruaje cubierto— y nuestro joven reflexionó, mientras en ademán de adiós agitaba el sombrero respondiendo a sus inclinaciones de cabeza y a sus sonrisas, que el matrimonio parecía la imagen honorable del éxito, de la prosperidad económica y del prestigio social de la literatura. Semejantes cosas no colmaban, para él, la medida del triunfo, pero no pudo menos de sentirse un poco orgulloso por la literatura.

IV

Antes de una semana volvió a encontrarse en Bond Street con la señorita Fancourt cuando se inauguró la exposición de un joven artista en "blanco y negro" que tuvo la bondad de invitarlo a participar en esa escena sofocante. Los dibujos eran admirables, pero la salita estaba colmada por una multitud tan densa que a Paul Overt le dio la sensación de estar hundido hasta el cuello en un saco de lana. Junto a la pared, una hilera de personas, encorvando la espalda, ofrecía a la presión de la masa una superficie de resistencia todavía más convexa, para preservar cierto espacio libre entre sus narices y los marcos lustrosos de los cuadros, mientras el núcleo de la multitud, en la relativa penumbra proyectada por una amplia pantalla horizontal que tapaba la claraboya y sólo permitía el acceso de una breve franja de luz, permanecía derecha, apretujada y confusa, perdida en la contemplación de sus propios elementos. Esta contemplación se reflejaba especialmente en los tristes ojos de algunas figuras femeninas coronadas por sombreros de extraños repliegues y plumajes, que se alzaban sobre largos cuellos por encima de las otras. Una de estas cabezas, advirtió Paul, era como mucho la más hermosa de la colección, y su próximo descubrimiento fue que pertenecía a la señorita Fancourt. Su belleza estaba realzada por la jubilosa sonrisa que le dirigió a través de los obstáculos circundantes, una sonrisa que lo atrajo hacia ella no bien pudo abrirse paso. En Summersoft comprobó que lo último que podía esperarse del temperamento de la señorita Fancourt era una afectación de indiferencia; no obstante, aun sabiéndolo, Paul tuvo la renovada satisfacción de ver que no simulaba aguardarlo en una actitud circunspecta: le sonreía tan radiantemente como animándolo a darse prisa, y en cuanto estuvo a su alcance prorrumpió con alborozo:

—¡Está aquí! ¡Está aquí! ¡Volverá dentro de un momento!

—¿Su padre? —preguntó Paul, teniéndole la mano.

—¡Por Dios, no! Éstas no son cosas para mi padre, St. George. Acaba de alejarse para conversar con alguien, pero volverá. Fue él quien me trajo. ¿No es encantador?

—Ah, eso le da una ventaja sobre mí. Yo no hubiera podido traerla, ¿verdad?

—Si hubiera tenido la bondad de proponérmelo, ¿por qué no usted como él? —replicó la muchacha. No había en su expresión coquetería barata. Estaba afirmando, tan sólo, un hecho feliz.

—Bueno, es un *père de famille*. Ellos tienen privilegios. —Y después, rápidamente—: ¿Saldría usted conmigo? —preguntó.

—Cuando quiera —contestó sonriendo—. Comprendo lo que usted quiere decir: las muchachas tienen que estar siempre rodeadas por una cantidad de gente… En fin, no sé. Yo, en todo caso, soy libre. Siempre lo he sido. Puedo salir con cualquiera. ¡Y estoy muy contenta de verlo! —agregó con tal dulce nitidez que las personas que estaban junto a ella volvieron la cabeza.

—Déjeme pagarle esas palabras sacándola de este gentío —dijo Paul—. Aquí, con toda seguridad, no deben estar muy contentos.

—No, parecen atrozmente *mornes*. Pero yo estoy muy contenta y he prometido al señor St. George no moverme hasta que vuelva. Se ha propuesto pasearme. Le mandan muchas invitaciones para esta clase de cosas. Más de las que quisiera. Ha sido muy bueno al pensar en mí.

—También yo recibo invitaciones… Más de las que quisiera. Y si pensar en usted me autoriza a que la acompañe… —continuó Paul.

—Oh, a mí me encantan. ¡Todo lo que sea vida, todo lo que sea Londres!

—No hay inauguraciones en Asia, supongo —dijo él riendo—. Pero es lástima que por este año, aun en esta ciudad supercivilizada, estén a punto de acabar.

—Pues bien, iremos el año próximo, porque espero que siempre seamos amigos. —Y antes de que Paul tuviera tiempo de contestar, exclamó—: ¡Aquí llega!

El joven descubrió a St. George que se abría camino entre la multitud. Entonces dijo con cierto apresuramiento:

—Espero que no tendré que aguardar hasta el año próximo para verla.

—No, no. ¿Acaso no comemos juntos el 25? —respondió ella con una vehemencia tan feliz como la suya.

—Eso es casi el año próximo. ¿No hay forma de verla antes?

Lo miró radiante.

—¿Significa que vendría a casa?

—Como una flecha, si tuviera usted la bondad de invitarme.

—¿El domingo, entonces, el domingo próximo?

La señorita Fancourt se volvió instantáneamente hacia St. George, que ahora se había unido a ellos, y le dijo con acento triunfante:

—¡Vendrá el domingo, el domingo próximo!

—¡Ah, también ése es mi día! —dijo el famoso novelista, riendo, a sus compañeros.

—Sí, pero no el suyo solamente. Se encontrarán ustedes en Manchester Square, conversarán, ¡será espléndido!

—No nos encontramos a menudo —admitió St. George, estrechando la mano de su discípulo—. ¡Demasiadas cosas, ah, demasiadas cosas! Pero nos desquitaremos en el campo, en setiembre. ¿No olvidará usted que me lo prometió?

—¿Cómo? Irá el 25. Lo verá usted entonces —dijo la muchacha.

—¿El 25? —preguntó St. George vagamente.

—Comemos con usted. Supongo que lo recuerda. No sea que coma fuera de casa ese día —contestó alegremente dirigiéndose a Paul.

—¡Dios mío, qué buena noticia! ¿Y usted también viene? Mi mujer no me lo dijo. ¡Demasiadas cosas, demasiadas cosas! —repitió.

—¡Demasiada gente, demasiada gente! —exclamó Paul haciéndose a un lado porque alguien le clavaba un codo en la espalda.

—No debería usted quejarse. Todos lo leen.

—¿A mí? Me gustaría saber quiénes. Dos o tres, a lo sumo —replicó el joven.

St. George se echó a reír.

—¿Oyó usted alguna vez algo semejante? —le dijo a la señorita Fancourt—. Conoce perfectamente su valor y se permite desdeñar a los lectores. También a mí me leen, lo que no influye para que los quiera más. ¡Alejémonos de ellos, salgamos de aquí! —y los condujo fuera de la Exposición.

—Me va a llevar al Parque —exclamó jubilosamente la señorita Fancourt mientras caminaba con Paul por el pasillo que daba a la calle.

—Ah, ¿suele ir al Parque? —preguntó Paul como si tomara el dato por una información un tanto inesperada sobre las *moceurs* de St. George.

—Como es un día magnífico, habrá mucha gente. Vamos a mirarla y a observar tipos —continuó la muchacha—. Nos sentaremos bajo los árboles; caminaremos por el Row.

—Suelo ir una vez por año... Por cuestiones de negocios —dijo St. George que había oído la pregunta del joven.

—O con una prima, del campo. ¿No fue eso lo que me dijo? Yo soy la prima del campo —continuó hablando a Paul por encima del hombro mientras St. George la conducía hasta un coche que había hecho detener. El joven los vio subir. St. George, sentado cómodamente al lado de la joven, lo saludó desde lejos, agitando amistosamente los dedos de la mano en señal de adiós. El coche se puso en movimiento y Paul lo vio perderse en la confusión de Bond Street. La imagen le sugería sentimientos molestos. "¡Ella no es para mí!", había dicho el novelista en Summersoft, enfáticamente, pero su conducta no armonizaba con esa afirmación. ¿Habría procedido de otro modo si ella hubiera sido para él? Una ola de celos se levantó en su corazón. Y, aunque parezca extraño, eran celos ambiguos, que apuntaban por igual a uno y otro de los ocupantes del coche. ¡Cuánto le hubiera gustado pasear por Londres con una muchacha semejante! ¡Cuánto le hubiera gustado salir y observar "tipos" con St. George!

El domingo siguiente, a las cuatro, fue a la casa de Manchester Square, donde se cumplió su secreto deseo de encontrar sola a la señorita Fancourt. Lo recibió en una habitación amplia y brillante, pintada de rojo, tapizada con esas curiosas y ordinarias telas floreadas, que imaginamos provenientes de países orientales y meridionales y que las aldeanas, según se dice, utilizan para sus cubrecamas, y adornada con cacharros de vivos colores, dispuestos en fortuitos estantes, y muchas acuarelas —obra de la dueña de casa, como supo después— destinadas a conmemorar con valeroso aliento los crepúsculos, las montañas, los templos y los palacios de la India. Estuvo allí una hora —más de una hora: dos horas— y ninguna otra persona se presentó en la casa. La señorita Fancourt llevó su gentileza hasta observar, con su liberalidad característica, lo delicioso de no ser interrumpidos: ¡era tan raro en Londres, especialmente en aquella estación, que las personas pudieran conversar a sus anchas! Felizmente ahora, en los domingos en que hacía buen tiempo, medio mundo salía de la ciudad, y de tal modo los que se quedaban, cuando simpatizaban entre sí, resultaban favorecidos. El defecto, uno de los dos o tres defectos que ella reconocía en la ciudad más populosa y adorable del mundo, era que ofreciera tan pocas oportunidades para conversar: siempre faltaba tiempo.

—¡Demasiadas cosas, demasiadas cosas! —dijo Paul, citando la exclamación que hizo el maestro algunos días antes.

—Sí, para él son demasiadas... Su vida es demasiado complicada.

—¿La ha visto usted de cerca? Eso es lo que yo quisiera: tal vez explicara algunos misterios.

Ella preguntó a qué misterios se refería.

—Oh, a peculiaridades de su obra, a desigualdades, a superficialidades —dijo Paul—. Para quien la contempla desde un punto de vista artístico, encierra una ambigüedad insondable.

Ella demostró una atención apasionada:

—¡Hábleme más de eso! ¡Es tan interesante! No creo que haya un tema más rico en sugestiones, un tema que me atraiga más. ¡Imagínese usted que él se considera un fracaso! —deploró generosamente.

—Depende de cuál haya sido su ideal. Con las dotes que posee, pudo haber sido un ideal muy alto. Pero hasta que no sepamos lo que realmente se propuso... ¿Lo sabe usted por casualidad? —preguntó el joven con vehemencia.

—¡Oh, nunca habla de sí mismo! ¡No puedo conseguir que lo haga! Es desesperante.

Él estuvo a punto de preguntarle de qué le hablaba entonces, pero la discreción lo contuvo y se limitó a decir:

—¿Cree usted que es desgraciado en su casa?

Pareció perpleja:

—¿En su casa?

—Quiero decir, en sus relaciones con su mujer. Tiene un modo equívoco de aludir a ella.

Marian Fancourt lo miró con sus ojos límpidos:

—No a mí. Eso estaría mal, ¿verdad? —preguntó gravemente.

—No demasiado bien. Por eso me alegro de que no la mencione delante de usted. Quizás usted se aburriera si él alabara a su mujer, y no puede hacer otra cosa que alabarla. Sin embargo, la conoce a usted más que a mí.

—¡Pero a usted lo respeta! —exclamó la muchacha con una especie de envidia.

Su visitante la miró un momento con asombro y después se echó a reír.

—¿Y a usted no?

—Por supuesto, pero no de la misma manera. Respeta lo que usted ha hecho. Así me lo dijo el otro día.

Paul bebió sus palabras, pero sin perder la cabeza:

—¿Cuando fueron a observar tipos?

—Sí, y encontramos muchos: ¡tiene un gran don de observación! Habló largamente del libro de usted. Dice que es realmente importante.

—¡Importante! ¡Ah, qué criatura generosa! —y el autor del libro en cuestión gimió de alegría.

—Mientras caminábamos, estuvo extraordinariamente divertido, inefablemente cómico. Lo ve todo. Tiene infinitas comparaciones e imágenes, y todas son exactas. ¡*C'est d'un trouvé*, como dicen los franceses!

—Sí, con esas dotes, ¡las cosas que debió haber hecho! —suspiró Paul.

—¿Y no cree usted que las ha hecho ya?

Ése era el problema.

—En parte. Y, desde luego, esa parte es algo inmenso. Sin embargo, pudo haber sido uno de los más grandes. Pero no estemos midiendo el pro y el contra. Tal como son —concluyó nuestro amigo gravemente—, sus escritos representan una mina de oro.

A este juicio, ella asintió con fervor, y durante media hora la pareja estuvo hablando de las principales producciones del maestro. Marian Fancourt las conocía bien, hasta las conocía mejor que su visitante, a quien impresionó su inteligencia crítica y la amplitud y audacia de su espíritu. Dijo cosas que lo dejaron estupefacto y que provenían directamente de ella. No eran frases recogidas del maestro porque las colocaba demasiado oportunamente en la conversación. St. George estaba en lo cierto cuando afirmaba que era una persona de primer orden, cuando hablaba de su generosidad y de que en ningún instante recordaba que debía ser orgullosa. De pronto, como si algo le viniera a la memoria, ella murmuró:

—Ahora que pienso, St. George me habló una vez de su mujer. Me dijo, a propósito de una cosa u otra, que no le importaba la perfección.

—¡Es un gran crimen en la mujer de un artista!

—¡Sí, pobrecita! —Y la muchacha suspiró como insinuando muchas reflexiones, algunas de las cuales mitigaban la culpa de la señora St. George. Agregó enseguida:

—¡Ah, la perfección, la perfección! ¡Cómo alcanzarla! ¡Ojalá yo pudiera!

—Cada uno puede a su modo —opinó su compañero.

—Cada uno, sí, pero no cada una. ¡Hay tantas cosas que traban a la mujer y la condenan al fracaso! Y sin embargo es una especie de deshonor no hacer algo cuando queremos hacerlo, ¿verdad? —prosiguió la señorita Fancourt abandonando un tema en su prisa por abordar otro, accidente muy habitual en ella. Y de tal modo continuaron los jóvenes discutiendo problemas trascendentes en la ecléctica sala, en plena *season* de Londres, de tal modo continuaron discutiendo, con extremada gravedad, el trascendente problema de la perfección. Debemos decir, para atenuar su extravagancia, que ponían un auténtico interés en el problema que discutían. Había sinceridad en su tono y belleza en su emoción. No estaban posando ante sí mismos ni ante nadie.

El tema era tan vasto que se encontraron reduciéndolo. La perfección a la cual de común acuerdo limitaban por el momento sus especulaciones era la de la válida, de la ejemplar obra de arte. Al parecer, la imaginación de la muchacha había llegado muy lejos en ese sentido, y su visitante tuvo el raro placer de sentir que había entre los dos un absoluto intercambio. El episodio viviría durante años en su memoria y, más aún, en su asombro. Tenía esa cualidad que la fortuna destila a veces en una sola gota: la cualidad de borrar las huellas del tiempo, conservando intacto un recuerdo lejano. Todavía ahora, cada vez que lo desea,

Paul evoca un cuarto, un rojo y brillante cuarto de estar, cuyas cortinas, por un logrado golpe de audacia, lo realzan con una nota de vívido azul. Evoca la disposición de algunos objetos: el libro abierto sobre la mesa y el olor penetrante de las flores colocadas a la izquierda, detrás del libro. Y ese ambiente materializa una fascinante y peculiar inquietud nacida en aquellas dos horas y que hasta el día de hoy lo lleva a recogerse en sí mismo y a suspirar repetidamente: "¡No tenía idea de que existiera alguien así! ¡No tenía idea de que existiera alguien así!". La libertad de la joven lo dejaba perplejo y encantado, a tal punto simplificaba la cuestión práctica: era una muchacha huérfana de madre, que había pasado los veinte años, que tenía posición y responsabilidades propias y que no estaba sujeta por ninguna de las limitaciones de las señoritas de su edad. Vivía como una persona independiente, iba y venía sin arrastrar una dueña tras de sí, recibía sola a sus visitas y, aunque delicada y pura, no parecía necesitar protección ni tutela. Daba la impresión de claridad y nobleza, de espontaneidad y sencillez, que a despecho de su situación eminentemente moderna no sugería ningún parentesco con la muchacha "emancipada". Moderna era, sin duda, y Paul Overt, que amaba el bruñido antiguo, la dorada pátina del tiempo, pensaba con cierta alarma en la abigarrada paleta del futuro. No se cansaba de admirar el interés de la señorita Fancourt por las artes que a él le importaban tanto. Era una aventura del todo inverosímil descubrir ese manantial inagotable de simpatía, algo demasiado bueno para ser verdad. Es posible, y es la ley de la vida, perderse fácilmente en el desierto, pero encontrar en el desierto un oasis semejante, ¿no era un accidente demasiado singular? Y si en un momento dado las aspiraciones de Marian Fancourt le parecían demasiado extraordinarias para ser reales, un momento después le parecían demasiado inteligentes para ser falsas. Eran, a la vez, elevadas y frívolas, y, capricho por capricho, las prefería a todas las que había encontrado en relaciones análogas. Probablemente, la señorita Fancourt las iría dejando en el camino, reemplazándolas por otras de carácter político, o mundano, o por una maternidad meramente prolífica, como acostumbra a sucederles a las muchachas halagadas y cultas, aficionadas a las artes y las letras, en una época de lujo y en una sociedad ociosa. Había advertido que las acuarelas que adornaban las paredes del cuarto tenían el mérito principal de ser ingenuas, y no ignoraba que la ingenuidad en el arte equivale al cero en una cifra: su importancia depende del número que lo acompaña. En fin, sea como fuere, estaba enamorado de ella.

Esa tarde, antes de irse, le dijo:

—Creía que St. George iba a venir a visitarla, pero no aparece.

Por un momento supuso que ella iba a exclamar: "*Comment donc?* ¿Usted sólo vino a verme para encontrarse con él?". Pero ella replicó:

—Sí, pero no creo que venga. Me recomendó que no lo esperase. —Después agregó con risueña afabilidad—: Dijo que no sería justo hacerle eso a usted. Pero creo que hubiera podido arreglármelas con los dos.

—También yo hubiera podido —contestó Paul, forzando un poco la nota para ponerse a tono. En realidad, apreciaba esa visita en función exclusiva de la mujer sentada frente a él, y la presencia de un tercero en la escena, aunque fuera un tercero tan estimado como St. George, le hubiera parecido completamente de más. Abandonó pues la casa preguntándose qué habría querido significar el gran hombre cuando dijo "que no sería justo hacerle eso" y, más aún, si aquella idea era la causa de su ausencia. Mientras se abría camino a través de la soledad dominguera de Manchester Square, balanceando acompasadamente su bastón y con el alma llena de emociones, creyó estar viviendo en un mundo extrañamente magnánimo. La señorita Fancourt le había dicho que tal vez ella y su padre estarían ausentes el domingo próximo, pero que esperaban verlo en el subsiguiente, y le prometió avisarle, en el caso de que el viaje no se realizara, para que fuese a visitarla. Después de tomar por una de las calles que desembocaban en la plaza, Paul se detuvo, sin intención definida, buscando escépticamente un coche. En ese momento, desde el extremo opuesto, vio acercarse uno en dirección a la plaza, y estuvo a punto de hacerle señas cuando advirtió que estaba ocupado; aguardó, viendo que el coche se preparaba a detenerse para dejar a su pasajero ante una de las casas. Y la casa era aquella de la que él acababa de salir: lo dedujo cuando reconoció a Henry St. George en la persona que bajaba del coche. Le volvió entonces la espalda como si lo hubieran sorprendido espiando. Renunció al coche; prefería caminar, porque no tenía rumbo fijo. Le alegraba que St. George no hubiera desistido de su visita: eso hubiera sido demasiado absurdo. Sí, el mundo era magnánimo, y él mismo se sintió magnánimo cuando, al mirar su reloj, comprobó que no eran más que las seis y se congratuló mentalmente de que a su sucesor le quedara todavía una hora para conversar con la señorita Fancourt en la sala de Manchester Square. Él también podía utilizar esa hora para hacer una visita, pero cuando llegó al Marble Arch la idea le pareció incongruente. Pasó bajo esa proeza arquitectónica y se dirigió al Parque, hasta llegar al mullido césped. Allí prosiguió caminando sobre ese elástico verde y salió por la Serpentina. Observó con una amistosa mirada las diversiones del pueblo de Londres: una mirada casi de aliento a las muchachas que se paseaban con sus novios por la orilla del lago, acariciándose, y a los soldados que rozaban tiernamente, con sus gorras de piel de oso, las flores artificiales que adornaban los sombreros domingueros de sus compañeras. Prolongó su meditativo paseo: entró en Kensington Gardens, se sentó en una silla de alquiler, miró los botecitos de recreo que navegaban en el estanque redondo y se alegró de no tener ningún compromiso para comer. Con ese propósito, ya muy tarde se dirigió a su club, donde se encontró incapaz de encargar un menú; y le dijo al mozo que le trajera lo que hubiese. Ni siquiera observó lo que le servían, y pasó la velada en la biblioteca de su club, intentando leer un artículo de una revista norteamericana. No pudo comprender de qué trataba: parecía referirse, de una manera oscura, a Marian Fancourt.

En los últimos días de la semana ella le escribió que no iría al campo: acababa de resolverlo. Su padre, agregaba, nunca resolvía nada por su cuenta y lo dejaba todo en sus manos. Ella sentía su responsabilidad —tenía necesariamente que sentirla— y desde el momento que estaba obligada a decidir, lo había decidido así. No mencionaba razones, lo que le dio campo libre a nuestro amigo para hacer una audaz conjetura. Aquel segundo domingo, en Manchester Square, consideró su suerte menos buena porque había tres o cuatro visitas. Pero hubo tres o cuatro compensaciones; quizá la más importante fue saber que el general, a última hora, decidió marcharse solo al campo, lo cual influyó para que la audaz conjetura a que acabo de referirme se volviera levemente más audaz. Agreguemos que allí estaba la joven, y que su presencia era siempre su presencia, y que esa presencia colmaba el cuarto rojo, por muchos fantasmas que pasaran por él y se desvanecieran, emitiendo sonidos incomprensibles. Por último, le quedó el recurso de quedarse hasta que todos hubieron partido, y de creer que ella agradecía su actitud, aunque no se lo demostrara explícitamente. Cuando estuvieron solos, tocó el punto que le interesaba.

—Pero St. George vino el domingo pasado. Lo vi cuando me iba.

—Sí, pero fue por última vez.

—¿Por última vez?

—Dijo que nunca más volvería.

Paul Overt la miró sorprendido

—¿Quiso decir que desea no verla más?

—No sé qué quiso decir —contestó la muchacha sonriendo valientemente—. De cualquier manera, no desea verme aquí.

—¿Y se puede saber por qué?

—No tengo la menor idea —contestó Marian Fancourt. Y su visitante la encontró más perversamente sublime cuando manifestó con tanta claridad su desconsuelo.

V

—¡No, quédese usted un momento más! —le dijo St. George a las once de la noche. Paul Overt había comido en casa del maestro, y la numerosa concurrencia, entre la cual no figuraba n iguna otra persona del oficio, se estaba despidiendo. Nuestro joven, después de desearle buenas noches a su anfitrion?, tendió su mano al dueño de casa en señal de adiós. Este ademán suscitó, además de la protesta que acabo de citar, un ofrecimiento inapreciable: el maestro quería aprovechar la oportunidad de hablar a solas con él, en su gabinete de trabajo, pues era mucho lo que tenían que decirse. Paul Overt, encantado por su benevolencia, no pudo menos de mencionar débilmente y como en broma el mero hecho de que tenía otra cita y en un lugar considerablemente alejado.

—Bueno, si es así, faltará usted a su promesa. ¡Es usted un gran farsante! —agregó St. George en un tono más amistoso aún.

—Faltaré, qué duda cabe. Pero era realmente un compromiso.

—¿Con la señorita Fancourt? ¿Se disponía usted a acompañarla? —le preguntó su amigo.

Contestó con una pregunta:

—Oh, ¿acaso ella se va?

—¡Vil impostor! —prosiguió su irónico huésped—. Me he conducido noblemente con usted en lo que respecta a esa señorita, y no haré una sola concesión más. Espéreme tres minutos y estaré con usted.

Y se dedicó a las visitas que se despedían, acompañando hasta la puerta a las señoras con vestidos de larga cola. La noche era calurosa, y el ruido de los veloces carruajes y la voz de los lacayos entraban hasta la casa por las ventanas abiertas. La reunión había sido brillante; una sensación de fiesta flotaba en la pesada atmósfera, no sólo por la que allí acababa de realizarse, sino por la vaga impresión del vasto torbellino de placer que en Londres, durante las noches de verano, colma los barrios más felices de la ciudad laberíntica. Poco a poco, el salón de la señora St. George se fue quedando vacío. Paul, a solas con la dueña de casa, le explicó el motivo de su espera. Ella lo miró de soslayo:

—Ah, una conversación intelectual, profesional... En esta época se la echa de menos, ¿verdad? ¡Pobre Henry! ¡Me alegro tanto por él!

El joven miró un momento por la ventana: los elegantes carruajes se detenían ante la puerta, uno tras otro, y luego se alejaban. Cuando se volvió, la señora St. George había desaparecido; la voz de su marido le llegó desde abajo; estaba riendo y charlando, en el pórtico, con alguna dama que aguardaba su coche. Durante un momento Paul disfrutó de la solitaria posesión de los cuartos vacíos y tibios, iluminados delicadamente por las lámparas, con las sillas corridas de lugar y habitados por el intenso aroma de las flores. Eran cuartos hermosos, de nobles proporciones, que contenían objetos de valor: todo en ellos hablaba de una "gran casa". Al cabo de cinco minutos entró un criado y le dijo que el maestro lo aguardaba en la planta baja. Paul bajó las escaleras y siguió al criado a través de un largo pasillo hasta un departamento situado en la parte trasera de la casa y destinado, según sospechó, a las especiales actividades de un laborioso hombre de letras.

St. George estaba en mangas de camisa en el centro de una habitación espaciosa y de techo alto, una habitación sin ventanas, pero con ancha claraboya, como si fuera una sala de exposiciones. Las paredes estaban cubiertas de libros hasta el cielo raso, y el oro gastado de los lomos creaba una superficie de tonalidad incomparable, interrumpida aquí y allá por grabados y dibujos antiguos. En el extremo opuesto a la puerta de entrada había un alto escritorio, sumamente ancho, donde una persona sólo podía escribir en la erguida posición de un contador de una casa de comercio, y desde la puerta hasta el escritorio se extendía una alfombra roja, tan estrecha y casi tan larga como el sendero de un jardín, por donde Paul imaginó al maestro yendo y viniendo durante horas y horas mortificantes, horas, claro está, de admirable creación. El criado, obedeciendo a una vieja rutina, sacó de un armario empotrado en la pared una vieja chaqueta y se la ofreció a su amo, retirándose después con la que éste acababa de quitarse. Bienvenida chaqueta, pensó Paul; era una chaqueta para conversar, que auguraba confidencias —había recibido visiblemente muchas— y sus codos eran trágicamente literarios.

—¡Ah, somos prácticos, somos prácticos! —dijo St. George al ver que su visitante observaba el lugar—. ¿No es acaso una jaula cómoda y espaciosa para dar vueltas y más vueltas dentro de ella? Mi mujer la ha inventado y me encierra aquí todas las mañanas.

Nuestro joven suspiró, a modo de homenaje, con cierta opresión.

—¿No echa usted de menos una ventana, algo por donde mirar hacia fuera?

—Al principio la eché de menos atrozmente. Pero ella calculó bien. Ahorra tiempo, me ha ahorrado muchos meses en estos últimos diez años. Aquí permanezco, bajo la mirada del día, claro está que en Londres, muy a menudo, es una mirada nublada y mustia, emparedado con mi trabajo. No puedo salir, de modo que este cuarto me enseña bonitamente a concentrarme. Y creo haber aprendido la lección. Fíjese usted en ese montón de pruebas.

Y señaló sobre una de las mesas un grueso rollo de papeles, todavía sin deshacer.

—¿Piensa usted publicar otro...? —preguntó Paul en un tono cuya afectuosa falta de entusiasmo sólo reconoció cuando su compañero lanzó una carcajada.

—¡Farsante, farsante! —St. George parecía complacerse en acariciarlo (así se hubiera dicho) con ese oprobio—. ¿Acaso ignoro lo que usted piensa de ellos? —preguntó, con las manos en los bolsillos y una sonrisa diferente en los labios. Ahora tenía el propósito —daba esa impresión, al menos— de que su joven devoto viera en las profundidades de su alma.

—En ese caso, ¡le doy a usted mi palabra de que sabe más que yo! —se aventuró a responder este último, revelando en parte su tormento de no poder admirarlo sin reservas ni tampoco condenarlo del todo.

—Mi querido amigo —dijo el maestro, suscitando crecientemente su interés—, no imagine usted que le hablo específicamente de mis libros. No son un tema decente. *Il ne manquerait plus que ça!* No he perdido mi dignidad hasta ese extremo. De mí, si usted quiere, hablaremos un poco. Aunque no ha sido para eso que lo hice venir. Quería preguntarle algo, algo de mucha importancia. Aprecio esta oportunidad en todo lo que vale. Siéntese. Somos prácticos, pero ya ve usted, hay un sofá, porque ella hace algunas concesiones a mis pobres huesos. Como todos los grandes administradores y capataces, sabe cuándo es prudente relajar un poco la disciplina.

Paul se hundió en el rincón de un mullido diván de cuero, pero su amigo continuó de pie, perorando.

—Si no le importa, no me sentaré. Tal es mi costumbre en este cuarto. De la puerta al escritorio y del escritorio a la puerta. El ir y venir sacude amablemente mi imaginación. ¿Y no advierte usted la conveniencia de que no haya una ventana por donde pueda escaparse? El escribir siempre de pie (me detengo frente al escritorio para escribir cuando algo se me ocurre, y después sigo caminando) era al principio bastante cansador, pero adoptamos el procedimiento con miras al futuro: está uno en las mejores condiciones —¡si no se le rompen las piernas!— y puede uno continuar durante muchos años más. ¡Oh, somos prácticos, somos prácticos! —repitió, dirigiéndose hasta la mesa y tomando mecánicamente el rollo de pruebas. Pero al quitarles la faja, pareció olvidarse de nuestro héroe. Se distrajo un momento, examinando las cuartillas de su próximo libro, mientras el joven paseaba nuevamente los ojos por el cuarto.

¡Dios mío, qué cosas magníficas haría si tuviera un lugar tan encantador como éste donde hacerlas!, reflexionaba Paul. El mundo exterior, el mundo de lo contingente y de lo feo, estaba excluido con el mayor éxito, y dentro del opulento recinto protector, bajo el cielo tutelar, las criaturas del ensueño, los huéspedes mágicamente conjurados, podrían celebrar su peculiar y silenciosa algazara. Basándose en una rápida intuición de su simpatía, más que en determinados hechos reales, Paul advirtió una curiosa característica del maestro, a quien empezaba a conocer de cerca: el don exquisito de sustraerse al intercambio humano en aquellos momentos en que la tensión se interrumpía o disminuía. Cualquier relación feliz con el maestro seguiría un ritmo brusco e intermitente, no un proceso de etapas regulares.

—¿Los lee usted? ¿De veras? —preguntó el maestro dejando las pruebas al inquirir Paul cuándo aparecería la obra. Y la respuesta del joven: "Siempre, siempre", lo incitó nuevamente al júbilo—: Visita usted a su abuela en todos los cumpleaños... Y hace usted bien, porque ella no ha de vivir mucho tiempo. Ha perdido todas sus facultades y todos sus sentidos: ni ve, ni oye, ni habla. Pero todas las piadosas costumbres, todos los hábitos bondadosos son respetables. Sólo que tiene usted mucha energía si realmente los lee. Yo no podría, mi querido amigo. Usted es fuerte, lo sé. Y esto es parte de lo que quiero decirle. Más aún, es usted muy fuerte. Estuve leyendo sus otras cosas... Me han interesado inmensamente. Es lástima que alguien no me hablara antes de ellas... Alguien que me mereciera fe. Pero ¿quién puede a uno merecerle fe? Marcha usted maravillosamente por el buen camino... Es la suya una obra admirablemente digna. Ahora bien, ¿piensa usted continuar? Eso es lo que quería preguntarle.

—¿Si pienso escribir otros libros? —preguntó Paul mirando desde el sofá a su erguido inquisidor y sintiéndose en parte como un muchachito contento porque su maestro está contento de él y en parte como un peregrino de la antigüedad que hubiese ido a consultar a un oráculo famoso en el mundo entero. La obra de St. George podía no ser perfecta, pero su consejo era infalible.

—¿Otros?... ¿Otros? Ah, el número no importa. Uno solo bastaría si representara de verdad un paso adelante... una palpitación del mismo esfuerzo. Lo que quiero saber es si se propone usted, con toda el alma, proseguir buscando una especie de decorosa perfección.

—¡Ah, el decoro, la perfección! —suspiró el joven sinceramente—. De todo ello hablábamos el domingo pasado con la señorita Fancourt.

Esta frase suscitó en el maestro una risa extrañamente áspera.

—¡Sí, "hablan" de ello tanto como quieren! Pero hacen poco para ayudarnos a alcanzarla. No hay obligación de alcanzarla, desde luego. Sin embargo, usted me parece capaz —prosiguió—. Usted debe de haber reflexionado sobre el asunto. No puedo imaginar que no se haya trazado un plan. Me da esa sensación, una sensación tan rara que lo perturba a uno, y lo hace a usted notable. Si no se ha trazado usted un plan, si no piensa seguirlo, no cabe duda de que está usted en su derecho. No es asunto de los demás, nadie puede obligarlo a ello, y sólo dos o tres personas advertirán que no anda usted por el camino recto. Los demás, todos los demás, cada alma bendita de Inglaterra, no advertirán cambio alguno, pensarán que usted prosigue en el camino recto: ¡puedo jurárselo! Yo seré uno de los dos o tres que se darán cuenta. La cuestión es saber si puede perseverar para dos o tres. ¿Está usted hecho de esa pasta?

El joven, por un minuto, sintióse enlazado por sus palabras como por un abrazo estrecho y palpitante.

—Podría hacerlo para una sola persona, si esa persona fuera usted.

—No diga eso. Yo no lo merezco. Me está tocando en la llaga —protestó con ojos súbitamente graves y brillantes—. La "única" persona es, por supuesto, uno mismo, la propia conciencia, el propio ideal, la singularidad de su propio fin. Pienso en ese espíritu de pureza como un hombre piensa en una mujer a quien ha amado y traicionado en una hora aborrecible de la juventud. Me atormenta con sus ojos cargados de reproches, la tengo siempre ante mí. En mi calidad de artista, sabe usted, yo me he casado por dinero.

Paul lo miró sorprendido y hasta se ruborizó un poco ante la confidencia; el maestro, al observar la expresión de su fisonomía, lanzó una breve carcajada y prosiguió:

—No comprende usted mi metáfora. No me refiero a mi querida mujer, cuya pequeña fortuna, dicho sea de paso, en ningún instante me indujo a casarme. Me casé enamorado, como se casan muchas personas. Me refiero a la musa mercenaria a quien llevé al altar de la literatura. No vaya a uncirse a semejante yugo, querido amigo. ¡Esa pécora atroz le hará la vida imposible!

Nuestro héroe lo observó, perplejo y profundamente conmovido:

—¿No ha sido usted feliz?

—¿Feliz? Es una especie de infierno.

—Hay cosas que desearía preguntarle —dijo Paul después de una pausa.

—Pregunte todo lo que se le ocurra. Haría lo inimaginable con tal de salvarlo.

Paul repitió trémulamente:

—¿De salvarme?

—Con tal de que usted se aferrara a su ideal... y viera claro. Como le dije la otra noche en Summersoft, déjese penetrar vívidamente por mi ejemplo.

—¡Vamos! ¡Sus libros no son tan malos como todo eso! —contestó Paul riendo claramente y pensando que si un hombre había respirado alguna vez la atmósfera del arte...

—¿Tan malos como qué?

—Tiene usted un talento tan grande que aparece en todo lo que hace, en lo menos bueno como en lo mejor. Tiene usted unos cuarenta volúmenes para demostrarlo, cuarenta volúmenes llenos de una vida maravillosa, de observaciones sutiles, de magnífico oficio.

—Soy hábil, ya lo sé —pero el maestro parecía no apreciar esta condición—. Dios mío, ¡qué repugnantes serían mis libros si yo no fuera hábil! Soy un charlatán de éxito —continuó—. He conseguido hacer circular mi mercancía. Pero ¿sabe usted qué es? Es *carton-pierre*.

—*Carton-pierre*? —Paul estaba asombrado, sofocado.

—¡Lincustra-Walton![1]

—¡Ah, no diga usted esas cosas! ¡Me hacen sangrar! —protestó el joven—. Lo veo a usted en una magnífica casa, viviendo con holgura y honor.

—¿Le llama usted honor? —replicó el maestro con un tono que a menudo volvió a resonar en los oídos de Paul Overt—. Eso es lo que deseo para usted. Quiero decir, el auténtico. Esto no es sino oropel.

—¿Oropel? —exclamó Paul mientras sus ojos recorrían, con un movimiento natural en aquel instante, la lujosa habitación.

—¡Y lo fabrican tan bien en el día de hoy! Cualquiera puede engañarse.

La compasión, quizá más que el interés, estremeció a nuestro amigo. Sin embargo, no temía que su actitud pareciera protectora teniendo tanto que envidiar aún.

—¿Es un engaño que lo vea gozar de todas las apariencias de la felicidad doméstica, con la bendición de

---

[1] Materia que imita al papel en el decorado de las paredes. (N. del T.)

una esposa perfecta y devota, con hijos a quienes todavía no he tenido el gusto de conocer, pero que deben ser jóvenes encantadores a juzgar por sus padres?

El candor de la pregunta hizo sonreír a St. George.

—Todo eso es excelente, querido amigo. ¡Dios me libre de negarlo! He ganado mucho dinero. Mi mujer sabe administrarlo: lo gasta sin derrochar, y deja a un lado buena parte para que fructifique. No me falta el pan de cada día. Lo tengo todo, en realidad, menos lo más importante.

—¿Lo más importante? —repitió Paul.

—El sentimiento de haber hecho lo mejor... El sentimiento, que es la verdadera vida para el artista, y cuya ausencia es su muerte, de haber arrancado de su instrumento intelectual la música más hermosa que la naturaleza había escondido en él, y de haber interpretado esa partitura como merecía interpretarse. Lo hace o no lo hace, y si no lo hace no vale la pena hablar de él. Precisamente por eso, los que realmente entienden no hablan de él. Podrá hacerse mucha bulla en torno de él, y quizá la oiga. Pero lo que realmente oye es el silencio incorruptible de la Gloria. Dirá usted que me crucé con ella en mi cuarto de hora, pero... ¿qué es un cuarto de hora? No se imagine ni por un momento —continuó St. George— que lo he hecho venir para hablar mal o quejarme de mi esposa. Es una mujer distinguida, con quien tengo inmensas obligaciones. De modo que, por favor, nada más digamos de ella. Mis muchachos —todos mis hijos son varones— son rectos y sanos a Dios gracias, y no han conocido pobreza ni dificultades. Recibo periódicamente las más satisfactorias noticias de Harrow, de Oxford y de Sandhurst —¡Oh, no hay sacrificio que no hayamos hecho antes para educarlos!— acerca de su excelencia como seres vivos y prósperos.

—Debe de ser delicioso sentir que un hijo de nuestra sangre se educa en Sandhurst —observó Paul con entusiasmo.

—Sí... Es encantador. ¡Oh, yo soy muy patriota!

El joven, entonces, no pudo menos de preguntar:

—¿Qué quiso usted decir la otra noche, en Summersoft, cuando afirmó que los hijos son una maldición?

—Mi querido joven, ¿sobre qué bases estamos conversando? —y St. George se dejó caer en el sofá, a poca distancia de Paul. Sentándose un poco de costado, se apoyó en el brazo opuesto, con los codos en alto y las manos cruzadas detrás de la cabeza—. Sobre la base de que cierta perfección es posible y aun deseable, ¿verdad? Pues bien, todo lo que digo es que nuestros hijos dificultan la perfección. Nuestra mujer la dificulta. El matrimonio la dificulta.

—¿Usted piensa, entonces, que el artista no debiera casarse?

—Lo hace a su riesgo, y a su costa.

—¿Ni siquiera cuando su mujer simpatice con su trabajo?

—¡Nunca lo puede, nunca lo podrá! Las mujeres no conciben esas cosas.

—Pero a veces realizan esas cosas.

—Sí, y bastante mal, por cierto. Y muy a menudo, desde luego, creen que comprenden, creen que simpatizan. Su concepto es que uno debe trabajar mucho y ganar mucho dinero. Su gran nobleza y virtud, su conciencia ejemplar como mujeres británicas, es obligarnos a esa clase de trabajo. Mi mujer prepara todos mis contratos con mis editores, y lo viene haciendo desde hace veinte años. Lo hace consumadamente bien, y por eso estoy en tan buena posición. ¿Acaso no es usted el padre de sus inocentes criaturas, y querría usted privarlas de su natural sustento? Me preguntó usted la otra noche si no eran un inmenso incentivo. ¡Por supuesto que lo son, sin duda alguna lo son!

Paul reflexionaba. Nunca había sentido sus ojos tan abiertos, nunca había mirado con tanta fijeza.

—En lo que a mí respecta, tengo idea de que necesito incentivos.

—Entonces, *n'en parlons plus* —contestó su compañero sonriendo agradablemente.

—Sostengo que usted es un incentivo —prosiguió el joven—. No me impresiona en la forma en que aparentemente querría hacerlo. Lo que veo es su gran éxito... ¡La pompa de Ennismore Gardens!

—¿Éxito? —replicó St. George mirándolo con ojos brillantes y fríos—. ¿Llama usted éxito a que hablen de mí como hablaría usted si estuviera aquí sentado con otro artista... con algún joven sincero e inteligente como usted? Llama usted éxito a que lo haga ruborizar —¡porque habría usted de ruborizarse!— un crítico extranjero (alguien, por supuesto, que supiera de lo que está hablando y que se lo hubiera demostrado, como a los críticos extranjeros les gusta demostrarlo) si le dijera: "En su país se lo considera el mejor novelista, ¿verdad?". No, no. Éxito es hacer bailar al público a un son diferente. ¡Inténtelo usted!

Paul continuaba mirándolo fija y gravemente:

—¿Que intente qué?

—Que intente hacer una obra realmente buena.

—¡Dios sabe si quiero escribirla!

—Pues bien, no podrá escribirla sin sacrificarse. ¡Téngalo por seguro! —dijo el maestro—. Yo no me sacrifiqué. Lo he tenido todo. En otras palabras, lo perdí todo.

—Ha vivido usted su vida, una vida opulenta, con todas las responsabilidades y los deberes y las cargas y las tristezas y las alegrías que tienen los hombres. Todas las iniciaciones y complicaciones domésticas y sociales que implica vivir. Debieron de ser inmensamente sugestivas, inmensamente divertidas —insinuó Paul con ansiedad.

—¿Divertidas?

—Para un hombre fuerte, sí.

—Esa vida me brindó infinidad de temas, si tal es lo que usted quiere sugerir, pero al mismo tiempo me quitó el poder de utilizarlos. He tocado miles de temas, pero ¿a cuál de ellos he convertido en oro? El artista sólo puede trabajar con oro: nada puede hacer con un metal más bajo. Llevé una vida mundana con mujer e hijos. La grosera, convencional, costosa, materializada, brutalizada vida de Londres. Tenemos todo lo que es elegante tener, hasta coche... Somos filisteos perfectos, personas ricas, hospitalarias y eminentes. Pero, mi querido amigo, no trate de hacerse el necio: no simule ignorar lo que no tenemos. Es algo más grande que todo lo demás. Entre artistas como nosotros... ¡vamos! —estalló el maestro—. ¡Lo sabe usted tan bien, como que está sentado ahí, que se habría pegado un tiro si hubiera escrito mis libros!

Su oyente comprendió que la conversación extraordinaria que había anhelado en Summersoft se había realizado ya, y con una prontitud y una plenitud que su juvenil imaginación apenas había sospechado. La impresión recibida lo sacudía de arriba abajo, y vibraba con la excitación de tan profundas resonancias y tan extrañas confidencias. Vibraba ante el conflicto de sus sentimientos: asombro, gratitud y alarma, alegría, protesta y asentimiento se mezclaban en su espíritu, y a estas emociones venía a sumarse la ternura y una especie de vergüenza por las llagas y las miserias exhibidas por una criatura tan magnífica, que ocultaba un trágico secreto bajo su feliz apariencia. La idea de que él, Paul Overt, era el motivo de semejante acto de humildad lo hacía ruborizar y angustiarse, pero al mismo tiempo su conciencia estaba en otro sentido demasiado alerta como para no absorber —y para no saborear intensamente— cada cucharada de la revelación. Había tenido la rara fortuna de agitar aquellas aguas profundas y de hacerlas levantar y romperse en olas de extraña elocuencia. Pero ¿cómo no oponer una apasionada contradicción a la última extravagancia del maestro, cómo no enumerarle los pasajes preferidos de su obra, las espléndidas páginas que había en ella, más allá del poder de creación de cualquier escritor contemporáneo? St. George lo escuchó un momento cortésmente. Después dijo, posando una mano sobre la del joven:

—Todo eso está muy bien, y si no se propone usted realizar nada mejor, no hay ningún motivo para que no alcance la misma prosperidad que yo, el mismo bienestar material y humano, para que no tenga los mismos hijos o hijas, una mujer con los mismos vestidos, una casa con los mismos criados, una caballeriza con los mismos caballos, un corazón con los mismos dolores.

Al decir estas palabras el maestro se puso de pie y permaneció unos minutos, cerca del sofá, contemplando a su agitado discípulo:

—¿Posee usted alguna fortuna? —le preguntó.

—Muy poca.

—Entonces no hay ninguna razón para que no obtenga una buena renta, si sabe usted arreglárselas. Para eso, estúdieme a mí, estúdieme bien. Hasta es posible que llegue a tener caballos.

Paul quedó unos minutos silencioso. Miraba fijamente hacia adelante, reflexionando en muchas cosas. Su amigo caminó algunos pasos y tomó un paquete de cartas de la mesa donde había estado el rollo de pruebas.

—¿Cuál fue el libro que la señora St. George le hizo quemar? —preguntó el joven—. ¿Ese libro que no le gustaba?

—El libro que me hizo quemar... ¿Cómo lo sabe usted? —preguntó el maestro apartando los ojos de las cartas, sin la convulsión facial que el alumno había temido.

—Le oí hablar del asunto en Summersoft.

—Ah, sí. Se enorgullece de ello. Yo no sé... Era bastante bueno.

—¿De qué trataba?

—A ver, a ver... —Parecía hacer un esfuerzo para recordar—. Ah, sí. De mí mismo.

Paul dejó escapar un gemido irreprimible por la desaparición de una obra semejante, y el maestro continuó:

—Oh, pero usted podría escribirlo. Usted podría retratarme —y consiguió dominar su agitación—. Ahí tiene usted un tema, mi joven amigo, un tema inagotable –dijo, esbozando una sonrisa delicada y generosa.

De nuevo Paul había quedado silencioso, pero estaba atormentado:

—¿No hay ninguna mujer que en realidad comprenda, que pueda tomar parte en un sacrificio?

—¿Cómo podrían tomar parte? Ellas mismas son el sacrificio. Son el ídolo y el altar y la llama.

—¿No hay una siquiera capaz de ver más allá?

St. George no contestó por un momento. Rompió lentamente sus cartas y después volvió al asunto, lleno de ironía.

—Ya sé a quien se refiere usted. Pues no. Ni siquiera la señorita Fancourt.

—Yo creía que usted la admiraba mucho.

—Es imposible admirarla más. ¿Está usted enamorado de ella? —preguntó St. George.

—Sí —dijo Paul llanamente.

—Entonces, renuncie.

Paul lo miró estupefacto:

—¿Que renuncie a mi amor?

—¡Dios mío, no! A su ideal.

Y como nuestro joven héroe continuaba mirándolo.

—Al ideal que debatían juntos. El ideal de una decorosa perfección.

—¡Me ayudará a alcanzarlo! ¡Me ayudará a alcanzarlo! —exclamó el joven.

—Durante un año... El primer año, sí. Después será como una piedra de molino atada a su cuello.

Paul estaba francamente atónito.

—¿Cómo? —exclamó—. ¡Si ella tiene pasión por el arte auténtico, por las obras maestras! ¡Por todo lo que a usted y a mí nos interesa antes que nada!

—Ese "a usted y a mí" es encantador, querido amigo —dijo el otro, sonriendo—. La tiene, sin duda. Pero tendrá una pasión todavía más grande por sus hijos, lo cual también es muy justo. Insistirá en proporcionarles todo lo que sea confortable, ventajoso, propicio para ellos. Y ésa no es la función de un artista.

—¡El artista, el artista! ¿Acaso no es un hombre como todos?

St. George hizo un gesto solemne.

—Creo firmemente que no. Usted sabe tan bien como yo lo que tiene que hacer: la concentración, la soledad, la independencia que necesita un artista desde el momento en que empieza a desear que su obra sea realmente digna. Ah, mi joven amigo, su relación con las mujeres, y especialmente con aquella a quien más íntimamente se siente ligado, está a la merced de un equívoco terrible: allí donde él, por la naturaleza de las cosas, tiene una sola norma, ellas tienen cincuenta. Eso es lo que las hace tan superiores —agregó St. George jocosamente—. ¡Imagínese un artista cambiando de normas como de camisa, o como se cambian los platos en una comida! Hacer su obra, hacerla de una manera sublime: eso es lo único que tiene que pensar. "¿Lo he conseguido o no?" Ése debe ser su único problema. Y no: "La he hecho lo mejor posible, en la medida en que me lo permitió la solicitud que me inspira mi querida familia". Tiene que hacer con lo absoluto, no con lo relativo, que está muy lejos o es, a lo sumo, vagamente pariente de lo absoluto. Y una querida familia puede representar una docena de parientes.

—¿Entonces usted no le concede las pasiones y los afectos comunes a todos los hombres? —preguntó Paul.

—¿Acaso no tiene una pasión, un afecto, que incluye a todos los demás? Por otro lado, déjelo tener todas las pasiones que quiera, con tal de que mantenga su independencia. Debe ser capaz de ser pobre.

Paul se puso de pie lentamente.

—¿Por qué, entonces, me aconsejó que me acercara a ella?

St. George le puso una mano en el hombro.

—Porque puede ser una espléndida esposa. Y porque yo no lo había leído todavía.

El joven sonrió forzadamente:

—¡Quisiera que no se hubiera ocupado de mí!

—No sabía entonces —replicó el maestro— que usted podía aspirar a más.

—¡Qué posición falsa, qué condena para el artista! —exclamó Paul con voz temblorosa—. ¿Es entonces algo así como un monje, privado de sus derechos civiles, que sólo puede crear renunciando a su felicidad personal? ¡Qué acusación al arte!

—¿Y se imagina usted, por azar, que estoy defendiendo el arte? Lo acuso, desde luego. ¡Felices las sociedades en donde no ha aparecido aún, porque desde el instante en que aparece ya tienen en su seno un dolor que las consume y una corrupción incurable! El artista, con toda seguridad, está en una posición falsa. Pero creí que lo dábamos por cierto. Discúlpeme —continuó St. George—. ¡"Ginistrella" tiene la culpa!

Paul miraba al suelo. En medio del silencio, el reloj de la torre de una iglesia vecina dio la una.

—¿Cree usted que ella se hubiera fijado en mí? —preguntó.

—¿La señorita Fancourt? ¿Como pretendiente? ¿Por qué no lo creería? Por eso traté de favorecerlo, en una o dos oportunidades.

—Perdóneme la pregunta —dijo Paul ruborizándose—, pero ¿se refiere usted a su decisión de mantenerse alejado de ella?

—Soy un viejo idiota... Mi lugar no está allí —afirmó St. George gravemente.

—No soy nada todavía, no tengo fortuna. ¡Y debe de haber tantos otros! —continuó su compañero.

El maestro consideró sus palabras con toda seriedad, pero no pareció darles importancia:

—Es usted un caballero y un hombre de talento.

Creo que tiene usted posibilidades.

—Pero ¿debo renunciar... al talento?

—Muchas personas, sabe usted, creen que yo he conservado el mío —contestó St. George sarcásticamente.

—¡Es usted un genio de la mistificación! —declaró Paul, estrechándole la mano con gratitud para atenuar ese juicio.

—¡Pobre muchacho!, lo estoy angustiando. Pero inténtelo, inténtelo de todos modos. Pienso que sus probabilidades son buenas y que ganará usted un gran premio.

Paul retuvo un minuto la otra mano en la suya y miró a ese rostro profundo y extraño.

—No, yo soy un artista... ¡No lo puedo remediar!

—Entonces, ¡demuéstrelo! —exclamó St. George en tono de ruego—. Déjeme ver, antes de morir, lo que más deseo, lo que anhelo más vivamente: una vida en que la pasión, la nuestra, sea realmente intensa. Si puede ser usted uno de esos pocos, no deje de serlo. ¡Piense en lo que eso significa, en lo que vale, en lo que dura!

Se encaminaron hacia la puerta y tomó con ambas manos la de su compañero. Aquí se detuvieron nuevamente y nuestro héroe suspiró:

—¡Quiero vivir!

—¿En qué sentido?

—En el más grande.

—Bueno, entonces, aférrese a él, agótelo.

—¿Con su simpatía, con su ayuda?

—Cuente con ellas. Será usted algo muy grande para mí. Cuente con mi más alta estima. Con mi devoción. Me dará usted la mayor satisfacción, si eso significa algo para usted.

Y como Paul pareciera vacilar todavía, el maestro agregó:

—¿Recuerda usted lo que me dijo en Summersoft?

—¿Algo apasionado, sin duda?

—"Haré todo lo que usted me aconseje", me dijo.

—¿Y creyó en mí?

—¿No lo demuestro? —contestó el maestro suspirando expresivamente.

—¡Dios mío, qué cosas tendré que hacer! —exclamó Paul, casi entre gemidos. Y se fue.

VI

"Transcurren demasiado en el extranjero. ¡Renuncie al extranjero!" Con palabras más o menos semejantes se había referido el maestro a la acción de "Ginistrella", y aunque causaran en su autor una impresión aguda, como casi todas las palabras provenientes de la misma fuente, una semana después de la conversación que narramos se fue de Inglaterra por una larga ausencia y lleno de valientes intenciones. No es alterar la verdad decir que la causa directa de su partida fue aquel encuentro. Si las palabras del eminente escritor tuvieron el privilegio de conmoverlo profundamente cuando las escuchó, horas y días después, cuando pudo reflexionar a sus anchas acerca de ellas, pareció descubrirles su pleno sentido y su extremada importancia. Pasó el verano en Suiza y en setiembre, como había empezado una obra nueva, resolvió no cruzar los Alpes hasta no tenerla lo suficientemente adelantada. Con este fin volvió a un rinconcito que conocía bien, a orillas del lago de Ginebra y con vistas a las torres de Chillon: región y paisaje por los que sentía un afecto nacido de viejas asociaciones y que despertaban en él misteriosas reminiscencias e inspiraciones. Aquí se detuvo bastante, hasta que la nieve cubrió las colinas cercanas, casi hasta el límite en que podía trepar, ya cumplida su tarea cotidiana, en las tardes cada vez más cortas. El otoño era admirable, el lago estaba azul y su libro adquiría forma y sentido. Estas felicidades, por un tiempo, llenaron su vida, y se envolvió en ellas como en un manto.

Al cabo de seis semanas, sintió que había aprendido de memoria la lección de St. George, que había experimentado y probado su doctrina. Sin embargo, hizo algo muy inconsistente: antes de cruzar los Alpes, le escribió a Marian Fancourt. Tenía conciencia de la perversidad de su acto, y sólo lo justificaba considerándolo como un lujo, como una diversión, como la recompensa de aquel activo otoño. La muchacha no le había dicho que le escribiera cuando, tres días después que comieron juntos en Ennismore Gardens, él fue a visitarla para despedirse. Verdad es que ella no tuvo oportunidad de hacerlo: él se despidió para sí mismo, por así decirlo, y no le habló de su intención de ausentarse. Mantuvo entonces el secreto, por falta de la debida seguridad, y aquella visita tuvo precisamente la virtud de resolverlo a irse. Visitó a Marian Fancourt para comprobar hasta qué punto se interesaba en ella, y una rápida fuga sin despedida explícita fue la secuela de su indagación, la respuesta al profundo anhelo que Marian Fancourt había creado en su corazón. Cuando le escribió desde Clarens comprendió que le debía una explicación (¡al cabo de más de tres meses!) por no haberle anunciado su propósito.

Ella le contestó breve pero rápidamente, dándole una noticia impresionante: la señora St. George había muerto la semana antes. Esta mujer ejemplar había sucumbido, en el campo, a un ataque de congestión pulmonar (quizás él recordara que desde hacía mucho tiempo estaba delicada de los pulmones). Agregaba Marian Fancourt que suponía a Henry St. George abrumado por el golpe; debía de echarla de menos terriblemente, porque ella lo había sido todo en su vida. Paul Overt, al saberlo, le escribió enseguida a St. George. Desde el día de su partida le hubiera gustado mantenerse en comunicación con él, pero hasta entonces le había faltado una excusa valedera para importunar a un hombre tan ocupado. Volvía a su memoria, con todos sus detalles, aquella larga conversación nocturna que sostuvieron, pero no era éste un obstáculo para demostrar

---

su adecuada simpatía al eminente escritor, pues ¿acaso no había surgido, de la conversación misma, que la distinguida dama difunta fue la influencia rectora de su vida? ¿Qué catástrofe podía ser más cruel que la extinción de semejante influencia? Tal era exactamente el tono de la carta con que St. George, un mes después, respondió a su joven amigo. No aludía, desde luego, a la importante conversación. Hablaba de su mujer tan franca y generosamente como si hubiera olvidado por completo aquella circunstancia, y la profunda aflicción que lo embargaba se traslucía en sus palabras. "Me dejaba las manos y la cabeza libres, quitándome el peso de todas las cosas. Conducía nuestra vida con el arte más consumado y la más extraordinaria devoción, y yo quedaba en condiciones, como pocos hombres pueden estarlo, para hacer correr la pluma y encerrarme a solas con mi tarea. Era un servicio precioso: el mayor que pudo prestarme. ¡Ojalá se lo hubiera reconocido debidamente!"

Estas declaraciones desconcertaron un poco a nuestro héroe: lo impresionaban como una contradicción, como una retractación, insólita en un hombre que no tenía la excusa de carecer de inteligencia. No esperaba, desde luego, que su corresponsal se regocijara por la muerte de su esposa, y era perfectamente lógico que lo entristeciera la ruptura de un vínculo de más de veinte años. Pero si ella había sido tan a las claras una bendición para él, ¿no era acaso incoherente su actitud de aquella noche cuando le inculcó a tal extremo, en la hora más sensible de su vida, la doctrina del renunciamiento? Si la muerte de la señora St. George era una pérdida, irreparable para su marido, el inspirado consejo de aquél había sido una mala broma y su propio renunciamiento un error. Overt estuvo a punto de precipitarse a Londres para demostrar que, por su parte, estaba perfectamente deseoso de considerarlo así, y hasta llegó a sacar del cajón de su escritorio el manuscrito de los primeros capítulos de su libro para llevarlo consigo en la maleta. Esto lo indujo a echar una ojeada a ciertas páginas que no había mirado desde hacía meses, y al hacerlo se sintió conmovido por la extraordinaria promesa que revelaban; consecuencia inesperada de releerse y que tenía por costumbre evitar en cuanto fuera posible: por lo común, la experiencia le había enseñado que el brillo de la creación suele ser puramente subjetivo y erróneo el entusiasmo que mueve al creador. Ahora, en cambio, cierta fe en sí mismo se desprendía extrañamente de las minuciosas correcciones de su manuscrito, haciéndole pensar que era preferible, después de todo, continuar con la prueba hasta el fin. Si podía escribir tan bien bajo el rigor del renunciamiento, tal vez no conviniera alterar las condiciones de su vida antes de que el hechizo se disipara por sí solo. Volvería a Londres, desde luego, pero volvería después de haber terminado su libro. Se lo prometió a sí mismo, y guardó nuevamente el manuscrito en el cajón de su escritorio. Debemos agregar que le tomó mucho tiempo terminarlo, porque el tema era no menos hermoso que difícil, y Paul Overt estaba literalmente detenido por la abundancia de sus notas. Algo en su interior le dictaba la necesidad de llevar a cabo una obra consumadamente buena; en caso contrario, perdería una excelente excusa para justificar su conducta privada. Como esta posibilidad le causaba horror, se consagró firmemente a castigar su estilo. Por último atravesó los Alpes y pasó el invierno, la primavera y el siguiente verano en Italia donde aún, al cabo del duodécimo mes, no había dado término a su obra. "Aférrese a su ideal. Agótelo": la norma general de St. George servía también para este caso particular. Paul Overt la aplicó hasta sus últimas consecuencias, con el resultado de que cuando el verano completó su lento curso tuvo la sensación de que había dado todo lo que tenía que dar. Esta vez guardó sus cuartillas en la valija, después de haberlas metido en un sobre con el nombre y la dirección de su editor, y se encaminó rumbo al Norte.

Había estado ausente de Londres dos años; dos años que, pareciendo contar muchos más, habían creado tal diferencia en su vida —pues su obra inédita era, a su

juicio, muy superior a "Ginistrella"— que se dirigió a
Piccadilly, al día siguiente de su llegada, a la espera de no
sabía qué cambios, con la misteriosa certeza de que hubieran ocurrido grandes acontecimientos. Pero pocas
transformaciones encontró en Piccadilly —salvo tres o
cuatro grandes casas rojas donde antes hubo casas bajas y
negras— y el resplandor de fines de junio atisbaba por las
herrumbradas rejas del Green Park y centelleaba en el
barniz de los veloces carruajes como había visto en otros
junios menos anhelados. Su propio país le daba la bienvenida, y a la satisfacción de haber terminado su libro se
agregaba el saludo de la ciudad inmensa, opresiva y llena
de diversiones que tenía de nuevo al alcance de su mano,
una ciudad que sugería y contenía todas las cosas. "Quédese en su país y trabaje aquí. Ocúpese de temas que podamos confrontar", había dicho St. George, y ahora lo
impresionaba darse cuenta de que no pedía nada mejor
que permanecer en su tierra para siempre. En las últimas
horas de la tarde se encaminó hacia Manchester Square en
busca de un número que recordaba perfectamente bien.
Pero volvió decepcionado: la señorita Fancourt había salido. Al alejarse de su casa quedó frente a frente con un caballero que se aproximaba en ese instante y en quien
identificó, al segundo vistazo, al padre de la señorita Fancourt. Lo saludó, y el general le devolvió el saludo con su
habitual y delicada cortesía, una cortesía tan delicada, sin
embargo, que nunca podía saberse si lo había o no reconocido a uno. El decepcionado visitante tuvo el impulso
de dirigirle la palabra; después, vacilando, se dio cuenta al
mismo tiempo de que no tenía nada especial que decirle y
de que, aun cuando el viejo militar lo recordara, su recuerdo sería sin duda muy poco nítido. Prosiguió por lo
tanto su camino sin calcular el efecto irresistible que su
evidente reconocimiento produciría en el general, quien
rara vez desperdiciaba la oportunidad de charlar. Como la
fisonomía de nuestro joven era expresiva, llamaba natu-

ralmente la atención. No había caminado diez pasos cuando oyó que alguien lo llamaba a su espalda, con un amistoso y semiarticulado:

—Hmmm... ¡Perdone usted!

Se volvió. Sonriéndole desde el porche, el general le decía:

—¿No quiere usted entrar? ¡No me gustaría dejarlo ir así!

Paul declinó el ofrecimiento y después lo lamentó porque siendo tan tarde la señorita Fancourt podía volver de un momento a otro. Pero el general no le dio una segunda oportunidad: sólo se había propuesto —parecía— no mostrarse descortés. Una nueva mirada al visitante le recordó algo, lo suficiente al menos para permitirle decir:

—¿Así que está usted de vuelta? ¿Así que está usted de vuelta?...

Paul Overt estuvo a punto de replicar que había vuelto la noche antes, pero enseguida calló esta circunstancia demasiado esclarecedora acerca de tan inmediata visita y, asintiendo en términos generales, aludió a la joven que lamentaba no haber encontrado.

—Se lo diré, se lo diré —respondió el anciano, y después agregó rápida y galantemente—: ¿Nos dará pronto algo nuevo? ¿Hace mucho tiempo que no publica, verdad?

Ahora lo recordaba perfectamente.

—Bastante. Trabajo con mucha lentitud —explicó Paul—. Lo encontré a usted en Summersoft hace mucho tiempo.

—Oh sí... Con Henry St. George. Lo recuerdo muy bien. Antes que su pobre mujer... —El general Fancourt calló un momento, sonriendo menos—. Supongo que usted sabe...

—¿Que la señora St. George murió? Sí, lo supe cuando ocurrió.

—Oh no. Quiero decir... quiero decir que él va a casarse.

—¡Ah, eso no! —Y cuando Paul iba a agregar: "¿Con quién?", el general cambió de tema.

—¿Cuando ha vuelto usted? Supe que había estado afuera... por mi hija. Ella lo lamentó mucho. Debería usted traerle algo nuevo.

—Volví anoche —contestó nuestro joven, a quien algo había ocurrido que le daba cierta torpeza.

—Muy amable en visitarnos tan pronto. ¿No podría volver a comer?

—¿A comer? —repitió Paul mecánicamente, no queriendo preguntar con quién iba a casarse St. George, pero no pudiendo pensar en otra cosa.

—Vienen varias personas, creo. St. George, desde luego. O después de comer, si usted prefiere. Creo que mi hija espera… —Pareció advertir algo en el rostro que el visitante alzaba hacia él (lo dominaba desde los peldaños de la escalinata) y esto lo llevó a interrumpirse, y la interrupción le causó un momentáneo malestar, para el cual buscó una rápida salida:

—Quizás, entonces, no sepa que ella va a casarse. Paul se sorprendió de nuevo:

—¿A casarse?

—Con St. George. Acaban de comprometerse. Extraño matrimonio, ¿verdad? —Su interlocutor no aventuró opinión al respecto: sólo continuaba mirándolo fijamente—. Pero me atrevo a decir que serán felices. ¡Ella es tan terriblemente literaria! —concluyó el general. Paul había enrojecido.

—¡Oh, es una sorpresa! —murmuró—. ¡Una interesante, encantadora sorpresa! Pero temo no poder ir a comer. ¡Muchísimas gracias, de todos modos!

—Bueno, entonces vendrá usted al casamiento —exclamó el general—. Sí, recuerdo ese día en Summersoft. Es un gran hombre, sabe usted.

—¡Encantador, encantador! —tartamudeó Paul al despedirse. Estrechó la mano del anciano y se fue. Su cara estaba roja y tenía la sensación de que iba enrojeciendo cada vez más. Toda la noche en su casa —fue derecho a sus habitaciones y permaneció en ellas sin probar alimento— sus mejillas le ardieron por intervalos como si lo hubieran abofeteado. No comprendía qué le había sucedido, qué treta le habían jugado, de qué traición lo habían hecho víctima. "Ninguna, ninguna —se decía a sí mismo—. Nada tengo que ver con ello. Estoy fuera de la cuestión... No es asunto que me concierna." Pero ese murmullo de asombro era seguido una y otra vez por un grito incongruente: "¿Fue acaso un plan?... ¿Fue acaso un plan?". Y otras veces gemía, sin aliento: "¿He sido engañado, vendido, estafado?". De ser así, era una absurda y abyecta víctima. Y era como si no la hubiera perdido hasta ese momento. Había renunciado a ella, sí, pero ésa era otra cuestión, ésa era una puerta cerrada, pero no cerrada con llave. Y ahora tenía la sensación de que le hubiesen golpeado la puerta en las narices. ¿Creyó que ella habría de aguardar, que habría de obedecerle bonitamente el tiempo que él quisiera: dos años de plazo? No sabía qué esperaba de ella... Sólo sabía lo que no esperaba. ¡Y no esperaba eso, no esperaba eso! La burla, la cólera y la amargura ascendían y hervían en su alma cuando pensaba en la deferencia, en la devoción, en la credulidad con que había escuchado las palabras de St. George. El sol se había puesto, tardaba en oscurecer, pero ni siquiera cuando quedó a oscuras encendió una lámpara. Se había echado sobre el sofá y así permaneció largas horas con los ojos cerrados o clavados en la sombra, en la actitud de un hombre exhortándose a sí mismo a soportar algo, a soportar que lo hayan tomado por tonto. Lo había hecho todo demasiado fácil: esta idea parecía sumergirlo como las olas de un mar ardiente. De pronto, al oír dar las once, se incorporó de golpe, recordando que el general lo había instado a presentarse después de comer. Iría... Habría de verla, por lo menos. Quizá llegara a comprender qué significaba todo aquello. Tenía la sensación de conocer algunos elementos de un difícil cálculo e ignorar los otros: no podía hacer la suma hasta obtener todas las cifras.

Se vistió y se hizo conducir rápidamente, de modo que a las once y media estaba en Manchester Square. Había muchos coches ante la puerta, estaban en plena reunión, circunstancia que le procuró un ligero alivio porque en ese caso sólo habría de verla en medio de una multitud. Algunas personas se cruzaron con él en la escalera: se iban, iban a otra parte, con ese apresurado movimiento como de manada que tiene la sociedad londinense en las horas de la noche. Pero quedaban varios grupos en la sala y pasaron algunos minutos antes de que él la descubriera y pudiese hablar con ella, porque ella no lo había oído anunciar. En ese corto intervalo pudo ver a St. George conversando con una señora junto a la chimenea. Pero él miró hacia otro lado, sintiendo que no estaba preparado para el encuentro, y no pudo saber si el autor de "Shadowmere" había advertido su presencia. De todos modos, no quiso acercarse. La señorita Fancourt, en cambio, se precipitó hacia él en cuanto lo vio: risueña, locuaz, radiante, bellísima. Paul había olvidado lo que esa cabeza, lo que ese rostro ofrecían a la vista. Estaba vestida de blanco, llevaba adornos dorados en su vestido blanco, y su cabeza era un casco dorado. Le bastó un instante para advertir que era dichosa, y dichosa con agresivo esplendor. Pero ella no habría de hablarle de eso: sólo habría de hablarle de sí mismo.

—¡Qué alegría! Mi padre me lo dijo. ¡Qué bueno ha sido en venir!

Le pareció tan fresca y arrogante, que mientras sus ojos la recorrían por entero no podía sino preguntarse: "¿Por qué para él, y no para la juventud, la energía, la ambición, el futuro? ¿Por qué esta opulenta fuerza juvenil debe atarse al fracaso, a la abdicación, a la inhabilitación?". En la crueldad de aquel momento hasta llegó a blasfemar contra la poca fe que había dejado en él su falaz maestro.

—¡Sentí tanto que no me encontrara! —continuaba ella—. Mi padre me lo dijo: ¡ha sido usted encantador en haber venido tan pronto!

—¿Eso la sorprende? —preguntó Paul Overt.

—¿El primer día? No, no de usted... Nada bueno me sorprende de usted.

Fue interrumpida por una señora que le daba las buenas noches y Paul empezó a comprender que nada le costaba a ella hablarle en ese tono. Era su antigua modalidad liberal y efusiva, con cierta nota de amplitud que le había otorgado el tiempo, y si esta modalidad operaba inmediatamente, en aquella coyuntura de su historia, quizás en otras épocas había significado lo mismo, tanto o tan poco; una mera caridad maquinal, con la diferencia de que ahora ella estaba satisfecha, pronta a dar y sin esperar ninguna retribución. Sí, estaba satisfecha, ¿y por qué no habría de estarlo? ¿Por qué habría de sorprenderla que él la visitara el primer día, dadas las muchas atenciones que siempre tuvo con ella? Como la señora que se despedía continuaba reteniendo su atención, Paul se apartó de ella con una extraña irritación en su alma complicada de artista y una especie de desinteresada decepción. Se mostraba ella tan feliz que le parecía casi estúpida: desmentía la extraordinaria inteligencia que le había acordado anteriormente. ¿Ignoraba acaso cuán mediocre podía ser St. George? ¿No había reconocido su atroz inconsistencia? Si lo ignoraba, no era nadie, y si no lo ignoraba, ¿por qué esa insolente serenidad? Cesó de plantearse este interrogante en cuanto detuvo los ojos en el genio que lo había aconsejado en aquella gran crisis de su vida. St. George continuaba todavía junto a la chimenea, pero ahora solo —inmóvil, esperando, como dispuesto a quedarse hasta que todos se hubieran ido—, y en esa actitud encontró la mirada nublada de nuestro joven amigo, tan turbia como tenía derecho (el derecho en que su resentimiento se complacía) a considerarse a sí mismo una víctima. El aspecto radiante del maestro detuvo de algún modo la crueldad de la pregunta. Era en cierta manera un aspecto tan hermoso como el de Marian Fancourt, y demostraba la humana felicidad, mas le pareció demostrar también a Paul Overt que el autor de "Shadowmere" había cesado definitivamente de contar, de contar como escritor. Su sonrisa de bienvenida a través de la sala era casi trivial, casi afectada. Paul creyó verlo vacilar por un instante en hacer un movimiento como si tuviera la conciencia intranquila; después se encontraron en medio del cuarto y se dieron la mano —expresivamente, cordialmente en lo que respecta a St. George— y caminaron hasta detenerse junto a la chimenea donde aquél había estado antes.

—Espero que no volverá a irse —dijo St. George—. Estuve comiendo aquí. El general me lo ha contado todo.

Aparecía guapo, joven, parecía tener mucha vida por delante. Fijaba en su discípulo de un par de años antes la mirada más amistosa e inocente, le preguntaba por todo: por su salud, por sus planes, por sus últimas ocupaciones, por su nuevo libro:

—¿Cuándo aparecerá? ¿Pronto, pronto, espero? Espléndido, ¿eh? Muy bien. Usted es un consuelo para mí. ¡Un lujo! He vuelto a leer todos sus libros en estos últimos seis meses.

Paul aguardó para ver si le contaba lo que el general le había contado por la tarde y lo que la señorita Fancourt, verbalmente por lo menos, no le había contado. Pero como el otro nada dijo, él mismo le preguntó:

—¿Es verdad la gran noticia que he oído? ¿Que se casa usted?

—Ah, ¿lo oyó usted decir, entonces?

—¿No se lo contó el general? —preguntó Paul.

El maestro lo miró con asombro:

—¿Me contó qué?

—Que me lo dijo esta tarde.

—Mi querido amigo, no recuerdo. Hemos estado rodeados de gente. Lamento, en todo caso, no haber tenido

el placer de anunciarle personalmente un hecho que me toca tan de cerca. Y es un hecho, por extraño que parezca.
Acaba de formalizarse. ¿No parece ridículo?

St. George lo declaró sin confusión pero también,
en la medida en que nuestro amigo pudo juzgar, sin laten-
te cinismo. Su interlocutor dedujo que para hablar tan cómoda y naturalmente del asunto, debió de haber olvidado
lo que había sucedido entre ellos. Sus palabras siguientes,
sin embargo, demostraron que no lo había olvidado y produjeron, al apelar a la memoria de Paul, un efecto que habría sido ridículo sin no hubiera sido cruel.

—¿Recuerda usted la conversación que tuvimos
aquella noche en mi casa, en la que nos referimos a la señorita Fancourt? A menudo he pensado en esa conversación.

—Sí. No me extraña que dijera usted lo que dijo.
—Paul evitaba cuidadosamente sus ojos.

—¿A la luz de la situación actual? ¡Ah, pero la luz
faltaba entonces! ¿Cómo hubiera podido prever esta hora?

—¿No lo creía usted probable?

—Por mi honor, no —dijo Henry St. George—.
Ciertamente, le debo esa seguridad. Piense usted en cómo
ha cambiado mi situación.

—Ya veo —murmuró nuestro joven.

Su compañero continuó hablando como si ahora,
una vez planteado el tema, estuviera pronto a darle toda
clase de satisfacciones por ser un hombre de imaginación y
de tacto, aparte de que su talento y su método le permitían
leer perfectamente los sentimientos de los demás.

—Pero no es sólo eso. Sinceramente, a mi edad
nunca lo hubiera soñado. ¡Un viudo con hijos grandes y con
tan poco más! Las cosas han resultado distintas de todo lo
que hubiera podido soñar y mi buena suerte no tiene límites.
Ella era tan libre, y sin embargo consintió en casarse. Usted,
quizá mejor que cualquier otro, porque recuerdo cuánto
simpatizaba con ella antes de irse, y cuánto simpatiza ella
con usted, puede felicitarme con conocimiento de causa.

"¡Ella era tan libre!" Estas palabras causaron gran impresión en Paul Overt y estuvo a punto de flaquear bajo la ironía implícita en ellas, tanto daba que fuese deliberada o casual. ¡Claro que había sido libre, y él había contribuido no poco a esa libertad! ¿Acaso la alusión del maestro a que simpatizaba con él no formaba parte de la ironía?

—Yo pensaba que usted, en teoría, desaprobaba el matrimonio de un escritor.

—Sin duda, sin duda. ¿Pero usted no me llamará escritor?

—Debería avergonzarse —dijo Paul.

—¿Avergonzarme de casarme de nuevo?

—No quise decir eso… Avergonzarse de sus razones.

El hombre de más edad sonrió agradablemente:

—Debe usted permitirme que sea yo el que las juzgue, mi buen amigo.

—Sí, ¿por qué no? Ya juzgó usted admirablemente las mías.

El tono de estas palabras pareció bruscamente sugerir a St. George lo insospechado. Lo miró como adivinando una amargura.

—¿No cree usted que procedí honradamente?

—Quizá pudo habérmelo dicho a tiempo.

—¡Mi querido amigo, cuando le digo que no podía prever el futuro!

—Quiero decir después.

El maestro lo miró con asombro.

—¿Después que murió mi mujer?

—Cuando se le ocurrió la idea.

—¡Ah, nunca, nunca! Quería salvarlo, salvar esa cosa rara y preciosa que es usted.

El pobre Overt lo miró con dureza.

—¿Se casa usted con la señorita Fancourt para salvarme?

—En modo alguno, pero eso aumenta el placer de casarme. En parte, también, será usted obra mía —dijo sonriendo St. George—. Me impresionó enormemente, después de nuestra conversación, su actitud valiente y abnegada al dejar el país y más aún, quizá, la fuerza de voluntad que lo hizo permanecer en el extranjero. Es usted muy fuerte... Maravillosamente fuerte.

Paul trató de sondear sus ojos brillantes, y lo extraño es que parecía sincero... No estaba haciendo bromas. Se volvió, y al volverse oyó al maestro decir algo acerca de la prueba que él, Paul Overt, debía darles a todos. Contaba con esa prueba definitiva para tener una vejez dichosa. Entonces Paul lo enfrentó de nuevo y buscó sus ojos:

—¿Quiere decirme que no escribirá más?

—Mi querido amigo, por supuesto. Ya es demasiado tarde. ¿Acaso no se lo he dicho?

—¡No puedo creerlo!

—¡Claro que no puede!... ¿Cómo podría usted creerlo con su talento? No, no. Durante todo el resto de mi vida no haré otra cosa que leerlo a usted.

—¿Lo sabe la señorita Fancourt?

—Lo sabrá... Lo sabrá...

¿Quería insinuar veladamente, se preguntó nuestro joven, que las rentas de Marian Fancourt, por moderadas que fuesen, le permitirían interrumpir la ingrata explotación de una vena exhausta? En todo caso, de pie junto a la chimenea, en la madurez de su virilidad triunfadora, St. George no parecía sugerir que ninguna de sus venas estuviera exhausta.

—¿No recuerda la moraleja que le ofrecí en mi propia persona aquella noche? —continuó el maestro—. De cualquier manera, considere la advertencia que significo para usted en la actualidad.

Esto era demasiado. Ahora se burlaba: no cabía la menor duda. Paul le deseó buenas noches con una mera inclinación de cabeza y con la sensación, en su corazón dolorido, de que algún día, quizás, en un futuro lejano, podría volver a St. George, a su fácil gracia, a su delicada manera de arreglar las cosas, pero que, por el momento, no podía fraternizar con él. Ahora, su dolor mismo necesitaba creer en la intensidad del agravio, tanto más cruel por no ser legítimo. Y en la actitud inequívoca de padecer una ofensa bajó las escaleras sin despedirse de la señorita Fancourt, a quien no había visto al abandonar la sala. Le alegró encontrarse en la oscuridad sincera y cabal de la noche, andar de prisa, volver a su casa a pie. Caminó largo rato, absorto en sus pensamientos, y perdió el rumbo. Después volvió sobre sus pasos y al cabo de una hora se encontró en la modesta y solitaria callejuela ante la puerta de su casa. Allí se detuvo, interrogándose a sí mismo antes de entrar, sin otra cosa a su alrededor ni encima de su cabeza que la noche sombría, dos o tres faroles mortecinos y unas pocas estrellas lejanas y pálidas. A estos últimos, desfallecientes testigos levantó los ojos: se había estado diciendo para sí que lo habrían "vendido" en verdad, diabólicamente vendido, si Henry St. George, en su nueva condición, al terminar el año, publicaba algo de primera calidad, algo por el estilo de "Shadowmere", algo más hermoso que su obra más hermosa. Por mucho que admirara su talento, Paul deseó literalmente que no ocurriera nada semejante. Le pareció que ahora no sería capaz de soportarlo. Las últimas palabras del maestro resonaban en sus oídos: "Es usted muy fuerte, maravillosamente fuerte". ¿Lo era en realidad? Debería serlo, en todo caso, y quizá le sirviera de venganza. ¿Y lo es?, se preguntará el lector que haya seguido con algún interés las tribulaciones de nuestro caviloso protagonista. Acaso la mejor respuesta sea decir que está haciendo todo lo posible por serlo, pero que aún no corresponde asegurarlo. En el otoño, cuando apareció el nuevo libro de Paul Overt, el señor y la señora St. George lo encontraron realmente magnífico. Henry St. George no ha publicado nada hasta ahora, pero Paul no se siente a salvo todavía. Diré en su honor, sin embargo, que si llegara a ocurrir esta eventualidad él sería el primero en justipreciarla: lo cual quizá sea una prueba de que el maestro estaba en lo cierto y de que la naturaleza no lo había consagrado a las pasiones personales, sino a la pasión intelectual.

LA MUERTE DE IVÁN ILICH

León Tolstoi

I

Durante un descanso de la vista de la causa de los Mel-vinsky, los jueces y el fiscal se reunieron en el despacho de Iván Yegorovich Shebek —en el gran edificio del Palacio de Justicia— y la conversación recayó sobre el célebre asunto de Krasovsky. Fiodor Vasilievich se acaloró, demostrando que dicho asunto no incumbía a aquel tribunal. Iván Yegorovich se mantenía firme en su parecer y Piotr Ivanovich, que no intervenía en la conversación, empezó a hojear los periódicos que acababan de traer.

—Señores, ha muerto Iván Ilich —exclamó, de pronto.

—¿Es posible?

—Mire, lea la noticia —repitió Piotr Ivanovich, tendiendo a Fiodor Vasilievich el ejemplar recién impreso, que olía aún a tinta fresca.

Una esquela, rodeada de una orla negra, decía lo siguiente: "Praskovia Fiodorovna Golovina tiene el sentimiento de participar a sus parientes y amigos que su amado esposo, Iván Ilich Golovin, miembro del Palacio de Justicia, falleció el 4 de febrero de 1882. El entierro se verificará el viernes, a la una de la tarde".

Iván Ilich era colega de aquellos señores, y todos lo apreciaban mucho. Hacía varias semanas que estaba enfermo; y decían que su enfermedad era incurable. Su plaza no estaba aún vacante; pero se suponía que, en caso de que muriera, la ocuparía Alexeiev y la de este último sería para Vinokov o Shtabel. Así, pues, al oír la noticia del fallecimiento de Iván Ilich, el primer pensamiento de todos los que estaban reunidos en el despacho fue acerca de la influencia que podría tener aquella muerte sobre sus propios ascensos o los de sus conocidos.

"Probablemente, ocuparé ahora la plaza de Shtabel o la de Vinikov. Hace mucho que me lo han prometido; y este ascenso me supone ochocientos rublos más, sin contar la cancillería", se dijo Fiodor Vasilievich.

"Tendré que solicitar el traslado de mi cuñado de Kaluga —pensó Piotr Ivanovich—. Mi mujer se va a alegrar. Ahora ya no podrá decir que nunca he hecho nada por sus parientes."

—Ya me figuraba yo que no se levantaría —dijo Piotr Ivanovich, en voz alta.

—En suma, ¿qué es lo que ha tenido? Los médicos no han podido precisarlo. O, mejor dicho, cada uno diagnosticó a su manera. Cuando lo vi por última vez creí que se curaría.

—Pues yo no he ido a su casa desde las fiestas. Cada vez iba aplazando mi visita.

—¿Tenía bienes?

—Parece ser que su mujer tiene algo. Pero poca cosa.

—Habrá que ir. Viven tan lejos...

—Lejos de la casa de usted. Todo está lejos de donde usted vive.

—No puede perdonarme que viva al otro lado del río —exclamó Piotr Ivanovich, sonriendo a Shebek.

Empezaron a hablar de las grandes distancias de las ciudades; y, al cabo de un rato, fueron a la reunión.

Aparte de las reflexiones sobre posibles nombramientos y cambios en el servicio, que podría traer consigo ese fallecimiento, el hecho mismo de la muerte de un conocido provocó en cuantos recibieron la noticia, según ocurre siempre, un sentimiento de alegría, porque había muerto otro y no ellos.

"Él ha muerto, mientras yo vivo aún", pensó y sintió cada cual. Los amigos de Iván Ilich pensaron, además, a pesar suyo, que tendrían que cumplir una serie de deberes de conveniencia, muy fastidiosos, tales como asistir a los funerales, hacer una visita de pésame a la viuda, etcétera.

Entre los amigos más íntimos de Iván Ilich figuraban Fiodor Vasilievich y Piotr Ivanovich. Éste había sido compañero suyo en la Escuela de Jurisprudencia, y se creía el más obligado.

Mientras comían, comunicó a su mujer que Iván Ilich había muerto; y le habló de la posibilidad de que trasladaran a su hermano.

Sin echarse a descansar siquiera, se puso el frac y fue a casa de la viuda.

Ante la puerta principal de la casa de Iván Ilich había un coche particular y dos de alquiler. Abajo, en la antesala, cerca del perchero, se hallaba, apoyada en la pared, la tapa del ataúd, cubierta de una tela brillante de seda, y adornada de lujosos flecos. Dos señoras enlutadas se quitaban las pellizas. Una de ellas era la hermana de Iván Ilich; y Piotr Ivanovich no conocía a la otra. Schwartz, un amigo de Piotr Ivanovich, bajaba la escalera. Al reparar en el recién llegado, se detuvo y le hizo un guiño, como si dijera: "Es tonto lo que ha hecho Iván Ilich, nosotros no somos así".

El rostro de Schwartz, con sus largas patillas, así como toda su delgada figura, enfundada en el frac, tenían siempre una elegante solemnidad, que estaba en contradicción con su carácter jovial; pero en aquel momento se observaba en él una gracia especial, según creyó Piotr Ivanovich.

Dejando pasar adelante a las damas, subió lentamente la escalera. Schwartz esperó arriba. Piotr Ivanovich comprendió por qué lo hacía. Sin duda quería hablarle para preparar una partida de *whist.* Las damas pasaron a la escalera que conducía a las habitaciones de la viuda; y Schwartz, con sus gruesos labios plegados en una expresión seria y con una mirada jovial, movió las cejas, para indicar a Piotr Ivanovich la habitación mortuoria, situada a la derecha.

Como ocurre siempre, Piotr Ivanovich entró, indeciso y sin saber lo que debía hacer. Lo único que le constaba era que, en estos casos, nunca venía mal persignarse. No estaba seguro de si las señales de la cruz debían ir acompañadas de inclinaciones y eligió el término medio: comenzó a persignarse, inclinándose ligeramente. Al mismo tiempo, examinó el aposento, en la medida en que se lo permitían los movimientos de la mano y de la cabeza. En aquel instante salían de la habitación dos jóvenes; uno de ellos era un colegial, probablemente algún sobrino del difunto. Una viejecita permanecía inmóvil; y, junto a ella, una señora que tenía las cejas extrañamente enarcadas, le hablaba en voz baja. El sacristán, un hombre robusto y decidido, que llevaba levita, leía en voz alta, con gran expresión y un tono que excluía todas las contradicciones posibles. El criado Guerasim pasó junto a Piotr Ivanovich, con andares ligeros, espolvoreando algo por el suelo. Al ver esto, Piotr Ivanovich sintió, en el acto, un ligero olor a cadáver en descomposición. En su última visita a Iván Ilich, Piotr Ivanovich había visto a ese hombre en el despacho del difunto, cumpliendo las obligaciones de enfermero. Iván Ilich le tenía un gran afecto. Piotr Ivanovich siguió persignándose y haciendo ligeras reverencias en la dirección intermedia entre el féretro, el sacristán y los íconos, que se hallaban en una mesa, en uno de los rincones de la estancia. Luego, cuando ese movimiento de la mano le pareció demasiado prolongado, se detuvo y empezó a examinar el cadáver.

Éste se hallaba tendido pesadamente como todos los muertos; sus miembros rígidos desaparecían en el interior del ataúd y tenía la cabeza curvada para siempre, reclinada sobre un cojín. Su frente, amarillenta como la cera, se destacaba como se destaca la de todos los cadáveres; junto a las sienes hundidas se apreciaban pequeñas calvas, y la nariz le sobresalía por encima del labio superior, como haciendo presión sobre él. Había cambiado mucho; estaba considerablemente más delgado que cuando Piotr Ivanovich lo vio por última vez; pero su rostro, como el de todos los muertos, era más hermoso y, sobre todo, más significativo de lo que había sido en vida. Expresaba que había hecho lo que tenía que hacer, y que lo había hecho de una manera justa. Además, esa expresión parecía reprochar o recordar algo a los vivos. Piotr Ivanovich creyó que aquello estaba fuera de lugar o, al menos, que no tenía nada que ver con él. De pronto se sintió a disgusto, se apresuró a persignarse y salió con precipitación, demasiado precipitadamente tal vez, para las reglas de las conveniencias. En la habitación contigua lo esperaba Schwartz. Con las piernas abiertas y las manos cruzadas a la espalda, jugueteaba con la chistera. Con sólo mirar al elegante, atildado y jovial Schwartz, Piotr Ivanovich se sintió aliviado. Comprendió que Schwartz se encontraba por encima de todo aquello y que no se dejaba arrastrar por impresiones desagradables. Su aspecto decía: "El incidente de los funerales por Iván Ilich no puede en modo alguno ser razón suficiente para interrumpir el orden de la sesión; es decir, nada puede impedirnos abrir un nuevo paquete de cartas, mientras el criado encienda unas velas; en general, no hay razón para suponer que esto sea un obstáculo para pasar una velada de un modo agradable". Hasta susurró a Piotr Ivanovich estas palabras, y le propuso que se uniera a la partida que tendría lugar, aquella noche, en casa de Fiodor Vasilievich. Pero, por lo visto, Piotr Ivanovich no estaba predestinado a jugar al *whist* aquella noche. Praskovia Fiodorovna, una mujer de mediana estatura y gruesa que, a pesar de todos sus esfuerzos por conseguir lo contrario, seguía ensanchándose, de hombros para abajo, vestida de luto riguroso, con un velo negro en la cabeza y las cejas tan extrañamente levantadas como las de la señora que estaba en el aposento del difunto, salió de su habitación con otras damas; y, después de acompañarlas hasta la puerta de la cámara mortuoria, dijo:

—Ahora mismo se celebrará el funeral; pasen ustedes.

Schwartz saludó con una indefinida inclinación de cabeza; y se detuvo sin aceptar ni rechazar aquella invitación. Al reconocer a Piotr Ivanovich, Praskovia Fiodorovna suspiró y, acercándose a él, tomó una de sus manos y le dijo:

—Sé que era usted un verdadero amigo de Iván Ilich...

Miró a su interlocutor, esperando de él una acción que correspondiera a estas palabras. Piotr Ivanovich sabía que, si antes era preciso persignarse, ahora tenía que estrechar la mano de la viuda, lanzar un suspiro y decir: "Créame usted...". Y esto fue lo único que hizo. Acto seguido, se dio cuenta de que había obtenido el resultado deseado: se había conmovido y la viuda también.

—Venga usted conmigo; antes que empiece el funeral, tengo que hablarle —dijo Praskovia Fiodorovna—. Deme el brazo.

Piotr Ivanovich ofreció el brazo a la viuda de Iván Ilich; y se dirigieron a las habitaciones interiores, pasando ante Schwartz, que hizo un guiño denotador de pena.

"¡Nos ha echado a perder la partida de *whist*! Si no acude usted, buscaremos otro compañero. Y cuando quede libre, podremos seguir la partida los cinco", dijo su mirada jovial.

Piotr Ivanovich suspiró; aún más profunda y tristemente; y Praskovia Fiodorovna, agradecida, le estrechó la mano. Al entrar en el salón, tapizado de cretona rosa y discretamente alumbrado, se sentaron junto a una mesa;

la viuda en un diván y Piotr Ivanovich en un asiento bajo, cuyos muelles, descompuestos, crujieron con el peso de su cuerpo. Praskovia Fiodorovna hubiera querido ofrecerle otra silla; pero creyó que era inoportuno ocuparse de tales cosas en la situación en que se encontraba, y cambió de parecer. Mientras se sentaban, Piotr Ivanovich recordó cómo Iván Ilich había arreglado aquel salón y se había aconsejado de él respecto de aquella cretona rosa con hojas verdes. Al ir a sentarse en el diván, cuando pasaba ante la mesa (el salón estaba lleno de muebles y de cachivaches), a la viuda se le enganchó un extremo de su velo de encajes en una de las incrustaciones de la mesa. Piotr Ivanovich se incorporó, para desengancharlo; y el asiento, libre de su peso, comenzó a hincharse, empujándolo hacia arriba. La viuda trató de desenganchar con sus propias manos el extremo del velo; y Piotr Ivanovich se sentó de nuevo, aplastando el asiento rebelde. Pero Praskovia Fiodorovna no consiguió su propósito, y Piotr Ivanovich volvió a levantarse; el asiento se agitó de nuevo y hasta emitió un crujido. Cuando todo quedó arreglado, Praskovia Fiodorovna sacó un pañuelo de impecable batista y se echó a llorar. Piotr Ivanovich, que se había calmado con el episodio del velo y la lucha contra el asiento, permanecía sentado, con el entrecejo fruncido. Fue Sokolov, el criado del difunto Iván Ilich, quien rompió esa embarazosa situación.

Había venido a comunicar que el terreno del cementerio que Praskovia Fiodorovna había designado costaría doscientos rublos. La viuda dejó de llorar; y, mirando a Piotr Ivanovich con aire de mártir, le dijo, en francés, que sufría mucho. Piotr Ivanovich hizo una señal muda, que expresaba la absoluta certeza de que no podía ser de otro modo.

—Fume usted, se lo ruego —dijo Praskovia Fiodorovna, con tono generoso, aunque abatido al mismo tiempo; y empezó a discutir con Sokolov respecto del precio del terreno.

Mientras Piotr Ivanovich encendía el cigarrillo, oyó que la viuda se informaba con todo detalle de los distintos precios de los terrenos y que, finalmente, precisaba el que tomaría. Después, dio las órdenes oportunas respecto al coro. Sokolov se marchó.

—Todo lo hago yo misma —dijo Praskovia Fiodorovna a Piotr Ivanovich, apartando unos álbumes. Y dándose cuenta de que la ceniza del cigarrillo de su interlocutor amenazaba la mesa, se apresuró a alargarle el cenicero, mientras añadía—: Encuentro que es afectado asegurar que la pena impide ocuparse de asuntos prácticos. A mí me ocurre lo contrario. Si hay algo que puede, si no consolarme, al menos... distraerme, es precisamente la preocupación por arreglar las cosas de él —volvió a sacar el pañuelo, como si fuera a echarse a llorar; pero pareció dominarse, y continuó en tono tranquilo—: Tengo que decirle algo.

Piotr Ivanovich se inclinó ligeramente, sin permitir que se desplegaran los muelles del asiento, que, acto seguido, empezó a agitarse bajo su cuerpo.

—Sufrió terriblemente los últimos días.

—¿Ha sufrido mucho? —preguntó Piotr Ivanovich.

—¡Terriblemente! En sus últimas horas no cesó de gritar. Los tres días postreros, con sus consabidas noches, se quejaba constantemente. No comprendo cómo ha podido soportar eso. Sus gritos se oían a través de tres puertas. ¡Oh, cuánto he sufrido!

—Pero ¿estaba consciente? —preguntó Piotr Ivanovich.

—Sí, hasta el último momento —replicó Praskovia Fiodorovna, en un susurro—.

Se despidió de nosotros, un cuarto de hora antes de morir, y rogó que se llevaran a Volodia.

De pronto, la idea de los sufrimientos padecidos por un hombre al que había conocido siendo un alegre colegial y más tarde, adulto y colega suyo, horrorizó a Piotr

Ivanovich, a pesar de la desagradable conciencia de su propia afectación y la de aquella mujer. Se representó aquella frente y aquella nariz que hacía presión sobre el labio superior; y temió por sí mismo.

"Tres días de atroces sufrimientos, y la muerte. Esto puede sucederme a cada instante", pensó; y, por un momento, se sintió horrorizado. Pero inmediatamente, y sin que él mismo pudiera explicar el motivo, acudió en su ayuda el pensamiento habitual de que eso le había ocurrido a Iván Ilich y no a él. Aquello no podía ni debía ocurrirle; pensando en ello, se le estropearía el estado de ánimo, cosa que no estaba bien, según podía uno darse cuenta al contemplar el rostro de Schwartz. Después de haber reflexionado de esta manera, Piotr Ivanovich se tranquilizó y empezó a hacer preguntas, con gran interés, acerca de la muerte de Iván Ilich, como si la muerte fuese una aventura propia de éste, pero no de él.

Después de comentar, con todo detalle, los distintos aspectos de los sufrimientos físicos, realmente atroces, de Iván Ilich (Piotr Ivanovich se enteró de aquellos detalles sólo por la manera en que los sufrimientos del difunto habían obrado sobre los nervios de Praskovia Fiodorovna), la viuda creyó oportuno pasar al asunto.

—¡Oh Piotr Ivanovich! ¡Cuánto sufro, cuánto sufro! —exclamó; y de nuevo se deshizo en lágrimas.

Piotr Ivanovich lanzó un suspiro y esperó a que la viuda se sonara. Cuando Praskovia Fiodorovna lo hizo, dijo:

—Crea usted...

Entonces, Praskovia Fiodorovna reanudó la conversación y explicó, por fin, su asunto. Se trataba de averiguar cómo debía arreglárselas para obtener una cantidad de dinero de la Tesorería del Gobierno, con motivo del fallecimiento de su marido. Hizo como que pedía a Piotr Ivanovich consejos relativos a su pensión de viuda; pero éste comprendió que estaba enterada hasta en los más pequeños detalles de cosas que incluso él ignoraba. Praskovia

Fiodorovna sabía perfectamente la cantidad de dinero que podría sacar al Estado; pero lo que deseaba averiguar era si había algún medio de sacar más. Piotr Ivanovich trató de inventarse un medio para hacerlo; pero, después de meditar un rato y de censurar, por conveniencia, la avaricia del Gobierno ruso, dijo que probablemente no podría obtener lo que deseaba. Entonces, la viuda suspiró y, sin duda, empezó a idear la manera de librarse de su visitante. Piotr Ivanovich lo comprendió. Apagó el cigarrillo, se puso en pie; y, tras estrechar la mano a la dueña de la casa, se retiró a la antesala.

En el comedor estaba el reloj que Iván Ilich había comprado en una almoneda y del que estaba muy satisfecho. Allí se encontró Piotr Ivanovich al sacerdote y a algunos conocidos que venían para asistir al funeral, así como a la hija del difunto, una muchacha muy bella a la que conocía. Iba vestida de negro. Su cintura, muy estrecha, daba la impresión de estar más delgada que antes. Tenía un aire sombrío, decidido y casi irritado. Saludó a Piotr Ivanovich como si éste fuese culpable de algo. Tras ella se hallaba, con el mismo aire sombrío, un joven muy rico, a quien Piotr Ivanovich conocía también. Era el juez de Instrucción y prometido de la muchacha, según se decía. Piotr Ivanovich los saludó con expresión triste; y se disponía a entrar en la cámara mortuoria, cuando vio, al pie de la escalera, a un colegial: era el hijo de Iván Ilich y se parecía a él de un modo sorprendente. Era idéntico a Iván Ilich de jovencito, tal y como Piotr Ivanovich lo había conocido, en la Escuela de Jurisprudencia. Sus ojos llorosos tenían la expresión de los muchachos de trece o catorce años, que ya no son inocentes. Al ver a Piotr Ivanovich, hizo una mueca severa y tímida. Haciéndole un movimiento de cabeza, Piotr Ivanovich entró en el cuarto del difunto. Empezó el funeral, con sus cirios, su incienso, las lamentaciones, las lágrimas y los sollozos. Piotr Ivanovich, con el entrecejo fruncido, se miraba los pies.

No levantó ni una sola vez la vista hacia el cadáver; no se dejó llevar por las influencias depresivas hasta el final de la ceremonia; y fue uno de los primeros en salir del cuarto. No había nadie en la antesala. Guerasim, el mozo de comedor, salió presurosamente de la cámara mortuoria; revolvió con sus fuertes manos todas las pellizas, para encontrar la de Piotr Ivanovich, y se la ofreció.

—¿Qué hay, Guerasim? ¿Estás apenado? —exclamó Piotr Ivanovich, por decir algo.

—Ha sido la voluntad de Dios. Todos iremos a parar allí —replicó el criado, dejando al descubierto sus blancos y apretados dientes de campesino. Y como un hombre muy ocupado, abrió la puerta, llamó al cochero y, tras ayudar a Piotr Ivanovich a instalarse en el coche, volvió apresuradamente, con la expresión de quien trata de recordar lo que le queda por hacer aún.

Piotr Ivanovich sintió un placer especial al respirar aire puro, después de haber estado en una casa donde olía a incienso, a cadáver y a ácido fénico.

—¿Adónde vamos? —preguntó el cochero.

—Aún es temprano. Me pasaré por casa de Fiodor Vasilievich.

Y Piotr Ivanovich fue allí. Encontró a sus amigos al final de la primera partida, de manera que pudo tomar parte en el juego.

II

La historia de Iván Ilich era de las más sencillas y corrientes, y de las más terribles.

Murió a los cuarenta y cinco años, siendo miembro del Palacio de Justicia. Era hijo de un funcionario que había hecho, en diferentes departamentos ministeriales de San Petersburgo, una de aquellas carreras que demuestran claramente que el individuo es incapaz de desempeñar cualquier función importante, pero que, gracias a la larga duración de sus servicios y a su escalafón, no puede ser despedido. Por ese motivo, recibe un puesto ficticio, expresamente inventado, con un sueldo de seis a diez mil rublos, nada ficticios, con el que vive hasta la más avanzada vejez.

Tal había sido el consejero secreto Ilia Efimovich Golovin, miembro inútil de varias inútiles instituciones. Había tenido tres hijos y una hija. Iván Ilich era el segundo. El mayor seguía la misma carrera que el padre, aunque en un Ministerio distinto; y se acercaba ya a la época de servicio en que se percibe un sueldo por la fuerza de la inercia. El tercer hijo era un fracasado. Había quedado mal en cuantos puestos había ocupado; y en aquella época estaba empleado en la administración de ferrocarriles. Tanto su padre como sus hermanos y, sobre todo, las mujeres de éstos, no sólo evitaban encontrárselo, sino que sólo se acordaban de su existencia en casos de necesidad. La hermana estaba casada con el barón Gref, un funcionario de San Petersburgo, igual que su padre político. Iván Ilich era *le phénix de la famille*, según se decía. No era tan frío ni tan ordenado como su hermano mayor, ni tan alocado como el pequeño. Ocupaba el justo medio entre los dos: era inteligente, vivo, simpático y formal. Había estudiado, junto con su hermano menor, en la Escuela de Jurisprudencia. Su hermano no acabó la carrera; lo echaron antes de llegar al quinto curso. En cambio, Iván Ilich terminó bien sus estudios. En la Escuela fue lo que iba a ser durante toda su vida; un hombre dotado de capacidades, alegre, bondadoso y sociable, aunque, al mismo tiempo, fiel cumplidor de lo que consideraba su deber; y por deber admitía cuanto era considerado como tal por los que ocupaban puestos superiores al suyo. Nunca había sido adulador, ni de muchacho ni de adulto; pero, desde sus años juveniles, se sintió atraído, como las moscas por la luz, hacia las personas que ocupaban puestos superiores en la sociedad. Los imitaba en sus maneras y en sus puntos de vista; y sostenía con ellos relaciones cordiales. Las pasiones de la infancia y de la juventud habían pasado sin dejar huellas en él. Se había entregado a la sensibilidad y a la vanidad y, en los rasgos más elevados, a la liberalidad; pero siempre dentro de ciertos límites, que sin duda le indicaba su buen sentido.

En la Escuela de Jurisprudencia había realizado actos que antes le había parecido villanías y le inspiraban repulsión hacia sí mismo; pero, posteriormente, al ver que hombres de elevada posición cometían actos por el estilo y no se consideraban malos, no los juzgó precisamente buenos, pero los echó en olvido, sin amargarse con tales recuerdos.

Al acabar la carrera recibió de su padre una cantidad de dinero para equiparse. Encargó sus trajes en la casa Shamer y, entre los dijes de la cadena del reloj, colgó un medallón con la inscripción siguiente: *Respice finem*; se despidió de sus profesores, dio una comida a sus compañeros, en Donon; y, provisto de una maleta nueva con ropa interior, trajes y objetos de tocador, que había adquirido en las mejores tiendas, partió a una provincia, a ocupar el puesto (que le había proporcionado su padre) de encargado de los asuntos particulares del Gobernador.

En cuanto llegó a aquella provincia, supo crearse una situación fácil y agradable, como la que había tenido en la Escuela de Jurisprudencia. Servía, hacía su carrera y, al mismo tiempo, se divertía de un modo agradable y conveniente.

De cuando en cuando, efectuaba viajes por los distritos, por orden de la superioridad. Se mantenía dignamente, lo mismo ante sus superiores que ante sus subordinados; y cumplía con exactitud y honradez incorruptibles, de las que no podía por menos de sentirse orgulloso, las misiones que se le encomendaban, sobre todo si estaban relacionadas con los sectarios.

A pesar de su juventud y de su tendencia a distracciones ligeras, se mostraba reservado, oficial y hasta severo en lo que se refería a los asuntos privados del servicio. En sociedad, era siempre jovial, ingenioso, lleno de bondad, correcto y *bon enfant*, como solía decir de él su jefe y la mujer de éste, que lo recibían como a un miembro de la familia.

Sostenía íntimas relaciones con una dama de la provincia, que se había impuesto a aquel leguleyo; tenía una amiga modista; se emborrachaba en compañía de los ayudantes militares de paso en la provincia; daba paseos por las calles solitarias de la ciudad; adulaba a su jefe e incluso a la mujer de éste; pero había en todo esto un tal aire de corrección, que hubiera sido imposible calificarlo con malas palabras. Todo estaba de acuerdo con el aforismo francés: *Il faut que jeunesse se passe.* Llevaba a cabo estas cosas con las manos limpias, con camisas impecables y empleando palabras francesas; y lo principal era que tenían lugar en la alta sociedad y, por consiguiente, con la aprobación de personajes elevados.

Así fue como pasaron los cinco primeros años de servicio de Iván Ilich. Entonces, hubo un cambio. Aparecieron unas instituciones judiciales; y hubo necesidad de buscar hombres nuevos.

Iván Ilich fue uno de ellos.

Se le ofreció una plaza de juez de Instrucción, que aceptó, a pesar de que tenía que ir a otra provincia, abandonar las relaciones ya establecidas y crearse otras nuevas. Sus amigos lo acompañaron a la estación, se retrataron en grupo; y, entre todos, le regalaron una petaca de plata. Iván Ilich partió para hacerse cargo de su nuevo empleo.

En su calidad de juez de Instrucción, Iván Ilich fue igualmente *comme il faut*, correcto; supo distinguir, lo mismo que antes, los deberes del servicio de los de su vida privada; e infundía el mismo respeto a cuantos lo rodeaban. El nuevo puesto le ofrecía más interés y atractivos que el anterior. Le era agradable pasar vestido con su uniforme, confeccionado en la casa Shamer, ante los temblorosos solicitantes que esperaban audiencia y los funcionarios que lo envidiaban, para entrar directamente en el despacho del jefe, y sentarse allí a tomar una taza de té y fumar un cigarrillo; pero había pocas personas que dependieran directamente de su voluntad. Tales eran solamente los comisarios de Policía y los agentes, cuando se lo mandaba con alguna misión especial. Le gustaba tratar con cortesía, casi con camaradería, a las personas que dependían de él; le agradaba dar a entender que, aunque podía aplastarlos, les dispensaba un trato amistoso y sencillo. Pero estos casos eran pocos. Ahora, en cambio, siendo juez de Instrucción, Iván Ilich sentía que todos, absolutamente todos —incluso los hombres más importantes y satisfechos de sí mismos—, estaban en sus manos; y que le bastaba escribir ciertas palabras en un papel sellado para que cualquier personaje importante se presentara ante él, en calidad de acusado o de testigo; y, si no le ofrecía un asiento, permaneciera en pie, contestando a sus preguntas. Iván Ilich no abusaba nunca de su poder; al contrario, trataba de dulcificarlo. La conciencia de ese poder y la posibilidad de dulcificarlo constituían, realmente, el principal interés y el atractivo de su nuevo cargo. En sus funciones mismas, precisamente en la instrucción de causas, no tardó en adoptar un sistema de apartar las circunstancias que no tuviesen que ver con su servicio. Incoaba la causa más complicada de tal forma, que sólo se reflejaba en el papel de un modo externo, quedando exenta de sus opiniones personales; y observaba las formalidades exigidas. Iván Ilich fue uno de los primeros que aplicó de manera práctica los estatutos del año 1864.

Al llegar a la nueva ciudad para ocupar el puesto de juez de Instrucción, Iván Ilich se creó nuevas amistades y nuevas relaciones; y su actitud fue distinta de la de antes. Se mantenía a una respetuosa distancia de las autoridades provinciales, escogiendo sus relaciones entre la mejor sociedad de los magistrados y de los nobles ricos de la población. Adoptó un tono de ligero descontento respecto del Gobierno, de liberalismo moderado y de civismo burgués. Además de todo esto, sin cambiar nada de su elegante indumento, dejó de afeitarse, permitiendo que la barba creciera a su antojo.

Su nueva vida se organizó de un modo muy grato. La sociedad, que murmuraba contra el gobernador, era agradable y amistosa; el sueldo era más elevado que antes y el *whist* añadió un nuevo atractivo a su existencia. Iván Ilich tenía el don de jugar alegremente y de reflexionar con rapidez y habilidad, motivo por el cual casi siempre ganaba.

Después de dos años de servicio en aquella nueva ciudad, se encontró con su futura mujer. Praskovia Fiodorovna Mijel era la muchacha más atractiva, más inteligente y brillante de la sociedad frecuentada por Iván Ilich. Entre otras distracciones y diversiones, se había creado unas relaciones joviales y ligeras con Praskovia Fiodorovna.

Iván Ilich solía bailar durante la época en que había desempeñado su cargo anterior; pero siendo juez de Instrucción lo hacía sólo en casos excepcionales. Sin embargo, si se presentaba la ocasión, podía demostrar que también en ese aspecto se destacaba. De tarde en tarde, al final de las veladas, bailaba con Praskovia Fiodorovna; y fue precisamente entonces cuando la conquistó. La muchacha se enamoró de él. Iván Ilich no tenía la intención determinada de casarse; pero, cuando Praskovia Fiodorovna se enamoró de él, se hizo la siguiente pregunta: "En realidad, ¿por qué no había de casarme?".

Praskovia Fiodorovna pertenecía a una noble familia y disponía de una pequeña dote. Iván Ilich hubiera podido aspirar a un partido más brillante; pero éste tampoco estaba mal. Él tenía su sueldo y pensaba que la muchacha llevaría un equivalente. Descendía de una buena familia, era agradable, graciosa y una mujer como es debido. Tan injusto sería decir que Iván Ilich quería casarse porque estaba enamorado de su prometida y veía en ella una compañera que compartiría sus ideas acerca de la vida, como afirmar que se casaba porque las personas de su círculo aprobaban aquella elección. Iván Ilich se casaba por dos consideraciones: le era agradable tomar semejante esposa; y al mismo tiempo, cumplía una cosa que las personas de alta posición consideraban razonable.

Iván Ilich se casó. El proceso mismo del matrimonio y la primera época de la vida conyugal, con las caricias, los nuevos muebles, la vajilla y la ropa, hasta el embarazo de su mujer, pasaron muy bien. Así, pues, empezaba a creer que el carácter de su vida, agradable, fácil, alegre, siempre correcto y aprobado por la sociedad, al que consideraba propio de la vida en general, no sólo no sería turbado por el matrimonio, sino que incluso éste lo aumentaría. Pero durante el primer mes del embarazo de su mujer ocurrió algo nuevo, imprevisto, desagradable, penoso, inconveniente y de lo que no había manera de librarse.

Su mujer, sin razón alguna, según creía Iván Ilich, *de gaieté de coeur*, empezó a turbar el encanto y la decencia de su vida. Sin motivo, se mostraba celosa, y exigía de él los más solícitos cuidados, se irritaba por cualquier cosa y le hacía escenas desagradables e inconvenientes.

Al principio, Iván Ilich esperó librarse pronto de esa situación tan desagradable, por medio de aquel modo fácil y decente de considerar la vida que lo había salvado antes. Trató de hacer como que ignoraba el mal humor de su mujer; y continuó su vida alegre y fácil, invitando a sus amigos a jugar a las cartas y procurando ir al club o a casa de sus compañeros. Pero un día su mujer lo riñó con palabras enérgicas y groseras, cosa que volvió a repetir cada vez que no cumplía con sus exigencias. Por lo visto, había decidido continuar de este modo hasta que la obedeciera, es decir, hasta que optara por quedarse en casa y aburrirse lo mismo que ella. Iván Ilich se horrorizó. Comprendió que la vida conyugal —al menos con su mujer— no correspondía a los encantos y a las conveniencias de la vida, sino que, por el contrario, los destruía a menudo. Era preciso, pues, ponerse en guardia. E Iván Ilich empezó a buscar el medio de hacerlo. El servicio era lo único que imponía a Praskovia Fiodorovna; por tanto, Iván Ilich empezó a luchar con ella para obtener su mundo independiente, tomando como arma el servicio y las obligaciones que se derivaban de él.

Con el nacimiento de su hijo, los intentos de su crianza y sus fracasos, las enfermedades efectivas y las imaginarias, tanto de la madre como del recién nacido (se exigía a Iván Ilich que se interesara por ellas, aunque no era capaz de entender nada), la necesidad de crearse un mundo fuera de su familia se hizo aún más imperiosa.

A medida que aumentaban la irascibilidad y las exigencias de su mujer, Iván Ilich iba transportando el centro de gravedad de su vida a su trabajo. Sentía un interés mucho más vivo por el servicio; y se volvió más ambicioso que antes.

Muy pronto, al año de casado, comprendió que si bien la vida conyugal ofrece algunas comodidades, es en suma un asunto muy complicado y penoso; y que, para cumplir los deberes que impone, es decir, para llevar una vida decente, aprobada por la sociedad, es preciso establecer determinadas relaciones, lo mismo que en el servicio.

E Iván Ilich trató de establecerlas. Exigía de la vida familiar tan sólo las comodidades que ésta podía darle, es decir, una buena comida, un ama de casa, una cama y, sobre todo, las conveniencias exteriores, que se determinan por la opinión pública. En lo demás, buscaba placer y alegría; y si los encontraba, estaba agradecidísimo. Si tropezaba con la resistencia y el mal humor, inmediatamente se iba a su mundo particular, al servicio, en el que se hallaba a gusto.

Iván Ilich era muy apreciado como buen funcionario; y, al cabo de tres años, lo nombraron sustituto del fiscal. Sus nuevas obligaciones, su importancia y la posibilidad de hacer juzgar y meter en la cárcel a quien se le antojara, los discursos públicos y los triunfos que obtenía, todas estas cosas lo atraían más al servicio.

Tuvieron más hijos. Su mujer se volvía cada vez más gruñona y malhumorada; pero las reglas que se había impuesto Iván Ilich para la vida familiar lo hicieron casi insensible a estas cosas.

Después de siete años de servicio en una ciudad, fue nombrado fiscal y trasladado a otra provincia. Tenían poco dinero y a Praskovia Fiodorovna le desagradó la nueva población. El sueldo de Iván Ilich era más elevado; pero también la vida estaba más cara. Además, se les murieron dos hijos y la vida familiar se volvió aún más desagradable.

Praskovia Fiodorovna reprochaba a su esposo todos los infortunios ocurridos en la nueva residencia. Por lo general, el tema de las conversaciones entre los esposos, sobre todo en lo que se refería a la educación de los hijos, consistía en los recuerdos de disputas anteriores; y a cada instante estallaban otras nuevas.

Únicamente quedaban algunos períodos amorosos que volvían a veces; pero duraban poco. Eran como unas islas que abordaban por un corto espacio de tiempo, y luego se lanzaban de nuevo al mar de una oculta hostilidad, que se expresaba por el distanciamiento mutuo. Ese distanciamiento hubiera podido apenar a Iván Ilich si no considerase que debía ser así; pero en aquella época no sólo tomaba aquella situación como una situación normal, sino hasta como el objeto de su actividad en la familia. Ese objeto consistía en liberarse cada vez más de esos disgustos y darles un carácter inofensivo y conveniente.

Conseguía esto permaneciendo cada vez menos tiempo en su casa; y, cuando estaba obligado a quedarse, procuraba asegurar su situación por medio de la presencia de personas extrañas. Lo más importante para él era su cargo. Todo el interés de su vida se concentraba en el mundo del servicio. Y ese interés lo absorbía por completo. La conciencia de su poder, de la posibilidad de hacer perecer al hombre que se le antojara; su importancia, incluso la externa, cuando entraba en el Palacio de Justicia y se encontraba con sus subordinados; los triunfos que obtenía ante sus superiores y, sobre todo, la habilidad con que llevaba los asuntos judiciales y que se reconocía él mismo, todo esto lo alegraba; y, unido a las tertulias con sus compañeros, las comidas y el *whist*, llenaba su vida. Así, pues, su existencia discurría según sus reglas, es decir, de un modo grato y conveniente.

Vivió así por espacio de diecisiete años. Su hija mayor había cumplido ya los dieciséis. Se le murió otro hijo y sólo le quedó uno; era ya un colegial, que constituía uno de los motivos de discordia entre los esposos. Iván Ilich quería que cursara los estudios en la Escuela de Jurisprudencia; pero Praskovia Fiodorovna, por llevarle la contraria, lo había mandado a un gimnasio. La hija estudiaba en casa y se desarrollaba bien. Tampoco era mal estudiante el muchacho.

III

De este modo transcurrieron diecisiete años desde la boda de Iván Ilich. Era ya un antiguo fiscal; había rehusado algunos cargos, esperando uno mejor, cuando, inesperadamente, surgió un acontecimiento desagradable, que turbó su existencia tranquila. Iván Ilich esperaba la plaza de presidente de Tribunal en una ciudad universitaria; pero Goppe le había tomado la delantera, se la arrebató. Iván Ilich se irritó, le hizo recriminaciones y se enfadó con los jefes. Todos se volvieron fríos hacia él y se lo omitió de nuevo en los siguientes nombramientos.

Esto ocurrió en 1880. Fue el año más penoso de toda la vida de Iván Ilich. Por una parte, el sueldo no le alcanzaba para subsistir; y, por otra, notó que todos lo habían olvidado. Consideró esto como la mayor injusticia del mundo. En cambio, a los demás les parecía naturalísimo. Ni siquiera su propio padre se creía en el deber de ayudarlo. Notó que todos lo habían abandonado, considerando que su situación, con tres mil quinientos rublos, era normal y hasta ventajosa. Sólo él sabía que, con la conciencia de las injusticias que habían cometido con él, las continuas recriminaciones de su mujer y las deudas que había contraído (al gastar más de lo que le permitían sus medios), su situación estaba lejos de ser normal.

En el verano de 1880 tomó un permiso; y, con objeto de disminuir los gastos, partió con su mujer a la aldea del hermano de ésta.

En el campo, sin ocupación, sintió por primera vez, no sólo un gran aburrimiento, sino una tristeza insoportable; y resolvió que no podía vivir de este modo y que era imprescindible tomar medidas decisivas.

Después de una noche de insomnio, durante la cual se paseó por la terraza, decidió que iría a San Petersburgo para arreglar sus asuntos, castigar "a los que no sabían apreciarlo", y pedir el traslado a otro ministerio.

Al día siguiente, a pesar de que su mujer y su cuñado trataron de disuadirlo por todos los medios, se marchó a San Petersburgo.

Partió con un objetivo: conseguir un puesto con cinco mil rublos de sueldo. Ya no tenía preferencias por un ministerio determinado, por ninguna tendencia ni por ningún género de actividad. Tan sólo necesitaba una plaza de cinco mil rublos de sueldo, ya fuera en la administración, en algún banco, en los ferrocarriles, en una institución de la emperatriz María o incluso en la aduana. Lo cierto era que necesitaba, de toda precisión, un sueldo de cinco mil rublos y salir de un ministerio en el que no lo sabían apreciar.

El viaje de Iván Ilich fue coronado por un éxito extraordinario e inesperado. En Kursk entró en el vagón de primera clase F. S. Ilin, un conocido suyo; y le contó que, recientemente, el gobernador de aquella ciudad había recibido un telegrama en el que anunciaban que uno de aquellos días tendría lugar su cambio en el ministerio; Iván Semionovich ocuparía la plaza de Piotr Ivanovich.

Aparte de la importancia que tenía para Rusia aquel presunto cambio, era particularmente significativo para Iván Ilich el hecho de que hicieran resaltar la personalidad de Piotr Petrovich, y, probablemente, la de su amigo Zajar Ivanovich, lo que presentaba grandes ventajas para él.

La noticia se confirmó en Moscú. Y al llegar a San Petersburgo, Iván Ilich se encontró con Zajar Ivanovich y obtuvo de él la promesa de una plaza segura en el mismo ministerio en que estaba.

Una semana después, telegrafiaba a su mujer:

"Zajar, plaza Miller. Recibiré nombramiento en el primer informe".

Gracias a aquel cambio de personajes, Iván Ilich ocupó una plaza tal, en su antiguo ministerio, que subió dos puestos en el escalafón y tuvo cinco mil rublos de sueldo y tres mil quinientos de dietas: Iván Ilich olvidó la indignación que había sentido contra sus enemigos y contra todo el ministerio; y se sintió feliz.

Volvió a la aldea, tan alegre y contento como no lo había estado desde hacía mucho tiempo. Praskovia Fiodorovna se alegró también; y hubo entre ellos una reconciliación. Iván Ilich le contó cómo se lo había honrado en San Petersburgo, lo avergonzados que se habían sentido sus enemigos, cómo lo habían adulado, lo que le envidiaban su posición y, sobre todo, lo que lo apreciaban todos en San Petersburgo.

Praskovia Fiodorovna escuchó a su marido aparentando creerle, y no lo contradijo en nada; se limitó a hacer proyectos para su nueva vida en la ciudad a la que se iban a trasladar. Iván Ilich vio con alegría que sus planes eran idénticos a los suyos, que estaba de acuerdo con su mujer y que su vida interrumpida volvía a adquirir el carácter alegre y correcto que le era propio.

Estuvo poco tiempo en la aldea. Tenía que tomar posesión de su nuevo cargo el 10 de septiembre; y, aparte de esto, necesitaba tiempo para instalarse en su nuevo domicilio, trasladar las cosas que tenía en la provincia, hacer algunas compras y dar muchas órdenes. En una palabra, tenía que instalarse tal y como lo había dispuesto su mente y casi igual que lo había planeado Praskovia Fiodorovna en su fuero interno.

En aquella época en que todo se iba arreglando con buen éxito, en que Iván Ilich estaba de acuerdo con su mujer en todos los planes y en que casi siempre vivían separados, intimaron más que en los primeros años de su vida conyugal. Iván Ilich tuvo la intención de llevarse a su familia inmediatamente; pero su cuñado y la mujer de éste, que repentinamente se habían vuelto amables y afectuosos con los Golovin, insistieron en que la dejara allí, de manera que partió solo.

Se puso en camino. La buena disposición de ánimo, provocada por el éxito obtenido y por estar de acuerdo con su mujer, no lo abandonaba. Encontró un piso encantador, precisamente tal y como lo habían soñado marido y mujer. Tenía espaciosos salones de estilo antiguo, de altos techos; un despacho amplio y cómodo; habitaciones para su mujer y para su hija; un cuarto de estudio para el muchacho... En una palabra, todo parecía hecho expresamente para ellos. Iván Ilich en persona se ocupó del arreglo de la casa; elegía los papeles para empapelar las habitaciones y las tapicerías; compraba muebles, que buscaba particularmente entre los antiguos, porque creía que tenían un estilo *comme il faut*, y todo se llevaba a cabo, paulatinamente, y se acercaba al ideal que se había formado. Cuando la mitad de las cosas estuvieron dispuestas, la instalación excedió sus esperanzas. Comprendió el carácter *comme il faut*, elegante, nada trivial, que adquiriría el piso cuando estuviera terminado. Al dormirse, se representaba la sala, tal y como iba a quedar. Y contemplando el salón, no concluido aún, veía ya la chimenea, el biombo, la vitrina, las sillas dispuestas en su sitio, los platos en las paredes y los bronces. Le alegraba la idea de la sorpresa que se llevaría Pasha[1] y Lisanka, que también eran aficionadas a estas cosas. No era posible que esperasen ver aquello. Había tenido la gran suerte de encontrar y comprar, bastante baratos, objetos antiguos que imprimían a la casa un carácter particularmente distinguido. En sus cartas presentaba adrede las cosas mucho peor de lo que eran en realidad, para sorprender a su familia cuando llegara. Todo esto lo entretenía tanto que, a veces, cambiaba los muebles de lugar y colgaba las cortinas con sus propias manos. Una vez, al subir a una escalera para indicar al tapicero cómo quería que colgara una cortina, perdió pie; pero como era un hombre ágil y fuerte, no llegó a caerse; tan sólo se dio un golpe en un costado contra el pomo de la ventana. La contusión le dolió cierto tiempo; pero los dolores cesaron, al fin. Por aquella época, Iván Ilich se sentía particularmente alegre y en perfecto estado de salud. Escribía a su casa: "Noto que me he rejuvenecido en quince años". Pensaba terminar la instalación en el mes de septiembre; pero ésta se prolongó hasta mediados de octubre. En cambio, todo resultaba encantador y no era sólo él quien opinaba así. Todo el mundo le decía lo mismo.

En realidad, allí había lo que suele haber en las casas de las personas no demasiado acomodadas, pero que

---

[1] Diminutivo de Praskovia.

quieren parecerlo y que, por ese motivo, se asemejan unos a otros; tapicerías, muebles de ébano, flores, tapices y bronces oscuros y brillantes, todo cuanto cierta clase de personas acumulan y con lo cual se parecen unas a otras. La casa de Iván Ilich era tan parecida a otras, que nada llamaba la atención; sin embargo, veía en ella un encanto especial. Cuando recogió a su familia en la estación y la llevó al piso bien alumbrado, donde un lacayo con corbata blanca abrió la puerta que conducía a la antesala, adornada de flores, y entraron después en la habitación y en el despacho, lanzando gritos de entusiasmo, Iván Ilich se sintió muy feliz; y, mientras les mostraba todas las cosas, disfrutaba de los elogios que hacían, experimentando una alegría inmensa. Aquella misma noche Praskovia Fiodorovna le preguntó, entre otras cosas, cómo se había caído; e Iván Ilich se echó a reír y representó la escena de su caída y el susto del tapicero.

—No en balde hago gimnasia. Otro se habría matado; en cambio, yo apenas si me he dado un golpe. Cuando me toco aquí me duele; pero ya se está pasando, y sólo queda un cardenal.

Empezaron su nueva vida; pero como ocurre siempre, cuando se acostumbraron al nuevo domicilio, notaron que les faltaba una habitación; y aunque vivían bien con el nuevo sueldo les faltaba un poquito, es decir, unos quinientos rublos. Vivieron a gusto, sobre todo durante la primera temporada, cuando aún no habían terminado la instalación y ora tenían que comprar o encargar algo, ora cambiar de sitio un mueble o arreglar alguna cosa. Aunque había algunos desacuerdos entre los esposos, los dos estaban contentos y, por otra parte, tenían tantas cosas que hacer, que no podían surgir grandes disputas. Cuando terminaron por completo el arreglo del piso, se sintieron ligeramente aburridos, como si les faltase algo; mas, como ya habían trabado nuevos conocimientos y adquirido nuevas costumbres, éstos llenaron su vida.

Iván Ilich pasaba las mañanas en el Palacio de Justicia y volvía a casa para comer. Durante la primera época, solía estar de buen humor, aunque su nueva instalación lo hacía sufrir un poco. Cualquier manchita en un mantel o en una tapicería, o algún fleco roto, lo irritaban. Había puesto tanto trabajo en el arreglo de la casa que le dolía el más pequeño desperfecto. Pero, por lo general, su existencia discurría con arreglo a sus creencias: era fácil, agradable y correcta. Se levantaba a las nueve, tomaba café, leía la prensa, se ponía el uniforme y se iba al Palacio de Justicia. Allí le esperaba la noria en torno a la cual daba vueltas; e inmediatamente ponía manos a la obra. Solicitantes, informes de cancillería, audiencias y reuniones públicas y privadas. De esto era preciso saber excluir todo lo que turba la regularidad de los asuntos del servicio: no se debían admitir ningunas relaciones, excepto las oficiales; y el motivo de estas relaciones también debía ser oficial. Si llegaba un hombre cualquiera para enterarse de alguna cosa, Iván Ilich no podía tener ninguna relación con él; pero si veía en su solicitud algo oficial, algo que puede escribirse en un papel sellado, hacía en los límites debidos cuanto le era posible y le dispensaba, además, un trato amistoso y lleno de cortesía. Y en cuanto terminaba la relación oficial, también ponía fin a toda otra. Iván poseía en el más alto grado el don de separar lo oficial de la vida real, sin confundir nunca ambas cosas. Con la práctica y el talento, lo había perfeccionado hasta el punto de que, a veces, se permitía, como un virtuoso, mezclar en broma lo oficial con lo humano. Hacía esto porque tenía la conciencia de una fuerza interior que, en un momento dado, separaría lo oficial y rechazaría lo humano. Los asuntos de Iván Ilich marchaban, pues, de un modo fácil, agradable, correcto e incluso virtuoso. En los intervalos, fumaba, tomaba té, charlaba un poco de política, un poco de asuntos generales, un poco de los naipes y, más que nada, de nombramientos. Regresaba a su casa cansado; pero con la sensación del virtuoso que ha ejercido perfectamente su parte como primer violín en una orquesta. Mientras tanto, su mujer y su hija salían o recibían alguna visita; su hijo estaba en el gimnasio, preparaba sus deberes con un profesor y estudiaba bien lo que le enseñaban. Todo iba perfectamente. Después de comer, si no había visitas, Iván Ilich leía a veces algún libro del que se hablaba mucho, y por las noches se ocupaba de sus asuntos, es decir, repasaba documentos, estudiaba las leyes y confrontaba las declaraciones con los artículos de la ley. Este trabajo no le resultaba alegre ni aburrido. Sólo lo aburría cuando se podía jugar al *whist*; pero si no tenía ocasión de hacerlo, prefería trabajar así a estar en casa solo o acompañado de su mujer. Los placeres de Iván Ilich se cifraban en las comidas que ofrecía a personas importantes, señoras y caballeros; y esa manera de pasar el tiempo en compañía de ellos se asemejaba al pasatiempo de hombres como él, lo mismo que su salón se parecía a todos los salones.

Una vez, hasta organizaron un baile. Iván Ilich se sentía contento y todo iba perfectamente, cuando, de repente, surgió una terrible discusión a causa de las tartas y los bombones. Praskovia Fiodorovna tenía su proyecto respecto de estas cosas, pero Iván Ilich insistió en que se encargaran en una de las mejores pastelerías. Había pedido tal cantidad de tartas que sobraron y la cuenta ascendió a cuarenta y cinco rublos. La discusión había sido muy desagradable. Praskovia Fiodorovna lo había tachado de necio y de amargado. Iván Ilich se había llevado las manos a la cabeza; y, en su acaloramiento, habló del divorcio. Sin embargo, la velada resultó muy alegre. Asistió la mejor sociedad; e Iván Ilich bailó con la princesa Trufonovs, hermana de la célebre princesa que había creado la sociedad llamada: "Llévate mis penas". Las alegrías oficiales eran las del amor propio; las sociales eran las de la vanidad; pero las verdaderas alegrías de Iván Ilich eran las que le proporcionaba el juego de *whist.* Confesaba que, después de cualquier contrariedad en su vida, su mayor alegría, que era como una vela encendida ante todas las demás alegrías, era sentarse a la mesa con buenos jugadores tranquilos, y organizar una partida entre cuatro (entre cinco le resultaba penoso, aunque fingiera que le agradaba mucho), jugar de una manera inteligente y beber un vaso de vino. Iván Ilich se acostaba en una disposición de ánimo particularmente buena después de haber obtenido una pequeña ganancia al *whist* (las grandes le resultaban desagradables).

Así vivían los Golovin. Recibían en su casa a la mejor sociedad, tanto personas importantes como hombres jóvenes.

El punto de vista respecto de las amistades del matrimonio, así como el de la hija, eran exactamente iguales. Sin ponerse de acuerdo, sabían rechazar a los parientes y amigos inoportunos que llegaban a su salón, de paredes adornadas con platos japoneses, deshaciéndose en amabilidades y caricias. En breve, esas personas suspendieron sus visitas; y en casa de los Golovin quedó la mejor sociedad. Los jóvenes hacían la corte a Lisanka; y Petrischev, único heredero de su fortuna y juez de Instrucción, galanteaba a la muchacha de tal modo que Iván Ilich discutió con Praskovia Fiodorovna la conveniencia de organizar algún paseo en *troika* o algún espectáculo para los dos jóvenes. Así transcurría la vida, siempre inmutable; y todo marchaba bien.

IV

Todos gozaban de buena salud, porque no se podía considerar como enfermedad el que Iván Ilich tuviera a veces mal sabor de boca y una desagradable sensación en el lado izquierdo del vientre.

Pero esa sensación desagradable fue en aumento; y se sustituyó, no precisamente por un dolor, sino por un peso constante, que provocaba el mal humor de Iván Ilich. Ese mal humor, que iba acrecentándose, estropeaba la vida fácil y digna que se había establecido en la familia. Marido y mujer empezaron a discutir cada vez con más frecuencia; pronto se destruyó el encanto de su vida fácil y agradable; y a duras penas pudieron mantener las apariencias. Las escenas violentas se volvieron más frecuentes. Y, lo mismo que antes, sólo quedaban algunas islas en las que podían vivir sin que se produjeran explosiones.

Praskovia Fiodorovna decía, no sin razón, que su marido tenía una carácter difícil. Con la costumbre de exager r que le era propia, afirmaba que siempre había sido así, que era preciso tener su bondad para haber podido soportarlo por espacio de veinte años. Bien es verdad que ahora era Iván Ilich quien provocaba las discusiones. Empezaba a rezongar siempre en el momento de sentarse a la mesa y, con frecuencia, precisamente cuando iban a tomar la sopa. Tan pronto notaba que alguna pieza de la vajilla estaba desportillada, tan pronto le disgustaba algún plato, tan pronto que su hijo pusiera los codos en la mesa, como el peinado de Lisanka. Y culpaba de todo ello a Praskovia Fiodorovna. Al principio, ésta solía replicar una serie de cosas desagradables; pero, en dos ocasiones, Iván Ilich había llegado a una exasperación tal, que comprendió que se trataba de un estado enfermizo, provocado al ingerir alimento; y se resignó. Ya no lo contradecía, limitándose a apresurar la comida. Consideraba que su resignación tenía mucho mérito. Habiendo decidido que su marido tenía muy mal carácter y que la había hecho desgraciada, empezó a compadecerse de sí misma. Y cuanto más se compadecía, más odiaba a su marido. Le hubiera deseado la muerte; pero no podía deseársela porque con él perdería también el sueldo. Eso la irritaba más contra Iván Ilich. Se consideraba desgraciadísima, porque ni siquiera la muerte podía salvarla. Trataba de ocultar su irritación; y eso era, precisamente, lo que aumentaba la de su marido.

Después de una escena en la que Iván Ilich fue particularmente injusto y a raíz de la cual confesó que, en efecto, era muy irascible, pero que eso se debía a una enfermedad, Praskovia Fiodorovna le dijo que debía ponerse en tratamiento; y le aconsejó que consultara a un médico célebre.

Iván Ilich fue, pues, a casa del doctor. Todo ocurrió como esperaba, es decir, como acontece siempre: la espera, el aire de importancia afectada del médico, que Iván Ilich conocía tan bien; la auscultación y las preguntas que exigían de antemano unas respuestas determinadas y evidentemente inútiles, así como la expresión significativa que parecía decir que no tenía uno más que someterse para que todo quedara resuelto, que él tenía el medio de arreglar las cosas, siempre del mismo modo, para cualquier persona que se presentase. Todo era exactamente igual que en el Palacio de Justicia. Lo mismo que él adoptaba cierta actitud ante los acusados, el doctor la adoptaba ante él.

El médico dijo a Iván Ilich que tal y cual cosa indicaban que padecía de tal otra; pero que si los análisis no lo confirmaban, sería menester suponer que padecía otra enfermedad. Y si se hacía esta hipótesis, entonces... A Iván Ilich sólo le interesaba la siguiente cuestión: ¿su enfermedad era grave o no? Pero el médico lo ignoraba. La pregunta de Iván Ilich era muy inoportuna. El médico opinaba que era inútil y que no se debía dilucidar. Era preciso averiguar, en cambio, si se trataba de un riñón flotante, de un catarro intestinal crónico o de una enfermedad del intestino ciego. No se trataba de la vida de Iván Ilich, sino tan sólo de saber cuál era su padecimiento. Resolvió la cuestión ante Iván Ilich de un modo brillante a favor del intestino ciego, diciendo que un análisis de orina podía dar nuevos indicios y que entonces volverían a practicar un reconocimiento. Todo aquello era exactamente igual que lo que había hecho con gran brillantez miles de veces el propio Iván Ilich ante los acusados. El médico procedió a hacer un resumen con igual brillantez; después de lo cual miró a su paciente por encima de los lentes con expresión triunfante, casi alegre. Iván Ilich dedujo de aquel resumen que estaba bastante grave y que todo aquello le tenía sin cuidado al médico y probablemente también a todos los demás. Ese hecho impresionó dolorosamente a Iván Ilich, provocando en él un profundo sentimiento de compasión hacia sí mismo y de un gran rencor hacia aquel médico, indiferente ante un problema tan grave. Sin embargo, no hizo ningún comentario; se levantó y, poniendo el dinero en la mesa, suspiró diciendo:

—Probablemente, nosotros, los enfermos, les hacemos a ustedes preguntas inoportunas. Pero, dígame: ¿es grave mi enfermedad?

El médico le echó una mirada severa, con un solo ojo, a través de los lentes, como diciendo: "Acusado, si no se limita usted a contestar a las preguntas que se le hacen, me veré obligado a ordenar que lo arrojen de la sala".

—Ya le he dicho lo que considero necesario y conveniente —replicó en voz alta—. El análisis dirá lo demás.

Y el doctor saludó.

Iván Ilich salió, despacio, se instaló tristemente en el trineo y se fue a su casa. Durante todo el trayecto no cesó de sopesar lo que le había dicho el doctor, procurando traducir a un lenguaje corriente sus enrevesadas y confusas palabras científicas y responder con ellas a la pregunta de si estaba mal, muy mal o si aún tenía salvación. Por todo lo que había dicho el doctor, le parecía que se encontraba muy mal. En las calles todo le pareció triste: los cocheros, los transeúntes, las tiendas. Aquel dolor sordo y lento, que no cesaba ni un minuto, adquiría un significado nuevo, más serio, al relacionarlo con las palabras oscuras del doctor. Iván Ilich prestaba atención a su dolor, con un sentimiento nuevo y penoso.

Al regresar a su casa, empezó a contar a su mujer lo que le había dicho el médico. Pero cuando iba por la mitad de su relato, entró su hija, con el sombrero puesto: se disponía a salir con Praskovia Fiodorovna. Hizo un esfuerzo para sentarse a escuchar las palabras aburridas de Iván Ilich; pero no pudo resistirlas hasta el final, ni la madre tampoco.

—Bueno, me alegro mucho; ahora debes tener cuidado de tomar las medicinas con toda regularidad. Dame la receta, voy a mandar a Guerasim a la farmacia —dijo; y fue a vestirse.

Iván Ilich había estado sin aliento mientras su mujer estaba en la habitación; y suspiró profundamente al verla salir.

"¿Quién sabe? Tal vez todavía no sea nada..."

Empezó a tomar los medicamentos, cumpliendo la prescripción del médico, que cambió después del análisis de orina. Sin embargo, de ese análisis y de lo que se derivó de él hubo una confusión. No había manera de llegar hasta el doctor, y el resultado fue que no se hacía lo que había mandado. Tal vez había olvidado algo, había mentido o trataba de ocultarle alguna cosa.

No obstante, Iván Ilich seguía cumpliendo las prescripciones del médico; y, durante el primer tiempo, encontró así cierto consuelo.

Desde su visita al doctor, su ocupación principal consistía en cumplir con toda exactitud las órdenes que le había dado, relativas a la higiene, a las medicinas, a la observación de su dolor y de todas las funciones de su organismo. Las enfermedades y la salud de los seres humanos constituían uno de los mayores intereses de Iván Ilich. Cuando se hablaba delante de él de muertos, enfermos o de personas que se habían curado, sobre todo de una enfermedad que se pareciera a la suya, tratando de ocultar su emoción, escuchaba con todo interés, y hacía preguntas y comparaciones con su propio mal.

El dolor no disminuía; pero Iván Ilich hacía esfuerzos para pensar que se encontraba mejor. Y lograba engañarse, mientras nada lo emocionase. Pero en cuanto surgía una disputa con su mujer, una contrariedad en su trabajo o perdía en el juego, inmediatamente sentía todo el peso de su enfermedad. En otro tiempo, soportaba todos los fracasos, esperando que no tardaría en vencer la mala suerte, que llegaría el buen éxito. Ahora, cualquier contrariedad lo abatía y lo llevaba a la desesperación. Solía decirse: "¡Vaya! En cuanto empezaba a sentirme mejor, en cuanto empezaba a hacerme efecto la medicina, me ha sobrevenido esa maldita desgracia...". Y se enfurecía contra la desgracia o contra las personas que le daban disgustos y lo mataban. Se daba cuenta de que esa misma ira lo llevaba a la tumba; pero no era capaz de dominarse. Al parecer, debía ser evidente que su irritación contra las circunstancias agravaba su enfermedad y que, por tanto, no debía hacer caso de ningún hecho desagradable. Sin embargo, sus razonamientos eran contrarios: decía que la paz le era imprescindible y, al mismo tiempo, prestaba atención a todo lo que la destruía y, cada vez que esto pasaba, se dejaba llevar por la ira. La lectura de los libros de medicina y las consultas que hacía a los médicos agravaban su situación. Empeoraba tan paulatinamente, que podía engañarse al comparar un día con otro; no había casi diferencia. Pero, cuando consultaba a los doctores, le parecía que había empeorado e incluso que esto ocurría muy rápidamente. Sin embargo, no cesaba de acudir a ellos.

Aquel mismo mes consultó a otro médico eminente. Éste le dijo casi lo mismo que el primero, aunque planteó la cuestión de otra manera. Su dictamen no hizo más que aumentar las dudas y el temor de Iván Ilich. Un amigo de un compañero suyo —un buen doctor— diagnosticó su enfermedad de un modo totalmente distinto. A pesar de que opinaba que se curaría, no hizo más que conducirlo a una confusión y a una duda mayores que antes, por medio de sus preguntas y de sus hipótesis. El dictamen del médico homeópata fue diferente; dio a Iván Ilich una medicina, que éste tomaba a escondidas desde hacía una semana. Pero, al no sentir ningún alivio, Iván Ilich perdió la confianza, tanto en las medicinas anteriores como en la nueva; y fue presa de un gran decaimiento. Un día, una señora conocida refirió una cura mediante unos íconos. Iván Ilich se dio cuenta, de pronto, que escuchaba con atención y trataba de comprobar la verosimilitud de aquel hecho. Aquello lo asustó. "¿Es posible que mis facultades mentales se hayan debilitado tanto? —se dijo—. Esto es absurdo. Son tonterías. No debe uno dejarse llevar por las dudas; es preciso elegir un médico y seguir sus prescripciones. Y es lo que voy a hacer. ¡Se acabó! No voy a pensar más; y observaré, con toda exactitud, el tratamiento hasta el verano. Ya veremos, después. Tengo que poner fin a esas vacilaciones..." Era fácil decir esto; pero imposible cumplirlo. El dolor del costado lo atormentaba sin cesar, aumentaba a cada momento y llegó a ser constante; iba perdiendo el apetito y las fuerzas; el mal sabor de boca se hacía más extraño e Iván Ilich tenía la impresión de que le olía mal el aliento. No era posible engañarse. Algo horrible, nuevo y tan importante como jamás le había sucedido se estaba realizando dentro de su ser. Y él era el único que lo sabía; los que lo rodeaban no lo comprendían o no querían comprenderlo, y pensaban que todo seguía igual que siempre. Eso era lo que más hacía sufrir a Iván Ilich. Su familia, principalmente su mujer y su hija, que se entregaban de lleno a la vida de sociedad, no entendían nada y se irritaban porque Iván Ilich estaba de mal humor y se mostraba exigente, como si fuese culpable de ello. Aunque trataban de ocultarlo, Iván Ilich se daba cuenta de que constituía un obstáculo para ellas; su mujer había adoptado cierta actitud respecto de su enfermedad; y la observaba, independientemente de lo que él dijera e hiciera.

—¿Saben ustedes que Iván Ilich no puede someterse rigurosamente a un tratamiento, como lo haría cualquiera? —decía a sus conocidos—. Hoy toma las gotas, come lo que le han ordenado y se acuesta a su debida hora; pero mañana, si no estoy al tanto, se le olvidará tomar la medicina, comerá esturión, cosa que le está prohibida, y permanecerá jugando al *whist* hasta la una de la madrugada.

—¿Cuándo hago eso? —replicaba Iván Ilich, irritado—. Sólo lo hice una vez, en casa de Piotr Ivanovich.

—Y también ayer, con Shebek.

—Es igual; de todas maneras no hubiera podido dormir a causa del dolor...

—Sea por lo que sea; pero el caso es que así no te vas a curar nunca y a nosotros nos atormentas.

Todo lo que Praskovia Fiodorovna expresaba respecto de la enfermedad de Iván Ilich, tanto a los extraños como a él mismo, significaba que su marido era culpable de estar enfermo y que dicha enfermedad constituía un nuevo disgusto que le ocasionaba. Iván Ilich se daba cuenta de que Praskovia Fiodorovna procedía de este modo involuntariamente; mas eso no le servía de ayuda.

En el Tribunal, Iván Ilich notaba o creía notar esa misma extraña actitud; ora le parecía que lo miraban como a un hombre que no tardaría en dejar su plaza vacante, ora sus compañeros le gastaban bromas respecto de su susceptibilidad, como si aquella cosa terrible, horrorosa, inaudita, que le sucedía y que, sin dejar de minarlo, lo arrastraba irresistiblemente no sabía adónde, fuese el objeto más divertido para sus bromas. Schwartz, sobre todo, era el que más lo irritaba con su carácter jovial, lleno de vida y con su actitud *comme il faut*, que le recordaba que él había sido así diez años atrás.

Llegaban los amigos para jugar a las cartas. Todo iba bien; la partida resultaba alegre. Pero, de pronto, Iván

Ilich sentía aquel dolor agudo y aquel mal sabor de boca; y le parecía que había algo salvaje en el regocijo de los demás. Miraba cómo Mijail Mijailovich, su compañero de juego, golpeaba la mesa con sus manos sanguíneas; y se contenía, por indulgencia y cortesía, de tomar las cartas acercándoselas a Iván Ilich para que éste tuviera el placer de alcanzarlas sin hacer un esfuerzo y sin tener que alargar la mano. "¡Cómo! ¿Es que se figura que estoy tan débil que no soy capaz de alargar la mano?", se decía Iván Ilich; y, olvidando que tenía los ases, hacía una jugada equivocada, y perdía. Pero lo peor de todo era ver el interés que ponía Mijail Mijailovich por ganar, cuando a él le daba igual. Y era terrible pensar por qué le daba igual.

Todos notaban que Iván Ilich se encontraba mal, y le decían: "Podemos suspender el juego, si está cansado. Descanse un poco". ¿Descansar? No; no estaba cansado en absoluto. Terminaban la partida. Todos se mostraban sombríos y silenciosos. Iván Ilich se daba cuenta de que él era la causa de aquel estado de ánimo; pero no estaba en disposición de disiparlo. Después de cenar, los compañeros se iban; e Iván Ilich se quedaba solo, con la sensación de que su vida estaba envenenada, de que envenenaba la de los demás y de que ese veneno no disminuía, sino que penetraba cada vez más en su ser.

Con esa sensación, acompañada de dolor físico y de terror, era necesario acostarse; y, a menudo, no podía dormir la mayor parte de la noche. A la mañana siguiente había que levantarse de nuevo, vestirse, ir al Tribunal, hablar, escribir, o quedarse en casa las veinticuatro horas seguidas, de las que cada una constituía sufrimiento. Y era preciso vivir solo en el borde del precipicio, sin que un ser lo entendiera y se apiadase de él.

V

Así transcurrieron dos meses. Antes de Año Nuevo, llegó el cuñado de Iván Ilich y se detuvo en su casa. Iván Ilich estaba en el Tribunal. Praskovia Fiodorovna había salido de compras. Al entrar en su despacho, Iván Ilich encontró allí a su cuñado, que, con sus propias manos, sacaba las cosas de las maletas. Era un hombre sanguíneo y de complexión robusta. Levantó la cabeza al oír pasos; y, por espacio de un momento, miró en silencio a su pariente. Esa mirada le reveló todo. Su cuñado abrió la boca para proferir una exclamación; pero se contuvo. Eso confirmó las dudas de Iván Ilich.

—¿Qué? ¿He cambiado?

—Sí..., has cambiado.

Después, cuando Iván Ilich intentó varias veces reanudar la conversación acerca de su aspecto, su cuñado guardó silencio. Al llegar Praskovia Fiodorovna, su hermano entró en sus habitaciones. Iván Ilich cerró la puerta con llave y fue a mirarse en el espejo, primero de frente y luego de perfil. Tomó una fotografía, en que estaba retratado con su mujer, y la comparó con la imagen que reflejaba el espejo. Se observaba un cambio enorme. Entonces, se remangó hasta los codos, se miró los brazos, volvió a bajar las mangas y se sentó en un sofá, presa de un desánimo más negro que la noche.

"No debo pensar... No debo pensar", se dijo; y, levantándose de un salto, se acercó a la mesa y empezó a leer un asunto judicial. Pero no le fue posible concentrarse. Abrió la puerta y fue a la sala. La puerta del salón estaba cerrada. Se acercó a ella, de puntillas, y escuchó.

—Exageras —decía Praskovia Fiodorovna.

—¡Qué voy a exagerar! ¿No te das cuenta de que es un hombre muerto? Fíjate en sus ojos. No tienen luz. ¿Y qué es lo que tiene?

—Nadie lo sabe. Nikolaiev (era uno de los médicos) ha diagnosticado algo; pero no sé exactamente qué. Leschetitsky (era un doctor inminente) opina lo contrario.

Iván Ilich se retiró de la puerta y entró en su habitación. Después, se tendió y empezó a pensar: "El riñón, el riñón flotante". Recordó lo que le habían dicho los médicos acerca de cómo se le había desprendido y cómo flotaba. Haciendo un esfuerzo de imaginación, procuraba asir ese riñón para detenerlo y afianzarlo. ¡Le parecía que se necesitaba tan poca cosa para eso...! "Iré otra vez a ver a Piotr Ivanovich." (Era aquel compañero suyo que tenía un amigo médico.) Llamó al criado, le ordenó que preparara el coche; y se dispuso a partir.

—¿Adónde vas, *Jean*? —le preguntó su mujer, con una expresión particularmente triste y bondadosa, desacostumbrada en ella.

Esto último irritó a Iván Ilich. Miró a su mujer con aire sombrío.

—Necesito ir a ver a Piotr Ivanovich.

Al llegar a casa de su amigo, ambos fueron a ver al doctor. Éste recibió a Iván Ilich y conversó largo rato con él. Analizando anatómica y fisiológicamente los detalles de lo que, según opinaba el doctor, le ocurría, Iván Ilich comprendió todo.

Había una cosa muy pequeña en el intestino ciego. Aquello podía arreglarse. Era preciso aumentar la energía de un órgano, debilitar la actividad de otro; y se produciría una absorción, con lo que todo se normalizaría. Iván Ilich se retrasó un poco para la cena. Después de cenar, charló un rato alegremente; pero tardó mucho en decidirse a volver a su despacho para trabajar. Finalmente lo hizo, y puso enseguida manos a la obra. Examinó algunos documentos sin que lo abandonara la conciencia de que tenía un asunto importante, íntimo, del que tendría que ocuparse al acabar con el trabajo. Cuando terminó su trabajo, recordó que aquel asunto íntimo era pensar en el intestino ciego. Pero no se dejó llevar por ese pensamiento; y fue a tomar el té al salón. Había invitados que charlaban, cantaban y tocaban el piano. Entre ellos se encontraba el juez de Instrucción, futuro prometido de Liza. Iván Ilich pasó aquella velada más alegremente que otras, según observó Praskovia Fiodorovna. Sin embargo, no olvidaba ni un momento que había aplazado para después la importante meditación acerca del intestino ciego. A las once, se despidió y se retiró a su habitación. Desde que había caído enfermo dormía solo, en un pequeño cuarto contiguo al despacho. Al llegar allí, se desnudó y tomó una novela de Zola; pero no pudo leer y empezó a pensar. En su imaginación se realizaba el deseado arreglo del intestino ciego. Se representaba la absorción, la eliminación y el restablecimiento. "Todo esto es así; pero es necesario ayudar a la naturaleza", se dijo. Al acordarse de la medicina, se incorporó; y, después de tomarla, se tendió de espaldas, para prestar atención a su acción favorable y fijarse en cómo le hacía desaparecer el dolor. "Lo que hace falta es tomarla con regularidad y evitar las influencias perniciosas; ya me siento algo mejor, mucho mejor." Se palpó el costado y notó que no le dolía al tocarlo. "No lo siento, verdaderamente estoy mucho mejor." Apagó la vela y se echó de lado. "El intestino ciego realiza la absorción y se está curando." De pronto, sintió el antiguo dolor, que le era tan familiar, aquel dolor sordo, lento, tenaz y serio, y el mismo mal sabor de boca. Se le oprimió el corazón y se confundieron sus ideas. "¡Dios mío! ¡Dios mío! Otra vez, otra vez lo mismo. Esto no cesará nunca." Súbitamente, aquella cuestión se le representó bajo un aspecto distinto. "¡El intestino ciego! ¡El riñón!... No se trata del intestino ciego ni del riñón, sino de la vida y... de la muerte. La vida existe; pero he aquí que se va y que no soy capaz de retenerla. ¿Para qué engañarse a sí mismo? ¿Acaso no están convencidos todos, excepto yo, de que me voy a morir y de que la cuestión estriba tan sólo en la cantidad de semanas o días que me quedan de vida? Tal vez, ahora mismo...

Aquello era la luz y esto son las tinieblas. Entonces estaba aquí y ahora me voy a allí. Pero... ¿adónde?" Sintió frío y se le cortó la respiración. Ya no oía más que los latidos de su corazón.

"Cuando yo no exista, ¿qué habrá? Nada. ¿Dónde estaré, pues, cuando no exista? ¿Es posible que sea la muerte? No, no quiero." Iván Ilich se levantó de un salto; y, al buscar a tientas la vela con sus manos temblorosas, la dejó caer al suelo, con la palmatoria; y volvió a echarse, reclinando la cabeza sobre la almohada. "¿Para qué? Es igual", se dijo, fijando los ojos en la oscuridad. "La muerte. Sí, la muerte y ninguno de ellos lo sabe, no quiere saberlo ni lo siente. Están tocando (se oía desde lejos una voz que cantaba y repetía un *ritornello*). A ellos los tiene sin cuidado; y, sin embargo, han de morir también. ¡Qué tontos! A mí me ha llegado antes, a ellos les llegará después; pero tendrán lo mismo. A pesar de eso, se divierten. ¡Qué animales!" La ira lo ahogaba. Experimentó una angustia insoportable. "No es posible que todos estén eternamente condenados a este horrible terror." Iván Ilich se levantó.

"Algo no marcha. Es preciso calmarse y reflexionar." E Iván Ilich empezó a pensar. "La enfermedad empezó... Me di un golpe en un costado. Pero seguí bien, tanto aquel día como el siguiente, exceptuando un pequeño dolor que fue en aumento. Después, visité al médico. Me sentía triste y abatido; y volví a consultar a otros. Y cada vez me acercaba más al precipicio. Me iba debilitando. Y ahora me encuentro agotado y sin luz en los ojos. La muerte está aquí y yo pienso en el intestino ciego. Pienso en la manera de curar el intestino, cuando se trata de la muerte. Pero ¿es posible que sea la muerte?" De nuevo lo invadió el terror y sintió ahogo. Al agacharse para buscar las cerillas, apoyó el codo en una silla y se hizo daño. Irritado, se apoyó con más fuerza; y volcó la silla. Desesperado y sofocándose, se echó de espaldas y esperó que la muerte viniera de un momento a otro.

Entre tanto, empezaron a despedirse los invitados. Praskovia Fiodorovna los acompañaba a la puerta. Al oír que se había caído algo, entró en la habitación de Iván Ilich.

—¿Qué te pasa?

—Nada. La he tirado sin querer.

Praskovia Fiodorovna salió y volvió con una vela. Iván Ilich estaba tendido sobre la cama, respirando rápida y fatigosamente, como un hombre que acaba de recorrer una versta a toda velocidad. Fijó la mirada en su esposa.

—¿Qué te pasa, *Jean*?

—Na... da. He de... ja... do caer...

"¿Para qué hablar? No me comprendería", pensó. En efecto, Praskovia Fiodorovna no comprendió nada. Recogió la palmatoria, encendió la vela y salió presurosamente: tenía que acompañar a un invitado a la puerta.

Cuando volvió a la habitación, Iván Ilich seguía echado de espaldas mirando hacia arriba.

—¿Qué te pasa? ¿Estás peor?

—Sí.

Praskovia Fiodorovna movió la cabeza.

—Oye, *Jean*; tal vez sea conveniente que llamemos a Leschetitsky —dijo, después de permanecer sentada un rato a su lado.

Llamar a aquel célebre médico significaba que Praskovia Fiodorovna no reparaba en gastos. Iván Ilich la miró con expresión malévola y dijo:

—No.

Praskovia Fiodorovna permaneció sentada otro ratito; después se acercó a su marido y lo besó en la frente.

Iván Ilich sintió un odio profundo hacia su mujer en el momento en que ésta lo besaba; e hizo un esfuerzo para no rechazarla.

—Buenas noches. Dios quiera que duermas.

—Sí...

VI

Iván Ilich notaba que iba a morir; y se encontraba en un constante estado de desesperación.

En el fondo de su alma sabía que iba a morir; pero, no sólo no se acostumbraba a esa idea, sino que no la comprendía, ni hubiera podido comprenderla de ningún modo.

El ejemplo del silogismo que había aprendido en la lógica de Kiseveter: "Cayo es un hombre; los hombres son mortales. Por tanto, Cayo es mortal", le parecía aplicable solamente a Cayo, pero de ningún modo a sí mismo. Cayo era un hombre como todos, y eso era perfectamente justo; pero él no era Cayo, no era un hombre como todos, sino que siempre había sido completamente distinto de los demás. Era Vania con su papá y su mamá, con Mitia y Volodia, con los juguetes, con el cochero, la niñera y, después, con Katia, con todas sus alegrías, sus penas y sus entusiasmos de la infancia, la adolescencia y la juventud. ¿Acaso existió para Cayo aquel olor del balón de cuero a rayas, que tanto quería Vania? ¿Acaso Cayo besaba la mano de su madre como él? ¿Acaso oía Cayo el rumor que producían los frunces de su vestido de seda? ¿Acaso alborotaba por unos pastelillos en la Escuela de Jurisprudencia? ¿Acaso había estado enamorado como él? ¿Acaso podía presidir una sesión?

"Cayo es realmente mortal; por tanto, es justo que muera; pero yo, Vania, Iván Ilich, con mis sentimientos y mis ideas... es distinto. Es imposible que deba morir. Sería demasiado terrible."

Esto era lo que sentía Iván Ilich.

"Si tuviera que morirme, como Cayo, lo sabría, me lo diría una voz interior; pero no siento nada semejante. Tanto mis amigos como yo habíamos comprendido que no nos ocurriría lo que a Cayo. Sin embargo, ¡he aquí lo que me ocurre! ¡No puede ser! ¡No puede ser! No puede ser, pero es. ¿Cómo ha sucedido? ¿Cómo comprenderlo?", se decía.

No le era posible comprender; y trataba de rechazar esa idea como una idea falsa, errónea y enfermiza, por medio de ideas justas y sanas. No obstante, esa idea volvía, como una realidad, y se detenía ante él.

Trataba de fijar su atención en otros pensamientos, por turno, con la esperanza de que le prestasen apoyo. Luchaba por volver a sus ideas de antes, aquellas ideas que le ocultaban la de la muerte. Pero cosa rara: lo que antes velaba, ocultaba y destruía la conciencia de la muerte no producía ahora el mismo efecto. Durante la última época, Iván Ilich pasaba la mayor parte del tiempo intentando restablecer la marcha de sus antiguos sentimientos, que velaban la idea de la muerte. Se decía: "Me ocuparé del servicio. Sea como sea, he vivido gracias a él". Iba al Tribunal, provocando apartar las dudas que lo asaltaban; entablaba conversación con los compañeros; y, mientras se sentaba, de acuerdo con su antigua costumbre, dirigía una mirada distraída y pensativa a la multitud, apoyaba sus manos adelgazadas en los brazos del sillón de roble, y, al inclinarse hacia su colega, le mostraba la causa y le cuchicheaba algo. Después, levantando la vista e irguiéndose, pronunciaba ciertas palabras; y daba por comenzada la sesión. Pero, súbitamente, en medio de ésta, sin tener en cuenta el desarrollo de la causa, el dolor comenzaba su obra roedora. Iván Ilich escuchaba, y procuraba alejar la idea de la muerte. Pero ésta se erguía ante él y lo miraba. Iván Ilich se quedaba petrificado; se apagaba el brillo de sus ojos y empezaba a preguntarse de nuevo: "¿Será posible que sólo *ella* sea la *verdad*?". Entonces, tanto sus compañeros como sus subordinados veían, con sorpresa y amargura, que ese juez, tan fino y tan brillante, se embrollaba y cometía errores. Iván Ilich se sobreponía, trataba de volver en sí y conseguía llegar al fin de la causa. Volvía a su casa con la triste conciencia de que los asuntos judiciales no podían ya ocultarle, como antes, lo que deseaba ignorar; no podían librarlo de *ella*. Y lo peor del caso era que *ella* no lo atraía para que hiciera algo, sino tan sólo para que la contemplara, para que la mirara directamente a los ojos y padeciera indeciblemente.

Con objeto de escapar de esa situación, Iván Ilich buscaba el consuelo tras de otros velos. Éstos surgían y parecían protegerlo un corto espacio de tiempo; pero no tardaban en volverse diáfanos; era como si *ella* pasara a través de todo, como si nada pudiera ocultarla.

Durante los últimos tiempos solía entrar en el salón que él mismo había arreglado —aquel salón en el que había estado a punto de caerse y en cuya instalación había sacrificado su vida, lo recordaba con sarcasmo, ya que le constaba que su enfermedad se debía a ese golpe—, y veía que la mesa barnizada tenía un arañazo. Buscaba el motivo, y se daba cuenta de que era debido al adorno de bronce de un álbum, que se había desprendido en una de las esquinas. Tomaba aquel álbum costoso, compuesto por él mismo con tanto amor; y, al verlo desgarrado y con las fotografías revueltas, se indignaba de la negligencia de su hija y de sus amigos, ordenaba cuidadosamente los retratos y arreglaba la esquina desprendida.

Luego le venía la idea de cambiar todo aquel *établissement*, junto con el álbum, a otro rincón del salón, al lado de las flores. Llamaba al lacayo. Su hija o su mujer venían a ayudarlo; no se mostraban de acuerdo con él y lo contradecían. Entonces Iván Ilich discutía y se enfadaba. Pero todo aquello estaba bien, porque no se acordaba de *ella*, porque no la veía.

Pero he aquí que, de pronto, su mujer le decía: "Espera, los criados lo harán; te vas a hacer daño"; y entonces *ella* surgía tras el velo, e Iván Ilich la veía. Aún tenía esperanzas de que desapareciera enseguida; pero empezaba a prestar atención a su costado y notaba que allí seguía lo que le producía ese dolor lento, y ya no le era posible olvidar. Mientras tanto, *ella* lo miraba, claramente, a través de las flores. ¿Por qué ocurría todo aquello? "En efecto, aquí junto a esta cortina, perdía mi vida como en una batalla. Pero ¿es posible? ¡Qué horrible y qué absurdo! ¡Eso no puede ser! ¡Eso no puede ser; pero es!"

Se iba al despacho, se acostaba y se quedaba a solas con *ella*. Estaba solo con *ella* y no había nada que hacer. Tenía que limitarse a mirarla; y lo invadía un horror frío.

VII

Al tercer mes de la enfermedad de Iván Ilich —no podría decirse cómo ocurrió esto, porque fue una cosa paulatina e imperceptible—, su mujer, sus hijos, los criados, los conocidos y los médicos y, sobre todo, él mismo, sabían que el interés que inspiraba a los demás consistía sólo en saber si dejaría pronto vacante la plaza, si libraría pronto a los vivos del fastidio que causaba su presencia y si él mismo se vería pronto libre de sus sufrimientos.

Cada vez dormía menos; lo administraban opio y habían empezado a ponerle inyecciones de morfina. Pero eso no lo aliviaba. El embotamiento que experimentaba en sus semiletargos lo había aliviado al principio, por ser una sensación nueva, pero luego se volvió tan atormentador o incluso más que el dolor franco.

Le preparaban platos especiales, por prescripción de los doctores; pero esos manjares le resultaban cada vez más insípidos y más repugnantes.

Se le hacían también preparativos especiales para la defecación, que constituían para él un verdadero tormento, tormento causado por la suciedad, el mal olor, la inconveniencia y porque otro hombre asistía a tal función.

Sin embargo, Iván Ilich halló un consuelo en aquel menester molesto. Era Guerasim quien lo asistía en estos casos. Era un *mujik* joven, lozano, limpio y cebado con manjares ciudadanos. Siempre estaba alegre y de buen humor. Al principio, Iván Ilich se turbaba al ver a aquel hombre, siempre limpio y vestido a la usanza rusa, cumpliendo aquella tarea desagradable. Un día, después de aquella función, sin fuerzas para ponerse los pantalones, se dejó caer en una butaca y miró, horrorizado, sus débiles muslos desnudos, de músculos muy marcados.

Entró Guerasim con sus pasos fuertes y ligeros, calzado con gruesas botas, despidiendo un olor agradable a brea y a aire fresco de invierno. Llevaba la camisa de percal remangada, dejando al descubierto sus brazos jóvenes y robustos, y un delantal de hilo muy limpio. Sin mirar a Iván Ilich y conteniendo la alegría de vivir que se reflejaba en su rostro, para no ofenderlo, se dispuso a cumplir su tarea.

—Guerasim —dijo Iván Ilich, con voz débil.

El criado se estremeció, temiendo haber cometido una torpeza; y con un movimiento rápido volvió hacia Iván Ilich su cara lozana, bondadosa, sencilla y joven, en la que apenas empezaba a apuntar la barba.

—¿Qué desea, señor?

—Me figuro que esto es desagradable para ti. Perdóname, pero no puedo...

—¡En absoluto! —exclamó Guerasim, con un brillo en los ojos y mostrando sus dientes blancos y sanos—. No me molesta nada; está usted enfermo.

Con sus manos diestras y fuertes, cumplió su tarea habitual, saliendo de la habitación con paso ligero. Al cabo de cinco minutos, volvió del mismo modo.

Iván Ilich seguía sentado en el sillón, en la misma actitud de antes.

—Guerasim, por favor, ven aquí. Ayúdame —el criado se acercó—. Ayúdame a incorporarme; me cuesta trabajo hacerlo solo y he despedido a Dimitri.

Guerasim rodeó, hábilmente, con sus vigorosos brazos, el cuerpo de Iván Ilich, lo levantó y, mientras lo sostenía con una mano, le alzó el pantalón con la otra, y quiso depositarlo de nuevo en el sillón. Pero Iván Ilich le rogó que lo acompañase al diván. Sin esfuerzo alguno, y como si no lo agarrase siquiera, el criado lo trasladó allí, casi en vilo.

—Gracias. Con qué destreza y qué bien... lo haces todo.

El criado sonrió y se dispuso a salir de la habitación; pero Iván Ilich se encontraba tan a gusto con él, que no quiso que se marchara.

—Acércame esa silla, por favor. No, ésa no, la otra. Colócamela debajo de los pies. Me alivia tener los pies en alto.

Guerasim trajo la silla y la dejó en el suelo sin hacer ruido; después, levantó los pies de Iván Ilich y los colocó encima. Éste creyó sentir alivio en el momento en que Guerasim le levantaba los pies.

—Estoy mejor cuando tengo los pies en alto —repitió—. Ponme aquel cojín.

Guerasim obedeció. Había vuelto a colocarlos sobre el cojín. De nuevo el enfermo creyó sentirse mejor, mientras Guerasim le sostenía las piernas. En cuanto se las hubo dejado sobre el cojín, se sintió peor.

—Guerasim, ¿estás ocupado ahora? —preguntó.

—No, señor —replicó el criado, que había aprendido en la ciudad a hablar como es debido.

—¿Qué tienes que hacer aún?

—Ya he terminado mi faena. Sólo me queda partir leña para mañana.

—Entonces, sostenme los pies en alto, ¿quieres?

—¿Por qué no? Desde luego.

Guerasim levantó las piernas de Iván Ilich y éste creyó que en esa posición no sentía en absoluto el dolor.

—¿Cuándo vas a partir leña?

—No se preocupe usted. Tengo tiempo de sobra.

Iván Ilich mandó a Guerasim que se sentara y le

sostuviera las piernas, en alto; y empezó a charlar con él. Y, cosa extraña, tuvo la sensación de encontrarse mejor de este modo.

Desde aquel día, Iván Ilich llamaba a veces al criado y le mandaba que le sostuviera los pies sobre sus hombros. Le gustaba hablar con él. Guerasim obedecía de buena gana. Hacía esto con facilidad, sencillez y una bondad tal, que enternecía a Iván Ilich. La salud, la fuerza y la energía vital de los seres humanos ofendían al enfermo; pero la fuerza y la energía vital de Guerasim no sólo no lo afligían, sino que hasta llegaban a apaciguarlo.

La mentira, esa mentira adoptada por todos, de que sólo estaba enfermo, pero que no se moría, que bastaba que estuviese tranquilo y se cuidase para que todo se arreglara, constituía el tormento principal de Iván Ilich. Le constaba que, por más cosas que hicieran, no se obtendría nada, excepto unos sufrimientos aún mayores y la muerte. Lo atormentaba que nadie quisiera reconocer lo que sabían todos e incluso él mismo, que quisieran seguir mintiendo respecto de su terrible situación y lo obligaran a tomar parte en aquella mentira. La mentira, esa mentira que se decía la víspera misma de su muerte, rebajando ese acto solemne y terrible hasta igualarlo con las visitas, las cortinas y el esturión para la comida... hacía sufrir terriblemente a Iván Ilich. Y, cosa rara, muchas veces, cuando veía que trataban de seguir engañándolo, estaba a punto de gritar: "¡Cesad de mentir! Vosotros sabéis, lo mismo que yo, que me muero. ¡Al menos cesad de mentir!". Pero nunca había tenido el valor de hacerlo. Veía que el terrible y horroroso acto de su muerte estaba rebajado por los que lo rodeaban hasta el grado de que pareciera una circunstancia desagradable, en parte hasta conveniente (se lo trataba como se trata a un hombre que entra en un salón despidiendo un olor desagradable), por la misma "conveniencia" a la que había servido durante toda su vida. Veía que nadie se apiadaría de él, porque nadie podía comprender siquiera su situación. El único que lo entendía y se compadecía de él era Guerasim. Por eso Iván Ilich se sentía a gusto únicamente en su compañía. Se encontraba bien cuando Guerasim se pasaba la noche entera sosteniéndole las piernas y no consentía en irse a dormir diciendo: "Haga el favor de no preocuparse, Iván Ilich. Ya tendré tiempo de descansar". O también cuando, sin más ni más, empezaba a tutearlo y le decía: "Si no estuvieras enfermo... Pero así, ¿cómo no servirte?". El único que no mentía era Guerasim. Por todos los síntomas era evidente que sólo él comprendía lo que pasaba, que no consideraba necesario ocultarlo y sentía compasión por su amo, que estaba agotado y débil. Una vez en que Iván Ilich le insistía que se fuera, llegó a decir sin ambages:

—Todos hemos de morir. ¿Cómo podría dejar de servirle ahora?

Con esas palabras expresó que no le pesaba realizar esa tarea, precisamente porque lo hacía por un hombre moribundo; y que tenía esperanzas de que alguien haría lo mismo por él cuando llegase el momento.

Aparte de aquella mentira, o tal vez a consecuencia de ella, lo más doloroso para Iván Ilich era que nadie se compadeciera de él, tal como hubiera querido. En ciertos momentos, después de haber sufrido prolongados dolores, deseaba —aunque lo hubiera avergonzado reconocerlo— que se apiadaran de él, como de un niño enfermo. Deseaba que lo acariciaran, que le dieran besos, que lo mimasen como a un niño. Sabía que era un personaje importante, que tenía la barba entrecana y que, por consiguiente, aquello hubiera sido imposible. Sin embargo, lo deseaba. En el trato que Guerasim le dispensaba, había algo semejante a eso; y, por tanto, era lo único que lo consolaba: Iván Ilich tenía deseos de llorar, le gustaría que lo acariciaran y lo mimaran. Pero he aquí que llegaba Shebek, su colega; y en vez de llorar y de pedir caricias, Iván Ilich adoptaba una expresión seria, grave y reconcentrada;

y, por la fuerza de la inercia, expresa su opinión sobre la importancia de una decisión del Tribunal de Casación, que sostiene tenazmente. Aquella mentira en torno de sí y dentro de él mismo envenenó más que nada los últimos días de su vida.

VIII

Era por la mañana. Eso se conocía solamente porque Guerasim se había marchado y había venido el lacayo Piotr, que había apagado las velas, había descorrido las cortinas y empezaba a arreglar la habitación en silencio. Era igual que fuese por la mañana o por la noche, que fuese viernes o domingo; siempre el mismo dolor atormentador, lento, que no cesaba ni un instante; la conciencia de que la vida se iba inevitablemente, pero que aún no se había ido; la aproximación de aquella muerte horrible, odiosa, que era la única realidad existente; y siempre la misma mentira. ¿Qué importaban los días, las semanas, las horas?

—¿Quiere tomar el té?

Iván Ilich pensó: "Ha de hacer las cosas con orden y que los señores tomen el té por la mañana". Por eso se limitó a decir:

—No.

—¿Quiere trasladarse al diván?

"Necesita arreglar la habitación y yo lo molesto. Constituyo la suciedad y el desorden", pensó Iván Ilich; y replicó:

—No, déjeme.

El criado seguía afanándose en la estancia. Iván Ilich tendió una mano. Piotr se acercó a él servicialmente.

—¿Qué desea?

—El reloj.

Piotr tomó el reloj, que estaba al alcance de la mano de Iván Ilich, y se lo entregó:

—Las ocho y media. ¿Se han levantado ya?

—No. Sólo Vasili Ivanovich —era el hijo de Iván Ilich—; y se ha ido al gimnasio. Praskovia Fiodorovna me ha dado orden de despertarla si la llama usted. ¿La despierto?

—No; no la llames. —"No se si tomar un poco de té", pensó—. Tráeme el té.

Piotr se dirigió hacia la puerta. Iván Ilich sintió terror de quedarse solo. "¿Cómo podía retenerlo? ¡Ah, sí! Con la medicina."

—Piotr, dame la medicina.

"Tal vez pueda aliviarme todavía." Tomó una cucharada. "No, no me aliviará. Todo esto no son más que absurdos y engaños", se dijo, en cuanto notó de nuevo aquel conocido y repugnante sabor. "No, no puedo creerlo. Pero ese dolor, ¿por qué tengo ese dolor? Si se calmara, al menos, por un momento." E Iván Ilich gimió. Piotr volvió sobre sus pasos.

—No, vete. Tráeme el té.

El criado salió. Al quedarse solo, Iván Ilich volvió a quejarse, no tanto de dolor como de pena. "Siempre igual, siempre igual; esas noches y esos días sin fin. Si al menos llegara más pronto. ¿El qué? La muerte, las tinieblas. ¡No, no! Todo es preferible a la muerte."

Cuando Piotr entró, trayendo el té en una bandeja, Iván Ilich lo miró, durante un gran rato, con una mirada extraviada, sin comprender quién era ni para qué venía. Piotr se turbó al sentir aquella mirada; y fue entonces cuando Iván Ilich se recobró.

—¡Ah, sí! El té... Muy bien. Déjalo ahí. Ayúdame antes a lavarme y a ponerme una camisa limpia.

Iván Ilich empezó a lavarse. Descansando entre una cosa y otra, se lavó las manos y la cara, se limpió los dientes y, al ir a peinarse, se miró en el espejo. Lo horrorizó, sobre todo, ver que sus cabellos estaban pegados a su pálida frente.

Mientras se cambiaba de camisa, no quiso mirarse el cuerpo, porque sabía que lo aterraría aún más. Finalmente, terminó su aseo. Se puso un batín, se cubrió con una manta de viaje y se instaló en una butaca, para tomar el té. Por un momento, se sintió refrescado; pero en cuanto probó el té, volvió a notar el mismo mal sabor de boca y el mismo dolor. Hizo grandes esfuerzos para terminar de tomarlo; y se tendió, estirando las piernas. Despidió a Piotr.

Seguía igual. Tan pronto fulguraba una esperanza como se agitaba el mar de desesperación; y siempre el mismo dolor, siempre la misma tristeza. Al estar solo, sentía una pena terrible; y hubiera deseado llamar a alguien; pero sabía, de antemano, que en presencia de los demás estaría peor. "Si al menos me pusieran morfina y pudiera olvidar... Diré al doctor que me mande algo nuevo. Así es imposible, imposible."

De este modo transcurrieron un par de horas. De pronto, se oyó la campanilla desde la antesala. Tal vez fuese el doctor. En efecto, era él, ese hombre lozano, grueso, alegre y con aquella expresión que parecía decir: "Se ha asustado usted; pero no importa; enseguida lo arreglaré todo". El doctor sabía que, en este caso, su expresión no podía servir de nada. Pero la había adoptado de una vez para siempre, y no podía prescindir de ella, lo mismo que un hombre que se pone el frac desde la mañana y se va a hacer visitas. Se frotó las manos, con expresión animosa y tranquilizadora.

—Traigo mucho frío. La helada arrecia. Espere que me caliente un poco —dijo, con un tono tal como si al entrar en calor todo se arreglara—. Bueno, ¿qué? ¿Cómo está? ¿Cómo ha pasado la noche?

Iván Ilich notó que el médico tenía ganas de decir: "¿Cómo van los asuntillos?"; pero que se daba cuenta de que no se podía hablar de este modo. Lo miró, con expresión interrogadora: "¿Es posible que no llegue el momento en que te avergüences de mentir de este modo?".

Pero el médico no quiso entender esa pregunta. Entonces, Iván Ilich dijo:

—Tan horriblemente mal como siempre. El dolor no me abandona, no cede. Si al menos me diese usted algo...

—Ustedes, los enfermos, siempre son así. ¡Vaya, parece que ya he entrado en calor! Ni siquiera la metódica Praskovia Fiodorovna tendría nada que objetar contra mi temperatura. ¡Vaya! Buenos días —exclamó el doctor, estrechando la mano del enfermo.

Iván Ilich sabía perfectamente que todo esto no eran más que cosas absurdas y engaños; pero, cuando el doctor se puso de rodillas y, aplicándole el oído sobre el pecho, tan pronto más alto, tan pronto más bajo, adoptó un aire importantísimo y realizó por encima de él una serie de movimientos gimnásticos, se le sometió lo mismo que se sometía a los discursos de los abogados, aun cuando le constaba que mentían y conocía las razones de sus mentiras.

El doctor estaba aún de rodillas sobre el diván, auscultando al enfermo cuando se dejó oír el rumor del vestido de seda de Praskovia Fiodorovna y el reproche que le dirigía a Piotr por no haberle anunciado su llegada.

Entró en el aposento; besó a su marido e, inmediatamente, empezó a demostrar que hacía mucho rato que estaba levantada y que no había salido a recibir al doctor a causa de una tergiversación.

Iván Ilich la contempló de arriba abajo; y le reprochó mentalmente su blancura, su gordura, la pulcritud de sus manos y de su cuello, el brillo de sus cabellos y el de sus ojos, rebosantes de vida. La odiaba con todas las fuerzas de su alma. El menor contacto suyo provocaba en él un acceso de odio que lo hacía sufrir.

La actitud de Praskovia Fiodorovna hacia Iván Ilich y hacia su enfermedad era la de siempre. Lo mismo que el médico había adoptado cierto modo de tratar a los enfermos, del que no podía prescindir ya, Praskovia Fiodorovna tenía su propia actitud respecto a la enfermedad de su marido; y tampoco podía prescindir de ella. Le reprochaba cariñosamente que no cumpliera las prescripciones del doctor.

—¡Pero si no me obedece! No toma las medicinas a su debido tiempo y, sobre todo, se acuesta en una postura que debe serle perjudicial; pone los pies en alto —exclamó.

Y contó que Iván Ilich obligaba a Guerasim a sostenerle las piernas en alto.

El doctor sonrió, con una expresión entre afectuosa y despectiva: "¿Qué quiere usted que le hagamos? ¡Estos enfermos se inventan cada cosa! Pero se los puede perdonar".

Cuando terminó el reconocimiento y miró el reloj, Praskovia Fiodorovna comunicó a Iván Ilich que, sin preocuparse de su parecer, había llamado a un médico eminente, para que celebrara una consulta con Mijail Danilovich (así se llamaba el médico de cabecera).

—Te ruego que no te opongas. Lo hago por mí —dijo en tono irónico, dando a entender que lo hacía por él y que, por eso mismo, lo privaba del derecho de negarse.

Iván Ilich guardó silencio; e hizo una mueca. Se daba cuenta de que la mentira que lo rodeaba iba embrollándose, de tal forma, que sería difícil comprender algo.

Praskovia Fiodorovna decía que todo lo que hacía por la enfermedad de Iván Ilich era por ella; y así era, en efecto; pero, como si se tratase de una cosa inverosímil, quería que él entendiera lo contrario. A las nueve y media llegó el célebre médico y de nuevo empezaron las auscultaciones y las discusiones, tanto en presencia de Iván Ilich como en la habitación contigua, acerca del riñón y del intestino ciego, que no funcionaban como debían y a los que no tardarían en atacar los dos médicos para obligarlos a corregirse.

El médico célebre se despidió con un aire grave; pero no desesperanzado. A la tímida pregunta de si había posibilidad de curación, que le hizo Iván Ilich, levantando hacia él sus ojos brillantes a causa del miedo y de la esperanza, el doctor contestó que no podía asegurar nada, pero que había alguna probabilidad. La mirada, llena de esperanza, con que el enfermo acompañó al doctor había sido tan lastimera que Praskovia Fiodorovna vertió unas lágrimas al salir del despacho para entregar los honorarios al célebre doctor. No duraron mucho las esperanzas que había infundido el doctor a Iván Ilich. De nuevo la misma habitación, las mismas cortinas, los mismos cuadros, el mismo papel de las paredes, los mismos frasquitos y el mismo cuerpo dolorido que lo hacía sufrir. Iván Ilich empezó a quejarse: le pusieron una inyección y, poco después, quedó amodorrado.

Cuando se despertó, empezaba a oscurecer. Le trajeron la cena. Haciendo grandes esfuerzos tomó el caldo; y de nuevo volvió a sentir el mismo dolor tenaz.

A las siete de la tarde, cuando terminó de comer, entró Praskovia Fiodorovna. Venía vestida para una velada, con su pecho voluminoso apretado y huellas de polvos en la cara. Ya por la mañana había dicho a Iván Ilich que irían al teatro. Había llegado Sarah Bernhardt y habían comprado un palco a instancias del propio Iván Ilich. Pero, en aquel momento, no recordaba eso; y el vestido de su mujer lo ofendió. Al recordar que él mismo había insistido en que tomaran el palco, porque se trataba de una distracción estética e instructiva para los hijos, ocultó su sentimiento.

Praskovia Fiodorovna había entrado en la habitación satisfecha de sí misma, pero como culpable de algo. Se sentó un momento y preguntó a su marido cómo se encontraba. Iván Ilich se dio cuenta de que lo hacía tan sólo por preguntar; pero no para enterarse de su estado. Después dijo lo que convenía decir en tales casos; que de ninguna manera iría al teatro, pero que el palco estaba tomado ya y que *Hélène*, su hija, y Petrischev (el pretendiente de ésta) querían ir, y que no podía dejarlos marchar solos. Ella prefería quedarse con él. ¡Con tal que cumpliera las prescripciones del médico en su ausencia!

—¡Ah, sí! Fiodor Petrovich (el novio) quería entrar a verte. ¿Puede? Y Liza también.

—Que entren.

Liza venía muy peripuesta: su vestido dejaba al descubierto parte de su joven cuerpo, poniéndolo en evidencia. En cambio, a Iván Ilich lo hacía sufrir mucho el suyo. Liza era joven, fuerte, estaba visiblemente enamorada y renegaba de la enfermedad, del sufrimiento y de la muerte que impedían su dicha.

Fiodor Petrovich estaba rizado a lo Capoul, llevaba frac, un cuello blanco en torno a su largo cuello musculoso, un enorme plastrón, y un pantalón negro, estrecho, que moldeaba sus muslos, y sostenía la chistera con una de sus manos, enfundada en guante blanco.

Tras él se deslizó, imperceptiblemente, el hijo de Iván Ilich, con su uniforme nuevo y los guantes puestos. Tenía grandes ojeras, cuyo motivo sabía Iván Ilich. Siempre le daba pena su hijo. Le afligía ver su mirada asustada y llena de simpatía. Creía que, exceptuando a Guerasim, el único que lo entendía y compadecía era él.

Todos tomaron asiento y preguntaron al enfermo cómo se encontraba. Después reinó el silencio. Liza preguntó a su madre dónde estaban los gemelos. Y se produjo una discusión entre la madre y la hija. No se sabía quién los había perdido. Aquello resultaba desagradable.

Fiodor Petrovich preguntó a Iván Ilich si había visto trabajar a Sarah Bernhardt. Al principio, éste no comprendió la pregunta; pero luego dijo:

—No. Y usted ¿la ha visto ya?

—Sí, en *Adrienne Lecouvreur*.

Praskovia Fiodorovna opinaba que Sarah Bernhardt trabajaba particularmente bien en una obra determinada. Su hija no se mostró de acuerdo. Se inició una conversación acerca de la elegancia y el realismo de la actuación de la actriz; y fue como siempre en tales casos.

En medio de la conversación, Fiodor Petrovich miró a Iván Ilich y guardó silencio. Los demás lo miraron también, e hicieron lo mismo. El enfermo permanecía con sus ojos brillantes fijos ante sí; sin duda se sentía indignado contra ellos. Era preciso borrar aquella impresión; pero no había manera de hacerlo. Era preciso romper el silencio de algún modo. Nadie se atrevía a romperlo; todos temían que se destruyera aquella mentira convencional y que la realidad se tornara evidente. Liza fue la primera en decidirse. Interrumpió el silencio. Quería disimular el sentimiento que experimentaban todos; pero se traicionó.

—*Si hemos de ir*, ya es hora —dijo, después de consultar el reloj, regalo de su padre.

Y sonrió, imperceptiblemente, mirando al joven, como si se refiriese a algo que sólo ellos dos sabían. Tras esto, se levantó, produciendo rumor con su vestido.

Todos se pusieron en pie y se despidieron del enfermo.

Al quedarse solo, Iván Ilich creyó que se sentía mejor: había desaparecido la mentira; se la habían llevado, pero el dolor quedaba con él. Siempre el mismo dolor, siempre el mismo miedo; nada lo aminoraba... Cada vez se sentía peor.

De nuevo corrieron los minutos y las horas, unos tras otras. Siempre estaba lo mismo; pero al fin, ese fin inevitable, que cada vez parecía más horroroso, no llegaba.

—Sí; que venga Guerasim —contestó Iván Ilich a la pregunta de Piotr.

IX

Praskovia Fiodorovna volvió tarde. Aunque entró de puntillas, Iván Ilich la oyó. Abrió los ojos y volvió a cerrarlos, precipitadamente. Praskovia Fiodorovna tuvo la intención de despedir a Guerasim y de quedarse con su marido. Éste abrió los ojos para decirle:

—No; vete.

—¿Sufres mucho?

—Es igual.

—Toma opio.

Iván Ilich accedió y tomó unas gotas. Praskovia Fiodorovna se fue.

Aproximadamente hasta las tres, Iván Ilich permaneció en un sopor que lo atormentaba. Le parecía que lo introducían con su dolor en un saco negro, estrecho y profundo, y que lo empujaban constantemente, sin que llegara al otro extremo. Y aquel proceso, horrible para él, se realizaba con sufrimiento. Iván Ilich tenía miedo; deseaba meterse en el fondo del saco, luchaba y ayudaba al mismo tiempo. De pronto, se desprendió y, al caer, volvió en sí. Como siempre, Guerasim dormitaba tranquilamente sentado a los pies de la cama. Iván Ilich estaba acostado, con sus delgados pies enfundados en unos calcetines, apoyados en los hombros del criado. La misma vela, con su pantalla, y el mismo dolor incesante.

—Vete, Guerasim —susurró Iván Ilich.

—Me quedaré otro ratito.

—No, no; vete.

Iván Ilich quitó los pies de los hombros de Guerasim, se acostó de lado, apoyando la cabeza en una mano y se apiadó de sí mismo. Esperó a que el criado se retirase a la habitación contigua y ya no se contuvo más; se deshizo en lágrimas, lo mismo que una criatura. Lloró a causa de su impotencia, a causa de su terrible soledad, a causa de la crueldad de los humanos, de la de Dios, así como de su ausencia.

"¿Para qué has hecho todo esto? ¿Para qué me has traído a este mundo? ¿Por qué razón me atormentas de este modo tan terrible...?"

No esperaba ninguna respuesta; y lloraba porque no la había. De nuevo sintió el dolor; pero no se movió ni llamó a nadie. Se dijo: "¡Castígame más! Pero ¿por qué? ¿Qué te he hecho?".

Al cabo de un rato se apaciguó y no sólo dejó de llorar, sino hasta de respirar y se tornó todo atención. Era como si escuchase la voz del alma —no esa otra voz que hablaba por medio de sonidos— y la marcha de los pensamientos que se producían en él.

"¿Qué necesitas? —fue el primer concepto que oyó que se podía expresar por medio de palabras—. ¿Qué necesitas? ¿Qué necesitas?", se repitió. "¿Qué? No sufrir. Vivir", contestó.

Y se entregó de nuevo a una atención tan reconcentrada, que ni siquiera lo distrajo el dolor.

"¿Vivir? ¿Cómo?", preguntó la voz del alma.

"Sí, vivir. Vivir como he vivido antes, vivir bien y agradablemente."

"¿Cómo viviste antes bien y agradablemente?", exclamó la voz. E Iván Ilich empezó a analizar mentalmente los mejores momentos de su vida agradable. Pero cosa rara: todos los mejores momentos de su vida le parecieron completamente distintos de lo que le parecían antaño. Todos, exceptuando los primeros recuerdos de su niñez. En su infancia había algo realmente agradable, con lo que se podría vivir si volviera. Pero el hombre que había experimentado aquella sensación agradable no existía ya: aquello era como el recuerdo de algún otro.

En cuanto empezaba la época que había dado por resultado a Iván Ilich tal y como era ahora, todas las alegrías de antaño se disipaban ante sus ojos, convirtiéndose en algo insignificante y a menudo en algo vil.

Cuanto más se alejaba de su infancia, cuanto más cerca estaba del presente, tanto más insignificantes y dudosas se le antojaban las alegrías. Aquello empezaba en la Escuela de Jurisprudencia. Allí había habido aún algo verdaderamente bueno: allí había alegría, amistad, esperanzas. En las clases superiores, habían sido ya menos frecuentes esos buenos momentos. Después, durante la época de su primer cargo, habían surgido de nuevo momentos gratos: eran los momentos de su amor hacia una mujer. Luego, todo se confundía en sus recuerdos; y cada vez encontraba menos cosas buenas. Más adelante, aún menos, cada vez menos...

¡Su matrimonio... tan imprevisto, y la desilusión, el mal aliento de su mujer, el sentimentalismo y la afectación! Y aquel trabajo muerto, aquellas preocupaciones pecuniarias por espacio de uno, dos, diez, veinte años... ¡Siempre lo mismo! Y cuanto más avanzaba, tanto más muerto era todo aquello. Era como si descendiera, uniformemente, de una montaña, imaginándose que subía. Así había sido. Según subía a la montaña ante los ojos del mundo, la vida huía de él... ¡Y he aquí que todo estaba consumado, ya podía morir!

¿Qué significaba aquello? No podía ser. No podía ser que la vida fuese tan absurda, tan miserable. Y si, en efecto, era tan miserable y absurda, ¿por qué había que morir y morir sufriendo? Algo no estaba claro.

"¿Tal vez no haya vivido como debía?", se preguntaba, de pronto. "Pero, esto no es posible, porque siempre he hecho lo que debía hacer", se decía; e inmediatamente apartaba la única solución del misterio de la vida y de la muerte, como algo totalmente imposible.

"¿Qué es lo que quieres ahora? ¿Vivir? ¿Cómo? Vivir como vivías en el Tribunal, cuando el ujier anunciaba: 'Comienza el proceso'". "Comienza el proceso, comienza el proceso", repetía Iván Ilich. "Pero si no soy culpable", gritó con ira. "¿Por qué?" Iván Ilich se volvió cara a la pared; y empezó a pensar en una sola cosa: por qué y para qué existía todo ese horror.

Pero, por más que meditó, no halló respuesta. Y cuando le acudía la idea de que no había vivido como es debido, inmediatamente recordaba la regularidad de su existencia; y apartaba esa extraña idea.

X

Transcurrieron otras dos semanas. Iván Ilich no abandonaba ya el diván. Le gustaba más que estar en la cama. Casi todo el tiempo permanecía vuelto de cara a la pared: sufría asaltado por unos tormentos inexplicables y meditaba sobre aquel problema insoluble. ¿Qué era aquello? ¿Era posible que, en efecto, fuese la muerte? Y una voz interior le respondía: "Sí, así es". ¿Qué objeto tenían esos tormentos? La voz le decía: "Ninguno". Más allá, no había nada, excepto esto.

Desde el principio de su enfermedad, desde su primera visita al médico, la vida de Iván Ilich se había dividido en dos estados de ánimo contrarios, que se sustituían mutuamente; tan pronto era la desesperación y la espera de la muerte, terrible e incomprensible; tan pronto la esperanza y la observación de sus funciones fisiológicas. Ora tenía ante sus ojos un riñón o un intestino, que se habían apartado momentáneamente de sus funciones; ora, la muerte, terrible e incomprensible, de la que no había modo de librarse.

Esos dos estados de ánimo se sustituían mutuamente, desde el mismo principio de su enfermedad; pero cuando más avanzaba ésta, la idea del riñón se tornaba más dudosa y más fantástica y más real la conciencia de la aproximación de la muerte.

Le bastaba recordar lo que había sido tres meses atrás y lo que era en el momento actual; le bastaba recordar cuán uniformemente había descendido de la montaña, para que se destruyese toda posibilidad de esperanzas.

Durante los últimos tiempos de la soledad en que se encontraba, tendido en el sofá, cara a la pared, de aquella soledad en una población de tantos habitantes, en medio de sus numerosos conocidos y de su propia familia —de aquella soledad que no podía ser mayor en ninguna parte, ni en el fondo del mar, ni bajo la tierra—, Iván Ilich vivía solamente por medio de la representación del pasado. Las imágenes del pasado se sucedían. Empezaban siempre por cosas recientes e iban alejándose, hasta llegar a la infancia, donde se detenían. Iván Ilich recordaba la compota de ciruelas pasas que le habían ofrecido aquel mismo día, y sus recuerdos se transportaban a las ciruelas pasas crudas, aquellas ciruelas arrugaditas de su infancia, su sabor tan peculiar y cómo se le hacía la boca agua cuando llegaba al hueso. Junto con ese recuerdo, surgía una serie de otros de la misma época: su *niania*, su hermano, sus juguetes... "No debo pensar en eso... es demasiado doloroso", se decía; y se trasladaba de nuevo al presente, a un botón del respaldo del sofá, a las arrugas del cordobán. "Este cordobán es caro y nada fuerte. Hemos tenido una discusión respecto a él. Pero hubo otro cordobán y otra discusión cuando rompimos la cartera de nuestro padre y nos castigaron y, después, mamá nos trajo pasteles." Sus pensamientos volvían a detenerse en la infancia; y otra vez Iván Ilich sufría y trataba de apartarlos y pensar en otra cosa.

Junto con ese proceso de pensamientos, se elevaba en su alma otro proceso acerca de la manera en que se agravaba y desarrollaba su enfermedad. A medida que retrocedía, había más vida y era mejor. Una cosa se confundía con la otra. "Según van en aumento los sufrimientos, la vida empeora", se decía. Había un punto luminoso allí, en el principio de su existencia; pero luego todo se volvía cada vez más negro y cada vez más rápido. "Es inversamente proporcional a los cuadrados de la distancia de la muerte", pensaba Iván Ilich. La imagen de la piedra que cae, aumentando su velocidad, invadía su alma. La vida es una serie de sufrimientos progresivos; vuela cada vez más rápidamente hacia el final, hacia un dolor más terrible. "Vuelo..." Iván Ilich se estremeció, hizo un movimiento, quiso oponerse. Pero sabía que ya no podía hacerlo; y de nuevo contempló, con sus ojos cansados de mirar ante sí, pero incapaces de dejar de hacerlo, el respaldo del sofá. Y esperó, esperó esa terrible caída, el choque y la destrucción. "No oponerme", se dijo. "Si al menos, pudiera comprender el porqué. Pero tampoco es posible. Esto podría explicarse si dijera que no he vivido como debía. Pero es imposible reconocer esto", se dijo, recordando la legalidad, la regularidad y la conveniencia de su vida. "No puedo admitir esto", repitió, sonriendo sólo con los labios, como si alguien pudiese ver su sonrisa y ser engañado por ella. "No hay explicación. Sufrimientos..., muerte... ¿Por qué?"

XI

Así transcurrieron dos semanas. En aquel lapso ocurrió el acontecimiento tan deseado por Iván Ilich y por su mujer: Petrischev pidió la mano de Liza. Fue por la noche. Al día siguiente, Praskovia Fiodorovna entró en el cuarto de su marido, pensando cómo anunciaría la petición de Fiodor Petrovich; pero aquella misma noche Iván Ilich se había agravado. Praskovia Fiodorovna lo encontró en el mismo sofá y en la misma postura de siempre. Estaba tendido de espaldas, gimiendo y mirando ante sí, con los ojos fijos en un punto.

Praskovia Fiodorovna empezó a hablarle de los medicamentos. Iván Ilich la miró. Era tal el odio que expresaba esa mirada, que Praskovia Fiodorovna no pudo acabar la frase empezada.

—¡Por amor de Dios, déjame morir tranquilo! —exclamó Iván Ilich.

Praskovia Fiodorovna se disponía a salir de la estancia en el momento en que entraba Liza para dar los buenos días al enfermo. Éste miró a su hija con la misma expresión que había mirado a su mujer; y, a las preguntas respecto de su salud, respondió, secamente, que no tardaría en librarlas de su presencia. Las dos mujeres guardaron silencio; y, después de permanecer un ratito sentadas, abandonaron la habitación.

—¿Qué culpa tenemos? —exclamó Liza, dirigiéndose a su madre—. ¡Como si lo hubiésemos hecho nosotras! Me da lástima papá; pero ¿por qué nos atormenta?

El doctor llegó a la hora de costumbre. Iván Ilich contestó a sus preguntas, diciendo "sí", "no", sin dejar de mirarlo con expresión iracunda; y, finalmente, añadió:

—Ya sabe usted que nada me aliviará; así, pues, déjeme.

—Podemos aminorar sus sufrimientos —replicó el doctor.

—Tampoco pueden ustedes hacerlo; déjeme.

El médico entró en el salón para comunicar a Praskovia Fiodorovna que su marido estaba muy grave y que el único medio para aliviar sus dolores, que debían de ser atroces, era el opio.

Opinaba que eran terribles los sufrimientos físicos de Iván Ilich; y tenía razón. Pero los morales —su principal tormento— constituían un martirio mucho más grande.

Aquella noche, mientras había contemplado el bondadoso rostro, de pómulos salientes, de Guerasim, que dormitaba, de pronto se le ocurrió la siguiente idea: "¿Y si, en efecto, mi vida, mi vida consciente no ha sido como debía ser?".

Se le ocurrió que podía ser verdad lo que antes se le presentara como algo totalmente imposible, es decir: que no había vivido como debía. Pensó que los intentos imperceptibles que había hecho para luchar contra lo que los hombres de elevada posición consideran bueno, intentos que acto seguido rechazaba, podían ser los verdaderos, y que todo lo demás no era lo que debía ser. Su carrera, su modo de vivir, su familia y aquellos intereses de la sociedad y del servicio, todo podía haber sido distinto de lo que debía ser. Trató de defender todo aquello ante sí mismo. Súbitamente, se dio cuenta de la inconsistencia de lo que defendía; y ya no quedó nada por defender.

"Si abandono esta vida con la conciencia de que he malgastado todo lo que se me ha dado y de que no se puede remediar, entonces ¿qué queda?", se dijo. Se tendió de espaldas y empezó a analizar toda su vida, desde un nuevo punto de vista. Por la mañana, cuando vio al criado y luego a Praskovia Fiodorovna, a su hija y al doctor, tanto sus gestos como sus palabras le confirmaron la terrible verdad que se le había revelado aquella noche. Se veía reflejado en ellos, veía en ellos su propia vida y le era evidente que todo aquello había sido equivocado, que se trataba de un enorme engaño, que velaba tanto la vida como la muerte. Esta sensación aumentó, decuplicando sus sufrimientos físicos. Iván Ilich gemía, se agitaba y se arrancaba la ropa. Le parecía que lo ahogaba; y, por ese motivo, sentía odio hacia los suyos.

Le administraron una fuerte dosis de opio que lo sumió en un sopor; pero, a la hora de comer, aquello volvió a empezar.

Iván Ilich rechazaba a todo el mundo y se debatía. Praskovia Fiodorovna entró en la habitación y le dijo:

—*Jean*, querido, hazlo por mí (¿por mí?). Esto no puede perjudicarte y, a menudo, alivia. No indica nada; a menudo, incluso las personas sanas...

El enfermo abrió desmesuradamente los ojos.

—¿Qué? ¿Comulgar? ¿Para qué? No es preciso. Aunque...

Praskovia Fiodorovna se echó a llorar.

—¿Sí, amigo mío? Llamaré al nuestro. ¡Es tan simpático...!

—Muy bien, perfectamente —pronunció Iván Ilich.

Cuando llegó el sacerdote y confesó a Iván Ilich, éste se dulcificó, creyó sentirse aliviado respecto de sus dudas y, por consiguiente, de sus sufrimientos. Lo invadió una esperanza pasajera. De nuevo empezó a pensar en el intestino ciego y en la posibilidad de que se le curara. Comulgó con lágrimas en los ojos.

Una vez que lo hubieron acostado, después de la comunión, por un momento se encontró bien; y de nuevo renació la esperanza de vivir. Meditó sobre la operación que le habían propuesto. "Vivir, quiero vivir", se decía. Su mujer vino a felicitarlo. Pronunció las palabras de rigor, añadiendo:

—¿Verdad que te encuentras mejor?

Sin mirarla, Iván Ilich murmuró:

—Sí.

El traje de su mujer, su constitución, la expresión de su rostro y el sonido de su voz, todo le expresaba lo mismo. "No es esto. Todo lo que ha constituido y constituye tu vida, es mentira y engaño. Te oculta la vida y la muerte." En cuanto le acudió esta idea, el odio se despertó en él; y a la vez volvieron los terribles sufrimientos físicos y la conciencia de su muerte, próxima e inevitable. Se produjo algo nuevo en él: sintió retortijones y punzadas; y algo le oprimió el pecho.

Era terrible su expresión en el momento en que había dicho "sí". Después de pronunciar esta palabra, se volvió boca abajo, con una rapidez impropia, dada su debilidad, y gritó:

—¡Idos, idos! ¡Dejadme!

XII

A partir de aquel momento, Iván Ilich empezó a gritar —cosa que duró tres días sin interrupción—; y sus gritos eran tan terribles, que producían espanto, aun oyéndolos a través de dos puertas cerradas. En el momento en que respondía a su mujer, había comprendido que estaba perdido, que no había salvación, que le había llegado el fin, el verdadero fin; y que la duda, que no se había resuelto, quedaría sin resolver.

—¡No quiero! —gritó; y continuó arrastrando la última vocal, con distintas entonaciones.

Durante aquellos tres días, en los que perdió la noción del tiempo, luchó dentro de aquel saco negro al que lo empujaba una fuerza desconocida e invencible. Luchaba como lucha en manos del verdugo un condenado a muerte que sabe que no se ha de salvar. Y se daba cuenta de que, a pesar de los esfuerzos que hacía, se acercaba cada vez más a lo que tanto lo horrorizaba. Comprendía que sus sufrimientos se debían tanto al hecho de introducirse en aquel saco negro como a la imposibilidad de hacerlo. Lo que le impedía entrar allí era la conciencia de que su vida había sido buena. Esa justificación hacía que se enganchara, impidiéndole pasar adelante; y era lo que más lo hacía sufrir.

De repente, una fuerza invisible le dio un empujón en el pecho y en el costado, y le fue aún más difícil respirar. Se hundió en el saco, en cuyo fondo apareció una luz. Le ocurrió lo que solía ocurrirle cuando iba en el tren; se figuraba que iba hacia adelante, cuando en realidad retrocedía; y, de pronto, se enteraba de la verdadera dirección.

"En efecto, todo esto no ha sido lo que debía ser —se dijo—. Aunque no importa, puede hacerse *aquello*. Pero ¿qué es?" Repentinamente, se calmó.

Esto sucedió al final del tercer día, una hora antes de su muerte. Acababa de entrar su hijo, acercándose de puntillas al lecho. El moribundo gritaba, agitando los brazos. Una de sus manos tropezó con la cabeza del muchacho, que la asió; y, llevándosela a los labios, se echó a llorar. En aquel preciso instante era cuando Iván Ilich se hundía en aquella profundidad, veía aquella luz y se le revelaba que su vida no había sido lo que debía ser, pero que aún podía arreglarla. Se preguntó: "¿Qué es aquello?". Y guardó silencio, para prestar atención. Sintió que alguien le besaba la mano. Abrió los ojos y vio a su hijo. Se apiadó de él. Su mujer se acercó. Iván Ilich la miró. Tenía la boca abierta y huellas de lágrimas en una mejilla y en la nariz. Miraba a su marido con expresión desesperada. También se compadeció de ella.

"Los hago sufrir —pensó—. Les da pena de mí; pero estarán mejor cuando muera." Iván Ilich quiso decir esto; pero no tuvo fuerzas. "Por otra parte, ¿para qué decirlo? Debo hacerlo", pensó. Con una mirada llamó la atención de Praskovia Fiodorovna sobre su hijo y pronunció.

—¡Llévatelo...! Me da pena... y de ti también —quiso añadir "perdón"; pero dijo otra palabra; y, sin fuerzas para corregirse, hizo un gesto con la mano, pues le constaba que lo entendería quien debiera entenderlo.

De pronto, le fue evidente que el problema que lo atormentaba se había resuelto súbitamente. "Me da pena de ellos. Es preciso hacer que no sufran. Liberarlos y liberarme yo mismo de esos sufrimientos. ¡Qué bien y qué sencillo! ¿Y el dolor?", se preguntó. "¿Qué hago con él? ¿Dónde estás, dolor?"

Prestó atención.

"Ah, sí, aquí está. Bueno, que siga. ¿Y la muerte? ¿Dónde está?"

Buscó su antiguo terror a la muerte sin hallarlo. ¿Dónde estaba? ¿Qué era la muerte? No sentía terror alguno porque la muerte no existía.

En lugar de la muerte, había luz.

—¡Ah! ¡Es esto! —exclamó, de pronto, en voz alta—. ¡Qué alegría!

Para él todo esto sucedió en un instante. Y su significado ya no podía variar. En cambio, para los presentes, su agonía duró aún dos horas. En su pecho bullía algo y su cuerpo extenuado se estremecía. Luego, los ruidos de su pecho y los estertores se volvieron menos frecuentes.

—Ha terminado —dijo alguien.

Iván Ilich oyó estas palabras y las repitió en el fondo de su alma. "Ha terminado la muerte. Ya no existe."

Aspiró una bocanada de aire, se detuvo a la mitad de la aspiración; se estiró y murió.

26 de marzo de 1886

UN SUEÑO REALIZADO

Juan Carlos Onetti

La broma la había inventado Blanes; venía a mi despacho
—en los tiempos en que yo tenía despacho y al café cuando las cosas iban mal y había dejado de tenerlo— y parado
sobre la alfombra, con un puño apoyado sobre el escritorio,
la corbata de lindos colores sujeta a la camisa con un broche de oro y aquella cabeza —cuadrada, afeitada, con ojos
oscuros que no podían sostener la atención más de un minuto y se aflojaban enseguida como si Blanes estuviera a
punto de dormirse o recordara algún momento limpio y
sentimental de su vida que, desde luego, nunca había podido tener—, aquella cabeza sin una sola partícula superflua
alzada contra la pared cubierta de retratos y carteles, me dejaba hablar y comentaba redondeando la boca:

   —Porque usted, naturalmente, se arruinó dando el
Hamlet.

   O también:

   —Sí, ya sabemos. Se ha sacrificado siempre por el
arte y si no fuera por su enloquecido amor por el *Hamlet...*

   Y yo me pasé todo ese montón de años aguantan-
do tanta miserable gente, autores y actores y actrices y dueños de teatro y críticos de los diarios y la familia, los amigos
y los amantes de todos ellos, todo ese tiempo perdiendo y
ganando un dinero que Dios y yo sabíamos que era necesario que volviera a perder en la próxima temporada, con
aquella gota de agua en la cabeza pelada, aquel puño en las
costillas, aquel trago agridulce, aquella burla no compren-
dida del todo de Blanes:

—Sí, claro. Las locuras a que lo ha llevado su desmedido amor por *Hamlet*...

Si la primera vez le hubiera preguntado por el sentido de aquello, si le hubiera confesado que sabía tanto de *Hamlet* como de conocer el dinero que puede dar una comedia desde su primera lectura, se habría acabado el chiste. Pero tuve miedo a la multitud de bromas no nacidas que haría saltar mi pregunta y sólo hice una mueca y lo mandé a paseo. Y así fue que pude vivir los veinte años sin saber qué era el *Hamlet*, sin haberlo leído, pero sabiendo, por la intención que veía en la cara y el balanceo de la cabeza de Blanes, que el *Hamlet* era arte, el arte puro, el gran arte, y sabiendo también, porque me fui empapando de eso sin darme cuenta, que era además un actor o una actriz, en este caso siempre una actriz con caderas ridículas, vestida de negro con ropas ajustadas, una calavera, un cementerio, un duelo, una venganza, una muchachita que se ahoga. Y también William Shakespeare.

Por eso, cuando ahora, sólo ahora, con una peluca rubia peinada al medio que prefiero no sacarme para dormir, una dentadura que nunca logró venirme bien del todo y que me hace silbar y hablar con mimo, que encontré en la biblioteca de este asilo para gente de teatro arruinada al que dan un nombre más presentable, aquel libro tan pequeño encuadernado en azul oscuro donde había unas hundidas letras doradas que decían *Hamlet*, me senté en un sillón sin abrir el libro, resuelto a no abrir nunca el libro y a no leer una sola línea, pensando en Blanes, en que así me vengaba de su broma, y en la noche en que Blanes fue a encontrarme en el hotel de alguna capital de provincia y, después de dejarme hablar, fumando y mirando el techo y la gente que entraba en el salón, hizo sobresalir los labios para decirme, delante de la pobre loca:

—Y pensar... Un tipo como usted que se arruinó por el *Hamlet*.

Lo había citado en el hotel para que se hiciera cargo de un personaje en un rápido disparate que se llamaba, me parece, *Sueño realizado*. En el reparto de la locura aquella había un galán sin nombre y este galán sólo podía hacerlo Blanes porque, cuando la mujer vino a verme, no quedábamos allí más que él y yo; el resto de la compañía pudo escapar a Buenos Aires.

La mujer había estado en el hotel a mediodía y como yo estaba durmiendo, había vuelto a la hora que era, para ella y todo el mundo en aquella provincia caliente, la del fin de la siesta y en la que yo estaba en el lugar más fresco del comedor comiendo una milanesa redonda y tomando vino blanco, lo único bueno que podía tomarse allí. No voy a decir que a la primera mirada —cuando se detuvo en el halo de calor de la puerta encortinada, dilatando los ojos en la sombra del comedor y el mozo le señaló mi mesa y enseguida ella empezó a andar en línea recta hacia mí con remolinos de la pollera— yo adiviné lo que había dentro de la mujer ni aquella cosa como una cinta blanduzca y fofa de locura que había ido desenvolviendo, arrancando con suaves tirones, como si fuese una venda pegada a una herida, de sus años pasados, solitarios, para venir a fajarme con ella, como una momia, a mí y algunos de los días pasados en aquel sitio aburrido, tan abrumado de gente gorda y mal vestida. Pero había, sí, algo en la sonrisa de la mujer que me ponía nervioso y me era imposible sostener los ojos en sus pequeños dientes irregulares exhibidos como los de un niño que duerme y respira con la boca abierta. Tenía el pelo casi gris peinado en trenzas enroscadas y su vestido correspondía a una vieja moda; pero no era el que se hubiera puesto una señora en los tiempos en que fue inventado, sino, también esto, el que hubiera usado entonces una adolescente. Tenía una pollera hasta los zapatos, de aquellos que llaman botas o botinas, larga, oscura, que se iba abriendo cuando ella caminaba y se encogía y volvía a temblar al paso inmediato. La blusa tenía encajes y era ajustada, con un gran camafeo entre los senos agudos de muchacha y la blusa y la pollera se unían y estaban divididas por una rosa en la cintura, tal vez artificial ahora que pienso, una flor de corola grande y cabeza baja, con el tallo erizado amenazando el estómago.

La mujer tendría alrededor de cincuenta años y lo que no podía olvidarse en ella, lo que siento ahora cuando la recuerdo caminar hacia mí en el comedor del hotel, era aquel aire de jovencita de otro siglo que hubiera quedado dormida y despertara ahora un poco despeinada, apenas envejecida, pero a punto de alcanzar su edad en cualquier momento, de golpe, y quebrarse allí en silencio, desmoronarse roída por el trabajo sigiloso de los días. Y la sonrisa era mala de mirar porque uno pensaba que frente a la ignorancia que mostraba la mujer del peligro de envejecimiento y muerte repentina en cuyos bordes estaba, aquella sonrisa sabía, o, por lo menos, los descubiertos dientecillos presentían el repugnante fracaso que los amenazaba.

Todo aquello estaba ahora de pie en la penumbra del comedor y torpemente puse los cubiertos al lado del plato y me levanté. "¿Usted es el señor Langman, el empresario del teatro?" Incliné la cabeza sonriendo y la invité a sentarse. No quiso tomar nada; separados por la mesa le miré con disimulo la boca con su forma intacta y su poca pintura, allí justamente en el centro donde la voz, un poco española, había canturreado al deslizarse entre los filos desparejos de la dentadura. De los ojos, pequeños y quietos, esforzados en agrandarse, no pude sacar nada. Había que esperar que hablara y, pensé, cualquier forma de mujer y de existencia que evocaran sus palabras iban a quedar bien con su curioso aspecto y el curioso aspecto iba a desvanecerse.

—Quería verlo por una presentación. Quiero decir que tengo una obra de teatro...

Todo indicaba que iba a seguir, pero se detuvo y esperó mi respuesta; me entregó la palabra con un silencio irresistible, sonriendo. Estaba tranquila, las manos enlazadas en la falda. Aparté el plato con la milanesa a medio comer y pedí café. Le ofrecí cigarrillos y ella movió la cabeza, alargó un poco la sonrisa, lo que quería decir que no fumaba. Encendí el mío y empecé a hablarle, buscando sacármela de encima sin violencias, pero pronto y para siempre, aunque con un estilo cauteloso que me era impuesto no sé por qué.

—Señora, es una verdadera lástima... Usted nunca ha estrenado, ¿verdad? Naturalmente. ¿Y cómo se llama su obra?

—No, no tiene nombre —contestó—. Es tan difícil de explicar... No es lo que usted piensa. Claro, se le puede poner un título. Se la puede llamar *El sueño, El sueño realizado, Un sueño realizado.*

Comprendí, ya sin dudas, que estaba loca y me sentí más cómodo.

Bien; *Un sueño realizado,* no está mal el nombre. Siempre he tenido interés, digamos personal, desinteresado en otro sentido, en ayudar a los que empiezan. Dar nuevos valores al teatro nacional. Aunque es innecesario decirle que no son agradecimientos lo que se cosecha, señora. Hay muchos que me deben a mí el primer paso, señora, muchos que hoy cobran derechos increíbles en la calle Corrientes y se llevan los premios anuales. Ya no se acuerdan de cuando venían casi a suplicarme...

Hasta el mozo del comedor podía comprender, desde el rincón junto a la heladera donde se espantaba las moscas y el calor con la servilleta, que a aquel bicho raro no le importaba ni una sílaba de lo que yo decía. Le eché una última mirada con un solo ojo, desde el calor del pocillo de café y le dije:

—En fin, señora. Usted debe saber que la temporada aquí ha sido un fracaso. Hemos tenido que interrumpirla y me he quedado sólo por algunos asuntos personales. Pero ya la semana que viene me iré yo también a Buenos Aires. Me he equivocado una vez más, qué vamos a hacer.

Este ambiente no está preparado, y a pesar de que me resigné a hacer una temporada con sainetes y cosas así..., ya ve cómo me ha ido. De manera que... Ahora, que podemos hacer una cosa, señora. Si usted puede facilitarme una copia de su obra, yo veré si en Buenos Aires... ¿Son tres actos?

Tuvo que contestar, pero sólo porque yo, devolviéndole el juego, me callé y había quedado inclinado hacia ella, rascando con la punta del cigarrillo en el cenicero. Parpadeó:

—¿Qué?

—Su obra, señora. *Un sueño realizado.* ¿Tres actos?

—No, no son actos.

—O cuadros. Se extiende ahora la costumbre de...

—No tengo ninguna copia. No es una cosa que yo haya escrito —seguía diciéndome ella. Era el momento de escapar.

—Le dejaré mi dirección de Buenos Aires y cuando usted la tenga escrita...

Vi que se iba encogiendo, encorvando el cuerpo; pero la cabeza se levantó con la sonrisa fija. Esperé, seguro de que iba a irse; pero un instante después ella hizo un movimiento con la mano frente a la cara y siguió hablando.

—No, es todo distinto a lo que piensa. Es un momento, una escena, se puede decir, y allí no pasa nada, como si nosotros representáramos esta escena en el comedor y yo me fuera y ya no pasara nada más. No —contestó—, no es cuestión de argumento, hay algunas personas en una calle y las casas y dos automóviles que pasan. Allí estoy yo y un hombre y una mujer cualquiera que sale de un negocio de enfrente y le da un vaso de cerveza. No hay más personas, nosotros tres. El hombre cruza la calle hasta donde sale la mujer de su puerta con la jarra de cerveza y después vuelve a cruzar y se sienta junto a la misma mesa, cerca mío, donde estaba al principio.

Se calló un momento y ya la sonrisa no era para mí ni para el armario con mantelería que se entreabría en la pared del comedor; después concluyó:

—¿Comprende?

Pude escaparme porque recordé el teatro intimista y le hablé de eso y de la imposibilidad de hacer arte puro en estos ambientes y que nadie iría al teatro para ver eso y que, acaso sólo, en toda la provincia, yo podría comprender la calidad de aquella obra y el sentido de los movimientos y el símbolo de los automóviles y la mujer que ofrece un *bock* de cerveza al hombre que cruza la calle y vuelve junto a ella, junto a usted, señora.

Ella me miró y tenía en la cara algo parecido a lo que había en la de Blanes cuando se veía en la necesidad de pedirme dinero y me hablaba de *Hamlet*: un poco de lástima y todo el resto de burla y antipatía.

—No es nada de eso, señor Langman —me dijo—. Es algo que yo quiero ver y que no lo vea nadie más, nada de público. Yo y los actores, nada más. Quiero verlo una vez, pero que esa vez sea tal como yo se lo voy a decir y hay que hacer lo que yo diga y nada más. ¿Sí? Entonces usted, haga el favor, me dice cuánto dinero vamos a gastar para hacerlo y yo se lo doy.

Ya no servía hablar de teatro intimista ni de ninguna de esas cosas allí, frente a frente con la mujer loca que abrió la cartera y sacó dos billetes de cincuenta pesos —"con esto contrata a los actores y atiende los primeros gastos y después me dice cuánto más necesita"—. Yo, que tenía hambre de plata, que no podía moverme de aquel maldito agujero hasta que alguno de Buenos Aires contestara a mis cartas y me hiciera llegar unos pesos. Así que le mostré la mejor de mis sonrisas y cabeceé varias veces mientras que guardaba el dinero en cuatro dobleces en el bolsillo del chaleco.

—Perfectamente, señora. Me parece que comprendo la clase de cosa que usted... —Mientras hablaba no quería mirarla porque estaba pensando en Blanes y también en la cara de la mujer—. Dedicaré la tarde a este asunto y si podemos vernos... ¿Esta noche? Perfectamente, aquí mismo; ya tendremos al primer actor y usted podrá explicarnos claramente esa escena y nos pondremos de acuerdo para que *Sueño, Un sueño realizado...*

Acaso fuera simplemente porque estaba loca; pero podía ser también que ella comprendiera, como lo comprendía yo, que no me era posible robarle los cien pesos y por eso no quiso pedirme recibo, no pensó siquiera en ella y se fue luego de darme la mano, con un cuarto de vuelta de la pollera en sentido inverso a cada paso, saliendo erguida de la media luz del comedor para ir a meterse en el calor de la calle como volviendo a la temperatura de la siesta que había durado un montón de años y donde había conservado aquella juventud impura que estaba siempre a punto de deshacerse podrida.

Pude dar con Blanes en una pieza desordenada y oscura, con paredes de ladrillos mal cubiertos detrás de plantas, esteras verdes, detrás del calor húmedo del atardecer. Los cien pesos seguían en el bolsillo de mi chaleco y hasta no encontrar a Blanes, hasta no conseguir que me ayudara a dar a la mujer loca lo que ella pedía a cambio de su dinero, no me era posible gastar un centavo. Lo hice despertar y esperé con paciencia que se bañara, se afeitara, volviera a acostarse, se levantara nuevamente para tomar un vaso de leche —lo que significaba que había estado borracho el día anterior— y otra vez en la cama encendiera un cigarrillo; porque se negó a escucharme antes y todavía entonces cuando arrimé aquellos restos de sillón de tocador en que estaba sentado y me incliné con aire grave para hacerle la propuesta, me detuvo diciendo:

—¡Pero mire un poco ese techo!

Era un techo de tejas, con dos o tres vigas verdosas y unas hojas de caña de la India que venían de no sé dónde, largas y resecas. Miré al techo un poco y no hizo más que reírse y mover la cabeza.

—Bueno. Dele —dijo después.

Le expliqué lo que era y Blanes me interrumpía a cada momento, riéndose, diciendo que todo era mentira mía, que era alguno que para burlarse me había mandado la mujer. Después me volvió a preguntar qué era aquello y no tuve más remedio que liquidar la cuestión ofreciéndole la mitad de lo que pagara la mujer una vez deducidos los gastos y le contesté que, en verdad, no sabía lo que era ni de qué se trataba ni qué demonios quería de nosotros aquella mujer. Pero ya me había dado cincuenta pesos y que eso significaba que podíamos irnos a Buenos Aires o irme yo, por lo menos, si él quería seguir durmiendo allí. Se rió y al rato se puso serio y de los cincuenta pesos que le dije haber conseguido adelantados quiso veinte enseguida. Así que tuve que darle diez, de lo que me arrepentí muy pronto porque aquella noche cuando vino al comedor del hotel ya estaba borracho y sonreía torciendo un poco la boca y con la cabeza inclinada sobre el platillo de hielo empezó a decir:

—Usted no escarmienta. El mecenas de la calle Corriente y toda calle del mundo donde una ráfaga de arte... Un hombre que se arruinó cien veces por el *Hamlet* va a jugarse desinteresadamente por un genio ignorado y con corsé.

Pero cuando vino ella, cuando la mujer salió de mis espaldas vestida totalmente de negro, con velo, un paraguas diminuto colgando de la muñeca y un reloj con cadena del cuello y me saludó y extendió la mano a Blanes con la sonrisa aquella un poco apaciguada en la luz artificial, él dejó de molestarme y sólo dijo:

—En fin, señora; los dioses la han guiado hasta Langman. Un hombre que ha sacrificado cientos de miles por dar correctamente el *Hamlet.*

Entonces pareció que ella se burlaba mirando un poco a uno y un poco a otro; después se puso grave y dijo que tenía prisa, que nos explicaría el asunto de manera que no quedara lugar para la más chica duda y que volvería solamente cuando todo estuviera pronto. Bajo la luz suave y limpia, la cara de la mujer y también lo que brillaba en su cuerpo, zonas del vestido, las uñas en la mano sin guante, el mango del paraguas, el reloj con su cadena, parecían volver a ser ellos mismos, liberados de la tortura del día luminoso; y yo tomé de inmediato una relativa confianza y en toda la noche no volví a pensar que ella estaba loca, olvidé que había algo con olor a estafa en todo aquello y una sensación de negocio normal y frecuente pudo dejarme enteramente tranquilo. Aunque yo no tenía que molestarme por nada, ya que estaba allí Blanes, correcto, bebiendo siempre, conversando con ella como si se hubieran encontrado ya dos o tres veces, ofreciéndole un vaso de whisky, que ella cambió por una taza de tilo. De modo que lo que tenía que contarme a mí se lo fue diciendo a él y yo no quise oponerme porque Blanes era el primer actor y cuanto más llegara a entender de la obra mejor saldrían las cosas. Lo que la mujer quería que representáramos para ella era esto (a Blanes se lo dijo con otra voz y aunque no lo mirara, aunque al hablar de eso bajara los ojos, yo sentía que lo contaba ahora de un modo personal, como si confesara alguna cosa cualquiera íntima de su vida y que a mí me lo había dicho como el que cuenta esa misma cosa en una oficina, por ejemplo, para pedir un pasaporte o cosa así):

—En la escena hay casas y aceras, pero todo confuso, como si se tratara de una ciudad y hubieran amontonado todo eso para dar una impresión de una gran ciudad. Yo salgo, la mujer que voy a representar yo sale de una casa y se sienta en el cordón de la acera, junto a una mesa verde. Junto a la mesa está sentado un hombre en un banco de cocina. Ése es el personaje suyo. Tiene puesta una tricota y gorra. En la acera de enfrente hay una verdulería con cajones de tomate en la puerta. Entonces aparece un automóvil que cruza la escena y el hombre, usted, se levanta para atravesar la calle y yo me asusto pensando que el coche lo atropella. Pero usted pasa antes que el vehículo y llega a la acera de enfrente en el momento en que sale una mujer vestida con traje de paseo y un vaso de cerveza en la mano. Usted lo toma de un trago y vuelve enseguida que pasa un automóvil, ahora de abajo para arriba, a toda velocidad; y usted vuelve a pasar con el tiempo justo y se sienta en el banco de cocina. Entre tanto yo estoy acostada en la acera, como si fuera una chica. Y usted se inclina un poco para acariciarme la cabeza.

La cosa era fácil de hacer, pero le dije que el inconveniente estaba, ahora que lo pensaba mejor, en aquel tercer personaje que salía de su casa a paseo con el vaso de cerveza.

—Jarro —me dijo ella—. Es un jarro de barro con asa y tapa.

Entonces Blanes asintió con la cabeza y le dijo:

—Claro, con algún dibujo, además, pintado.

Ella dijo que sí y parecía que aquella cosa dicha por Blanes la había dejado muy contenta, feliz, con esa cara de felicidad que sólo una mujer puede tener y que me da ganas de cerrar los ojos para no verla cuando se me presenta, como si la buena educación ordenara hacer eso. Volvimos a hablar de la otra mujer y Blanes terminó por estirar la mano diciendo que ya tenía lo que necesitaba y que no nos preocupáramos más. Tuve que pensar que la locura de la loca era contagiosa, porque cuando le pregunté a Blanes con qué actriz contaba para aquel papel me dijo que con la Rivas y aunque yo no conocía a ninguna con ese nombre no quise decir nada porque Blanes me estaba mirando furioso. Así que todo quedó arreglado, lo arreglaron ellos dos y yo no tuve que pensar para nada en la escena; me fui enseguida a buscar al dueño del teatro y lo alquilé por dos días pagando el precio de uno, pero dándole mi palabra de que no entraría nadie más que los actores.

Al día siguiente conseguí un hombre que entendía de instalaciones eléctricas y por un jornal de seis pesos me ayudó también a mover y repintar un poco los bastidores. A la noche, después de trabajar cerca de quince horas, todo estuvo pronto y sudando y en mangas de camisa me puse a comer sándwiches con cerveza mientras oía sin hacer caso historias de pueblo que el hombre me contaba. El hombre hizo una pausa y después dijo:

—Hoy vi a su amigo bien acompañado. Esta tarde, con aquella señora que estuvo en el hotel anoche con ustedes. Aquí todo se sabe. Ella no es de aquí; dicen que viene los veranos. No me gusta meterme, pero los vi entrar en un hotel. Sí, qué gracia; es cierto que usted también vive en un hotel. Pero el hotel donde entraron esta tarde era distinto... De ésos, ¿eh?

Cuando al rato llegó Blanes le dije que lo único que faltaba era la famosa actriz Rivas y arreglar el asunto de los automóviles, porque sólo se había podido conseguir uno, que era del hombre que me había estado ayudando y lo alquilaría por unos pesos, además de manejarlo él mismo. Pero yo tenía mi idea para solucionar aquello, porque como el coche era un cascajo con capota, bastaba hacer que pasara primero con la capota baja y después alzada o al revés. Blanes no me contestó nada porque estaba completamente borracho, sin que me fuera posible adivinar de dónde había conseguido dinero. Después se me ocurrió que acaso hubiera tenido el cinismo de recibir directamente dinero de la pobre mujer. Esa idea me envenenó y seguía comiendo los sándwiches en silencio mientras él, borracho y canturreando, recorría el escenario, se iba colocando en posiciones de fotógrafo, de espía, de boxeador, de jugador de rugby, sin dejar de canturrear, con el sombrero caído sobre la nuca y mirando a todos lados, desde todos los lados, rebuscando vaya a saber el diablo qué cosa. Como a cada momento me convencía más de que se había emborrachado con dinero robado, casi, a aquella pobre mujer enferma, no quería hablarle y cuando acabé de comer los sándwiches mandé al hombre que me trajera media docena más y una botella de cerveza.

A todo esto Blanes se había cansado de hacer piruetas; la borrachera indecente que tenía le dio por el lado sentimental y vino a sentarse cerca de donde yo estaba, en un cajón, con las manos en los bolsillos del pantalón y el sombrero en las rodillas, mirando con ojos turbios, sin moverlos, hacia la escena. Pasamos un tiempo sin hablar y pude ver que estaba envejeciendo y el cabello rubio lo tenía descolorido y escaso. No le quedaban muchos años para seguir haciendo el galán ni para llevar señoras a los hoteles, ni para nada.

—Yo tampoco perdí el tiempo —dijo de golpe.

—Sí, me lo imagino —contesté sin interés.

Sonrió, se puso serio, se encajó el sombrero y volvió a levantarse. Me siguió hablando mientras iba y venía, como me había visto hacer tantas veces en el despacho, todo lleno de fotos dedicadas, dictando una carta a la muchacha.

—Anduve averiguando de la mujer —dijo—. Parece que la familia o ella misma tuvo dinero y después ella tuvo que trabajar de maestra. Pero nadie, ¿eh?, nadie dice que esté loca. Que siempre fue un poco rara, sí. Pero no loca. No sé por qué le vengo a hablar a usted, oh padre adoptivo del triste Hamlet, con la trompa untada de manteca de sándwich... Hablarle de esto.

—Por lo menos —le dije tranquilamente—, no me meto a espiar en vidas ajenas. Ni a dármelas de conquistador con mujeres un poco raras. —Me limpié la boca con el pañuelo y me di vuelta para mirarlo con cara aburrida—. Y tampoco me emborracho vaya a saber con qué dinero.

Él se estuvo con las manos en los riñones, de pie, mirándome a su vez, pensativo, y seguía diciéndome cosas desagradables, pero cualquiera se daba cuenta de que estaba pensando en la mujer y que no me insultaba de corazón, sino para hacer algo mientras pensaba, algo que evitara que yo me diera cuenta de que estaba pensando en aquella mujer. Volvió hacia mí, se agachó y se alzó enseguida con la botella de cerveza y se fue tomando lo que quedaba sin apurarse, con la boca fija al gollete, hasta vaciarla. Dio otros pasos por el escenario y se sentó nuevamente, con la botella entre los pies y cubriéndola con las manos.

—Pero yo le hablé y me estuvo diciendo —dijo—. Quería saber qué era todo esto. Porque no sé si usted comprende que no se trata sólo de meterse la plata en el bolsillo. Yo le pregunté qué era esto que íbamos a representar y entonces supe que estaba loca. ¿Le interesa saber? Todo es un sueño que tuvo, ¿entiende? Pero la mayor locura está en que ella dice que ese sueño no tiene ningún significado para ella, que no conoce al hombre que estaba sentado en tricota azul, ni a la mujer de la jarra, ni vivió tampoco en una calle parecida a este ridículo mamarracho que hizo usted. ¿Y por qué, entonces? Dice que mientras dormía y soñaba eso era feliz, pero no es feliz la palabra sino otra clase de cosa. Así que quiere verlo todo nuevamente. Y aunque es una locura tiene su cosa razonable. Y también me gusta que no haya ninguna vulgaridad de amor en todo esto.

Cuando nos fuimos a acostar, a cada momento se entreparaba en la calle —había un cielo azul y mucho calor—, para agarrarme de los hombros y las solapas y preguntarme si yo entendía, no sé qué cosa, algo que él no debía entender tampoco muy bien, porque nunca acababa de explicarlo.

La mujer llegó al teatro a las diez en punto y traía el mismo traje negro de la otra noche, con la cadena y el reloj, lo que me pareció mal para aquella calle de barrio pobre que había en escena y para tirarse en el cordón de la acera mientras Blanes le acariciaba el pelo. Pero tanto daba: el teatro estaba vacío; no estaba en la platea más que Blanes, siempre borracho, fumando, vestido con una tricota azul y una gorra gris doblada sobre una oreja. Había venido temprano acompañado de una muchacha, que era quien tenía que asomar en la puerta de al lado de la verdulería a darle su jarrita de cerveza; una muchacha que no encajaba, ella tampoco, en el tipo de personaje, el tipo que me imaginaba yo, claro, porque sepa el diablo cómo era en realidad; una triste y flaca muchacha, mal vestida y pintada que Blanes se había traído de cualquier cafetín, sacándola de andar en la calle por una noche y empleando un cuento absurdo para traerla, era indudable. Porque ella se puso a andar con aires de primera actriz y al verla estirar el brazo con la jarrita de cerveza daban ganas de llorar o de echarla a empujones. La otra, la loca, vestida de negro, en cuanto llegó se estuvo un rato mirando el escenario con las manos juntas frente al cuerpo y me pareció que era enormemente alta, mucho más alta y flaca de lo que yo había creído hasta entonces. Después, sin decir palabra a nadie, teniendo siempre, aunque más débil, aquella sonrisa de enfermo que me erizaba los nervios, cruzó la escena y se escondió detrás del bastidor por donde debía salir. La había seguido con los ojos, no sé por qué, mi mirada tomó exactamente la forma de su cuerpo alargado vestido de negro y apretada a él, ciñéndolo, lo acompañó hasta que el borde del telón separó la mirada del cuerpo.

Ahora era yo quien estaba en el centro del escenario y como todo estaba en orden y habían pasado ya las diez, levanté los codos para avisar con una palmada a los actores. Pero fue entonces que, sin que yo me diera cuenta de lo que pasaba por completo, empecé a saber cosas y qué era aquello en que estábamos metidos, aunque nunca pude decirlo, tal como se sabe el alma de una persona y no sirven las palabras para explicarlo. Preferí llamarlos por señas y cuando vi que Blanes y la muchacha que había traído se pusieron en movimiento para ocupar sus lugares, me escabullí detrás de los telones, donde ya estaba el hombre sentado al volante de su coche viejo que empezó a sacudirse con un ruido tolerable. Desde allí, trepado en un cajón, buscando esconderme porque yo nada tenía que ver en el disparate que iba a empezar, vi cómo ella salía de la puerta de la casucha, moviendo el cuerpo como una muchacha —el pelo espeso y casi gris, suelto a la espalda, anudado sobre los omóplatos con una cinta clara—, daba unos largos pasos que eran, sin duda, de la muchacha que acababa de preparar la mesa y se asoma un momento a la calle para ver caer la tarde y estarse quieta sin pensar en nada; vi cómo se sentaba cerca del banco de Blanes y sostenía la cabeza con una mano, afirmando el codo en las rodillas, dejando descansar las yemas sobre los labios entreabiertos y la cara vuelta hacia un sitio lejano que estaba más allá de mí mismo, más allá también de la pared que yo tenía a mi espalda. Vi cómo Blanes se levantaba para cruzar la calle y lo hacía matemáticamente antes que el automóvil, que pasó echando humo con su capota alta y desapareció enseguida. Vi cómo el brazo de Blanes y el de la mujer que vivía en la casa de enfrente se unían por medio de la jarrita de cerveza y cómo el hombre bebía de un trago y dejaba el recipiente en la mano de la mujer que se hundía nuevamente, lenta y sin ruido, en su portal. Vi, otra vez, al hombre de la tricota azul cruzar la calle un instante antes de que pasara un rápido automóvil de capota baja que terminó su carrera junto a mí, apagando enseguida su motor, y mientras se desgarraba el humo azuloso de la máquina, divisé a la muchacha del cordón de la acera que bostezaba y terminaba por echarse a lo largo en las baldosas, la cabeza sobre un brazo que escondía el pelo, y una pierna encogida. El hombre de la tricota y la gorra se inclinó entonces y acarició la cabeza de la muchacha, comenzó a acariciarla y la mano iba y venía, se enredaba en el pelo, estiraba la palma por la frente, apretaba la cinta clara del peinado, volvía a repetir sus caricias.

Bajé del banco, suspirando, más tranquilo, y avancé en puntas de pie por el escenario. El hombre del automóvil me siguió, sonriendo intimidado y la muchacha flaca que se había traído Blanes volvió a salir de su zaguán para unirse a nosotros. Me hizo una pregunta, una pregunta corta, una sola palabra sobre aquello y yo contesté sin dejar de mirar a Blanes y a la mujer echada; la mano de Blanes, que seguía acariciando la frente y la cabellera desparramada de la mujer, sin cansarse, sin darse cuenta de que la escena había concluido y que aquella última cosa, la caricia en el pelo de la mujer, no podía continuar siempre. Con el cuerpo inclinado, Blanes acariciaba la cabeza de la mujer, alargaba el brazo para recorrer con los dedos la extensión de la cabellera gris desde la frente hasta los bordes que se abrían sobre el hombro y la espalda de la mujer acostada en el piso. El hombre del automóvil seguía sonriendo, tosió y escupió a un lado. La muchacha que había dado el jarro de cerveza a Blanes, empezó a caminar hacia el sitio donde estaban la mujer y el hombre inclinado, acariciándola. Entonces me di vuelta y le dije al dueño del automóvil que podía ir sacándolo, así nos íbamos temprano y caminé junto a él, metiendo la mano en el bolsillo para darle unos pesos. Algo extraño estaba sucediendo a mi derecha, donde estaban los otros, y cuando quise pensar en eso tropecé con Blanes que se había quitado la gorra y tenía un desagradable olor a bebida y me dio una trompada en las costillas gritando:

—No se da cuenta de que está muerta, pedazo de bestia.

Me quedé solo, encogido por el golpe, y mientras Blanes iba y venía por el escenario, borracho, como enloquecido, y la muchacha del jarro de cerveza y el hombre del automóvil se doblaban sobre la mujer muerta, comprendí qué era aquello, qué era lo que buscaba la mujer, lo que había estado buscando Blanes borracho la noche anterior en el escenario y parecía buscar todavía, yendo y viniendo con sus prisas de loco: lo comprendí todo claramente como si fuera una de esas cosas que se aprenden para siempre desde niño y no sirven después las palabras para explicar.

LA CASA INUNDADA

Felisberto Hernández

De esos días siempre recuerdo primero las vueltas en un bote alrededor de una pequeña isla de plantas. Cada poco tiempo las cambiaban; pero allí las plantas no se llevaban bien. Yo remaba colocado detrás del cuerpo inmenso de la señora Margarita. Si ella miraba la isla un rato largo, era posible que me dijera algo; pero no lo que me había prometido; sólo hablaba de las plantas y parecía que quisiera esconder entre ellas otros pensamientos. Yo me cansaba de tener esperanzas y levantaba los remos como si fueran manos aburridas de contar siempre las mismas gotas. Pero ya sabía que, en otras vueltas del bote, volvería a descubrir, una vez más, que ese cansancio era una pequeña mentira confundida entre un poco de felicidad. Entonces me resignaba a esperar las palabras que me vendrían de aquel mundo, casi mudo, de espaldas a mí y deslizándose con el esfuerzo de mis manos doloridas.

Una tarde, poco antes del anochecer, tuve la sospecha de que el marido de la señora Margarita estaría enterrado en la isla. Por eso ella me hacía dar vueltas por allí y me llamaba en la noche —si había luna— para dar vueltas de nuevo. Sin embargo el marido no podía estar en aquella isla; Alcides —el novio de la sobrina de la señora Margarita— me dijo que ella había perdido al marido en un precipicio de Suiza. Y también recordé lo que me contó el botero la noche que llegué a la casa inundada. Él remaba despacio mientras recorríamos "la avenida de agua", del ancho de una calle y bordeada de plátanos con borlitas. Entre otras cosas supe que él y un peón habían llenado de tierra la fuente del patio para que después fuera una isla. Además yo pensaba que los movimientos de la cabeza de la señora Margarita —en las tardes que su mirada iba del libro a la isla y de la isla al libro— no tenían relación con un muerto escondido debajo de las plantas. También es cierto que una vez que la vi de frente tuve la impresión de que los vidrios gruesos de sus lentes les enseñaban a los ojos a disimular y que la gran vidriera terminada en cúpula que cubría el patio y la pequeña isla, era como para encerrar el silencio en que se conserva a los muertos.

Después recordé que ella no había mandado hacer la vidriera. Y me gustaba saber que aquella casa, como un ser humano, había tenido que desempeñar diferentes cometidos: primero fue casa de campo; después instituto astronómico; pero como el telescopio que habían pedido a Norteamérica lo tiraron al fondo del mar los alemanes, decidieron hacer, en aquel patio, un invernáculo; y por último la señora Margarita la compró para inundarla.

Ahora, mientras dábamos vuelta a la isla, yo envolvía a esta señora con sospechas que nunca le quedaban bien. Pero su cuerpo inmenso, rodeado de una simplicidad desnuda, me tentaba a imaginar sobre él un pasado tenebroso. Por la noche parecía más grande, el silencio lo cubría como un elefante dormido y a veces ella hacía una carraspera rara, como un suspiro ronco.

Yo la había empezado a querer, porque después del cambio brusco que me había hecho pasar de la miseria a esta opulencia, vivía en una tranquilidad generosa y ella se prestaba —como prestaría el lomo una elefanta blanca a un viajero— para imaginar disparates entretenidos. Además, aunque ella no me preguntaba nada sobre mi vida, en el instante de encontrarnos, levantaba las cejas como si se le fueran a volar, y sus ojos, detrás de los vidrios, parecían decir: "¿Qué pasa, hijo mío?".

Por eso yo fui sintiendo por ella una amistad equivocada; y si ahora dejo libre mi memoria se me va con esta primera señora Margarita; porque la segunda, la verdadera, la que conocí cuando ella me contó su historia, al fin de la temporada, tuvo una manera extraña de ser inaccesible.

Pero ahora yo debo esforzarme en empezar esta historia por su verdadero principio, y no detenerme demasiado en las preferencias de los recuerdos.

Alcides me encontró en Buenos Aires en un día en que yo estaba muy débil, me invitó a un casamiento y me hizo comer de todo. En el momento de la ceremonia, pensó en conseguirme un empleo y, ahogado de risa, me habló de una "atolondrada generosa" que podía ayudarme. Y al final me dijo que ella había mandado inundar una casa según el sistema de un arquitecto sevillano que también inundó otra para un árabe que quería desquitarse de la sequía del desierto. Después Alcides fue con la novia a la casa de la señora Margarita, le habló mucho de mis libros y por último le dijo que yo era un "sonámbulo de confianza". Ella decidió contribuir, enseguida, con dinero; y en el verano próximo, si yo sabía remar, me invitaría a la casa inundada. No sé por qué causa, Alcides no me llevaba nunca; y después ella se enfermó. Ese verano fueron a la casa inundada antes que la señora Margarita se repusiera y pasaron los primeros días en seco. Pero al darle entrada al agua me mandaron llamar. Yo tomé un ferrocarril que me llevó hasta una pequeña ciudad de la provincia, y de allí a la casa fui en auto. Aquella región me pareció árida, pero al llegar la noche pensé que podía haber árboles escondidos en la oscuridad. El chofer me dejó con las valijas en un pequeño atracadero donde empezaba el canal, "la avenida de agua", y tocó la campana, colgada de un plátano; pero ya se había desprendido de la casa la luz pálida que traía el bote. Se veía una cúpula iluminada y al lado un monstruo oscuro tan alto como la cúpula. (Era el tanque del agua.) Debajo de la luz venía un bote verdoso y un hombre de blanco que me empezó a hablar antes de llegar. Me conversó durante todo el trayecto (fue él quien me dijo lo de la fuente llena de tierra). De pronto vi apagarse la luz de la cúpula. En ese momento el botero me decía: "Ella no quiere que tiren papeles ni ensucien el piso de agua. Del comedor al dormitorio de la señora Margarita no hay puerta, y una mañana en que se despertó temprano vio venir nadando desde el comedor un pan que se le había caído a mi mujer. A la dueña le dio mucha rabia y le dijo que se fuera inmediatamente y que no había cosa más fea en la vida que ver nadar un pan".

El frente de la casa estaba cubierto de enredaderas. Llegamos a un zaguán ancho de luz amarillenta y desde allí se veía un poco del gran patio de agua y la isla. El agua entraba en la habitación de la izquierda por debajo de una puerta cerrada. El botero ató la soga del bote a un gran sapo de bronce afirmado en la vereda de la derecha y por allí fuimos con las valijas hasta una escalera de cemento armado. En el primer piso había un corredor con vidrieras que se perdían entre el humo de una gran cocina, de donde salió una mujer gruesa con flores en el moño. Parecía española. Me dijo que la señora, su ama, me recibiría al día siguiente; pero que esa noche me hablaría por teléfono.

Los muebles de mi habitación, grandes y oscuros, parecían sentirse incómodos entre paredes blancas atacadas por la luz de una lámpara eléctrica sin esmerilar y colgada desnuda, en el centro de la habitación. La española levantó mi valija y le sorprendió el peso. Le dije que eran libros. Entonces empezó a contarme el mal que le había hecho a su ama "tanto libro"; y "hasta la habían dejado sorda, y no le gustaba que le gritaran". Yo debo haber hecho algún gesto por la molestia de la luz.

—¿A usted también le incomoda la luz? Igual que a ella.

Fui a encender una portátil; tenía pantalla verde y daría una sombra agradable. En el instante de encenderla sonó el teléfono colocado detrás de la portátil, y lo atendió la española. Decía muchos "sí" y las pequeñas flores blancas acompañaban conmovidas los movimientos del moño.

Después ella sujetaba las palabras que se asomaban a la boca con una sílaba o un chistido. Y cuando colgó el tubo suspiró y salió de la habitación en silencio.

Comí y bebí buen vino. La española me hablaba pero yo, preocupado de cómo me iría en aquella casa, apenas le contestaba moviendo la cabeza como un mueble en un piso flojo. En el instante de retirar el pocillo de café de entre la luz llena de humo de mi cigarrillo, me volvió a decir que la señora me llamaría por teléfono. Yo miraba el aparato esperando continuamente el timbre, pero sonó en un instante en que no lo esperaba. La señora Margarita me preguntó por mi viaje y mi cansancio con voz agradable y tenue. Yo le respondí con fuerza separando las palabras.

—Hable naturalmente —me dijo—, ya le explicaré por qué le he dicho a María (la española) que estoy sorda. Quisiera que usted estuviera tranquilo en esta casa; es mi invitado; sólo le pediré que reme en mi bote y que soporte algo que tengo que decirle. Por mi parte haré una contribución mensual a sus ahorros y trataré de serle útil. He leído sus cuentos a medida que se publicaban. No he querido hablar de ellos con Alcides por temor a disentir; soy susceptible; pero ya hablaremos...

Yo estaba absolutamente conquistado. Hasta le dije que al día siguiente me llamara a las seis. Esa primera noche, en la casa inundada, estaba intrigado con lo que la señora Margarita tendría que decirme, me vino una tensión extraña y no podía hundirme en el sueño. No sé cuándo me dormí. A las seis de la mañana, un pequeño golpe de timbre, como la picadura de un insecto, me hizo saltar en la cama. Esperé, inmóvil, que aquello se repitiera. Así fue. Levanté el tubo del teléfono.

—¿Está despierto?

—Es verdad.

Después de combinar la hora de vernos me dijo que podía bajar en piyama y que ella me esperaría al pie de la escalera. En aquel instante me sentí como el empleado al que le dieran un momento libre.

En la noche anterior, la oscuridad me había parecido casi toda hecha de árboles; y ahora, al abrir la ventana, pensé que ellos se habrían ido al amanecer. Sólo había una llanura inmensa con un aire claro; y los únicos árboles eran los plátanos del canal. Un poco de viento les hacía mover el brillo de las hojas; al mismo tiempo se asomaban a la "avenida de agua" tocándose disimuladamente las copas. Tal vez allí podría empezar a vivir de nuevo con una alegría perezosa. Cerré la ventana con cuidado, como si guardara el paisaje nuevo para mirarlo más tarde.

Vi, al fondo del corredor, la puerta abierta de la cocina y fui a pedir agua caliente para afeitarme en el momento en que María le servía café a un hombre joven que dio los "buenos días" con humildad; era el hombre del agua y hablaba de los motores. La española, con una sonrisa, me tomó de un brazo y me dijo que me llevaría todo a mi pieza. Al volver, por el corredor, vi al pie de la escalera —alta y empinada— a la señora Margarita. Era muy gruesa y su cuerpo sobresalía de un pequeño bote como un pie gordo de un zapato escotado. Tenía la cabeza baja porque leía unos papeles, y su trenza, alrededor de la cabeza, daba la idea de una corona dorada. Esto lo iba recordando después de una rápida mirada, pues temí que me descubriera observándola. Desde ese instante hasta el momento de encontrarla estuve nervioso. Apenas puse los pies en la escalera empezó a mirar sin disimulo y yo descendía con la dificultad de un líquido espeso por un embudo estrecho. Me alcanzó una mano mucho antes que yo llegara abajo. Y me dijo:

—Usted no es como yo me lo imaginaba... siempre me pasa eso. Me costará mucho acomodar sus cuentos a su cara.

Yo, sin poder sonreír, hacía movimientos afirmativos como un caballo al que le molestara el freno. Y le contesté:

—Tengo mucha curiosidad de conocerla y de saber qué pasará.

Por fin encontré su mano. Ella no me soltó hasta que pasé al asiento de los remos, de espaldas a la proa. La señora Margarita se removía con la respiración entrecortada, mientras se sentaba en el sillón que tenía el respaldo hacia mí. Me decía que estudiaba un presupuesto para un asilo de madres y no podría hablarme por un rato. Yo remaba, ella manejaba el timón, y los dos mirábamos la estela que íbamos dejando. Por un instante tuve la idea de un gran error; yo no era botero y aquel peso era monstruoso. Ella seguía pensando en el asilo de madres sin tener en cuenta el volumen de su cuerpo y la pequeñez de mis manos. En la angustia del esfuerzo me encontré con los ojos casi pegados al respaldo de su sillón; y el barniz oscuro y la esterilla llena de agujeritos, como los de un panal, me hicieron acordar de una peluquería a la que me llevaba mi abuelo cuando yo tenía seis años. Pero estos agujeros estaban llenos de bata blanca y de la gordura de la señora Margarita. Ella me dijo:

—No se apure; se va a cansar enseguida.

Yo aflojé los remos de golpe, caí como en un vacío dichoso y me sentí por primera vez deslizándome con ella en el silencio del agua. Después tuve cierta conciencia de haber empezado a remar de nuevo. Pero debe haber pasado largo tiempo. Tal vez me haya despertado el cansancio. Al rato ella me hizo señas con una mano, como cuando se dice adiós, pero era para que me detuviera en el sapo más próximo. En toda la vereda que rodeaba al lago había esparcido sapos de bronce para atar el bote. Con gran trabajo y palabras que no entendí, ella sacó el cuerpo del sillón y lo puso de pie en la vereda. De pronto nos quedamos inmóviles, y fue entonces cuando hizo por primera vez la carraspera rara, como si arrastrara algo, en la garganta, que no quisiera tragar y que al final era un suspiro ronco. Yo miraba el sapo al que habíamos amarrado el bote pero veía también los pies de ella, tan fijos como los otros dos sapos. Todo hacía pensar que la señora Margarita hablaría. Pero también podía ocurrir que volviera a hacer la carraspera rara. Si la hacía o empezaba a conversar yo soltaría el aire que retenía en los pulmones para no perder las primeras palabras. Después la espera se fue haciendo larga y yo dejaba escapar la respiración como si fuera abriendo la puerta de un cuarto donde alguien duerme. No sabía si esa espera quería decir que yo debía mirarla; pero decidí quedarme inmóvil todo el tiempo que fuera necesario. Me encontré de nuevo con el sapo y los pies, y puse mi atención en ellos sin mirar directamente. La parte aprisionada en los zapatos era pequeña; pero después se desbordaba la gran garganta blanca y la pierna rolliza y blanda con ternura de bebé que ignora sus formas; y la idea de inmensidad que había encima de aquellos pies era como el sueño fantástico de un niño. Pasé demasiado tiempo esperando la carraspera; y no sé en qué pensamientos andaría cuando oí sus primeras palabras. Entonces tuve la idea de que un inmenso jarrón se había ido llenando silenciosamente y ahora dejaba caer el agua con pequeños ruidos intermitentes.

—Yo le prometí hablar... pero hoy no puedo... tengo un mundo de cosas en que pensar...

Cuando dijo "mundo", yo, sin mirarla, me imaginé las curvas de su cuerpo. Ella siguió:

—Además usted no tiene culpa, pero me molesta que sea tan diferente.

Sus ojos se achicaron y en su cara se abrió una sonrisa inesperada; el labio superior se recogió hacia los lados como algunas cortinas de los teatros y se adelantaron, bien alineados, grandes dientes brillantes.

—Yo, sin embargo, me alegro de que usted sea como es.

Esto lo debo haber dicho con una sonrisa provocativa, porque pensé en mí mismo como en un sinvergüenza de otra época con una pluma en el gorro. Entonces empecé a buscar sus ojos verdes detrás de los lentes. Pero en el fondo de aquellos lagos de vidrio, tan pequeños y de ondas tan fijas, los párpados se habían cerrado y abultaban avergonzados.

Los labios empezaron a cubrir los dientes de nuevo y toda la cara se fue llenando de un color rojizo que ya había visto antes en faroles chinos. Hubo un silencio como de mal entendido y uno de sus pies tropezó con un sapo al tratar de subir al bote. Yo hubiera querido volver unos instantes hacia atrás y que todo hubiera sido distinto. Las palabras que yo había dicho mostraban un fondo de insinuación grosera que me llenaba de amargura. La distancia que había de la isla a las vidrieras se volvía un espacio ofendido y las cosas se miraban entre ellas como para rechazarme. Eso era una pena, porque yo las había empezado a querer. Pero de pronto la señora Margarita dijo:

—Deténgase en la escalera y vaya a su cuarto. Creo que luego tendré muchas ganas de conversar con usted.

Entonces yo miré unos reflejos que había en el lago y sin ver las plantas me di cuenta de que me eran favorables; y subí contento aquella escalera casi blanca, de cemento armado, como un chiquilín que trepara por las vértebras de un animal prehistórico.

Me puse a arreglar seriamente mis libros entre el olor a madera nueva del ropero y sonó el teléfono:

—Por favor, baje un rato más; daremos unas vueltas en silencio y cuando yo le haga una seña usted se detendrá al pie de la escalera, volverá a su habitación y yo no lo molestaré más hasta que pasen dos días.

Todo ocurrió como ella lo había previsto, aunque en un instante en que rodeamos la isla de cerca y ella miró las plantas parecía que iba a hablar.

Entonces, empezaron a repetirse unos días imprecisos de espera y de pereza, de aburrimiento a la luz de la luna y de variedad de sospechas con el marido de ella bajo las plantas. Yo sabía que tenía gran dificultad en comprender a los demás y trataba de pensar en la señora Margarita un poco como Alcides y otro poco como María; pero también sabía que iba a tener pereza de seguir desconfiando. Entonces me entregué a la manera de mi egoísmo; cuando estaba con ella esperaba, con buena voluntad y hasta con pereza cariñosa, que ella me dijera lo que se le antojara y entrara cómodamente en mi comprensión. O si no, podría ocurrir, que mientras yo vivía cerca de ella, con un descuido encantado, esa comprensión se formara despacio, en mí, y rodeara toda su persona. Y cuando estuviera en mi pieza entregado a mis lecturas, miraría también la llanura, sin acordarme de la señora Margarita. Y desde allí, sin ninguna malicia, robaría para mí la visión del lugar y me la llevaría conmigo al terminar el verano.

Pero ocurrieron otras cosas.

Una mañana el hombre del agua tema un plano azul sobre la mesa. Sus ojos y sus dedos seguían las curvas que representaban los caños del agua incrustados sobre las paredes y debajo de los pisos como gusanos que las hubieran carcomido. Él no me había visto, a pesar de que sus pelos revueltos parecían desconfiados y apuntaban en todas direcciones. Por fin levantó los ojos. Tardó en cambiar la idea de que me miraba a mí en vez de lo que había en los planos y después empezó a explicarme cómo las máquinas, por medio de los caños, absorbían y vomitaban el agua de la casa para producir una tormenta artificial. Yo no había presenciado ninguna de las tormentas; sólo había visto las sombras de algunas planchas de hierro que resultaron ser bocas que se abrían y cerraban alternativamente, unas tragando y otras echando agua. Me costaba comprender la combinación de algunas válvulas; y el hombre quiso explicarme todo de nuevo. Pero entró María:

—Ya sabes tú que no debes tener a la vista esos caños retorcidos. A ella le parecen intestinos... y puede llegarse hasta aquí, como el año pasado... —Y dirigiéndose a mí—: Por favor, usted oiga, señor, y cierre el pico. Sabrá que esta noche tendremos "velorio"... Sí, ella pone velas en unas budineras que deja flotando alrededor de la cama y se hace la ilusión de que es su propio "velorio". Y después hace andar el agua para que la corriente se lleve las budineras.

Al anochecer oí los pasos de María, el gong para hacer marchar el agua y el ruido de los motores. Pero ya estaba aburrido y no quería asombrarme de nada.

Otra noche en que yo había comido y bebido demasiado, el estar remando siempre detrás de ella me parecía un sueño disparatado; tenía que estar escondido detrás de la montaña, que al mismo tiempo se deslizaba con el silencio que suponía en los cuerpos celestes; y con todo me gustaba pensar que "la montaña" se movía porque yo la llevaba en el bote. Después ella quiso que nos quedáramos quietos y pegados a la isla. Ese día habían puesto unas plantas que se asomaban como sombrillas inclinadas y ahora no nos dejaban llegar la luz que la luna hacía pasar por entre los vidrios. Yo transpiraba por el calor, y las plantas se nos echaban encima. Quise meterme en el agua, pero como la señora Margarita se daría cuenta de que el bote perdía peso, dejé esa idea. La cabeza se me entretenía en pensar cosas por su cuenta: "El nombre de ella es como su cuerpo; las dos primeras sílabas se parecen a toda esa carga de gordura y las dos últimas a su cabeza y sus facciones pequeñas...". Parece mentira, la noche es tan inmensa, en el campo, y nosotros aquí, dos personas mayores, tan cerca y pensando quién sabe qué estupideces diferentes. Deben ser las dos de la madrugada... y estamos inútilmente despiertos, agobiados por estas ramas... Pero qué firme es la soledad de esta mujer...

Y de pronto, no sé en qué momento, salió de entre las ramas un rugido que me hizo temblar. Tardé en comprender que era la carraspera de ella y unas pocas palabras:

—No me haga ninguna pregunta...

Aquí se detuvo. Yo me ahogaba y me venían cerca de la boca palabras que parecían de un antiguo compañero de orquesta que tocaba el bandoneón: "¿Quién te hace ninguna pregunta?... Mejor me dejaras ir a dormir...".

Y ella terminó de decir:

—... hasta que yo le haya contado todo.

Por fin aparecían las palabras prometidas —ahora que yo no las esperaba—. El silencio nos apretaba debajo de las ramas pero no me animaba a llevar el bote más adelante. Tuve tiempo de pensar en la señora Margarita con palabras que oía dentro de mí y como ahogadas en una almohada: "Pobre, me decía a mí mismo, debe tener necesidad de comunicarse con alguien. Y estando triste le será difícil manejar ese cuerpo...".

Después que ella empezó a hablar, me pareció que su voz también sonaba dentro de mí como si yo pronunciara sus palabras. Tal vez por eso ahora confundo lo que ella me dijo con lo que yo pensaba. Además me será difícil juntar todas sus palabras y no tendré más remedio que poner aquí muchas de las mías.

"Hace cuatro años, al salir de Suiza, el ruido del ferrocarril me era insoportable. Entonces me detuve en una pequeña ciudad de Italia..."

Parecía que iba decir con quién, pero se detuvo. Pasó mucho rato y creí que esa noche no diría nada más. Su voz se había arrastrado con intermitencias y hacía pensar en la huella de un animal herido. En el silencio, que parecía llenarse de todas aquellas ramas enmarañadas, se me ocurrió repasar lo que acababa de oír. Después pensé que yo me había quedado, indebidamente, con la angustia de su voz en la memoria, para llevarla después a mi soledad y acariciarla. Pero enseguida, como si alguien me obligara a soltar esa idea, se deslizaron otras. Debe haber sido con él que estuvo antes en la pequeña ciudad de Italia. Y después de perderlo, en Suiza, es posible que haya salido de allí sin saber que todavía le quedaba un poco de esperanza (Alcides me había dicho que no encontraron los restos) y al alejarse de aquel lugar, el ruido del ferrocarril la debe haber enloquecido. Entonces, sin querer alejarse demasiado, decidió bajarse en la pequeña ciudad de Italia. Pero en ese otro lugar se ha encontrado, sin duda, con recuerdos que le produjeron desesperaciones nuevas. Ahora ella no podrá decirme todo esto, por pudor, o tal vez por creer que Alcides me ha contado todo. Pero él no me dijo que ella está así por la pérdida de su marido, sino simplemente: "Margarita fue trastornada toda su vida"; y María atribuía la rareza de su ama a "tanto libro". Tal vez ellos se hayan confundido porque la señora Margarita no les habló de su pena. Y yo mismo, si no hubiera sabido algo por Alcides, no habría comprendido nada de su historia, ya que la señora Margarita nunca me dijo ni una palabra de su marido.

Yo seguí con muchas ideas como éstas, y cuando las palabras de ella volvieron, la señora Margarita aparecía instalada en una habitación del primer piso de un hotel, en la pequeña ciudad de Italia, a la que había llegado por la noche. Al rato de estar acostada, se levantó porque oyó ruidos, y fue hacia una ventana de un corredor que daba al patio. Allí había reflejos de luna y de otras luces. Y de pronto, como si se hubiera encontrado con una cara que la había estado acechando, vio una fuente de agua. Al principio no podía saber si el agua era una mirada falsa en la cara oscura de la fuente de piedra; pero después el agua le pareció inocente; y al ir a la cama la llevaba en los ojos y caminaba con cuidado para no agitarla. A la noche siguiente no hubo ruidos pero igual se levantó. Esta vez el agua era poca, sucia y al ir a la cama, como en la noche anterior, le volvió a parecer que el agua la observaba; ahora era por entre hojas que no alcanzaban a nadar. La señora Margarita la siguió mirando, dentro de sus propios ojos y las miradas de las dos se habían detenido en una misma contemplación. Tal vez por eso, cuando la señora Margarita estaba por dormirse, tuvo un presentimiento que no sabía si le venía de su alma o del fondo del agua. Pero sintió que alguien quería comunicarse con ella, que había dejado un aviso en el agua y por eso el agua insistía en mirar y en que la miraran. Entonces la señora Margarita bajó de la cama y anduvo vagando, descalza y asombrada, por su pieza y el corredor; pero ahora, la luz y todo era distinto, como si alguien hubiera mandado cubrir el espacio donde ella caminaba con otro aire y otro sentido de las cosas. Esta vez ella no se animó a mirar el agua; y al volver a su cama sintió caer en su camisón, lágrimas verdaderas y esperadas desde hacía mucho tiempo.

A la mañana siguiente, al ver el agua distraída, entre mujeres que hablaban en voz alta, tuvo miedo de haber sido engañada por el silencio de la noche y pensó que el agua no le daría ningún aviso ni la comunicaría con nadie. Pero escuchó con atención lo que decían las mujeres y se dio cuenta de que ellas empleaban sus voces en palabras tontas, que el agua no tenía culpa de que se las echaran encima como si fueran papeles sucios y que no se dejarían engañar por la luz del día. Sin embargo, salió a caminar, vio a un pobre viejo con una regadera en la mano y cuando él la inclinó apareció una vaporosa pollera de agua, haciendo murmullos como si fuera movida por pasos. Entonces, conmovida, pensó: "No, no debo abandonar el agua; por algo ella insiste como una niña que no puede explicarse". Esa noche no fue a la fuente porque tenía un gran dolor de cabeza y decidió tomar una pastilla para aliviarse. Y en el momento de ver el agua entre el vidrio del vaso y la poca luz de la penumbra, se imaginó que la misma agua se había ingeniado para acercarse y poner un secreto en los labios que iban a beber. Entonces la señora Margarita se dijo: "No, esto es muy serio; alguien prefiere la noche para traer el agua a mi alma".

Al amanecer fue a ver a solas el agua de la fuente para observar minuciosamente lo que había entre el agua y ella. Apenas puso sus ojos sobre el agua se dio cuenta de que por su mirada descendía un pensamiento. (Aquí la señora Margarita dijo estas mismas palabras: "un pensamiento que ahora no importa nombrar", y, después de una larga carraspera, "un pensamiento confuso y como deshecho de tanto estrujarlo. Se empezó a hundir, lentamente y lo dejé reposar. De él nacieron reflexiones que mis miradas extrajeron del agua y me llenaron los ojos y el alma. Entonces supe, por primera vez, que hay que cultivar los recuerdos en el agua, que el agua elabora lo que en ella se refleja y que recibe el pensamiento. En caso de desesperación no hay que entregar el cuerpo al agua; hay que entregar a ella el pensamiento; ella lo penetra y él nos cambia el sentido de la vida".) Fueron éstas, aproximadamente, sus palabras.

Después se vistió, salió a caminar, vio de lejos un arroyo, y en el primer momento no se acordó de que por los arroyos corría agua —algo del mundo con el que sólo ella podía comunicarse. Al llegar a la orilla, dejó su mirada en la corriente, y enseguida tuvo la idea, sin embargo, de que esta agua no se dirigía a ella; y que además ésta podía llevarle los recuerdos para un lugar lejano, o gastárselos. Sus ojos la obligaron a atender a una hoja recién caída de un árbol; anduvo un instante en la superficie y en el momento de hundirse la señora Margarita oyó pasos sordos, como palpitaciones. Tuvo una angustia de presentimientos imprecisos y la cabeza se le oscureció. Los pasos eran de un caballo que se acercó con una confianza un poco aburrida y hundió los belfos en la corriente; sus dientes parecían agrandados a través de un vidrio que se moviera, y cuando levantó la cabeza el agua chorreaba por los pelos de sus belfos sin perder ninguna dignidad. Entonces pensó en los caballos que bebían el agua del país de ella, y en lo distinta que sería el agua allá.

Esa noche, en el comedor del hotel, la señora Margarita se fijaba a cada momento en una de las mujeres que había hablado a gritos cerca de la fuente. Mientras el marido la miraba embobado, la mujer tenía una sonrisa irónica, y cuando se fue a llevar una copa a los labios, la señora pensó: "En qué bocas anda el agua". Enseguida se sintió mal, fue a su pieza y tuvo una crisis de lágrimas. Después se durmió pesadamente y a las dos de la madrugada se despertó agitada y con el recuerdo del arroyo llenándole el alma. Entonces tuvo ideas en favor del arroyo: "Esa agua corre como una esperanza desinteresada y nadie puede con ella. Si el agua que corre es poca, cualquier pozo puede prepararle una trampa y encerrarla: entonces ella se entristece, se llena de un silencio sucio, y ese pozo es como la cabeza de un loco. Yo debo tener esperanzas como de paso, vertiginosas, si es posible, y no pensar demasiado en que se cumplan; ése debe ser, también, el sentido del agua, su inclinación instintiva. Yo debo estar con mis pensamientos y mis recuerdos como en un agua que corre con gran caudal...". Esta marea de pensamientos creció rápidamente y la señora Margarita se levantó de la cama, preparó las valijas y empezó a pasearse por su cuarto y el corredor sin querer mirar el agua de la fuente. Entonces pensaba: "El agua es igual en todas partes, y yo debo cultivar mis recuerdos en cualquier agua del mundo". Pasó un tiempo angustioso antes de estar instalada en el ferrocarril. Pero después el ruido de las ruedas la deprimió y sintió pena por el agua que había dejado en la fuente del hotel; recordó la noche en que estaba sucia y llena de hojas, como una niña pobre, pidiéndole una limosna y ofreciéndole algo; pero si no había cumplido la promesa de una esperanza o un aviso, era por alguna picardía natural de la inocencia. Después la señora Margarita se puso una toalla en la cara, lloró y eso le hizo bien. Pero no podía abandonar sus pensamientos del agua quieta. "Yo debo preferir —seguía pensando— el agua que esté detenida en la noche para que el silencio se eche lentamente sobre ella y todo se llene de sueño y de plantas enmarañadas. Eso es más parecido al agua que llevo en mí; si cierro los ojos siento como si las manos de una ciega tantearan la superficie de su propia agua y recordara borrosamente un agua entre plantas que vio en la niñez, cuando aún le quedaba un poco de vista."

Aquí se detuvo un rato, hasta que yo tuve conciencia de haber vuelto a la noche en que estábamos bajo las ramas, pero no sabía bien si estos últimos pensamientos la señora Margarita los había tenido en el ferrocarril, o se le habían ocurrido ahora, bajo estas ramas. Después me hizo señas para que fuera al pie de la escalera.

Esa noche no encendí la luz de mi cuarto, y al tantear los muebles tuve el recuerdo de otra noche en que me había emborrachado ligeramente con una bebida que tomaba por primera vez. Ahora tardé en desvestirme. Después me encontré con los ojos fijos en el tul del mosquitero y me vinieron de nuevo las palabras que se habían desprendido del cuerpo de la señora Margarita.

En el mismo instante del relato no sólo me di cuenta de que ella pertenecía al marido, sino que yo había pensado demasiado en ella; y a veces, de una manera culpable. Entonces, parecía que fuera yo el que escondía los pensamientos entre las plantas. Pero desde el momento en que la señora Margarita empezó a hablar sentí una angustia como si su cuerpo se hundiera en un agua que me arrastraba a mí también; mis pensamientos culpables aparecieron de una manera fugaz y con la idea de que no había tiempo ni valía la pena pensar en ellos; y a medida que el relato avanzaba el agua se iba presentando como el espíritu de una religión que nos sorprendiera en formas diferentes, y los pecados, en esa agua, tenían otro sentido y no importaba tanto su significado. El sentimiento de una religión del agua era cada vez más fuerte. Aunque la señora Margarita y yo éramos los únicos fieles de carne y hueso, los recuerdos de agua que yo recibía en mi propia vida, en las intermitencias del relato, también me parecían fieles de esa religión; llegaban con lentitud, como si hubieran emprendido el viaje desde hacía mucho tiempo y apenas cometido un gran pecado.

De pronto me di cuenta de que de mi propia alma me nacía otra nueva y que yo seguiría a la señora Margarita no sólo en el agua, sino también en la idea de su marido. Y cuando ella terminó de hablar y yo subía la escalera de cemento armado, pensé que en los días en que caía agua del cielo había reuniones de fieles.

Pero, después de acostado bajo aquel tul, empecé a rodear de otra manera el relato de la señora Margarita; fui cayendo con una sorpresa lenta, en mi alma de antes, y pensando que yo también tenía mi angustia propia; que aquel tul en que yo había dejado prendidos los ojos abiertos, estaba colgado encima de un pantano y que de allí se levantaban otros fieles, los míos propios, y me reclamaban otras cosas. Ahora recordaba mis pensamientos culpables con bastantes detalles y cargados con un sentido que yo conocía bien. Habían empezado en una de las primeras tardes, cuando sospechaba que la señora Margarita me atraería como una gran ola; no me dejaría hacer pie y mi pereza me quitaría fuerzas para defenderme. Entonces tuve una reacción y quise irme de aquella casa; pero eso fue como si al despertar hiciera un movimiento con la intención de levantarme y sin darme cuenta me acomodara para seguir durmiendo. Otra tarde quise imaginarme —ya lo había hecho con otras mujeres— cómo sería yo casado con ésta. Y por fin había decidido, cobardemente, que si su soledad me inspirara lástima y yo me casara con ella, mis amigos dirían que lo había hecho por dinero; y mis antiguas novias se reirían de mí al descubrirme caminando por veredas estrechas detrás de una mujer gruesísima que resultaba ser mi mujer. (Ya había tenido que andar detrás de ella, por la vereda angosta que rodeaba el lago, en las noches en que ella quería caminar.)

Ahora a mí no me importaba lo que dijeran los amigos ni las burlas de las novias de antes. Esta señora Margarita me atraía con una fuerza que parecía ejercer a gran distancia, como si yo fuera un satélite, y al mismo tiempo que se me aparecía lejana y ajena, estaba llena de una sublimidad extraña. Pero mis fieles me reclamaban a la primera señora Margarita, aquella desconocida más sencilla, sin marido, y en la que mi imaginación podía intervenir más libremente. Y debo haber pensado muchas cosas más antes que el sueño me hiciera desaparecer el tul.

A la mañana siguiente, la señora Margarita me dijo por teléfono: "Le ruego que vaya a Buenos Aires por unos días; haré limpiar la casa y no quiero que usted me vea sin el agua". Después me indicó el hotel donde debía ir. Allí recibiría el aviso para volver.

La invitación a salir de su casa hizo disparar en mí un resorte celoso y en el momento de irme me di cuenta de que a pesar de mi excitación llevaba conmigo un envoltorio pesado de tristeza y que apenas me tranquilizara tendría la necesidad estúpida de desenvolverlo y revisarlo cuidadosamente. Eso ocurrió al poco rato, y cuando tomé el ferrocarril tenía tan pocas esperanzas de que la señora Margarita me quisiera, como serían las de ella cuando tomó aquel ferrocarril sin saber si su marido aún vivía. Ahora eran otros tiempos y otros ferrocarriles; pero mi deseo de tener algo común con ella me hacía pensar: "Los dos hemos tenido angustias entre ruidos de ruedas de ferrocarriles". Pero esta coincidencia era tan pobre como la de haber acertado sólo una cifra de las que tuviera un billete premiado. Yo no tenía la virtud de la señora Margarita de encontrar un agua milagrosa, ni buscaría consuelo en ninguna religión. La noche anterior había traicionado a mis propios fieles, porque aunque ellos querían llevarme con la primera señora Margarita, yo tenía, también, en el fondo de mi pantano, otros fieles que miraban fijamente a esta señora como bichos encantados por la luna. Mi tristeza era perezosa, pero vivía en mi imaginación con orgullo de poeta incomprendido. Yo era un lugar provisorio donde se encontraban todos mis antepasados un momento antes de llegar a mis hijos; pero mis abuelos, aunque eran distintos y con grandes enemistades, no querían pelear mientras pasaban por mi vida: preferían el descanso, entregarse a la pereza y desencontrarse como sonámbulos caminando por sueños diferentes. Yo trataba de no provocarlos, pero si eso llegaba a ocurrir preferiría que la lucha fuera corta y se exterminaran de un golpe.

En Buenos Aires me costaba hallar rincones tranquilos donde Alcides no me encontrara. (A él le gustaría que le contara cosas de la señora Margarita para ampliar su mala manera de pensar en ella.) Además yo ya estaba bastante confundido con mis dos señoras Margaritas y vacilaba entre ellas como si no supiera a cuál, de dos hermanas, debía preferir o traicionar; ni tampoco las podía fundir, para amarlas al mismo tiempo. A menudo me fastidiaba que la última señora Margarita me obligara a pensar en ella de una manera tan pura, y tuve la idea de que debía seguirla en todas sus locuras para que ella me confundiera entre los recuerdos del marido, y yo, después, pudiera sustituirlo.

Recibí la orden de volver en un día de viento y me lancé a viajar con una precipitación salvaje. Pero ese día, el viento parecía traer oculta la misión de soplar contra el tiempo y nadie se daba cuenta de que los seres humanos, los ferrocarriles y todo se movía con una lentitud angustiosa. Soporté el viaje con una paciencia inmensa y al llegar a la casa inundada fue María la que vino a recibirme al embarcadero. No me dejó remar y me dijo que el mismo día en que yo me fui, antes de retirarse el agua, ocurrieron dos accidentes. Primero llegó Filomena, la mujer del botero, a pedir que la señora Margarita la volviera a tomar. No la habían despedido sólo por haber dejado nadar aquel pan, sino porque la encontraron seduciendo a Alcides una vez que él estuvo allí en los primeros días. La señora Margarita, sin decir una palabra, la empujó, y Filomena cayó al agua; cuando se iba, llorando y chorreando agua, el marido la acompañó y no volvieron más. Un poco más tarde, cuando la señora Margarita acercó, tirando de un cordón, el tocador de su cama (allí los muebles flotaban sobre gomas infladas, como las que los niños llevan a las playas), volcó una botella de aguardiente sobre un calentador que usaba para unos afeites y se incendió el tocador. Ella pidió agua por teléfono, "como si allí no hubiera bastante o no fuera la misma que hay en toda la casa", decía María.

La mañana que siguió a mi vuelta era radiante y habían puesto plantas nuevas; pero sentí celos de pensar que allí había algo diferente de lo de antes; la señora Margarita y yo no encontraríamos las palabras y los pensamientos como los habíamos dejado, debajo de las ramas.

Ella volvió a su historia después de algunos días. Esa noche, como ya había ocurrido otras veces, pusieron una pasarela para cruzar el agua del zaguán. Cuando llegué al pie de la escalera la señora Margarita me hizo señas para que me detuviera; y después para que caminara detrás de ella. Dimos una vuelta por toda la vereda estrecha que rodeaba al lago y ella empezó a decirme que al salir de aquella ciudad de Italia pensó que el agua era igual en todas partes del mundo. Pero no fue así, y muchas veces tuvo que cerrar los ojos y ponerse los dedos en los oídos para encontrarse con su propia agua. Después de haberse detenido en España, donde un arquitecto le vendió los planos para una casa inundada —ella no me dio detalles—, tomó un barco demasiado lleno de gente y al dejar de ver tierra se dio cuenta de que el agua del océano no le pertenecía, que en ese abismo se ocultaban demasiados seres desconocidos. Después me dijo que algunas personas, en el barco, hablaban de naufragios, y cuando miraban la inmensidad del agua, parecía que escondían miedo; pero no tenían escrúpulo en sacar un poquito de aquella agua inmensa, de echarla en una bañera, y de entregarse a ella con el cuerpo desnudo. También les gustaba ir al fondo del barco y ver las calderas, con el agua encerrada y enfurecida por la tortura del fuego. En los días en que el mar estaba agitado la señora Margarita se acostaba en su camarote y hacía andar sus ojos por hileras de letras, en diarios y revistas, como si siguieran caminos de hormigas. O miraba un poco el agua que se movía entre un botellón de cuello angosto. Aquí detuvo el relato y yo me di cuenta de que ella se balanceaba como un barco. A menudo nuestros pasos no coincidían, echábamos el cuerpo para lados diferentes y a mí me costaba atrapar sus palabras, que parecían llevadas por ráfagas desencontradas. También detuvo sus pasos antes de subir a la pasarela, como si en ese momento tuviera miedo de pasar por ella; entonces me pidió que fuera a buscar el bote. Anduvimos mucho rato antes que apareciera el suspiro ronco y nuevas palabras. Por fin me dijo que en el barco había tenido un instante para su alma. Fue cuando estaba apoyada en una baranda, mirando la calma del mar, como a una inmensa piel que apenas dejara entrever movimientos de músculos. La señora Margarita imaginaba locuras como las que vienen en los sueños: suponía que ella podía caminar por la superficie del agua; pero tenía miedo que surgiera una marsopa que la hiciera tropezar; y entonces, esta vez, se hundiría, realmente. De pronto tuvo conciencia que desde hacía algunos instantes caía, sobre el agua del mar, agua dulce del cielo, muchas gotas llegaban hasta la madera de cubierta y se precipitaban tan seguidas y amontonadas como si asaltaran el barco. Enseguida toda la cubierta era, sencillamente, un piso mojado. La señora Margarita volvió a mirar el mar, que recibía y se tragaba la lluvia con la naturalidad con que un animal se traga a otro. Ella tuvo un sentimiento confuso de lo que pasaba y de pronto su cuerpo se empezó a agitar por una risa que tardó en llegarle a la cara, como un temblor de tierra provocado por una causa desconocida. Parecía que buscara pensamientos que justificaran su risa y por fin se dijo: "Esta agua parece una niña equivocada; en vez de llover sobre la tierra llueve sobre otra agua". Después sintió ternura en lo dulce que sería para el mar recibir la lluvia; pero al irse para su camarote, moviendo su cuerpo inmenso, recordó la visión del agua tragándose la otra y tuvo la idea de que la niña iba hacia su muerte. Entonces la ternura se le llenó de una tristeza pesada, se acostó enseguida y cayó en el sueño de la siesta. Aquí la señora Margarita terminó el relato de esa noche y me ordenó que fuera a mi pieza.

Al día siguiente recibí su voz por teléfono y tuve la impresión de que me comunicaba con una conciencia de otro mundo. Me dijo que me invitaba para el atardecer a una sesión de homenaje al agua. Al atardecer yo oí el ruido de las budineras, con las corridas de María, y confirmé mis temores: tendría que acompañarla en su "velorio". Ella me esperó al pie de la escalera cuando ya era casi de noche. Al entrar, de espaldas a la primera habitación, me di cuenta de que había estado oyendo un ruido de agua y ahora era más intenso. En esa habitación vi un trinchante. (Las ondas del bote lo hicieron mover sobre sus gomas infladas, y sonaron un poco las copas y las cadenas con que estaba sujeto a la pared.) Al otro lado de la habitación había una especie de balsa, redonda, con una mesa en el centro y sillas recostadas a una baranda: parecían un conciliábulo de mudos moviéndose apenas por el paso del bote. Sin querer mis remos tropezaron con los marcos de las puertas que daban entrada al dormitorio. En ese instante comprendí que allí caía agua sobre agua. Alrededor de toda la pared —menos en el lugar en que estaban los muebles, el gran ropero, la cama y el tocador— había colgadas innumerables regaderas de todas formas y colores; recibían el agua de un gran recipiente de vidrio parecido a una pipa turca, suspendido del techo como una lámpara; y de él salían, curvados como guirnaldas, los delgados tubos de goma que alimentaban las regaderas. Entre aquel ruido de gruta, atracamos junto a la cama; sus largas patas de vidrio la hacían sobresalir bastante del agua. La señora Margarita se quitó los zapatos y me dijo que yo hiciera lo mismo; subió a la cama, que era muy grande, y se dirigió a la pared de la cabecera, donde había un cuadro enorme como un chivo blanco de barba parado sobre sus patas traseras. Tomó el marco, abrió el cuadro como si fuera una puerta y apareció un cuarto de baño. Para entrar dio un paso sobre las almohadas, que le servían de escalón, y a los pocos instantes volvió trayendo dos budineras redondas con velas pegadas en el fondo. Me dijo que las fuera poniendo en el agua. Al subir, yo me caí en la cama; me levanté enseguida pero alcancé a sentir el perfume que había en las cobijas. Fui poniendo las budineras que ella me alcanzaba al costado de la cama, y de pronto ella me dijo: "Por favor, no las ponga así que parece un velorio". (Entonces me di cuenta del error de María.) Eran veintiocho. La señora se hincó en la cama y tomando el tubo del teléfono, que estaba en una de las mesas de luz, dio orden de que cortaran el agua de las regaderas. Se hizo un silencio sepulcral y nosotros empezamos a encender las velas echados de bruces a los pies de la cama y yo tenía cuidado de no molestar a la señora. Cuando estábamos por terminar, a ella se le cayó la caja de los fósforos en una budinera, entonces me dejó a mí solo y se levantó para ir a tocar el gong, que estaba en la otra mesa de luz. Allí había también una portátil y era lo único que alumbraba la habitación. Antes de tocar el gong se detuvo, dejó el palillo al lado de la portátil y fue a cerrar la puerta que era el cuadro del chivo. Después se sentó en la cabecera de la cama, empezó a arreglar las almohadas y me hizo señas para que yo tocara el gong. A mí me costó hacerlo: tuve que andar en cuatro pies por la orilla de la cama para no rozar sus piernas, que ocupaban tanto espacio. No sé por qué tenía miedo de caerme al agua —la profundidad era sólo de cuarenta centímetros—. Después de hacer sonar el gong una vez, ella me indicó que bastaba. Al retirarme —andando hacia atrás porque no había espacio para dar vuelta—, vi la cabeza de la señora recostada a los pies del chivo, y la mirada fija, esperando. Las budineras, también inmóviles, parecían pequeñas barcas recostadas en un puerto antes de la tormenta. A los pocos momentos de marchar los motores el agua empezó a agitarse; entonces la señora Margarita, con gran esfuerzo salió de la posición en que estaba y vino de nuevo a arrojarse de bruces a los pies de la cama. La corriente llegó hasta nosotros, hizo chocar las budineras, unas contra otras, y después de llegar a la pared del fondo volvió con violencia a llevarse las budineras, a toda velocidad. Se volcó una y enseguida otras: las velas, al apagarse, echaban un poco de humo. Yo miré a la señora Margarita, pero ella, previendo mi curiosidad, se había puesto una mano al costado de los ojos. Rápidamente, las budineras se hundían enseguida, daban vueltas a toda velocidad por la puerta del zaguán en dirección al patio. A medida que se apagaban las velas había menos reflejos y el espectáculo se empobrecía. Cuando todo parecía haber terminado, la señora Margarita, apoyada en el brazo que tenía la mano en los ojos, soltó con la otra mano una budinera que había quedado trabada a un lado de la cama y se dispuso a mirarla; pero esa budinera también se hundió enseguida. Después de unos segundos, ella, lentamente, se afirmó en las manos para hincarse o para sentarse sobre sus talones y, con la cabeza inclinada hacia abajo y la barbilla perdida entre la gordura de la garganta, miraba el agua como una niña que hubiera perdido una muñeca. Los motores seguían andando y la señora Margarita parecía cada vez más abrumada de desilusión. Yo, sin que ella me dijera nada, atraje el bote por la cuerda que estaba atada a una pata de la cama. Apenas estuve dentro del bote y solté la cuerda, la corriente me llevó con una rapidez que yo no había previsto. Al dar vuelta en la puerta del zaguán miré hacia atrás y vi a la señora Margarita con los ojos clavados en mí como si yo hubiera sido una budinera más que le diera la esperanza de revelarle algún secreto. En el patio, la corriente me hacía girar alrededor de la isla. Yo me senté en el sillón del bote y no me importaba dónde me llevara el agua. Recordaba las vueltas que había dado antes, cuando la señora Margarita me había parecido otra persona, y a pesar de la velocidad de la corriente sentía pensamientos lentos y me vino una síntesis triste de mi vida. Yo estaba destinado a encontrarme sólo con una parte de las personas, y además por poco tiempo y como si yo fuera un viajero distraído que tampoco supiera dónde iba. Esta vez ni siquiera comprendía por qué la señora Margarita me había llamado y contaba su historia sin dejarme hablar ni una palabra; por ahora yo estaba seguro de que nunca me encontraría plenamente con esta señora. Y seguí en aquellas vueltas y en aquellos pensamientos hasta que apagaron los motores y vino María a pedirme el bote para pescar las budineras, que también daban vuelta alrededor de la isla. Yo le expliqué que la señora Margarita no hacía ningún velorio y que únicamente le gustaba ver naufragar las budineras con la llama y no sabía qué más decirle.

Esa misma noche, un poco tarde, la señora Margarita me volvió a llamar. Al principio estaba nerviosa, y sin hacer la carraspera tomó la historia en el momento en que había comprado la casa y la había preparado para inundarla. Tal vez había sido cruel con la fuente, desbordándole el agua y llenándola con esa tierra oscura. Al principio, cuando pusieron las primeras plantas, la fuente parecía soñar con el agua que había tenido antes; pero de pronto las plantas aparecían demasiado amontonadas, como presagios confusos; entonces la señora Margarita las mandaba cambiar. Ella quería que el agua se confundiera con el silencio de sueños tranquilos, o de conversaciones bajas de familias felices (por eso le había dicho a María que estaba sorda y que sólo debía hablarle por teléfono). También quería andar sobre el agua con la lentitud de una nube y llevar en las manos libros, como aves inofensivas. Pero lo que más quería, era comprender el agua. Es posible, me decía, que ella no quiera otra cosa que correr y dejar sugerencias a su paso; pero yo me moriré con la idea de que el agua lleva dentro de sí algo que ha recogido en otro lado y no sé de qué manera me entregará pensamientos que no son los míos y que son para mí. De cualquier manera yo soy feliz con ella, trato de comprenderla y nadie me podrá prohibir que conserve mis recuerdos en el agua.

Esa noche, contra su costumbre, me dio la mano al despedirse. Al día siguiente, cuando fui a la cocina, el hombre del agua me dio una carta. Por decirle algo le pregunté por sus máquinas. Entonces me dijo:

—¿Vio que pronto instalamos las regaderas?

—Sí, y... ¿andan bien? (Yo disimulaba el deseo de ir a leer la carta.)

—Cómo no... Estando bien las máquinas, no hay ningún inconveniente. A la noche muevo una palanca, empieza el agua de las regaderas y la señora se duerme con el murmullo. Al otro día, a las cinco, muevo otra vez la misma palanca, las regaderas se detienen, y el silencio despierta a la señora; a los pocos minutos corro la palanca que agita el agua y la señora se levanta.

Aquí lo saludé y me fui. La carta decía:

"Querido amigo: El día que lo vi por primera vez en la escalera, usted traía los párpados bajos y aparentemente estaba muy preocupado con los escalones. Todo eso parecía timidez; pero era atrevido en sus pasos, en la manera de mostrar la suela de sus zapatos. Le tomé simpatía y por eso quise que me acompañara todo este tiempo. De lo contrario, le hubiera contado mi historia enseguida y usted tendría que haberse ido a Buenos Aires al día siguiente. Eso es lo que hará mañana.

"Gracias por su compañía; y con respecto a sus economías nos entenderemos por medio de Alcides. Adiós y que sea feliz; creo que buena falta le hace. Margarita.

"P. D. Si por casualidad a usted se le ocurriera escribir todo lo que le he contado, cuente con mi permiso. Sólo le pido que al final ponga estas palabras: 'Ésta es la historia que Margarita le dedica a José. Esté vivo o esté muerto' ".

CONEJOS BLANCOS

Leonora Carrington

Ha llegado el momento de contar los sucesos que comenzaron en el número 40 de Pest Street. Parecía como si las casas, de color negro rojizo, hubiesen surgido misteriosamente del incendio de Londres. El edificio que había frente a mi ventana, con unas cuantas volutas de enredadera, tenía el aspecto negro y vacío de una morada azotada por la peste y lamida por las llamas y el humo. No era así como yo me había imaginado Nueva York.

Hacía tanto calor que me dieron palpitaciones cuando me atreví a dar una vuelta por las calles; así que me estuve sentada contemplando la casa de enfrente, mojándome de cuando en cuando la cara empapada de sudor.

La luz nunca era muy fuerte en Pest Street. Había siempre una reminiscencia de humo que volvía turbia y neblinosa la visibilidad; sin embargo, era posible examinar la casa de enfrente con detalle, incluso con precisión. Además, yo siempre he tenido una vista excelente.

Me pasé varios días intentando descubrir enfrente alguna clase de movimiento; pero no percibí ninguno, y finalmente adopté la costumbre de desvestirme con total despreocupación delante de mi ventana abierta y hacer optimistas ejercicios respiratorios en el aire denso de Pest Street. Esto debió de dejarme los pulmones tan negros como las casas.

Una tarde me lavé el pelo y me senté afuera, en el diminuto arco de piedra que hacía de balcón, para que se me secara. Apoyé la cabeza entre las rodillas, y me puse a observar un moscarda que chupaba el cadáver de una araña, a mis pies. Alcé los ojos, miré a través de mis cabellos largos, y vi algo negro en el cielo, inquietantemente silencioso para que fuera un aeroplano. Me separé el pelo a tiempo de ver bajar un gran cuervo al balcón de la casa de enfrente. Se posó en la balaustrada y miró por la ventana vacía. Luego metió la cabeza debajo de un ala, buscándose piojos al parecer. Unos minutos después, no me sorprendió demasiado ver abrirse las dobles puertas y asomarse al balcón una mujer. Llevaba un gran plato de huesos que vació en el suelo. Con un breve graznido de agradecimiento, el cuervo saltó abajo y se puso a hurgar en su comida repugnante.

La mujer, que tenía un pelo negro larguísimo, lo utilizó para limpiar el plato. Luego me miró directamente y sonrió de manera amistosa. Yo le sonreí a mi vez y agité una toalla. Esto la animó, porque echó la cabeza para atrás con coquetería y me dedicó un elegante saludo a la manera de una reina.

—¿Tiene un poco de carne pasada que no necesite? —me gritó.

—¿Un poco de qué? —grité yo, preguntándome si me habría engañado el oído.

—De carne en mal estado. Carne en descomposición.

—En este momento, no —contesté, preguntándome si no estaría bromeando.

—¿Y tendrá para el fin de semana? Si fuera así, le agradecería inmensamente que me la trajera.

A continuación volvió a meterse en el balcón vacío, y desapareció. El cuervo alzó el vuelo.

Mi curiosidad por la casa y su ocupante me impulsó a comprar un gran trozo de carne a la mañana siguiente. Lo puse en mi balcón sobre un periódico y esperé. En un tiempo relativamente corto, el olor se volvió tan fuerte que me vi obligada a realizar mis tareas diarias con una pinza fuertemente apretada en la punta de la nariz. De cuando en cuando bajaba a la calle a respirar.

Hacia la noche del jueves, noté que la carne estaba cambiando de color; así que, apartando una nube de rencorosas moscardas, la eché en mi bolsa de malla y me dirigí a la casa de enfrente.

Cuando bajaba la escalera, observé que la casera parecía evitarme.

Tardé un rato en encontrar el portal de la casa. Resultó que estaba oculto bajo una cascada de algo, y daba la impresión de que nadie había salido ni entrado por él desde hacía años. La campanilla era de esas antiguas de las que hay que tirar; y al hacerlo, algo más fuerte de lo que era mi intención, me quedé con el tirador en la mano. Di unos golpes irritados en la puerta y se hundió, dejando salir un olor espantoso a carne podrida. El recibimiento, que estaba casi a oscuras, parecía de madera tallada.

La mujer misma bajó, susurrante, con una antorcha en la mano.

—¿Cómo está usted? ¿Cómo está usted? —murmuró ceremoniosamente; y me sorprendió observar que llevaba un precioso y antiguo vestido de seda verde. Pero al acercarse, vi que tenía la tez completamente blanca y que brillaba como si la tuviese salpicada de mil estrellitas diminutas.

—Es usted muy amable —prosiguió, tomándome del brazo con su mano reluciente—. No sabe lo que se van a alegrar mis pobres conejitos.

Subimos; mi compañera andaba con gran cuidado, como si tuviese miedo.

El último tramo de escalones daba a un "boudoir" decorado con oscuros muebles barrocos tapizados de rojo. El suelo estaba sembrado de huesos roídos y cráneos de animales.

—Tenemos visita muy pocas veces —sonrió la mujer—. Así que han corrido todos a esconderse en sus pequeños rincones.

Dio un silbido bajo, suave y, paralizada, vi salir cautamente un centenar de conejos blancos de todos los agujeros, con sus grandes ojos rosas fijamente clavados en ella.

—¡Venid, bonitos! ¡Venid, bonitos! —canturreó, metiendo la mano en mi bolsa de malla y sacando un trozo de carne podrida.

Con profunda repugnancia, me aparté a un rincón; y la vi arrojar la carroña a los conejos, que se pelearon como lobos por la carne.

—Una acaba encariñándose con ellos —prosiguió la mujer—. ¡Cada uno tiene sus pequeñas costumbres! Le sorprendería lo individualistas que son los conejos.

Los susodichos conejos despedazaban la carne con sus afilados dientes de macho cabrío.

—Por supuesto, nosotros nos comemos alguno de cuando en cuando. Mi marido hace con ellos un estofado sabrosísimo, los sábados por la noche.

Seguidamente, un movimiento en uno de los rincones atrajo mi atención; entonces me di cuenta de que había una tercera persona en la habitación. Al llegarle a la cara la luz de la antorcha, vi que tenía la tez igual de brillante que ella; como oropel en un árbol de Navidad. Era un hombre y estaba vestido con una bata roja, sentado muy tieso, y de perfil a nosotros. No parecía haberse enterado de nuestra presencia, ni del gran conejo macho cabrío que tenía sentado sobre su rodilla, donde masticaba un trozo de carne.

La mujer siguió mi mirada y rió entre dientes.

—Ése es mi marido. Los chicos solían llamarlo Lázaro...

Al sonido de este nombre, familiar, el hombre volvió la cara hacia nosotras; y vi que tenía una venda en los ojos.

—¿Ethel? —preguntó con voz bastante débil—. No quiero que entren visitas aquí. Sabes de sobra que lo tengo rigurosamente prohibido.

—Vamos, Laz; no empecemos —su voz era quejumbrosa—. No me puedes escatimar un poquitín de compañía. Hace veinte años y pico que no veía una cara nueva. Además ha traído carne para los conejos.

La mujer se volvió y me hizo seña de que fuera a su lado.

—Quiere quedarse entre nosotros; ¿a que sí? —De repente me entró miedo y sentí ganas de salir, de huir de estas personas terribles y plateadas y de sus conejos blancos carnívoros.

—Creo que me voy a marchar; es hora de cenar.

El hombre de la silla profirió una carcajada estridente, aterrando al conejo que tenía sobre la rodilla, el cual saltó al suelo y desapareció.

La mujer acercó tanto su cara a mía que creía que aliento nauseabundo iba a anestesiarme.

—¿No quiere quedarse, y ser como nosotros? En siete años su piel se volverá como las estrellas; siete años tan sólo, y tendrá la enfermedad sagrada de la Biblia: ¡la lepra!

Eché a correr a trompicones, ahogada de horror; una curiosidad malsana me hizo mirar por encima del hombro al llegar a la puerta de la casa, y vi que la mujer, en la balaustrada, alzaba una mano a modo de saludo. Y al agitarla, se le desprendieron los dedos y cayeron al suelo como estrellas fugaces.

ÉXTASIS

Katherine Mansfield

A pesar de sus treinta años, Bertha Young disfrutaba aún de instantes como éste en que quería correr en vez de caminar, bailar dando saltitos arriba y abajo en la acera, lanzar un aro, tirar algo al aire y volver a tomarlo o quedarse quieta y reírse de... nada, sencillamente de nada.

¿Qué puede hacer una cuando se tienen treinta años y, al doblar la esquina de tu propia calle, de pronto te quedas traspuesta por una sensación de éxtasis, ¡de absoluto éxtasis!, como si de pronto te hubieras tragado un trozo de ese último sol radiante de la tarde y éste te ardiera en el pecho, proyectando una llovizna de chispas en cada partícula, en cada uno de los dedos de las manos y de los pies...?

Cielos, ¿es que no hay modo de que puedas expresarlo sin estar ebria o fuera de tus cabales? ¡Necia civilización! ¿Para qué nos darán un cuerpo si tenemos que encerrarlo en un estuche como a un Stradivarius?

"No, esto del Stradivarius no es precisamente lo que quiero decir", pensó mientras corría escaleras arriba, rebuscaba las llaves dentro del bolso (las había olvidado, como siempre) y hacía ruido en el buzón.

—No es lo que quiero decir, porque... Gracias, Mary —entró en el vestíbulo.

—¿Ha vuelto la niñera?

—Sí, señora.

—¿Y ha llegado la fruta?

—Sí, señora. Ya ha llegado todo.

—¿Quieres por favor subir la fruta al comedor? Yo la prepararé antes de subir.

Había tinieblas y hacía mucho frío en el comedor. Pero aun así, Bertha se quitó el abrigo; no podía soportar ni un segundo más aquel broche asfixiante. El aire frío le tocó los brazos.

Pero en su pecho seguía ese rincón de destello radiante..., aquella llovizna de chispas proyectadas hacia fuera. Casi resultaba insoportable. Casi no se atrevía a respirar por miedo a avivarla y en cambio respiraba hondo, cada vez más hondo. Casi no se atrevía a mirar en el frío espejo..., pero miró y eso la convirtió de nuevo en mujer, una mujer radiante, con labios sonrientes y temblorosos, con grandes ojos oscuros y un aire de estar escuchando, de estar esperando que algo..., que algo maravilloso pasara..., algo que sabía que pasaría con toda seguridad.

Mary entró la fruta en una bandeja junto con un cuenco de cristal y un plato azul, muy bonito, con un lustre muy raro por encima, como si lo hubieran metido en leche.

—¿Quiere que encienda la luz, señora?

—No, gracias. Aún puedo ver muy bien.

Había mandarinas y manzanas de color rosa fresa. Unas cuantas peras amarillas, suaves como la seda, uvas blancas cubiertas de una pátina de plata y un gran racimo de uvas negras. Estas últimas las había comprado para que hicieran juego con la alfombra nueva del comedor. Sí, sonaba algo estrafalario y absurdo, pero era la verdadera razón por la que las había comprado. En la tienda había pensado: "Tengo que comprar algunas negras para que la alfombra destaque sobre la mesa". Y en aquel momento le había parecido de mucho sentido común.

Cuando hubo terminado de colocarlas y hubo construido dos pirámides con esas formas redondas y relucientes, se apartó unos pasos de la mesa, para captar el efecto..., y la verdad es que quedaba de lo más curioso. Porque la mesa oscura parecía fundirse con la luz de las tinieblas y con el cuenco azul y quedar flotando en el aire. Era..., claro que en su actual estado de ánimo, era increíblemente maravilloso. ...Se empezó a reír.

—No, ni hablar. Me estoy poniendo histérica —y recogió el bolso, tomó el abrigo y subió corriendo escaleras arriba al cuarto del bebé.

La niñera estaba sentada en una mesita baja dándole la cena a la Pequeña B después del baño. El bebé llevaba puesto un camisoncito de franela blanco y una chaquetita de lana azul y llevaba el fino pelito negro peinado hacia arriba en una crestita muy graciosa. Levantó los ojitos cuando vio a su madre y empezó a dar saltos.

—Venga, cielito, cómetelo todo como una niña buena —dijo la niñera, con los labios apretados de una forma que Bertha conocía bien y que significaba que una vez más había entrado en la habitación en mal momento.

—¿Se ha portado bien, Nanny?

—Ha sido una delicia toda la tarde —susurró Nanny—. Fuimos al parque y yo me senté en una silla y la saqué del cochecito; se acercó un perro muy grande y me puso la cabeza en la rodilla; ella le agarró la oreja y le dio un tirón. ¡Dios santo, tenía usted que haberla visto!

Bertha deseaba preguntar si no era muy peligroso dejarla que le agarrase la oreja a un perro desconocido. Pero no se atrevió. Se quedó mirándolas con las manos caídas a los lados, como la niña pobre delante de la niña rica con muñeca.

El bebé volvió a levantar los ojos para mirarla, se quedó con la mirada fija en ella y después puso una sonrisa tan linda que Bertha no pudo evitar llorar.

—Nanny, Nanny, déjeme que termine yo de darle la cena mientras usted recoge las cosas del baño.

—Bueno, señora, no es bueno que cambie de brazos mientras come —dijo Nanny sin dejar de susurrar—. Eso la pone nerviosa; es muy probable que la haga enfadar.

Qué absurdo era todo. ¿Para qué tener una niñita si hay que guardarla, no ya en un estuche como a un Stradivarius, pero en los brazos de otra mujer?

—¡Lo siento, tengo que hacerlo! —dijo.

Muy ofendida, Nanny se la puso en los brazos.

—Ahora, no la excite después de comer. Sabe que usted lo hace, señora. ¡Y luego me hace pasar un mal rato!

¡Santo cielo! Nanny salió del cuarto con las toallas del baño.

—Bueno, ahora eres toda mía, mi joyita —dijo Bertha, y la niña se acurrucó contra ella.

Comía que era una maravilla, abriendo mucho la boca para la cuchara y zarandeando las manos. Unas veces no soltaba la cuchara, y otras, justo cuando Bertha la había llenado, la tiraba por los aires de un manotazo.

Cuando el puré se terminó, Bertha se volvió hacia la chimenea.

—Eres bonita... ¡eres muy bonita! —dijo besando a su bebé tan calentito—. Te tengo cariño. Me gustas.

Y de hecho de qué manera adoraría a Pequeña B (el cuello cuando lo doblaba hacia adelante, sus exquisitos dedos del pie reluciendo transparentes a la luz del fuego) que le sobrevino de nuevo la sensación de éxtasis absoluto y de nuevo no supo cómo sacarla afuera, qué hacer con ella.

—Quieren que se ponga al teléfono —dijo Nanny, regresando victoriosa y tomando a *su* Pequeña B.

Voló escaleras abajo. Era Harry.

—Ah. ¿Eres tú, Ber? Oye. Voy a llegar tarde. Tomaré un taxi e iré para allá lo antes que pueda, pero haz que retrasen la cena diez minutos, ¿quieres?, ¿de acuerdo?

—Sí, perfecto. ¡Ah, Harry!

—¿Sí?

¿Qué tenía que decir? No tenía nada que decir. Sólo deseaba hablar con él un momento. No podía gritar de manera absurda: "¡Qué día maravilloso!".

—¿Me querías decir algo? —dijo de prisa la vocecita.

—Nada. *Entendu* —dijo Bertha, y colgó el auricular, pensando en lo rematadamente necia que era esta civilización.

Tenían invitados a cenar. El señor Norman Knight y su esposa, una pareja de gran renombre, él a punto de abrir un teatro y ella terriblemente interesada en la decoración de interiores, un hombre joven, Eddie Warren, que acababa de publicar un librito de poemas y al que todo el mundo quería invitar a cenar, y un "descubrimiento" de Bertha llamada Pearl Fulton. Lo que hacía la señorita Fulton, Bertha no lo sabía. Se habían conocido en el club y Bertha se había enamorado de ella, como se enamoraba siempre de mujeres guapas con un halo de misterio.

El morbo fue que aunque habían salido juntas y habían quedado muchas veces y en realidad habían hablado, Bertha no había logrado aún captarla. Hasta cierto punto, la señorita Fulton era misteriosamente, maravillosamente franca, pero el cierto punto había pasado y ella no había logrado ir más allá.

¿Habría algo más allá? Harry dijo: "No". Se inclinó a tacharla más bien de aburrida y "fría como todas las rubias con un toque, quizá, de anemia cerebral". Pero Bertha no estaba de acuerdo con él; aún no, de ninguna forma.

—No, ese modo que tiene de sentarse con la cabeza un poco ladeada, y sonriendo, esconde algo, Harry, y tengo que averiguar qué es ese algo.

—Lo más probable es que esconda un buen estómago —había respondido Harry.

No dejaba de adelantarse a Bertha con respuestas de este tipo... "Un hígado helado, preciosa" o "simples gases" o puede que esté enferma del riñón... Por alguna extraña razón, a Bertha le gustaba esto, y casi lo admiraba muchísimo en él.

Entró en el salón y encendió el fuego; después, recogiendo uno por uno los cojines que Mary había colocado con tanto cuidado, los volvió a lanzar sobre las sillas y los sofás. Aquello marcaba la diferencia: la estancia recobró la vida en un santiamén. Cuando estaba a punto de lanzar el último se sorprendió a sí misma abrazándolo de repente, apasionadamente, apasionadamente. Pero aquello no apagó la llama en su pecho. ¡Todo lo contrario!

Los ventanales abiertos del salón daban a un balcón desde el que se divisaba el jardín. Al final de todo, contra el muro, había un peral alto y esbelto en pletórica floración; se erigía con absoluta perfección, tan plácido contra el cielo de verde jade. Bertha no pudo evitar percibir, incluso desde esta distancia, que no tenía ni un solo brote ni pétalo marchito. Debajo, en los arriates del jardín, los tulipanes rojos y amarillos, colmados de flores, parecían apoyarse en el crepúsculo. Un gato gris, arrastrando la panza, cruzaba el césped deslizándose, y uno negro, su sombra, le seguía el rastro. Mirarlos, tan absortos y tan veloces, le produjo a Bertha un curioso escalofrío.

—¡Qué cosa más horripilante son los gatos! —balbuceó, se apartó de la ventana y empezó a andar de un lado a otro...

Qué fuerte olían los junquillos en la sala cargada. ¿Demasiado fuerte? Oh, no. Y así, como si hubiera sido vencida, se lanzó a un sillón y se apretó los ojos con las manos.

—¡Soy demasiado feliz, demasiado feliz! —murmuró.

Y le pareció verse en los párpados el precioso peral con sus flores abiertas de par en par como un símbolo de su propia vida.

En realidad, en realidad, lo tenía todo. Harry y ella seguían tan enamorados como siempre, y continuaban juntos magníficamente bien y realmente eran buenos compañeros. Tenían un bebé adorable. No tenían que preocuparse por el dinero. Tenían esta casa ultracómoda con jardín. Y amigos, amigos modernos, emocionantes, escritores, pintores, poetas o personas interesadas por los problemas sociales: justo la clase de amigos que ellos deseaban. Y también había libros, y había música, y ella había descubierto un sastrecillo maravilloso y se iban al extranjero en verano y la nueva cocinera hacía las tortillas más exquisitas...

—Qué absurda soy. ¡Absurda! —Se incorporó; pero se sintió algo mareada, algo ebria. Debía ser primavera.

Sí, era primavera. En ese mismo instante estaba tan cansada que no podía arrastrarse escaleras arriba para vestirse.

Un vestido blanco, un collar de cuentas de jade, zapatos y medias verdes. No era de repente. Había pensado en este conjunto horas antes de detenerse ante la ventana del salón.

Los pétalos le restallaron levemente al entrar en el vestíbulo. Besó a la señora de Norman Knight, que se estaba quitando el más divertido de los abrigos naranja con una procesión de monos negros que daba la vuelta al dobladillo y subía hasta las solapas.

—¡Por qué! ¡Por qué! ¡Por qué será tan aburrida la clase media!... ¡tan absolutamente carente de sentido del humor! Querida, estoy aquí sólo de chiripa, de chiripa, y Norman es la chiripa protectora. Porque mis queridos monitos levantaron tal revuelo en el tren que éste se convirtió en un solo hombre que no hacía más que comerme con los ojos. No se reían, no lo encontraban divertido, lo cual me hubiera encantado. No, sólo se quedaban mirando y me traspasaban de arriba abajo con la mirada.

—Pero el no va más —dijo Norman, ajustándose en el ojo un gran monóculo con la montura de concha de tortuga—, no te importará que le cuente esto, Cara, ¿no?

—(En casa y entre amigos se llamaban entre ellos Cara y Jeta)—. El no va más fue cuando ella, que ya estaba más que harta, se volvió hacia la mujer que tenía al lado y le dijo: "¿No ha visto usted nunca un mono?".

—¡Vaya que sí! —la señora de Norman Knight se unió a la risa—. ¿No fue también aquello un absoluto no-va-más?

Y una cosa más divertida todavía era que ahora que no tenía el abrigo puesto era igualita que un mono muy inteligente que hasta había confeccionado aquel vestido de seda amarilla a partir de restos de cáscara de plátano. Y sus pendientes de ámbar parecían pequeños cacahuetes colgando.

—Va a hacer un otoño triste, muy triste —dijo Jeta parándose delante del cochecito de Pequeña B—. Cuando un cochecito entra en el vestíbulo... —y dejó en el aire el resto del dicho.

Sonó el timbre. Era Eddie Warren, flaco y pálido como de costumbre y en estado de extrema ansiedad.

—¿*Es* ésta la casa, o no lo *es?* —suplicó.

—Pues creo que sí... espero que sí —dijo Bertha vivaracha.

—He tenido una experiencia tan *espantosa* con un taxista; era de lo *más* siniestro. No conseguí hacer que *parara*. Mientras *más* lo tocaba y más le avisaba, *más rápido* iba. Y aquel *adefesio* de cabeza *achatada, abrazado* a aquel volante *diminuto*.

Se estremeció y se quitó una larguísima bufanda de seda blanca. Bertha se percató de que sus calcetines eran blancos también, ¡qué rico!

—¡Pero qué espanto! —exclamó ella.

—Y tanto que lo fue —dijo Eddie siguiéndola hasta el comedor—. Ya me vi recorriendo la Eternidad en un taxi *intemporal*.

Conocía al señor Knight y su esposa. De hecho, estaba a punto de componer una obra de teatro para N. K. cuando lograra terminar el proyecto de teatro.

—Y bien, Warren, ¿cómo va la obra? —dijo Norman Knight dejando caer el monóculo y dándole su tiempo al ojo para subir a la superficie antes de volver a comprimirlo tras la lente.

Y la señora de Norman Knight:

—Ah, señor Warren, ¡qué calcetines tan alegres!

—Cuánto me alegro de que le gusten —dijo él mirándose los pies—. Parece que se han vuelto *mucho* más blancos desde que salió la luna —y volvió su joven rostro, flaco y afligido, hacia Bertha.

—Es que *hay* luna, ¿sabe?

Ella quiso gritar: "¡Sin duda alguna... y tan a menudo, tan a menudo!".

La verdad es que era una persona de lo más atractiva. Y también lo era Cara, acurrucada ante el fuego con sus pieles de plátano; y también Jeta lo era, fumándose un cigarrillo y diciendo mientras tiraba la ceniza: "¿Por qué se demora el esposo?".

—Ahí está, ya.

La puerta de la calle se abrió y se cerró con un ¡pam! Harry gritó: "Hola, gente. Bajo en cinco minutos". Y lo oyeron subir corriendo las escaleras. Bertha no pudo evitar sonreír; sabía que a él le gustaba hacer las cosas a toda máquina. Después de todo, ¿qué importaban cinco minutos más? Pero él se convencía a sí mismo de que importaban más que nada en el mundo. Y luego haría una entrada triunfal en el comedor con una frialdad y una seguridad en sí mismo arrolladora.

Harry tenía tantas ansias de vivir. Cielos, cuánto apreciaba ella eso en él. Y su pasión por luchar, por hallar en todo lo que se le pusiera por delante una prueba más de su poder y de su bravura..., también eso lo entendía. Incluso cuando lo hacía parecer, en alguna ocasión, algo ridículo quizás a ojos de otros que no lo conocían bien. ...Porque había momentos en los que se precipitaba a la batalla donde no había batalla. ...Ella conversó y rió y se olvidó por completo, hasta que entró él tal y como ella lo había imaginado, de que Pearl Fulton aún no había aparecido.

—Me pregunto si la señorita Fulton se habrá olvidado.

—Supongo —dijo Harry—. ¿Está al teléfono?

—¡Ah! Acaba de llegar un taxi —y Bertha sonrió con ese airecillo de dueña que siempre adoptaba mientras sus descubrimientos femeninos eran nuevos y misteriosos—. Pearl vive en los taxis.

—Si es así acabará hecha una vaca —dijo Harry con frialdad, llamando a cenar con la campanilla—. Grave peligro para las rubias.

—Harry, no, por favor —le advirtió Bertha mirándolo con una risotada.

Otro momentito de nada pasó mientras esperaban, riendo y charlando, un pelín demasiado a sus anchas, un pelín demasiado inconscientes. Y entonces entró la señorita Fulton, toda de plata, con una redecilla plateada recogiéndole el pelo rubio claro, sonriendo, con la cabeza un poco ladeada.

—¿Llego tarde?

—No, en absoluto —dijo Bertha—. Pasa —y la tomó del brazo y entraron en el comedor.

¿Qué había en aquel roce de aquel brazo frío que avivara y avivara, hasta empezar a encender aquella llama del éxtasis con la que Bertha no sabía qué hacer?

La señorita Fulton no la miró; aunque de todos modos raramente miraba a las personas cara a cara. Los pesados párpados le reposaban sobre los ojos y esa extraña media sonrisa iba y venía a sus labios como si viviera más de escuchar que de mirar. Pero Bertha supo enseguida, como si se hubieran cruzado la más prolongada e íntima mirada, como si se hubieran dicho una a otra "¿tú también?", que Pearl Fulton estaba sintiendo exactamente lo mismo que ella mientras removía la preciosa sopa roja en el plato gris.

¿Y los demás? Cara y Jeta, Eddie y Harry, con sus cucharas entrando y saliendo de la sopa, secándose los labios con sus servilletas, desmigando el pan, jugueteando con los tenedores y los vasos y charlando.

—La conocí en el Show de *Alpha*; qué criatura más rara. No sólo se había cortado el pelo, sino que parecía como si se hubiera seccionado más que un buen trozo de brazos y piernas con las tijeras, y del cuello y también de su pobre naricita.

—¿No está de lo más *liée* con Michael Oat?

—¿El tipo que escribió *Amor con dientes postizos?*

—Quiere escribir una obra de teatro para mí. Sólo un acto. Sólo un hombre. Decide suicidarse. Da todas las razones por las que debería hacerlo y por las que no. Y justo cuando ya se ha decidido por hacerlo o por no hacerlo..., telón. La idea no está nada mal.

—¿Cómo lo va a llamar? ¿"Dolor de estómago"?

—*Creo* haber visto alguna vez la *misma* idea en una rev-vistita francesa, *tot-talmente* desconocida en Inglaterra.

No, no la conocían. Eran encantadores, encantadores, y ella adoraba tenerlos allí, sentados a su mesa, y adoraba ofrecerles comida y vino deliciosos. ¡De hecho, deseaba decirle lo exquisitos que eran, y qué grupo más estético formaban, cómo se hacían destacar entre sí y cómo le recordaban una obra de Chéjov!

Harry estaba disfrutando de su cena. Formaba parte de su, bueno, no exactamente de su naturaleza, y desde luego no de su talante, de su lo que quiera que fuese, hablar de las comidas y vanagloriarse de su "mórbida pasión por la carne blanca de la langosta" y por "el verde de los helados de pistacho, verdes y fríos como los párpados de las bailarinas egipcias".

Cuando la miró y dijo: "Bertha, es un *soufflé* absolutamente admirable", ella casi se echó a llorar como una niña de la emoción.

Ah, ¿por qué se sentía tan tierna con todo el mundo esta noche? Todo era bueno, todo estaba bien. Todo lo que iba pasando parecía volver a llenar su rebosante copa de éxtasis.

Y sin embargo, en el fondo de su mente seguía el peral. Ahora estaría plateado, a la luz de la luna de mi pobrecillo Eddie, plateado como la señorita Fulton, sentada allí dándole vueltas a una mandarina con aquellos dedos delgados tan pálidos que parecían irradiar luz.

Lo que sencillamente no lograba entender, lo que era milagroso, era de qué manera había podido adivinar su estado de ánimo con tanta precisión y de forma tan instantánea. Porque ni por un momento dudó de si podía estarse equivocando, y aun así, ¿en qué se basaba?, en nada de nada.

"Creo que esto ocurre muy, muy rara vez entre mujeres. Y nunca entre hombres", pensó Bertha. "Aunque quizá me *dé alguna señal* mientras preparo el café en el salón."

Lo que quería decir con aquello no lo sabía, y lo que ocurriría después de aquello... no podía imaginárselo.

Mientras pensaba todo esto se veía a sí misma charlando y riéndose. Tenía que hablar para sofocar su deseo de reír.

"O río o me muero."

Aunque al percatarse de la insignificante costumbre tan simpática de meterse algo dentro del escote, como si también allí guardara un puñadito de cacahuetes en secreto, Bertha se tuvo que enterrar las uñas en las palmas de las manos para no extralimitarse riéndose.

Por fin se le pasó. Y:

—Ven a ver mi cafetera nueva —dijo Bertha.

—Sólo tenemos una cafetera nueva cada quince días —dijo Harry. Cara la tomó esta vez del brazo; la señorita Fulton ladeó la cabeza y las siguió.

El fuego en el salón se había reducido a un rojo y chisporroteante "nido de polluelos de ave fénix", dijo Cara.

—No enciendas la luz todavía. Es tan hermoso —y volvió a acurrucarse junto al fuego. Siempre tenía frío... "sin su chaquetita de franela roja, claro", pensó Bertha.

En ese momento, la señorita Fulton dio *la señal.*

—¿Tiene usted jardín? —dijo la voz fría y aletargada.

Aquello fue tan exquisito por su parte que todo lo que Bertha pudo hacer fue obedecer. Atravesó la habitación, separó las cortinas y abrió aquellas ventanas tan altas.

—¡Ahí está! —exhaló.

Y las dos mujeres se quedaron de pie una junto a la otra mirando el esbelto árbol florecido. A pesar de estar tan quieto, parecía, como la llama de una vela, erguirse, despuntar, temblar en el aire luminoso, hacerse más y más alto mientras ellas observaban hasta tocar casi el borde de la redonda luna de plata.

¿Cuánto tiempo estuvieron allí? Las dos, atrapadas como quien dice en aquel círculo de luz divina, entendiéndose perfectamente entre sí, criaturas de otro mundo, y preguntándose qué hacían en éste con todo ese tesoro extasiado que les ardía en el pecho y que caía de sus cabellos y de sus manos en forma de flores de plata.

¿Para siempre... sólo un instante? Y había murmurado la señorita Fulton: "Sí. Exactamente *eso*". ¿O lo había soñado Bertha?

Entonces encendieron la luz y Cara hizo el café y Harry dijo:

—Mi querida señora Knight, no me pregunte por mi niña. Nunca la veo. No sentiré el más mínimo interés por ella hasta que tenga un amante — y Jeta apartó el ojo del invernadero del jardín por un instante y lo volvió a poner bajo la lente y Eddie Warren se terminó el café y soltó la taza con una cara de angustia como si en el fondo hubiera visto la araña.

—Lo que quiero es ofrecerles un espectáculo a los jóvenes. Yo creo que Londres sencillamente está atiborrado de obras noveles, aun sin escribir. Lo que quiero decirles es: "Aquí tenéis el teatro. Abrid fuego".

—No sé si sabrás, querida, que voy a decorar una habitación para los Jacob Nathans. Ah, cuánto me tienta hacer un diseño de pescado frito, como los respaldos de los sillones en forma de sostenes y las cortinas de preciosas patatas fritas bordadas.

—El problema con nuestros jóvenes escritores es que son todavía demasiado románticos. Uno no puede hacerse a la mar sin marearse y pedir una palangana. En fin, ¿por qué no tendrán la valentía de usar palanganas?

—Un poema *espantoso* sobre una *muchacha* que fue *violada* por un pordiosero *sin* nariz en un bosq-quecillo...

La señorita Fulton se hundió en el sillón más bajo y más hondo y Harry repartió cigarrillos.

Por el modo en que se quedó parado delante de ella agitando la caja plateada y diciendo con brusquedad: "¿Egipcio? ¿Turco? ¿De Virginia? Están todos mezclados", Bertha se dio cuenta de que Pearl no sólo lo aburría; realmente le desagradaba. Y decidió, por el modo en que la señorita Fulton dijo: "No gracias, no fumaré", que también ella sentía lo mismo hacia él, y se sintió herida.

"Cielos, Harry, que no te desagrade. Estás completamente equivocado con ella. Es maravillosa, maravillosa. Y además, cómo puedes sentir algo tan distinto por alguien que significa tantísimo para mí. Intentaré contarte esta noche cuando estemos en la cama lo que ha ocurrido. Lo que ella y yo hemos compartido."

Al oírse esas palabras algo extraño y casi aterrador hizo diana en la mente de Bertha. Y este algo ciego y sonriente le dijo muy bajito: "Pronto se irá toda esta gente. La casa quedará tranquila, muy tranquila. Se apagarán las luces. Y tú y él estaréis juntos, solos en la habitación oscura, en la cálida cama...".

Se levantó de un salto de la silla y corrió al piano.

—¡Qué pena que no toque nadie! —exclamó—. ¡Qué pena que no toque nadie!

Por primera vez en su vida, Bertha Young deseaba a su marido.

Sí, lo había amado, había estado enamorada de él, claro, de otra manera, la que fuera, pero exactamente de esta manera, no. Y lo mismo, había visto con claridad que él era diferente. Lo habían hablado tan a menudo. Le había preocupado tantísimo al principio descubrir que era tan frígida, pero pasado un tiempo aquello parecía no importar. Eran tan sinceros el uno con el otro, tan buenos compañeros. Eso era lo mejor de ser modernos.

Aunque ahora... ¡Ardorosamente! ¡Ardorosamente! ¡La palabra dolía en su ardoroso cuerpo! ¿Era a esto a lo que aquel sentimiento de éxtasis la había estado conduciendo? Pero de pronto, de pronto...

—Querida —dijo la señora de Norman Knight—, ya conoces nuestra lacra. Somos víctimas de los horarios y de los trenes. Vivimos en Hampstead. Ha sido maravilloso.

—Os acompañaré al vestíbulo —dijo Bertha—. Me ha encantado teneros aquí. Pero no debéis perder el último tren. ¿No sería horrible?

—¿Tomas un whisky, Knight, antes de irte? —preguntó Harry.

—No, gracias, amigo mío.

Bertha le dio la mano con un buen apretón por aquello.

—Buenas noches, adiós —gritó desde el último escalón de arriba, sintiendo que aquel yo secreto se libraba de ellos para siempre.

Cuando volvió a entrar en el salón, los demás se estaban marchando.

—... Entonces puedes venir parte del recorrido en mi taxi.

—Le agradezco *tanto no* tener que enfrentarme a *otro* recorrido *yo solo* después de mi *espantosa* experiencia.

—Podéis conseguir un taxi en la parada que está justo al final de la calle. No tendréis que caminar más que algunas yardas.

—Eso me tranquiliza. Iré a ponerme mi abrigo.

La señorita Fulton se fue hacia el vestíbulo y Bertha la estaba siguiendo cuando Harry casi la tiró al adelantarla.

—Permítame que la ayude.

Bertha vio que se sentía arrepentido de su rudeza; lo dejó pasar. Qué maravilla de hombre era en algunas cosas: ¡tan impulsivo!, ¡tan sencillo!

Y los dejaron a Eddie y a ella junto al fuego de la chimenea.

—Me *pregunto* si has visto el *nuevo* poema de Bilks titulado "Table d'Hôte" —dijo Eddie con voz suave—. Es *tan* maravilloso. En la última antología. ¿Tienes un ejemplar? Me gustaría *tanto* enseñártelo. Empieza con un verso *increíblemente* hermoso: "¿Por qué debe ser siempre sopa de tomate?".

—Sí —dijo Bertha. Y se fue sigilosamente a una mesa frente a la puerta del salón y Eddie se deslizó sigilosamente tras ella. Ella tomó el librito y se lo dio; no habían hecho el menor ruido.

Mientras él buscaba el poema, ella volvió la cabeza hacia el vestíbulo. Y vio... Harry estaba con el abrigo de la señorita Fulton en sus brazos y la señorita Fulton dándole la espalda y cabizbaja. Tiró el abrigo, le puso las manos en los hombros y la giró hacia él violentamente. Sus labios dijeron: "Te adoro", y la señorita Fulton le puso sus dedos de claro de luna en las mejillas y le sonrió con su sonrisa aletargada. Las aletas de la nariz de Harry temblaban; los labios se le encogieron en una horrible sonrisa al musitarle: "Mañana", y la señorita Fulton dijo con los párpados: "Sí".

—Aquí está —dijo Eddie—. "¿Por qué debe ser siempre sopa de tomate?" Es tan *profundamente* verdadero, ¿no te parece? La sopa de tomate es tan *espantosamente* eterna.

—Si lo prefieres —dijo la voz de Harry, muy alto, desde el vestíbulo—, puedo pedir que venga un taxi hasta la puerta.

—No, no. No es necesario —dijo la señorita Fulton y fue hasta donde estaba Bertha y le tendió sus delgados dedos.

—Adiós. Muchísimas gracias.

—Adiós —dijo Bertha.

La señorita Fulton le sostuvo la mano un momento más.

—¡Su precioso peral! —murmuró.

Y después se había ido, con Eddie detrás, como el gato negro que sigue al gato gris.

—Yo cerraré todo —dijo Harry, con una frialdad y una seguridad en sí mismo arrolladora.

"¡Su precioso peral, peral, peral!", Bertha sencillamente corrió a las ventanas altas.

—Ah, ¿qué va a pasar ahora? —exclamó.

Pero el peral estaba tan hermoso como siempre y tan repleto de flores e igual de quieto.

NOTAS SOBRE LOS AUTORES

JORGE LUIS BORGES nació en Buenos Aires el 24 de agosto de 1899. En 1914, viajó con su familia a Ginebra, donde cursó el bachillerato. En 1919 residió en España y allí entró en contacto con el movimiento poético ultraísta.

De regreso al país, comenzó a publicar sus primeros libros de poesía y de ensayos (*Fervor de Buenos Aires*, 1923; *Luna de enfrente*, 1925; *Inquisiciones*, 1925; entre otros), inscriptos en lo que se llamó su "criollismo urbano de vanguardia". Los libros de poemas fueron incesantemente corregidos por Borges a lo largo de su vida y a los ensayos jamás los incluyó en sus *Obras Completas*. Es en esta década cuando Borges funda con otros escritores la revista vanguardista *Proa*, colabora en *Martín Fierro* y en periódicos como *Crítica*. En la década siguiente, participará en *Sur*, dirigida por Victoria Ocampo. Desde muy joven se desempeñó asimismo como traductor; su íntima relación con la cultura inglesa (su abuela era inglesa y su padre, profesor de ese idioma) no sólo cortó con la tradicional "francofilia" de los letrados argentinos, sino que además muchos críticos afirman que algo de la sintaxis sajona se filtra en su inigualable prosa.

Reconocido ya en los años treinta como uno de los mejores escritores de su generación, Borges se distancia posteriormente del criollismo e inaugura, con *Historia universal de la infamia* (1935), un nuevo rumbo para su narrativa, la que se convertirá, según Beatriz Sarlo, en la más original respuesta a la pregunta sobre "cómo escribir literatura", en diálogo con la tradición universal, "desde una nación culturalmente periférica". Con *El jardín de senderos que se bifurcan* (1941), *Artificios* (1944) y *El Aleph* (1949) Borges construye una "maquinaria narrativa" que ficcionaliza problemas filosóficos, teóricos y lingüísticos, sin perder nunca la distancia agnóstica ni el registro literario. La relación entre lenguaje y conocimiento, junto con los dilemas de la narración y la representación, pasan a ocupar el centro de sus ficciones y de sus ensayos.

Borges es considerado hoy, internacionalmente, uno de los mejores escritores del siglo XX. Fue durante dieciocho años Director de la Biblioteca Nacional y en 1980 recibió el Premio Cervantes, mayor galardón en lengua española. Ciego durante buena parte de su vida, murió en Ginebra el 14 de junio de 1986.

EDGAR POE, más tarde renombrado Edgar Allan Poe, nació en Boston, Estados Unidos, el 19 de enero de 1809. Huérfano a los tres años, fue adoptado por los Allan, un rico matrimonio sureño. A pesar de la holgura económica y la educación recibida, la juventud de Poe fue penosa. El señor Allan era autoritario y nunca accedió a reconocerlo legalmente ni a cederle su herencia.

Poe se educó en buenos colegios de los Estados Unidos e Inglaterra, donde residió entre 1815 y 1820. Tras abruptos finales en la universidad y en la academia militar, fue a vivir a Baltimore con su tía biológica M. Clemm, y con su prima Virginia, quien años más tarde se convertiría en su esposa. Padeciendo extrema pobreza, Poe intenta ganarse la vida con colaboraciones en revistas. Abandona su predilección por la poesía, al entender que los cuentos representaban un género más "vendible". Es así que, desde 1830, empieza a hacerse conocido con sus inigualables cuentos y sus ácidas críticas literarias. Originalmente, todos sus relatos fueron publicados en medios de prensa y ello explica el efectismo y la perfección de sus tramas que capturan al lector con fuerza casi hipnótica, ya se trate de historias fantásticas, extrañas o policiales. El gran admirador y traductor de Poe, Charles Baudelaire, lo definió como el genio "de los nervios", aquel capaz de pintar maravillosamente la "excepción en el orden moral". "El absurdo instalándose en la inteligencia" y "la histeria usurpando el lugar de la voluntad" definen tanto a sus personajes como a su excepcional personalidad.

Sin embargo, su buena fama como escritor se vio opacada por sus raptos de locura y alcoholismo, lo que le ganó la condena de la puritana sociedad de su época. Su extraña enfermedad mental lo llevaba a momentos de desvarío e intoxicación, intercalados con otros de lucidez productiva. En una carta, Poe decía: "mis enemigos atribuyeron la locura a la bebida, en vez de atribuir la bebida a la locura". En respuesta a las acusaciones de necrológico y enfermizo, decide publicar sus deductivos relatos policiales, como "La carta robada".

Con la muerte de Virginia, en 1847, los fantasmas de persecución y el alcohol se vuelven materia cotidiana. Dos años más tarde, es encontrado inconsciente en una taberna y tras cinco días de agonía, muere el 7 de octubre de 1849. Poe es reconocido en Occidente como el indiscutido "maestro" del cuento moderno.

TRUMAN CAPOTE, cuyo verdadero nombre es Truman Streckfus Persons, nació el 30 de septiembre de 1924, en Nueva Orleans, Estados Unidos. A causa de desencuentros entre sus padres, se crió en Alabama, bajo el cuidado de cuatro parientes ancianos. Algo de esa soledad de la infancia y de la lúdica compañía de los mayores ha ingresado en su relato breve "Un recuerdo navideño".

A los 17 años se trasladó a Nueva York, empezó a publicar sus primeros cuentos en revistas y finalmente ingresó como periodista en *The New Yorker*. La influencia que el periodismo tuvo en su literatura es ciertamente considerable; a su talento como narrador y su preocupación por el rigor formal, les sumó el verismo, la inmediatez y el ritmo de la prosa que lidia con los hechos reales. Capote creía que el periodismo podía constituir una opción válida como forma literaria y es así que tras publicar una polémica novela, *Otras voces, otros ámbitos* (1948) y consolidarse como

escritor con *Desayuno en Tiffany's* (1958), se vuelca definitivamente hacia lo que llama la "novela real", género conocido hoy como *non-fiction*. Si bien él no inventa el género, su famosísima novela *A sangre fría* (1965) lleva sus
posibilidades a niveles innovadores. El origen de la historia se encuentra en la vida real y en el periodismo: el *New
Yorker* envía a Capote a cubrir el asesinato de una familia
de Kansas y, fascinado por los acontecimientos, se sumer-
ge en una investigación de seis años, entrevistando a vecinos, familiares y hasta a los propios asesinos encarcelados.
Reconocido por su habilidad para manejar géneros híbri-
dos entre la ficción y la no ficción, y para valerse de las
propias experiencias en la construcción de narraciones,
Capote también padeció el prejuicio de la sociedad norteamericana debido a su homosexualidad. Desde temprano, la foto de contratapa de su primer libro (1948), que
mostraba a Capote en pose seductora, escandalizó a un
público pacato y homofóbico. Su adicción a las drogas y
al alcohol terminaron de alimentar muchos de estos pre-
juicios. Murió el 25 de agosto de 1984, en Los Ángeles.

AMBROSE BIERCE nació el 24 de junio de 1842 en Meigs
Country, en el estado de Ohio, Estados Unidos. Hijo de
un matrimonio de agricultores, décimo en una larga lista
de trece hermanos, Bierce encontró en su padre —traba-
jador perezoso pero gran lector— un inusual estímulo para la literatura, en un contexto de pobreza económica.
Luego del traslado familiar a Indiana, Bierce se inicia en
el mundo del trabajo con escasos nueve años: es ayudan-
te de imprenta, albañil y camarero. A los diecisiete años,
es enviado al "Kentucky Military Institute", donde realiza el entrenamiento militar que luego pondrá en práctica
cuando se aliste en el ejército de la Unión del Norte durante la Guerra de Secesión (1861-1865). Parte de las experiencias vividas en la guerra darán origen a su famoso
libro *Cuentos de soldados y civiles* (1891).
Tras los años bélicos, Bierce decide volcar sus energías en su
carrera de escritor. Se muda a San Francisco, y comienza a

colaborar en periódicos con artículos cínicos y satíricos sobre la sociedad de la época. Allí comienza la fama de Bierce como sagaz y brillante articulista, la que lo acompañará también durante los siete años que resida en Londres. Los ingleses lo rebautizaron "Bitter Bierce" ("Bierce, el amargo"), mientras que los norteamericanos reconocieron su parentesco con el ingenio de Mark Twain. A su exitosa labor de periodista la fueron acompañando las publicaciones de sus libros *Devil's dictionary, Can such things be?* (1892) y *Fantastic fables* (1899), lo que le valió el reconocimiento como uno de los mejores cuentistas de su tiempo.

Pero hacia final del siglo, su vida sufre duros golpes: se separa de su esposa al descubrir que le era infiel, dos de sus hijos mueren y la tercera se enferma gravemente. Con 71 años, toma la arriesgada decisión de viajar a México en plena revolución, con el objetivo de conocer a Pancho Villa y unirse a sus filas. Lo cierto es que pocas certezas tenemos sobre su destino final, dado que las cartas que enviaba se interrumpen en 1913. Su misterioso rumbo inspiró la novela de Carlos Fuentes, *Gringo viejo*, también llevada al cine. Acaso una de las definiciones de su *Diccionario del diablo* se aplique perfectamente a Bierce: "Loco: que discrepa de la mayoría; en resumen, extraordinario".

HENRY JAMES nació el 15 de abril de 1843 en Nueva York, Estados Unidos, en el seno de una acomodada familia de origen irlandés. Era hijo del filósofo y teólogo del mismo nombre y durante sus primeros años viajó varias veces a Europa. Luego estudió en la Universidad de Harvard y simultáneamente comenzó a colaborar en importantes revistas americanas, donde publicó notas diversas, cuentos y críticas literarias.

A partir de 1869 reanudó sus constantes viajes al continente europeo y se vinculó con las más destacadas personalidades literarias de ambos lados del Atlántico. Aunque en 1876 fijó su residencia en Inglaterra, realizó largas visitas a su país de origen. En este período, su obra narrativa aborda las contradicciones de las culturas aristocráticas europea y americana y puntualiza sus diferencias. Pertenecen a esta etapa *Roderick Hudson* (1875), *El americano* (1877), *Washington Square* (1881), *Retrato de una dama* (1881), entre otras.

La última fase de su actividad creadora es la más im-portante. En sus novelas, el interés más profundo es de orden moral: discernir los sutiles matices que separan el bien del mal y explorar los mecanismos más íntimos del comportamiento humano. Se destacan *Las alas de la paloma* (1902), *Los embajadores* (1903) y *La copa dorada* (1904). Poco antes de morir, en 1915, decepcionado porque los Estados Unidos no habían entrado en la guerra, se hizo súbdito británico. Murió en su casa de campo de Rye, Sussex, el 28 de febrero de 1916 y sólo a mediados del siglo XX la crítica reconoció en él a uno de los más valiosos representantes de la narrativa en lengua inglesa.

EL CONDE LIEV NIKOLÁIEVICH TOLSTOI, conocido en castellano como León Tolstoi, nació el 9 de septiembre de 1828 en Yásnaia Poliana, una propiedad agrícola de su aristocrática familia, al sur de Moscú. Huérfano a los nueve años, se crió con parientes en un ambiente religioso y culto, y se educó con tutores franceses y alemanes, figuras frecuentes en la Rusia zarista. En su juventud, fue integrante del ejército ruso y actuó como oficial en la guerra de Crimea, de donde extrajo temas para las obras *Los cosacos* (1863) y *Sebastopol* (1856).

Considerado uno de los mejores escritores de su país, Tolstoi vivió toda su vida atravesado por una fuerte tensión espiritual, generada en el cruce entre su encumbrada posición social, fortuna y círculo familiar, y sus convicciones religiosas, definidas por Nabokob como una mezcla de "Nirvana hindú y el Nuevo Testamento, un Jesús sin la Iglesia". Por ello, al terminar de escribir sus dos más famosas novelas, *Guerra y Paz* (1869) y *Ana Karenina* (1877), se impuso dejar de escribir todo aquello que no fueran ensayos de ética. Afortunadamente, no pudo mantener siem-

pre esta promesa, y añadió a su producción obras exquisitas, libres de moralización premeditada, como *La muerte de Iván Illich* (1886). De hecho, Nabokob sostiene, contra el juicio de sus detractores, que "su arte es tan poderoso que trasciende fácilmente el sermón".
Hacia el final de su vida, tras graves disputas con su esposa, asumió que mientras siguiera viviendo en su próspera hacienda seguiría traicionando su ideal de vida sencilla y piadosa. En consecuencia, Tolstoi, ya octogenario, abandonó su hogar y fue rumbo al monasterio al que nunca llegaría, dado que murió en la sala de espera de una estación de ferrocarril, el 20 de noviembre de 1910.

JUAN CARLOS ONETTI nació en Montevideo, Uruguay, el 1º de julio de 1909 y durante gran parte de su vida alternó su residencia entre esta ciudad y Buenos Aires. En la década de 1930, comenzó a publicar sus primeros relatos y artículos críticos en *La Nación, Crítica* y *La Prensa*, como el famoso "Avenida de Mayo-Diagonal-Avenida de Mayo" (1933), pionera experimentación literaria sobre la percepción urbana. Escribió su primera novela, *El pozo*, en 1932, pero los manuscritos se extraviaron y recién salió publicada en 1939. En ese mismo año, ingresó como secretario de redacción al semanario *Marcha* de Montevideo, la más prestigiosa publicación uruguaya del siglo. Quince años más tarde, también colaboraría en el diario *Acción*. En *Marcha* escribió sus famosas columnas bajo la firma "Periquito el Aguador" y allí mismo, aunque en 1972, Onetti sería elegido, mediante una encuesta a escritores y artistas del país, como el mejor escritor uruguayo de los últimos cincuenta años.
Como señala Rodríguez Monegal, sobre Onetti gira el mito del sujeto hosco, silencioso, retirado de círculos literarios y creador no sólo de un admirable mundo novelesco sino también de "la imagen del escritor taciturno para el que dos son ya una multitud y la soledad es suficiente compañía". En 1950, con la publicación de su novela *La vida breve*, se abre el ciclo de ficciones situadas en la imaginaria ciu-

dad de Santa María, especie de síntesis de varias ciudades posibles. El ciclo —que incluye *El astillero* (1961) y *Juntacadáveres* (1964), entre otras— se cierra en 1979 con *Dejemos hablar al viento*, en la cual se narra el incendio de ese lugar, en consonancia con la represión que trajeron en esos años las dictaduras militares latinoamericanas. La de su país forzó a Onetti a exiliarse en 1975 y a radicarse hasta el final de su vida en Madrid, España, donde murió el 30 de mayo de 1994.

Famoso por ocupar muchas veces el segundo puesto en concursos literarios, finalmente recibió en 1962 el Premio Nacional de Uruguay y en 1980, el Premio Cervantes, al igual que Borges ese mismo año.

FELISBERTO HERNÁNDEZ nació el 20 de octubre de 1902 en Montevideo, Uruguay. Repartió su actividad artística entre dos grandes pasiones: la vocación por la música y el gusto por la literatura. Desde muy joven, intentó con poco éxito ganarse la vida como pianista. Ofreció conciertos en bares, cafés y teatros de Uruguay y la Argentina, mientras escribía sus primeros cuentos y novelas. El aprendizaje musical y sus profesores de piano serán tema de buena parte de su literatura, sobre todo a partir de *Por los tiempos de Clemente Colling* (1942).

Hacia 1940, Felisberto abandona la música y se dedica enteramente a la escritura. A partir de esos años, comenzó a publicar cuentos y novelas en los que la memoria y la recuperación de los recuerdos ocupan el centro de la trama. *El caballo perdido* (1943) y *Tierras de la memoria* (1965 — póstumo) son testimonios de su fino trabajo sobre el viaje al pasado. Asimismo, otros textos editados en esa década serían los responsables de la consagración de Felisberto, luego de su muerte, como el creador de una de las variantes más originales del género fantástico latinoamericano. Durante su estadía en París, se publicó en Buenos Aires su libro de cuentos *Nadie encendía las lámparas* (1947), al que le siguieron *Las hortensias* (1949) y, años más tarde, *La casa inundada* (1960). En estos últimos

aparece, según Sylvia Saítta, "un fantástico más ligado a lo
maravilloso —que algunos críticos han vinculado al surrealismo—, ya que desde su comienzo la narración se
instaura en un mundo regido por leyes que difieren de las
que rigen en la realidad extratextual". En un prólogo a *La
casa inundada*, Cortázar notó que el autor lograba "aliar
lo cotidiano con lo excepcional al punto de mostrar que
pueden ser la misma cosa".

Con muchos matrimonios y amoríos en su haber, famoso
por su declarado anticomunismo (aunque su biógrafo asegura que estuvo casado con una agente de la KGB sin saberlo), Felisberto murió de leucemia el 13 de enero de 1964.

LEONORA CARRINGTON nació el 6 de abril de 1917, en
Lancashire, al norte de Inglaterra. Gracias a la fortuna de
su padre, un prestigioso industrial, y a los estímulos artís-
ticos de su madre, Leonora tuvo acceso a la mejor educación. Tras pasar años en un convento católico al que abo-
rrecía, Leonora logró ser enviada a Florencia para tomar
clases de pintura, donde definió su primera vocación, y
años más tarde se mudó a Londres para estudiar en la academia de Ozenfant. Uno de sus primeros contactos con el
surrealismo se produce gracias a su madre, cuando le rega-
la un libro ilustrado por el famoso pintor surrealista Max
Ernst. Curiosamente, a los pocos meses de recibir el regalo, Leonora conoce a Ernst en Londres, lo reencuentra en
una muestra de París y pronto se enamoran perdidamente
uno del otro.

Durante la convivencia con Ernst en París, Leonora —ya
convertida en una prometedora pintora— conoce a pres-
tigiosos artistas surrealistas, como André Breton, Picasso
y Dalí, quienes valoraron el tipo de arte que ella estaba
desarrollando. Sin embargo, con la llegada de la Segunda
Guerra Mundial y la ocupación nazi de Francia, la vida de
Leonora —como la de muchos— dio un viraje radical.
Ernst fue enviado a un campo de concentración, mientras
que Leonora debió huir a España, donde sufrió un colap-
so nervioso y fue internada en una clínica psiquiátrica. La

tétrica estadía en la clínica y su paso por la locura fueron
luego narrados en su libro *Memoria de abajo*.

Al poco tiempo, Leonora huyó de la clínica rumbo a Lisboa y se asiló en la embajada mexicana, donde conoció al
hombre que se casó con ella para sacarla del país: el diplomático Renato Leduc. Una vez asentada en México, y
tras el divorcio de Leduc, Leonora retoma contacto con
sus amigos surrealistas exiliados y comienza a desarrollar
buena parte de su obra, tanto plástica como literaria (escrita en inglés, francés y castellano), la que se vio enriquecida por el legado de la cultura mexicana. Sus libros
fueron traducidos a seis idiomas y sus pinturas exhibidas
en ciudades como Nueva York, París, Londres, Munich y
Tokio.

Con 89 años de edad, esta "leyenda viva" del surrealismo
reside actualmente en México, con esporádicos viajes a
Nueva York.

KATHERINE MANSFIELD, seudónimo de Kathleen Beauchamp, nació en 1888 en Wellington, Nueva Zelanda, en
el seno de una familia colonial de clase media. Vivió seis
años en un pueblo rural y en 1903 se fue a Londres a estudiar en el Queen's College. De regreso a su país, su padre se opuso a su carrera de chelista, por lo cual volvió a
Londres a los 18 años y jamás retornó a su patria. Tras un
infeliz matrimonio en 1909, que sólo duró un par de días,
conoció al socialista y crítico literario John Middleton
Murry, con quien se casó en 1918.

Sus cuentos son testimonio de las nuevas formas literarias
que habrían de nacer con el siglo XX. La autora crea un tipo de narración basada en sensaciones, imágenes simbólicas, discursos poéticos e instantes de iluminación que
súbitamente dan sentido a lo que parecía circunstancial.
Sus temas van desde evocaciones de Nueva Zelanda hasta
exploraciones de relaciones vividas con una sensibilidad
exacerbada, irónica y a la vez sutil. La filiación de su estilo con el del escritor ruso Anton Chéjov fue señalada por
numerosos críticos.

Mansfield sólo publicó tres libros de cuentos en vida: *En una pensión alemana* (1911), *Felicidad* (1920) y *Fiesta en el jardín* (1922). Los demás fueron editados póstumamente por su marido, al igual que sus poemas, diarios y cartas. Sin embargo, la recepción de su obra fue amplia y viajó más allá de Europa. En 1939, encontramos en *Marcha* una nota de Onetti, titulada "Katherine y ellas", donde el uruguayo asegura que frente a la proliferación de "muchachitas" ilusas que escriben sobre "los ojos verdes de su amado", Mansfield "tuvo mucho de milagro: no fue cursi, no fue erudita, no se complicó con ningún sobrehumano misticismo de misa de once". Con ironía y algo de prejuicio misógino, Onetti celebra su excepcional talento, en una época aún difícil para el acceso de las mujeres a la literatura.

Enferma de tuberculosis, Mansfield murió el 9 de enero de 1923, en Francia, a los 34 años.

FUENTES

BIERCE, AMBROSE: "El puente sobre el río del Búho". En *Cuentos de soldados*, Buenos Aires, Centro Editor de América Latina, 1971. Traducción de José Bianco.

BORGES, JORGE LUIS: "Tlön, Uqbar, Orbis Tertius". En "Ficciones", *Obras completas*, Barcelona, Emecé, 1989, tomo I.

CAPOTE, TRUMAN: "Un recuerdo navideño". En *Cuentos completos*, Madrid, Anagrama, 2004. Traducción de Enrique Murillo.

CARRINGTON, LEONORA: "Conejos blancos". En *El séptimo caballo y otros cuentos*, México, Siglo XXI, 1992.

HERNÁNDEZ, FELISBERTO: "La casa inundada". En *Obras completas de Felisberto Hernández*, México, Siglo XXI, 2000, volumen 2.

JAMES, HENRY: "La lección del maestro". En *La lección del maestro*, Buenos Aires, Compañía General Fabril Editora, 1962. Traducción de José Bianco.

MANSFIELD, KATHERINE: "Éxtasis". En *Relatos breves*, Madrid, Cátedra, 1991.

ONETTI, JUAN CARLOS: "Un sueño realizado". En *Cuentos completos*, Madrid, Alfaguara, 1998.

POE, EDGAR ALLAN: "William Wilson". En *Cuentos I*, Buenos Aires, Alianza, 1990. Prólogo, traducción y notas de Julio Cortázar.

TOLSTOI, LEÓN: "La muerte de Iván Ilich". En *Obras selectas*, México, Aguilar, 1991, Colección Grandes Clásicos, tomo III. Traducción de Irene y Laura Adresco.